Michael Connelly, lauréat de l'Edgar Award du roman policier pour *Les Égouts de Los Angeles* et de nombreux autres prix (Nero Wolfe, Macavity, Anthony…), est notamment l'auteur de *La Glace noire*, *La Blonde en béton*, *Le Poète*, *Le Cadavre dans la Rolls*, *Créance de sang*, *L'Envol des anges*, *Chroniques du crime*, *À genoux* et *Le Verdict du plomb*. Il s'est vu décerner le prix Pulitzer pour ses reportages sur les émeutes de Los Angeles en 1992. Michael Connelly vit actuellement en Floride.

Michael Connelly

LUMIÈRE MORTE

ROMAN

Traduit de l'anglais (États-Unis)
par Robert Pépin

Éditions du Seuil

TEXTE INTÉGRAL

What a Wonderful World (George Weiss/Bob Thiele)
© Quartet Music/Range Road Music
Représentés par Warner Chappell Music France & Abilene Music Inc.
Tous droits réservés

Avec l'aimable autorisation de Emi Music Publishing France SA.

TITRE ORIGINAL
Lost Light
ÉDITEUR ORIGINAL
Little, Brown and Company

ISBN original : 0-316-15460-1
© 2003, by Hieronymus, Inc.

ISBN 978-2-02-068540-5
(ISBN 2-02-058826-9, 1ʳᵉ publication)

© Éditions du Seuil, octobre 2003, pour la traduction française.

Ce livre est dédié à
Noel,
Megan,
Sam,
Devin,
Maddie,
Michael,
Brendan,
Connor,
Callie,
Rachel,
Maggie et
Katie

REMERCIEMENTS

L'auteur tient à remercier les personnes suivantes pour les améliorations et corrections qu'elles ont apportées à cet ouvrage : Michael Pietsch, Pamela Marshall, Philip Spitzer, Joel Gotler, Terrill Lee Lankford, James Swain, Jane Davis, Jerry Hooten, Carolyn Chriss, Linda Connelly et Mary Lavelle.

Il n'est pas de fin aux choses du cœur.

C'est une femme qui m'a dit ça un jour. D'après elle, cette idée sortait d'un poème auquel elle croyait. Pour elle, cela signifiait que si l'on prend quelque chose à cœur, que si vraiment on l'enferme dans ses plis et replis comme de velours rouge, toujours cette chose reste présente. Que quoi qu'il arrive, elle y demeure et attend. A ses yeux, il pouvait s'agir d'un être, d'un endroit ou d'un rêve. D'une mission, aussi. N'importe quoi, pourvu que cette chose fût sacrée. Car, à l'entendre, dans les plis et replis secrets du cœur tout est lié. Toujours. Cela participe du même tout et ne disparaîtra jamais.

J'ai cinquante-deux ans et, moi aussi, je crois à cette idée. C'est la nuit, lorsque j'essaie de dormir et n'y parviens pas, que je le sais le mieux. Alors, tous les chemins semblant se rejoindre, je revois les gens que j'ai aimés, haïs, aidés et blessés. Alors, je vois les mains qui se tendent vers moi. Alors, j'entends cette chose qui bat, la vois et comprends ce qu'il me reste à faire. Alors, je sais ma mission, et aussi qu'il n'est pas question de s'en détourner ou de revenir en arrière. Alors, dans ces instants mêmes, je sais qu'il n'est pas de fin aux choses du cœur.

1

La dernière chose à laquelle je m'attendais était bien de voir Alexander Taylor m'ouvrir lui-même sa porte. Cela faisait mentir tout ce que je savais de Hollywood. Pour moi, on n'ouvre à personne quand on se fait un milliard de dollars au box-office. Taylor aurait dû avoir un type en uniforme posté devant chez lui vingt-quatre heures sur vingt-quatre. Et c'est seulement après avoir sérieusement vérifié mon identité et l'heure de mon rendez-vous que ce type m'aurait autorisé à entrer. Pour me diriger aussitôt vers un majordome ou une femme de chambre qui m'aurait conduit jusqu'à son patron, nos chaussures faisant aussi peu de bruit sur le plancher que neige qui tombe.

De fait, je n'eus droit à rien de tout cela lorsque j'arrivai au manoir de Bel-Air Crest Road. On avait laissé le portail ouvert. Et lorsque, après m'être garé dans l'allée circulaire devant la maison, je frappai à la porte, ce fut le champion du box-office qui m'ouvrit en personne et m'invita à le suivre dans une demeure dont les dimensions semblaient avoir été directement copiées sur le terminal international de l'aéroport de Los Angeles.

Taylor en imposait. Cent dix kilos pour plus d'un mètre quatre-vingts, et il les portait bien. Châtain foncé, fournis et bouclés, ses cheveux contrastaient avec ses yeux bleus. Les poils qu'il avait au menton lui donnaient un air légèrement intellectuel et artiste, même si l'art n'avait pas grand-chose à voir avec le domaine dans lequel il besognait.

Il portait un sweat bleu clair qui, à lui seul, devait coûter plus que tout ce que j'avais sur le dos. Serviette blanche enroulée serré autour de son cou et s'enfonçant dans le col du vêtement. Joues roses, respiration lourde et laborieuse. Je le cueillais au milieu de quelque chose et cela semblait le dérouter un peu.

Je m'étais mis sur mon trente et un en revêtant le costume croisé gris cendre que j'avais payé quelque douze cents dollars trois ans plus tôt. Cela faisait plus de neuf mois que je ne l'avais pas mis et j'avais dû ôter la poussière qui s'était accumulée sur les épaules de la veste en le sortant de la penderie ce matin-là. Je m'étais rasé de près et savais ce que je voulais, ce qui ne m'était pas arrivé depuis que j'avais posé ce costume sur un cintre quelques éternités plus tôt.

– Entrez, me dit Taylor. Tout le monde est en congé aujourd'hui et je faisais un peu d'exercice. Heureusement que mon gymnase est juste au bout du couloir. Sans ça, je ne vous aurais probablement pas entendu. C'est grand, ici.

– Oui, j'ai de la chance.

Il recula dans la maison. Il ne me serra pas la main et je me rappelai avoir déjà remarqué cette particularité lorsque je l'avais rencontré pour la première fois, quatre ans plus tôt. Il me précéda, me laissant le soin de fermer la porte.

– Ça vous embête que je m'entraîne sur mon vélo d'appartement pendant que nous parlons ?

– Non, pas du tout.

Nous longeâmes un couloir en marbre, Taylor avançant toujours trois pas devant moi comme si je faisais partie de son entourage. Il devait se sentir plus à l'aise ainsi et moi, ça ne me gênait pas. Ça me laissait le temps de regarder autour de moi.

A gauche, les fenêtres donnaient sur une pelouse plus qu'opulente – le rectangle d'herbe verte, grand comme un terrain de football américain, s'étendait jusqu'à ce qui pouvait être un bâtiment abritant une piscine, des chambres d'amis ou les deux. Devant cette construction qu'on apercevait au loin se trouvait une voiturette de golf, des marques de pneus sillonnant cette sorte de green impeccablement entretenu. Des ghettos les plus pauvres aux palaces bâtis dans la montagne, j'avais vu beaucoup de choses à L. A., mais c'était la première fois que je découvrais, à l'intérieur des limites de la ville, une résidence si immense qu'il fallait emprunter une voiturette de golf pour aller d'un bout à l'autre de la propriété.

Au mur de droite étaient accrochées des premières pages de scénario des innombrables films qu'Alexander Taylor avait produits. J'en avais vu quelques-uns à la télé, les autres se réduisant pour moi à leurs publicités. Les trois quarts d'entre eux étaient du type film d'action qui colle si parfaitement à ses trente secondes de bande-annonce qu'il est tout à fait inutile de voir le reste après. Quant à parler d'art, jamais personne n'y aurait songé. Cela étant, ils avaient tous quelque chose qui compte beaucoup plus à Hollywood : ils rapportaient gros, ce qui est quand même l'alpha et l'oméga de l'affaire.

Taylor ayant viré à droite, je le suivis dans son gymnase. Cette salle m'ouvrit des horizons sur tout ce qu'on peut imaginer en matière d'autoentraînement. Toutes sortes de machines de musculation s'alignaient le long des murs, sans compter ce qui ressemblait fort à un ring de boxe au beau milieu de la pièce. D'un geste coulé, Taylor grimpa sur un vélo d'appartement, appuya sur quelques boutons de l'écran numérique en face de lui et commença à pédaler.

Montés côte à côte sur le mur d'en face se trouvaient trois écrans de télévision plats, deux réglés sur une chaîne de nouvelles en continu, le troisième donnant les résultats de la Bourse sur le canal Bloomberg. C'était ce dernier dont le son avait été monté. Taylor saisit une télécommande et baissa le son. Encore un geste de courtoisie auquel je ne m'attendais pas. Lorsque je m'étais entretenu avec elle pour obtenir ce rendez-vous, sa secrétaire m'avait laissé entendre que j'aurais déjà une chance de pendu si j'arrivais à lui poser une ou deux questions pendant que le grand homme passerait des coups de fil sur son portable.

– Pas de collègue ? me demanda-t-il. Je croyais que vous étiez toujours en tandem.

– J'aime bien travailler seul, lui répondis-je.

J'en restai là pendant quelques instants et, silencieux et immobile, le laissai trouver son rythme sur sa bicyclette. Taylor approchait de la cinquantaine, mais paraissait beaucoup plus jeune. C'était peut-être, qu'il s'en serve ou pas, d'être entouré de toutes ces machines à entretenir jeunesse et santé. D'un autre côté, peut-être aussi devait-il sa mine à x ravalements de façade et autres injections de Botox.

– Je peux vous donner cinq kilomètres, dit-il en ôtant la serviette de son cou pour l'enrouler autour du guidon. Disons une vingtaine de minutes.

– Ça devrait suffire.

Je commençai à sortir un carnet de notes d'une poche intérieure de ma veste. Il était à spirale et celle-ci se prit dans la doublure. J'eus l'air d'un gros âne en essayant de l'en dégager et dus tirer un coup sec pour le libérer. J'entendis la doublure se déchirer, mais souris pour masquer mon embarras. Pour ne pas m'enfoncer, Taylor leva la tête pour regarder un de ses écrans de télé silencieux.

Ce sont les petites choses de ma vie passée qui me manquent le plus. Pendant plus de vingt ans j'avais eu un petit carnet de notes relié dans la poche de ma veste.

Les carnets à spirale n'étaient pas autorisés, un avocat de la défense astucieux pouvant faire admettre devant une cour que des pages entières de notes à décharge en avaient été arrachées. En plus de régler ce problème, les carnets reliés avaient l'avantage d'être plus cléments avec les doublures de veste.

– Ça m'a fait plaisir d'avoir de vos nouvelles, reprit Taylor. Ce qui est arrivé à Angie me peine toujours autant. Encore maintenant. C'était une bonne fille, vous savez ? Et je croyais que les flics avaient renoncé, que pour eux sa mort n'avait aucune importance.

Je hochai la tête. J'avais fait attention à ce que je disais en téléphonant à sa secrétaire. Sans lui avoir menti, je m'étais rendu coupable de la mener en bateau et de lui laisser croire certaines choses. C'était nécessaire. Si je lui avais dit que j'étais un ancien flic travaillant en free lance sur une vieille affaire, je suis bien sûr qu'elle ne m'aurait jamais permis d'approcher le champion du box-office pour lui poser mes questions.

– Euh… avant de démarrer, je crois qu'il faut éclaircir un malentendu. Je ne sais pas ce que vous a raconté votre secrétaire, mais je ne suis pas flic. Enfin… je ne le suis plus.

Taylor se mit en roue libre pendant quelques instants, puis reprit vite son rythme en pédalant. Il avait le visage rouge et transpirait abondamment. Il tendit la main vers un porte-gobelet installé sur le côté de son tableau de bord numérique et y prit une paire de lunettes demi-lunes et une carte de visite avec le logo de sa société de production en haut (un carré dans lequel était enfermée une sorte de labyrinthe en boucles), comportant quelques notes manuscrites. Puis il chaussa ses lunettes et se mit à lire la carte en clignant des paupières.

– Ce n'est pas ce que j'ai ici, dit-il. Ce que j'ai, c'est Harry Bosch, inspecteur de police au LAPD, rendez-vous à dix heures. Écrit de la main de ma secrétaire,

Audrey. Et ça fait dix-huit ans qu'elle travaille avec moi… depuis l'époque où je faisais de la vidéo pure et nulle dans la Valley. Elle est très bonne dans ce qu'elle fait. Et généralement très précise.

– Oui, bon, inspecteur, je l'ai été longtemps. Mais je ne le suis plus depuis à peu près un an. J'ai pris ma retraite. Il se peut que je n'aie pas été très clair sur ce point au téléphone. A votre place, je ne lui en tiendrais pas rigueur.

– Je n'en avais pas l'intention.

Il me regarda de haut, baissant la tête en avant pour voir par-dessus ses lunettes.

– Et alors, que puis-je pour vous, inspecteur ou plutôt… dois-je dire « monsieur » Bosch ? Il me reste encore trois kilomètres à faire.

Il y avait un banc de musculation à sa droite. Je m'y assis, sortis mon stylo de la poche de ma chemise – sans rien accrocher cette fois – et me préparai à écrire.

– Je ne sais pas si vous vous souvenez de moi, monsieur Taylor, mais nous nous sommes déjà parlé. Lorsque, il y a quatre ans de ça, le corps d'Angella Benton a été retrouvé dans le vestibule de son immeuble locatif, c'est à moi qu'on a confié l'affaire. Vous et moi nous sommes parlé dans votre bureau d'Eidolon. Dans les studios d'Archway [1]. Une de mes collègues, Kiz Rider, était avec moi.

– Je m'en souviens, oui. La Noire… celle qui disait avoir connu Angie. Dans un gymnase, je crois. Je me rappelle qu'à l'époque vous m'aviez inspiré beaucoup confiance, tous les deux. Mais après, vous avez disparu. Et je n'ai plus jamais entendu parler de…

– On nous a enlevé l'affaire. Nous travaillions à la

---

1. Cf. *L'Oiseau des ténèbres*, publié dans cette même collection *(NdT)*.

16

division de Hollywood. Après le vol et la fusillade qui ont eu lieu quelques jours plus tard, l'affaire nous a été retirée. C'est la brigade des Vols et Homicides qui en a été saisie.

Le vélo d'appartement se mit à carillonner, et je me dis que Taylor devait avoir couvert ses deux premiers kilomètres.

– Oui, je me rappelle bien ces types, dit-il sur le ton de la dérision. Gros Nul et Encore Plus Nul. Ils ne m'inspiraient rien du tout, ces deux-là. Je me souviens que l'un d'eux travaillait beaucoup plus à se faire nommer conseiller technique sur mes films qu'à résoudre l'affaire en cours. Que sont-ils devenus ?

– Il y en a un qui est mort et l'autre est à la retraite.

Dorsey et Cross. Je les avais connus tous les deux. Malgré ce qu'en disait Taylor, ils étaient compétents. On n'intègre pas la brigade des Vols et Homicides en se tournant les pouces. Ce que je ne dis pas à Taylor, c'était qu'au bureau des inspecteurs Lawton Cross et Jack Dorsey étaient devenus le symbole même des flics qui ont la poisse. Quelques mois après le meurtre d'Angella Benton, alors qu'ils travaillaient sur une autre affaire qu'on leur avait refilée, ils étaient entrés boire un coup et manger un morceau dans un bar de Hollywood et, assis dans leur box avec leur sandwich au jambon et leur petit verre de Bushmills, ils avaient été pris dans un vol à main armée. On pense que, parce qu'il faisait face à la porte, Dorsey avait tenté de dégainer mais s'y était pris un peu tard. Le tireur l'avait abattu avant qu'il ait eu le temps de libérer le cran de sécurité de son arme. Il était déjà mort lorsqu'il avait touché terre. Son assassin avait lâché une autre rafale, son premier projectile ne faisant qu'effleurer le crâne de Cross. Mais le deuxième s'était logé dans son cou, en pleine moelle épinière. Puis le barman avait été exécuté à bout portant.

17

– Bon mais, et notre affaire là-dedans, hein ? reprit Taylor uniquement pour la forme et sans la moindre sympathie pour les flics abattus. Au point mort, je vous dis. Je vous garantis que le dossier s'est tout autant couvert de poussière que l'espèce de costume de quatre sous que vous avez sorti de votre armoire pour venir me voir.

J'encaissai l'insulte sans rien dire – bien obligé. Je me contentai de hocher la tête comme si j'étais d'accord avec lui. Je n'aurais su dire s'il était en colère parce que le meurtre d'Angella Benton n'avait jamais été résolu ou parce que son film avait capoté à cause du vol et du meurtre qui en avaient entaché le tournage.

– Ils y ont encore travaillé à plein temps pendant six mois, répondis-je. Mais après, il y a eu d'autres affaires. Ça n'arrête pas, vous savez, monsieur Taylor. Ce n'est pas comme dans vos films. Et c'est bien dommage.

– Oui, évidemment. Des affaires, il y en a toujours d'autres, dit-il. Et puis c'est la porte de sortie la plus facile, non ? On impute ses échecs à la charge de travail. En attendant, la fille est toujours morte et le fric a toujours disparu, et c'est embêtant. Allez, on passe à l'affaire suivante. Et une affaire, une !

J'attendis d'être sûr qu'il avait fini. J'avais bien fait.

– Sauf que maintenant, reprit-il, quatre ans se sont écoulés et que vous revoilà. C'est quoi, votre histoire, monsieur Bosch ? Vous avez tellement embobiné la famille qu'elle a fini par vous engager ? C'est ça ?

– Non. Toute la famille d'Angella Benton était de l'Ohio et je n'ai contacté personne.

– Alors… ?

– Alors l'affaire n'est toujours pas résolue, monsieur Taylor. Et moi, ça m'ennuie et je ne crois pas qu'on y travaille avec beaucoup de… de dévouement.

– Et… c'est tout ?

J'acquiesçai d'un hochement de tête, Taylor s'en adressant aussitôt un autre à lui-même.

– Cinquante mille, dit-il.

– Pardon ?

– Je vous file cinquante mille dollars si vous solutionnez ce truc. On peut pas faire de film si le mystère reste entier.

– Monsieur Taylor, lui répliquai-je, j'ai l'impression que vous ne m'avez pas très bien compris. Je ne veux pas de votre argent et il n'est pas question de faire un film. Tout ce que je veux, c'est votre aide.

– Écoutez-moi. Les bonnes histoires, je sais les reconnaître. L'inspecteur était hanté par l'affaire qui lui avait échappé. Le thème est universel et confirmé. Cinquante mille d'avance, et on parle du solde après.

Je ramassai mon carnet et mon stylo sur le banc de musculation et me levai. On n'allait nulle part – en tout cas pas dans la direction que je voulais.

– Merci de m'avoir donné de votre temps, monsieur Taylor, enchaînai-je. J'enverrai une fusée de détresse si je n'arrive pas à retrouver la sortie.

J'avais fait un pas vers la porte lorsque le carillon de son vélo d'appartement se fit entendre à nouveau.

– Dernière ligne droite, monsieur Bosch, lança Taylor dans mon dos. Revenez donc me poser vos questions. Et je garderai mes cinquante mille si vous n'en voulez pas.

Je me retournai vers lui, mais ne bougeai pas. Je rouvris mon carnet.

– Commençons par le fric, lui dis-je. Qui était au courant dans votre société ? Enfin, je veux dire… qui connaissait les détails du plan : quand il devait arriver pour le tournage et comment on vous le livrerait ? Dites-moi tous les faits et tous les gens dont vous pouvez vous souvenir. Je pars de zéro, dans cette histoire.

2

Angella Benton était morte le jour de ses vingt-quatre ans. Son corps avait été retrouvé tout recroquevillé sur le carrelage du vestibule de son immeuble locatif de Fountain Avenue, près de La Brea. La clé de son appartement avait été découverte dans sa boîte aux lettres, dans laquelle on était aussi tombé sur deux cartes d'anniversaire expédiées séparément de Columbus par son père et par sa mère. Il s'était avéré qu'ils n'étaient pas divorcés, mais qu'ils avaient l'un et l'autre voulu envoyer une carte à leur fille unique.

Angella avait été étranglée. Avant ou après sa mort, mais plus vraisemblablement après, on avait déchiré son corsage et remonté son soutien-gorge afin d'exposer sa poitrine aux regards de tous. Son assassin s'était ensuite masturbé sur son cadavre, la petite quantité de sperme ainsi produite ayant été plus tard recueillie par les experts du labo aux fins d'identification génétique. Le sac à main de la victime avait disparu et n'avait jamais été retrouvé.

On estimait que le décès était survenu entre vingt-trois heures et minuit. C'était un autre habitant de l'immeuble qui avait découvert le corps en sortant de l'immeuble vers minuit trente, en allant promener son chien.

C'était là que j'étais entré en scène. A l'époque, j'étais inspecteur de troisième classe affecté au Los Angeles Police Department, section de Hollywood. J'avais deux coéquipiers. Nous travaillions alors en équipes de trois plutôt qu'en tandem, le but de cette disposition expérimentale étant d'accélérer la résolution des affaires. Kizmin Rider, Jerry Edgar et moi-même avions été alertés par biper et nous étions vu confier officiellement l'affaire à une heure du matin. Nous nous étions retrouvés au commissariat de Hollywood, avions fait le plein d'essence pour deux Crown Vic de fonction et rejoint les lieux du crime sans tarder. Nous avions pour la première fois posé les yeux sur le cadavre d'Angella Benton entre deux et trois heures après sa mort.

Allongée sur le flanc, elle reposait sur un carrelage brun couleur sang séché. Ses yeux grands ouverts, exorbités, dénaturaient un visage qui, on le voyait, avait été joli. Hémorragie dans les cornées. Je remarquai qu'elle avait la poitrine presque plate. On aurait dit celle d'un garçon et j'avais songé que ç'avait dû la gêner dans une ville où les attributs physiques comptent souvent plus que les qualités morales. Le geste de lui arracher son corsage et son soutien-gorge en était d'autant plus agressif, comme si, non content de lui ravir la vie, son assassin avait voulu exposer au regard de tous ce qu'elle avait de plus vulnérable.

Mais c'étaient ses mains dont je devais me souvenir le mieux. Dieu sait comment, lorsqu'elle s'était effondrée sur le carrelage, ses mains s'étaient jointes. Réunies sur le côté gauche de son corps, elles se trouvaient au-dessus de sa tête et semblaient se tendre vers quelqu'un, comme en un geste de supplication. Elles faisaient songer aux mains qu'on voit dans certains tableaux de la Renaissance, à celles des damnés qui se tournent vers le ciel pour demander pardon. J'avais déjà travaillé sur quasiment mille homicides à l'époque, mais jamais la position d'un cadavre ne m'avait frappé à ce point.

Il se peut que j'aie vu trop de choses dans les hasards qui avaient présidé à sa chute. Mais toute nouvelle affaire est une bataille de plus dans une guerre qui n'a pas de fin. Et, croyez-moi, on a toujours besoin de quelque chose quand on engage le combat. Quelque chose à quoi se raccrocher, quelque chose qui vous tire ou vous pousse en avant. Cette nuit-là, c'étaient ses mains qui avaient joué ce rôle. J'avais vite compris que je ne pourrais jamais les oublier. Que c'était moi qu'elles suppliaient. Je le crois toujours.

Kizmin Rider ayant reconnu la victime, l'enquête avait tout de suite progressé. Les deux femmes avaient en effet fréquenté le même gymnase d'El Centro. A cause de ses horaires irréguliers d'inspectrice affectée aux Homicides, Kizmin ne pouvait pas s'entraîner à heures fixes. Elle le faisait à des moments variables, selon l'affaire sur laquelle elle travaillait. Elle n'en avait pas moins souvent rencontré Angella Benton et, toutes les deux s'entraînant au Stairmasters, elles en étaient venues à bavarder ensemble.

Rider savait ainsi que Benton, dont elle connaissait le prénom, essayait de faire carrière dans le cinéma, côté production. Elle avait un boulot d'assistante à Eidolon Productions, la société que dirigeait Alexander Taylor. On y travaillait à toute heure, selon la disponibilité du personnel et des lieux de tournage. Cela voulait dire que, tout comme Rider, Benton venait au gymnase à des heures variables. Cela voulait aussi dire qu'elle n'avait que très peu de temps pour se lancer dans une quelconque relation sentimentale. Elle avait avoué à Rider n'avoir eu que deux rendez-vous galants dans l'année écoulée et ne pas avoir d'homme dans sa vie.

L'amitié entre les deux femmes était restée superficielle, Rider n'ayant jamais vu Benton en dehors du gymnase. Ce n'étaient que deux jeunes Noires qui essayaient d'interdire à leurs corps de les trahir à mesure qu'elles avançaient dans leurs vies professionnelles et tentaient, chacune de son côté, de monter dans l'échelle sociale.

Cela nous avait quand même donné un bon départ. Nous avions tout de suite su à qui nous avions affaire – à une jeune femme responsable qui avait confiance en elle et prenait aussi bien soin de son corps que de sa carrière. Avaient immédiatement été éliminées toutes sortes d'enquêtes inutiles sur son style de vie. Un seul point noir à cet avantage : c'était la première fois que Rider tombait sur une victime qu'elle connaissait. Je n'avais pas mis longtemps à remarquer combien cette découverte l'affectait. Alors que d'habitude elle parlait beaucoup en analysant une scène de crime lorsqu'elle commençait à développer des hypothèses, elle s'était murée dans le silence jusqu'à ce qu'on l'interroge.

Personne n'avait assisté au meurtre. Caché à la rue, le vestibule offrait au tueur un endroit idéal où assassiner sa victime. Il lui avait permis de se déplacer librement dans ce petit espace sans crainte d'être vu de l'extérieur. Cela dit, l'affaire n'avait pas été sans risques. C'était à tout moment qu'un autre résident de l'immeuble aurait pu sortir ou entrer et tomber sur Benton et son meurtrier. Que l'individu qui était allé promener son chien l'ait fait seulement une heure plus tôt et il aurait très bien pu débarquer en plein milieu de la scène. Il aurait alors pu sauver la victime, ou y rester lui aussi.

D'où l'examen des anomalies. Une grande partie du travail lui était consacrée. Dans le cas présent, tout donnait à croire que le tueur avait profité d'une occasion. Il avait dû suivre Benton et attendre le moment où on ne les verrait plus. De plus, certains éléments de la scène laissaient penser qu'il connaissait ce vestibule et que peut-être il y avait attendu sa victime, tel le chasseur qui surveille l'appât et attend sa proie.

Les anomalies. Si elle ne faisait pas plus d'un mètre soixante-cinq, Angella Benton était résistante. Rider l'avait vue s'entraîner et savait sa force et son courage.

Et pourtant il n'y avait aucun signe de lutte. L'analyse des prélèvements effectués sous ses ongles n'avait révélé la présence d'aucun morceau de peau ou trace de sang appartenant à un quelconque assaillant. Angella Benton connaissait-elle son agresseur ? Pourquoi ne s'était-elle pas battue ? Le fait que son assassin se soit masturbé et lui ait arraché son chemisier disait clairement une agression à motivation sexuelle et perpétrée en solo. Cela dit, qu'elle n'ait apparemment pas lutté pour rester en vie laissait entendre qu'elle avait peut-être été maîtrisée rapidement et complètement. Y aurait-il eu un ou plusieurs complices ?

Les premières vingt-quatre heures d'enquête s'étaient passées à rassembler les indices matériels, à prévenir les parents de la victime et à interroger les personnes proches du lieu de l'assassinat. Nous avions dû attendre le lendemain pour commencer le tri, nous attaquer aux anomalies et tenter de les analyser. A la fin de cette deuxième journée de travail, nous étions arrivés à la conclusion qu'il y avait eu mise en scène. Que l'assassin avait, de propos délibéré, disposé de faux indices dans la scène. Nous étions alors arrivés à une autre conclusion : l'assassin se croyait plus malin que nous et nous jetait sur la piste d'un prédateur sexuel alors qu'en réalité il s'agissait d'un crime d'une tout autre nature.

C'était le sperme retrouvé sur le cadavre qui nous avait aiguillés dans cette direction. En examinant les photos de la scène de crime, j'avais remarqué que les gouttes de sperme dessinaient comme une trajectoire sur la poitrine d'Angella Benton. Mais que ces mêmes gouttes étaient rondes. Or, en matière de preuve par analyse des taches de sang, il est de notoriété publique que pour former des taches rondes le sang doit tomber tout droit sur la surface où on les retrouve. Les taches elliptiques ne se forment que lorsque le sang est projeté selon une trajectoire ou tombe en oblique. Nous avions donc consulté l'expert en taches de sang pour lui demander si les normes en vigueur dans sa spécialité s'appliquaient aussi aux autres fluides corporels. Sa réponse étant affirmative, nous avions eu l'explication de la première anomalie constatée. Nous avions alors jugé plus que probable l'hypothèse selon laquelle le ou les tueurs avaient disposé les taches de sperme sur le cadavre. Il était tout à fait possible que ce sperme ait été apporté sur le lieu du crime et répandu en gouttes sur le corps afin de nous induire en erreur.

Nous avions aussitôt recentré l'enquête et cessé de croire à une affaire où la victime entre sans le savoir dans la zone où son prédateur attend pour la tuer. La zone de meurtre n'était autre qu'Angella Benton elle-même. C'était quelque chose dans son passé ou sa vie actuelle qui avait attiré le tueur vers elle.

Nous nous étions alors attaqués à ce qui, aussi bien dans le travail que dans la vie personnelle de la victime, avait pu pousser l'assassin à passer à l'acte. Car quelqu'un avait voulu la mort d'Angella Benton et s'était cru assez futé pour essayer de faire croire au meurtre gratuit d'un tueur fou. Alors que publiquement, pour les médias, nous travaillions dans la direction obsédé sexuel, en privé nous avions commencé à chercher ailleurs.

Le troisième jour, Edgar s'était chargé de la paperasse et du rapport d'autopsie pendant que Rider et moi poursuivions le travail de terrain. Nous avions passé douze heures dans les locaux d'Eidolon Productions, sis aux studios d'Archway Pictures, dans Melrose Avenue. L'équipement d'Alexander Taylor occupait presque un tiers de la place. Plus de cinquante employés étaient présents. Vu la nature de son travail d'assistante de production, Angella Benton avait des contacts avec tout le monde. L'assistante de production se trouvant tout en bas de l'échelle à Los Angeles, Benton passait son temps à faire des courses et à aller chercher des cafés pour tel ou tel. Pas de bureau pour elle, seulement une vague table dans une salle réservée au courrier et qui n'avait pas de fenêtre. Mais qu'importe : elle n'arrêtait pas, cavalant de bureau en bureau dans les studios et d'un lieu de tournage à l'autre. A ce moment-là, la société Eidolon produisait deux films et une émission de télévision, les plateaux se trouvant en divers endroits de Los Angeles et de ses environs. Et chacune de ses productions était une petite ville en soi – une petite ville sous tente et qui changeait d'endroit quasiment chaque soir. Il y avait donc plus de cent personnes qui avaient pu entrer en contact avec Angella Benton et que nous devions interroger.

La tâche qui nous attendait avait de quoi décourager. Nous avions demandé de l'aide – des renforts pour nous seconder dans nos interrogatoires. Notre lieutenant ne pouvant libérer personne, il nous avait fallu la journée entière pour venir à bout du travail rien qu'aux studios. C'était ce jour-là que j'avais pour la seule et unique fois de ma vie interrogé Alexander Taylor. Rider et moi lui avions donné une demi-heure, l'entretien restant de pure forme. Il connaissait Benton, naturellement, mais pas vraiment. Elle était au plus bas de l'échelle dont il occupait le sommet. Ils ne se voyaient que rarement, leurs relations étant, elles aussi, purement formelles. En outre, Angella Benton n'avait même pas six mois d'ancienneté dans la boîte et ce n'était pas Taylor qui l'avait embauchée.

Bref, nous n'avions rien trouvé ce jour-là. Aucun des interrogatoires que nous avions menés ne nous avait aiguillés dans une autre direction ou obligés à recentrer nos recherches. Nous allions dans le mur. Personne n'avait la moindre idée de ce qui aurait pu pousser quelqu'un à tuer Angella Benton.

Il avait alors été décidé que notre équipe se scinderait

dès le lendemain, chacun de ses membres se rendant sur un lieu de tournage pour y procéder à des interrogatoires. Edgar s'était chargé de l'émission télévisée à Valencia. Comédie à caractère familial, l'affaire tournait autour d'un couple dont l'enfant unique faisait de son mieux pour empêcher ses parents de lui donner un frère ou une sœur. Rider, elle, se chargea du film qu'on tournait le plus près de chez elle, à Santa Monica. Là, l'histoire était celle d'un type qui, se faisant passer pour l'amoureux anonyme qui avait envoyé une carte de la Saint-Valentin à une de ses collègues particulièrement ravissante, en profitait pour lui faire la cour et s'embarquait dans un flirt basé sur un mensonge qui le dévorait peu à peu comme un cancer. J'avais pour ma part hérité du deuxième film, celui qu'on tournait à Hollywood. Bourré de scènes d'action, il donnait à voir les mésaventures d'une voleuse qui dérobe une valise contenant deux millions de dollars sans savoir que cet argent appartient à la Mafia.

C'était moi qui, en ma qualité d'inspecteur de classe trois, dirigeais l'équipe. J'avais pris la décision de ne pas avertir Taylor ou l'un quelconque de ses administrateurs de notre passage sur ses lieux de tournage. Je ne voulais pas qu'il soit au courant de notre arrivée. Après nous être réparti nos champs d'action, nous avions ainsi débarqué sans prévenir et compté sur la force persuasive de notre insigne de policier pour nous ouvrir toutes les portes.

Ce qui s'était produit peu après mon arrivée le lendemain matin est parfaitement connu. Lorsque j'analyse notre façon de procéder, je regrette parfois de ne pas m'être présenté sur le plateau un jour plus tôt. J'aurais sûrement entendu parler de l'argent et aurais pu deviner la suite. La vérité n'en reste pas moins que nous avions mené notre enquête dans les règles. Nous avions fait ce qu'il fallait au moment où il fallait. De ce côté-là, je ne regrette rien.

Mais, après cette quatrième matinée, l'enquête m'avait été retirée, les Vols et Homicides de la division débarquant avec leurs gros godillots pour reprendre l'affaire. Jack Dorsey et Lawton Cross en avaient été chargés. Cinéma, argent et assassinat, il faut dire que le dossier avait tout ce qu'il fallait pour séduire les Vols et Homicides. Sauf que ces messieurs n'étaient arrivés à rien, qu'ils étaient vite passés à autre chose et que, entrant chez Nat pour y avaler un sandwich et recharger les accus, ils avaient eu malheureusement droit à beaucoup plus. En réalité, l'affaire était quasiment morte avec Dorsey. Cross, lui, en avait réchappé, mais sans jamais s'en remettre. Sorti du coma au bout de six semaines, il avait découvert qu'il ne se rappelait plus la fusillade et ne sentait plus rien des doigts de pied jusqu'au cou. Une machine se chargeait de respirer à sa place, et bon nombre de flics trouvèrent qu'il avait eu encore moins de chance que Dorsey : Cross s'en était peut-être tiré, mais il ne vivait plus vraiment.

En attendant, le dossier Angella Benton se couvrait de poussière. Tout ce à quoi Cross et Dorsey avaient touché sentait la poisse. Plus personne ne s'était attelé à l'affaire. Tous les six mois quelqu'un des Vols et Homicides sortait la chemise de son placard, soufflait dessus pour en ôter la poussière, puis portait la date de son intervention et la mention « RIEN DE NOUVEAU » sur la feuille d'état de l'enquête. Après quoi, il remettait le dossier à sa place… jusqu'à la fois suivante, sacrifiant ainsi à ce que la police de Los Angeles qualifie de « suivi attentif ».

Quatre ans s'étant écoulés depuis, j'en arrivais au huitième mois d'une existence de retraité qui ressemblait beaucoup à celle d'un musicien de jazz. Je me couchais tard et passais mon temps à regarder les murs et à boire trop de vin rouge. C'est alors que j'avais reçu un coup de fil. De Lawton Cross : il avait fini par apprendre que j'avais rendu mon tablier. Il avait demandé à sa femme de décrocher et de lui tenir l'appareil afin de pouvoir me parler.

« Harry, m'avait-il demandé, ça t'arrive de repenser à Angella Benton ?

– Tout le temps, oui.

– Moi aussi, Harry. La mémoire me revient et je pense beaucoup à cette affaire-là. »

Il n'en avait pas fallu davantage. Je croyais, la dernière fois que j'avais quitté le commissariat de la division de Hollywood, avoir à jamais laissé les cadavres derrière moi et interrogé pour la dernière fois des types qui me mentaient, mais en fait je m'étais couvert en emportant une caisse pleine de vieux dossiers, soit quelque douze ans d'affaires non résolues par les Vols et Homicides de Hollywood [1].

Dont celle d'Angella Benton. Je n'avais même pas eu à ouvrir mon carton pour me rappeler tous les détails, revoir son corps recroquevillé sur le carrelage, violé et donné en pâture aux regards. L'affaire me tenait toujours. Je ne supportais pas qu'on l'ait oubliée dans les événements – un vrai feu d'artifice – qui avaient suivi, et que son sort n'ait commencé à prendre de l'importance qu'à partir du moment où deux millions de dollars avaient disparu.

Je n'avais, moi, jamais clos cette affaire. Les grands pontes me l'avaient enlevée avant que j'en aie eu le loisir. Rien que de très ordinaire au LAPD. Sauf que c'était alors et qu'on était maintenant. Et que le coup de fil de Lawton Cross avait tout changé en moi. Il avait mis fin à mes vacances prolongées. Il m'avait donné un travail à faire.

---

1. Cf. *Wonderland Avenue*, publié dans cette même collection *(NdT)*.

3

Je ne portais plus l'insigne de la police, mais j'avais encore les mille et une habitudes et pensées instinctives qui vont avec. Tel l'ex-fumeur qui ne cesse de glisser sa main dans sa poche afin d'y retrouver le paquet qui en a disparu, je n'arrêtais pas de rechercher le confort que me conférait cet insigne. Pendant presque trente ans de ma vie j'avais fait partie d'un organisme qui prônait l'isolement du monde extérieur et cultivait l'éthique du «nous contre eux». Et voilà qu'après avoir sacrifié au culte de la police j'étais dehors et, comme excommunié, faisais partie du monde extérieur. Je n'avais plus d'insigne, je ne faisais plus partie du «nous». J'étais avec «eux».

Les mois passant, je ne cessais tour à tour de regretter ou au contraire de revendiquer ma décision de partir. Pendant toute une période, l'essentiel de mon travail avait consisté à séparer l'insigne et ce qu'il représentait de la mission personnelle que je m'étais assignée. Pendant un temps infini, j'avais en effet cru à leur inextricable enchevêtrement. Mais, les semaines et les mois s'écoulant, j'en étais venu à comprendre qu'une identité était plus grande que l'autre et prévalait. Ma mission était restée intacte. Insigne ou pas insigne, mon travail en ce monde était de représenter les morts.

Après ma conversation avec Lawton Cross, j'avais compris que j'étais prêt et que l'heure était venue de reprendre le travail. J'avais gagné la penderie du cou-

30

loir et en avais sorti le carton contenant tous les dossiers poussiéreux où les morts parlaient encore. C'était à moi qu'ils parlaient. Dans mes souvenirs. Dans les scènes de crime que je revoyais. Et, parmi eux, c'était d'Angella Benton que je me souvenais le mieux. Jamais je n'avais oublié son corps recroquevillé sur le carrelage à l'espagnole, ses mains comme tendues vers moi en un geste de supplication.

J'avais enfin une mission.

4

Le lendemain matin du jour où j'avais parlé avec Alexander Taylor, je m'assis à la table de la salle à manger de ma maison de Woodrow Wilson Drive. J'avais fait chauffer du café à la cuisine et rempli mon changeur de CD avec cinq disques où Art Pepper joue les accompagnateurs. Et j'avais étalé tous les documents et toutes les photos du dossier Angella Benton devant moi.

Ce dossier était incomplet, dans la mesure où les types des Vols et Homicides m'avaient viré de l'affaire juste au moment où l'enquête commençait à prendre tournure, soit un peu avant que la plupart des rapports aient été rédigés. Bref, presque quatre ans s'étaient écoulés depuis le meurtre et c'était tout ce que j'avais. Ça et la liste de noms qu'Alexander Taylor m'avait donnée la veille.

Je m'apprêtais à passer la journée à retrouver ces gens et à leur fixer des rendez-vous lorsque mon œil fut attiré par le petit tas de coupures de journaux dont les bords avaient jauni dans la chemise. Je m'en emparai et commençai à les feuilleter.

Au début, le meurtre d'Angella Benton n'avait eu droit qu'à une brève dans le *Los Angeles Times*. Je me rappelai combien cela m'avait déçu. Nous avions besoin de témoins. Pas seulement de gens qui auraient assisté au crime, mais encore, si du moins c'était possible, de gens qui avaient vu la voiture de l'assassin et par où il était parti. Nous devions absolument connaître les faits et gestes de la victime avant le meurtre. C'était son anniversaire. Mais où, et avec qui, avait-elle passé la soirée avant de rentrer chez elle ? C'est grâce aux articles publiés dans la presse qu'il est le plus facile d'obtenir des témoignages individuels. Mais parce que le *Times* avait choisi de ne publier qu'une brève enfouie tout au fond du cahier B, nous n'avions eu pratiquement aucune aide du public. Et lorsque j'avais appelé la journaliste pour lui faire part de ma déception, je m'étais entendu répondre que, d'après une enquête d'opinion, les clients en auraient eu assez d'une publication où on ne parlait que de morts et de tragédies. Voilà pourquoi, toujours selon elle, la part du journal consacrée aux crimes ne cessait de se réduire et, non, elle ne pouvait rien y faire. Comme pour me consoler, elle avait rédigé une mise à jour pour l'édition du lendemain, mise à jour dans laquelle il était mentionné en une ligne que la police avait besoin de l'aide de tout le monde. A ceci près que cette mise à jour était encore plus courte que sa brève, et avait été enterrée encore plus profondément dans le journal. Nous n'avions pas reçu un seul coup de téléphone.

Tout cela avait changé trois jours plus tard. L'affaire était passée en première page et tous les journaux d'information des chaînes de télé locales l'avaient traitée en ouverture. Je pris la première coupure de journal qui avait fait la une et la relus encore une fois.

CARNAGE RÉEL SUR UN PLATEAU DE TOURNAGE
UN MORT ET UN BLESSÉ APRÈS L'INTERRUPTION
PAR DE VRAIS GENDARMES ET DE VRAIS VOLEURS
D'UNE SCÈNE JOUÉE PAR LEURS DOUBLES DE FICTION

de notre correspondante permanente Keisha Russell

C'est une réalité tout ce qu'il y a de plus mortelle qui a fait irruption dans l'univers imaginaire de Hollywood lorsque, jeudi matin, des hommes de la police de Los Angeles et des agents de la sécurité ont échangé des coups de feu avec des voleurs armés venus s'emparer des deux millions de dollars utilisés pour le tournage d'un film… sur un vol de deux millions de dollars en liquide. Deux employés de la banque ont été touchés, l'un d'eux y a finalement laissé la vie.

Les voleurs se sont sauvés avec l'argent après avoir ouvert le feu sur les agents de la sécurité et sur un inspecteur de police qui se trouvait sur le plateau. D'après la police, des taches de sang découvertes dans le véhicule abandonné par les agresseurs après la fusillade laissent penser qu'au moins un des voleurs aurait lui aussi été blessé par balle.

La star du film, Brenda Barstow, se trouvait dans une caravane toute proche au moment de l'incident. Elle n'a pas été blessée et n'a pas vu ce qui s'était réellement passé.

Selon le porte-parole de la police, la fusillade s'est déroulée devant un bungalow de Selma Avenue, un peu avant dix heures du matin. Un camion blindé est venu livrer sur les lieux du tournage les deux millions de dollars dont on devait se servir pour des scènes d'intérieur. D'après certains, le plateau était placé sous haute surveillance, bien que le nombre exact de gardes armés et de policiers présents n'ait pas été divulgué.

La victime mortellement blessée est Raymond Vaughn, quarante-trois ans, directeur de la sécurité pour BankLA, l'établissement qui avait convoyé l'argent sur le lieu de tournage. Un autre employé de la banque, Linus Simonson, vingt-sept ans, a lui aussi été blessé. Touché à l'abdomen, il a été transporté au Cedars-Sinaï Medical Center, son état étant considéré comme stable dès vendredi soir.

D'après Jack Dorsey, inspecteur au LAPD, deux

gardes étaient en train d'apporter les fonds du camion blindé au bungalow lorsque trois hommes puissamment armés ont sauté d'un van garé non loin de là, un quatrième attendant derrière le volant. Ces trois hommes ont coupé la route aux gardes et se sont emparés de l'argent. Alors qu'ils revenaient vers le van avec les quatre sacoches pleines de billets, l'un d'eux a ouvert le feu.

« C'est là que tout s'est déchaîné, nous a déclaré Dorsey. C'est vite devenu une vraie fusillade. »

Vendredi, on ne savait toujours pas très clairement pourquoi cet échange de coups de feu a éclaté. D'après certains témoins, les voleurs n'auraient rencontré aucune résistance de la part des gardes présents sur les lieux.

« Tout ce qu'on peut dire pour l'instant est qu'ils se sont mis à tirer », nous a déclaré l'inspecteur Lawton Cross.

Aux dires de la police, plusieurs gardes auraient alors riposté, aidés par au moins deux policiers qui assuraient la sécurité du plateau en dehors de leurs heures de travail et par un inspecteur qui se trouvait à l'intérieur d'une caravane de cinéma où il menait une enquête qui n'aurait rien à voir avec cet incident.

Hier, la police a estimé que plus de cent coups de feu ont été tirés durant cette fusillade insensée.

D'après les témoins, elle n'aurait cependant pas duré plus d'une minute. Les voleurs ont réussi à remonter dans le van et à filer à toute allure. Le véhicule a été retrouvé plus tard, criblé de balles et abandonné près de l'entrée Sunset Boulevard du Hollywood Freeway. On a depuis découvert qu'il avait été dérobé la veille au soir dans un hangar d'équipement cinématographique. Du sang ayant été retrouvé à l'intérieur, les enquêteurs sont à peu près sûrs qu'un des voleurs a été touché par balle.

«Nous n'avons pour l'instant aucun suspect en vue, nous a encore déclaré Jack Dorsey. Nous suivons plusieurs pistes qui devraient s'avérer utiles à l'enquête.»

Cette fusillade a ramené une bonne dose de réalité à la scène et a donné beaucoup à réfléchir aux cinéastes alors en tournage.

«Au début, j'ai cru que c'était un accessoiriste qui tirait des balles à blanc, nous a dit Sean O'Malley, un des assistants de production du film. J'ai pensé à une plaisanterie. Mais quand j'ai entendu des gens crier de se coucher par terre et que des balles réelles ont commencé à ricocher dans tous les coins, j'ai compris qu'on ne rigolait plus. Je me suis jeté par terre et… j'ai prié. C'était terrifiant.»

Le film, qui n'a pas encore de titre, raconte l'histoire d'une voleuse qui s'enfuit à Los Angeles après avoir dérobé une valise contenant deux millions de dollars appartenant à la Mafia de Las Vegas. D'après les experts, il est tout à fait inhabituel que de l'argent véritable soit utilisé dans une production cinématographique, mais le metteur en scène, Wolfgang Haus, aurait insisté pour qu'on s'en serve, un certain nombre de scènes filmées dans la maison de Selma Avenue nécessitant des gros plans de la voleuse, jouée par Barstow, et de l'argent.

D'après Haus, le scénario exigeait que la voleuse répande l'argent sur un lit, se vautre au milieu des billets et les lance en l'air pour fêter sa réussite. Dans une autre scène, elle devait aussi s'allonger dans une baignoire remplie d'argent. Toujours pour Haus, dans la version finale tout le monde aurait remarqué que l'argent était faux.

Le metteur en scène allemand était aussi d'avis que de l'argent véritable aiderait les acteurs à mieux jouer dans les scènes où ils devaient en manipuler.

«Quand on se sert d'argent faux, on joue faux, nous a-t-il déclaré. Il fallait absolument éviter ça. Je tenais beaucoup à ce que cette femme croie vraiment avoir volé deux millions de dollars. Il aurait été impossible d'arriver à ce résultat autrement. Dans mes films tout est précision et vérité. Si nous nous étions servis de billets de Monopoly, le film aurait été mensonger et tout le monde l'aurait vu. »

Les producteurs du film – Eidolon Productions – avaient donc demandé qu'on leur prête la somme pendant une journée et engagé quantité de gardes pour la protéger, nous ont dit les inspecteurs. Le camion blindé devait rester sur les lieux pendant le tournage, l'argent devant être rendu aussitôt après. Les deux millions de dollars étaient fournis en billets de cent, par liasses de vingt-cinq mille dollars.

Alexander Taylor, le patron de la société de production, a refusé de nous dire ce qu'il pensait de ce hold-up et de l'utilisation de vrais billets pendant le tournage. On ne sait toujours pas clairement si cet argent était assuré contre le vol.

La police a également refusé de nous dire pourquoi l'inspecteur Harry Bosch se trouvait sur le plateau quand a éclaté la fusillade. Mais, d'après certaines sources, il aurait été en train d'enquêter sur la mort d'Angella Benton, laquelle avait été retrouvée étranglée dans son immeuble de location de Hollywood quatre jours plus tôt. Agée de vingt-quatre ans, Benton travaillait pour Eidolon Productions et la police cherche maintenant à savoir s'il y aurait un lien entre sa mort et ce hold-up à main armée.

Dans une déclaration remise à la presse par son agent, Brenda Barstow dit notamment : «Je suis choquée par ce qui s'est passé et toute ma sympathie va à la famille de l'homme qui s'est fait tuer. »

Un porte-parole de BankLA a fait savoir que Raymond Vaughn travaillait pour leur entreprise depuis sept ans. Avant cela, il avait travaillé dans la police des États de New York et de Pennsylvanie. Simonson, l'employé blessé, est l'adjoint du vice-président de la banque, Gordon Scaggs, celui-là même qui était responsable du prêt d'un jour. Il a été impossible de joindre M. Scaggs pour connaître son point de vue.

Le tournage du film a été momentanément suspendu. On ne savait toujours pas ce vendredi quand les caméras se remettraient à filmer, et s'il était encore envisagé d'utiliser de l'argent véritable sur le tournage.

Je me rappelai tout ce que la scène avait de surréel. Les cris, le nuage de fumée qui avait plané sur les lieux longtemps après la fin de la fusillade. Les gens couchés par terre et moi qui ne savais pas s'ils étaient touchés ou ne faisaient que se mettre à l'abri. Parce que personne ne s'était relevé pendant un bon moment, même après que le van eut filé depuis longtemps.

Je jetai un bref coup d'œil à un encadré où l'on disait combien il est inhabituel de se servir d'argent véritable sur un plateau – surtout en pareilles quantités –, même lorsque toutes les précautions sont prises. L'article précisait qu'il avait fallu quatre sacoches pour contenir tous les billets et faisait justement remarquer combien il était improbable que ces deux millions se soient jamais retrouvés dans le même plan cinématographique. Cela étant, les producteurs avaient bel et bien accédé aux demandes d'un metteur en scène qui avait exigé non seulement d'utiliser de vrais billets, mais qu'en plus ces derniers restent sur le plateau… au nom de la vraisemblance. Selon des sources anonymes et les gens de Hollywood cités dans l'article, il ne s'agissait en réalité ni d'argent, ni de vraisemblance, ni d'art. Tout se serait résumé à une épreuve de force, Wolfgang formulant ces exigences seulement parce qu'il le pouvait. Il venait en effet de tourner coup sur coup deux films qui avaient chacun rapporté plus de deux cents millions de dollars. En quatre années il était ainsi passé du rang de petit metteur en scène de films indépendants à celui de grand manitou de Hollywood. En exigeant d'avoir deux vrais millions de dollars en liquide pour le tournage de scènes passablement banales, il n'avait fait qu'exercer un pouvoir tout nouveau pour lui. Il voulait seulement prouver qu'il pouvait demander deux millions de dollars et les avoir sur son plateau. Ce n'était qu'une énième histoire de narcissisme hollywoodien. A ceci près que cette fois il y avait eu un meurtre à la clé.

Je passai à l'article suivant, publié deux jours après le hold-up. Ce n'était qu'une resucée des premiers qui donnait peu d'informations nouvelles sur l'enquête en cours. Personne n'avait été arrêté et l'on n'avait toujours pas de suspects. Le seul renseignement nouveau qui pouvait retenir l'attention était que Warner Bros, la major coiffant la production, avait laissé tomber le projet – et coupé le financement au bout de sept jours de production, après le départ de la vedette, Brenda Barstow, qui disait craindre pour sa sécurité. Selon des sources anonymes se trouvant au sein de la production, elle avait eu recours à une clause de sécurité qui, dans son contrat, lui permettait de quitter le film, mais, en réalité, elle se serait retirée pour de tout autres raisons. Parmi celles-ci il y aurait eu le soupçon d'un échec au box-office, cet incident jetant comme un voile noir sur la production, et aussi la déception qu'elle aurait éprouvée en lisant le scénario définitif, qui ne lui était parvenu qu'après la signature de son contrat.

A la fin de son article, l'auteur du papier revenait à l'enquête et informait le lecteur que, le meurtre d'Angella Benton étant maintenant considéré par la police comme en faisant partie, les Vols et Homicides avaient repris cette affaire à la division de Hollywood. Je remarquai alors qu'on avait entouré un paragraphe à la fin du papier. Ce « on » était fort probablement moi quatre ans plus tôt.

Des sources bien informées confirment qu'il y avait des billets répertoriés dans la somme livrée. Des enquêteurs nous ont confié que les retrouver était peut-être la meilleure chance qu'ils auraient d'identifier et de capturer les suspects.

Je ne me rappelais pas avoir entouré ce paragraphe quatre ans plus tôt et me demandai pourquoi je l'avais fait – lorsque l'article était paru, j'avais déjà été viré de l'affaire. Il faut croire que, viré ou pas, je m'y intéressais encore et aurais bien aimé savoir si la source avait donné des renseignements précis à la journaliste ou si elle espérait seulement que les voleurs paniqueraient en découvrant dans le journal qu'on pourrait les trouver en remontant la piste des billets. Qui sait s'ils ne s'accrocheraient pas plus longtemps à leur butin, accroissant ainsi les chances de le retrouver intact.

Rêveries que tout ça. Et maintenant, cela n'avait plus aucune importance. Je repliai les coupures de journaux, les mis de côté et repensai à ce qui s'était passé dans la maison ce jour-là. Les articles n'en donnaient qu'un aperçu général aussi éloigné de l'affaire qu'une vue aérienne. C'était comme d'essayer de comprendre le Vietnam en 1967 en écoutant Walter Cronkite aux informations télévisées du soir. A ces comptes rendus manquaient la confusion, l'odeur du sang et de la peur, et les décharges d'adrénaline aussi violentes que celles qui envahissaient les parachutistes descendant d'un C-130 en plein territoire ennemi. *« Go ! Go ! Go ! »*
Je me trouvais effectivement dans une caravane garée

40

dans Selma Avenue. J'y parlais d'Angella Benton avec Haus, le metteur en scène. J'essayais de trouver quelque chose à quoi me raccrocher. Obsédé par les mains de la victime comme je l'étais, je m'étais brusquement dit qu'elles faisaient peut-être partie de la mise en scène. D'une mise en scène organisée par un professionnel. Voilà pourquoi je poussais Haus dans ses retranchements et voulais savoir ce qu'il avait fait le soir du meurtre. Et à ce moment-là on avait frappé, la porte s'était ouverte et tout avait basculé.

« Wolfgang ! avait lancé un type coiffé d'une casquette de base-ball. Le camion blindé est arrivé avec le fric. »

J'avais regardé Haus.

« Le fric ? Quel fric ? »

Alors j'avais compris.

Aujourd'hui que j'y repense, je revois toute la scène au ralenti. J'en revois tous les éléments, tous les détails. En sortant de la caravane du metteur en scène, j'avais vu le camion blindé au milieu de l'avenue, deux maisons plus bas. La porte arrière en était ouverte, un type en uniforme tendant des sacoches à deux hommes plantés sur la chaussée. Deux hommes en costume, l'un nettement plus âgé que l'autre, se tenaient non loin de là et observaient la scène.

Tandis que les convoyeurs tournaient vers la maison, la portière latérale d'un van garé de l'autre côté de l'avenue s'était ouverte en glissant et trois hommes qui portaient des cagoules de ski en étaient sortis. Par la portière ouverte, j'en avais aperçu un quatrième assis au volant. J'avais porté la main à l'arme que j'avais à la hanche, puis suspendu mon geste. La situation était dangereuse. Beaucoup trop de gens risquaient d'être pris dans la fusillade. J'avais laissé faire.

Surgissant derrière les convoyeurs, les voleurs les avaient surpris et s'étaient emparés des sacoches sans tirer un seul coup de feu. C'est alors, au moment où ils regagnaient le van à reculons, que l'inexplicable s'était produit. Le type qui couvrait l'opération et ne transportait pas de sacoche avait pris la position du tireur debout et abaissé son arme à deux mains. Je ne comprenais pas. Qu'avait-il vu ? D'où venait la menace ? Qui avait bougé ? Puis il avait ouvert le feu, le plus âgé des deux types en costume, les mains levées et ne menaçant donc personne, s'effondrant en arrière sur la chaussée.

En moins d'une seconde, une véritable bataille rangée avait éclaté. Le type dans le camion blindé, les gardiens de la sécurité et les flics postés sur la pelouse de devant, tout le monde s'était mis à tirer. J'avais moi-même dégainé et m'étais rapproché du camion blindé en descendant la pelouse.

– Couchez-vous ! Tout le monde à terre !

Les cameramen et les techniciens plongeant pour se mettre à l'abri, je m'étais encore approché. J'avais entendu quelqu'un crier, puis le moteur du van se mettre à rugir. Lorsque enfin j'avais eu un angle de tir complètement dégagé, les voleurs étaient déjà au van. L'un d'entre eux y avait jeté ses sacoches par la portière ouverte, puis avait sorti deux pistolets de sa ceinture.

Il n'avait jamais eu le temps de tirer. J'avais fait feu et l'avais vu tomber en arrière dans le van. Les autres s'y étant rués à sa suite, le véhicule avait pris le large, ses pneus hurlant et la portière latérale encore ouverte, portière par laquelle dépassaient les pieds du voleur blessé. J'avais regardé le van tourner le coin du boulevard et filer vers Sunset et le freeway. Je n'avais aucune chance de pouvoir me lancer à leur poursuite, ma Crown Vic se trouvant à plus d'un pâté d'immeubles de là.

Il ne me restait plus qu'à ouvrir mon portable et signaler le hold-up. J'avais demandé qu'on envoie des ambulances et beaucoup de monde, puis indiqué la direction prise par le van pour qu'on le prenne en chasse sur le freeway.

Pendant ce temps, quelqu'un n'avait pas cessé de hurler dans mon dos. J'avais refermé mon portable et rejoint l'homme qui criait. C'était le plus jeune des deux types en costume. Couché sur le flanc, il avait refermé sa main sur sa hanche gauche. Du sang lui coulait entre les doigts. Sa journée et son costume étaient foutus, mais je savais qu'il s'en sortirait.

«Je suis touché! criait-il en se tortillant comme un ver. Putain, mais je suis touché!»

J'émergeai de mes souvenirs et retrouvai la table de ma salle à manger lorsque Art Pepper se mit à jouer *You'd Be so Nice to Come Home to* avec Jack Sheldon à la trompette. J'avais au moins deux ou trois versions de Pepper jouant ce standard de Cole Porter. Dans chacune d'elles il attaquait ce morceau comme pour en arracher les tripes. Il ne savait pas le jouer autrement et c'était cette obstination implacable que j'aimais le plus en lui. La chose même que j'espérais partager avec lui.

J'ouvris mon carnet de notes à une page vierge et m'apprêtais à y noter quelque chose que je venais de me rappeler à propos de la fusillade lorsqu'on frappa à la porte.

5

Je me levai, longeai le couloir et jetai un œil par le
judas. Et regagnai tout de suite la salle à manger, où je
sortis une nappe du buffet appuyé contre le mur. Elle
n'avait jamais servi. C'était ma femme qui l'avait achetée et rangée dans ce meuble pour les jours où nous
recevions. Sauf que nous n'avions jamais reçu qui que
ce soit. Ma femme avait disparu, mais la nappe allait
m'être utile. On frappa une deuxième fois à la porte.
Plus fort, ce coup-là. Je me dépêchai de couvrir mes
photos et mes documents et regagnai l'entrée.

Kiz Rider me tournait le dos et regardait la rue
lorsque je lui ouvris.

– Kiz ! m'écriai-je. Je te demande pardon. J'étais sur
la terrasse de derrière et je ne t'ai pas entendue frapper
la première fois. Entre donc !

Elle passa devant moi et prit à son tour le petit couloir
qui conduit à la salle à manger-salle de séjour.

– Alors comment sais-tu que j'avais déjà frappé ?
répliqua-t-elle en me frôlant.

– Je… euh… je me suis dit qu'on frappait si fort que
la personne qui…

– OK, OK, Harry, j'ai compris.

Je ne l'avais pas revue depuis pratiquement six mois.
Depuis la petite fête qu'elle avait organisée chez Musso
en l'honneur de mon départ à la retraite. Elle avait loué
le bar et invité tous les flics de la division de Hollywood.

Elle entra dans la salle à manger et je la vis regarder la nappe qui faisait des bosses. Il était évident qu'il y avait quelque chose dessous et je regrettai aussitôt mon geste.

Kiz avait mis un tailleur gris anthracite avec une jupe au-dessous du genou. Cela me surprit. Neuf fois sur dix, lorsque nous travaillions ensemble, elle portait un jean et un blazer noirs par-dessus un chemisier blanc. Cela lui donnait une grande liberté de mouvement, et la possibilité de courir si nécessaire. En tailleur elle ressemblait plus au PDG d'une banque qu'à une inspectrice des Vols et Homicides.

Les yeux toujours sur la table, elle me lança :

– Ah, Harry ! Tu es toujours aussi doué pour mettre la table ! Et… qu'est-ce qu'il y a donc pour le déjeuner ?

– Je te demande pardon, Kiz. Je ne savais pas qui était à la porte et j'ai disons… j'ai jeté ce machin sur des trucs que j'avais sortis.

Elle se tourna vers moi.

– Des trucs ? Quels trucs, Harry ?

– Oh, des trucs. Des vieux trucs. Et toi, hein ? Comment ça va à la brigade ? Ça va mieux que la dernière fois qu'on s'est causé ?

Elle avait été promue aux Vols et Homicides à peu près un an avant que je quitte la police. Elle avait eu des ennuis avec son coéquipier et d'autres types de la brigade et me l'avait confié. J'avais souvent joué les mentors avec elle, même après son transfert. Tout cela avait pris fin lorsque j'avais préféré partir à la retraite plutôt que de réintégrer un poste qui aurait fait de moi son partenaire à la brigade. Je savais qu'elle en avait été blessée. Cette soirée qu'elle avait organisée pour mon départ était certes un beau geste de sa part, mais c'était aussi une façon de me dire définitivement au revoir.

– La brigade ? Ça n'a pas marché, me répondit-elle.

– Quoi ? Qu'est-ce que tu racontes ?

J'étais sincèrement surpris. Rider était la coéquipière la plus compétente et la plus finaude avec laquelle j'avais jamais travaillé. Elle était faite pour cette mission. La police avait besoin de gens comme elle. J'étais parti convaincu qu'elle allait s'adapter aux exigences de la plus célèbre des brigades et y faire du bon travail.

– Je me suis fait transférer au début de l'été. Je travaille au bureau du grand patron.

– Tu rigoles. Oh, mon Dieu…

Je n'en revenais pas. Il était évident qu'elle avait choisi de faire carrière. Qu'elle travaille pour le grand patron en qualité d'adjointe ou sur des projets spéciaux signifiait qu'elle s'initiait à la gestion du haut commandement. Il n'y avait rien à y redire. Je savais qu'elle était aussi ambitieuse qu'un autre. A ceci près qu'enquêter sur des homicides était une vocation et pas une carrière. Et j'avais toujours cru qu'elle le comprenait et l'acceptait. Elle avait entendu l'appel.

– Kiz, je ne sais pas quoi dire. Si seulement…

– Quoi ? Si seulement je t'en avais parlé avant ? C'est toi qui as quitté le navire, Harry. Tu l'as oublié ? Et d'ailleurs, qu'est-ce que tu m'aurais dit ? De tenir bon dans une brigade que tu lâchais ?

– C'était pas la même chose pour moi, Kiz. J'avais développé trop de résistance au boulot. J'avais trop de casseroles. Toi, tu étais différente. Tu étais une étoile, Kiz, une star.

– Ouais, bon, sauf que les étoiles, ça se consume. C'était un peu trop mesquin et politique, au troisième étage. J'ai changé de direction. J'ai passé l'examen de lieutenant. Et le chef de la police est un chic type. Il veut bien faire et j'ai envie de l'aider. Assez curieusement, il y a moins de politique, au sixième. On pourrait croire que c'est le contraire, mais…

On aurait dit qu'elle essayait moins de me convaincre

que de s'en persuader elle-même. Je ne pus qu'acquiescer d'un hochement de tête tandis que la culpabilité et l'impression d'avoir perdu un être cher m'envahissaient. Si j'étais resté et avais repris mon poste aux Homicides, elle aussi serait restée. J'entrai dans la salle de séjour et me laissai choir sur le canapé. Elle me suivit, mais resta debout.

Je tendis la main pour baisser la musique, mais pas trop. J'aimais bien l'air qui passait. Je regardai par les portes coulissantes, et par-delà la terrasse contemplai les montagnes qui bordaient la Valley. Il n'y avait pas plus de brouillard que d'habitude. Mais le ciel couvert, Dieu sait comment, me parut bien dans le ton lorsque Pepper prit sa clarinette pour accompagner Lee Konitz dans *The Shadow of Your Smile*[1]. Il y avait dans ce morceau une mélancolie telle que même Kiz Rider parut hésiter. Toujours debout, elle continua d'écouter.

Ces disques m'avaient été donnés par Quentin McKinzie, un ami qui avait connu Pepper et joué avec lui quelques dizaines d'années plus tôt au Shelly Manne, au Donte et dans d'autres clubs de jazz que le son West Coast avait fait surgir à Hollywood, mais qui avaient depuis longtemps disparu. McKinzie m'avait recommandé de bien les écouter. Ils comptaient parmi les derniers enregistrements de l'artiste. C'était comme si Pepper, qui avait passé des années et des années en prison à cause de son penchant pour diverses drogues, voulait rattraper le temps perdu. Même comme simple accompagnateur. Ah, cette obstination implacable ! Il n'avait déposé les armes que le jour où son cœur avait lâché. Il y avait de l'intégrité aussi bien là-dedans que dans cette musique qu'admirait mon ami. Je me rappelle qu'en me faisant cadeau de ces disques il m'avait

_____

1. Soit « L'Ombre de ton sourire » *(NdT)*.

conseillé de ne jamais arrêter de vouloir rattraper le temps perdu.

A la fin du morceau, Kiz se tourna vers moi.

– Qui c'était?

– Art Pepper, Lee Konitz.

– Des Blancs?

J'acquiesçai.

– Putain, c'était beau.

Je hochai de nouveau la tête.

– Bon alors, qu'est-ce qu'il y a sous ta nappe, Harry? Je haussai les épaules.

– Vu que ça fait huit mois que tu n'es pas venue, j'imagine que tu le sais.

– Oui, dit-elle en hochant la tête.

– Laisse-moi deviner… Alexander Taylor est copain copain avec le chef de la police ou avec le maire, voire avec les deux, et demande qu'on voie un peu qui je suis.

Elle acquiesça. J'avais vu juste.

– Et comme le chef savait que toi et moi avions été proches à un moment donné et que…

A un moment donné. Kiz me parut beaucoup bafouiller en disant ça.

– Bon, bref, il m'a envoyée te dire que tu ne cherches pas là où il faut.

Elle s'assit dans le fauteuil en face du canapé et regarda de l'autre côté de la terrasse. Je n'eus aucun mal à voir qu'elle ne s'intéressait pas au paysage. Elle ne voulait tout simplement pas me regarder.

– Et donc, lui lançai-je, c'est pour ce genre de trucs que tu as laissé tomber les Homicides? Pour faire les commissions du grand chef?

Elle me décocha un vif coup d'œil et je vis la douleur dans son regard. Je ne regrettai pourtant pas ce que j'avais dit. J'étais aussi en colère contre elle qu'elle contre moi.

– Facile à toi de dire ça, Harry. La guerre, tu l'as finie, toi.

– Cette guerre-là est sans fin, Kiz.

Je songeai au morceau qui passait tandis qu'elle me transmettait le message du chef et souris presque de la coïncidence. C'était en effet *High Jingo* qu'on entendait, Art Pepper y accompagnant toujours Lee Konitz. Pepper devait mourir six mois après cet enregistrement. La coïncidence, c'était qu'au moment où j'étais entré dans la police, dans le langage de la vieille garde, l'expression *« high jingo »* désignait une affaire qui suscitait un intérêt inhabituel chez les gens du sixième étage ou qui présentait des risques politiques difficilement décelables. Lorsqu'une affaire prenait un tour *« high jingo »*, il fallait faire attention car on nageait en eau trouble. Il fallait avoir des yeux derrière la tête parce que personne n'était là pour assurer vos arrières.

Je me levai et gagnai la fenêtre. Le soleil illuminait des millions de particules en suspens dans l'air. Orange et rose, il paraissait superbe. On n'aurait jamais pensé qu'il puisse être empoisonné.

– Bon alors, que dit le chef ? « Allons, Bosch, on laisse tomber ? Tu n'es plus qu'un citoyen ordinaire maintenant. Laisse donc ça aux professionnels » ?

– En gros, oui.

– Le dossier est en train de disparaître sous la poussière, Kiz. Qu'est-ce que ça peut lui faire que j'aille y mettre mon nez alors que personne de chez lui ne le fait ? Il aurait peur d'avoir honte si jamais j'arrivais à trouver la solution ?

– De quelle poussière parles-tu ?

Je me retournai pour la regarder.

– Oh, allons ! Tu ne vas quand même pas me faire le coup du « suivi attentif » ! Je sais comment ça se passe. Une signature tous les six mois dans le registre et la mention « Rien de nouveau » dans le dossier. Parce que, enfin… ça ne t'intéresse pas, cette histoire ? Angella Benton, tu la connaissais, non ? Tu n'as pas envie qu'on fasse la lumière là-dessus ?

– Bien sûr que si. Ne va pas t'imaginer une seule seconde le contraire. Mais il se passe des choses, Harry. On te fait une faveur en m'envoyant ici. Ne te mêle pas de ça. Tu pourrais mettre les pieds dans quelque chose dont tu n'as aucune envie. Et tu pourrais faire du mal au lieu d'aider.

Je me rassis et la regardai longuement en essayant de lire entre les lignes. Tout ça n'était guère convaincant.

– Quoi ? On s'occupe activement de l'affaire ? On… et d'abord… qui ?

Elle hocha la tête.

– Non, ça, je ne peux pas te le dire. Tout ce que je peux te dire, c'est de laisser tomber.

– Écoute, Kiz, c'est à moi que tu parles. Si en colère que tu sois contre moi parce que j'ai rendu mon tablier, tu ne devrais pas…

– Je ne devrais pas quoi ? Faire ce que je suis censée faire ? Obéir aux ordres ? Enfin, Harry… tu ne portes plus l'insigne, toi. Et des gens qui portent l'insigne s'occupent de cette affaire. Activement. Ac-ti-ve-ment, Harry. Tu comprends ? Laisse ça tranquille.

Et avant que j'aie pu répondre, elle m'expédia une autre salve :

– Et ne t'inquiète pas pour moi, tu veux ? Je n'ai plus rien contre toi, Harry. Tu m'as laissée sur le carreau, mais ça remonte à loin. Oui, je t'en ai voulu, mais beaucoup d'eau a coulé sous les ponts. Je n'avais aucune envie d'être celle qu'on enverrait ici, mais on m'a forcée. Il croyait que je saurais te convaincre.

Je supposai qu'« il » était le chef de la police. Je restai longtemps sans rien dire, à attendre la suite. Mais Kiz m'avait tout balancé. Alors je lui parlai doucement, presque comme si je me confessais à un prêtre.

– Et qu'est-ce qui se passera si je ne peux pas laisser tomber ? Qu'est-ce qui se passera si, pour des raisons qui n'ont rien à voir avec cette affaire, des raisons personnelles, il faut absolument que je continue ?... Dis-moi, qu'est-ce qui se passera ?

Elle hocha la tête d'un air agacé.

– Tu prendras des coups. Parce que ces gens-là ne rigolent pas, Harry. Trouve donc une autre affaire ou une autre manière de te débarrasser de tes démons.

– Qui sont « ces gens-là » ?

Elle se leva.

– Qui sont « ces gens-là », Kiz ? répétai-je.

– Je t'en ai dit assez, Harry. Le message a été transmis. Bonne chance.

Elle se dirigea vers le couloir et la porte. Je me levai à mon tour et la suivis en essayant d'y voir clair dans ce que je savais.

– Qui s'occupe du dossier ? lui redemandai-je. Dis-le-moi.

Elle me regarda par-dessus son épaule, mais continua d'avancer vers la porte.

– Dis-le-moi, Kiz. Qui est-ce ?

Soudain elle s'arrêta et se tourna vers moi. Je vis de la colère et du défi dans ses yeux.

– Quoi ? En souvenir du bon vieux temps, Harry ? C'est ça que tu veux dire ?

Je reculai. Sa colère était comme un champ de forces qui me repoussait. J'ouvris grand les mains en signe de capitulation et gardai le silence. Elle attendit un moment, puis elle se tourna de nouveau vers la sortie.

– Au revoir, Harry.

Elle ouvrit la porte, passa dehors et la referma derrière elle.

– Au revoir, Kiz, lui lançai-je.

Mais elle était déjà partie. Longtemps je restai planté là, à penser à ce qu'elle avait dit et pas dit. Parce que dans ce message il y en avait un autre, mais j'étais encore incapable de le déchiffrer. L'eau était encore trouble.

«*High jingo*, baby!» me dis-je à moi-même en fermant la porte à clé.

6

Rouler jusqu'à Woodland Hills me prit presque une heure. Dans cette région, à condition de savoir attendre, de bien choisir ses points de chute et d'aller à rebours de la grosse circulation, on pouvait jadis arriver à destination en un temps convenable. Ce n'était plus le cas. J'avais l'impression que, quels que soient l'heure et le lieu, les freeways étaient un cauchemar permanent. Il n'y avait jamais un instant de répit. N'ayant pas fait de longs trajets depuis quelques mois, je trouvai ce retour à la routine aussi pénible qu'agaçant. Lorsque je n'y tins plus, je lâchai le 101 à la sortie de Topanga Canyon et fis le reste du trajet par les routes de surface[1]. Je veillai à ne pas essayer de rattraper le temps perdu en fonçant dans des quartiers pour la plupart résidentiels. J'avais une flasque dans la poche intérieure de ma veste. Cela pouvait me causer de sérieux ennuis si je me faisais arrêter.

En quinze minutes, j'arrivai à la maison de Melba Avenue. Je me garai derrière le van, descendis de voiture et montai le plan incliné en bois qui, partant de la porte latérale du van, recouvrait les marches du petit perron de devant.

Danielle Cross m'ouvrit et me fit signe d'entrer.

---

1. Il y a tellement de routes surélevées à Los Angeles qu'on en est venu à les distinguer des voies ordinaires, dites « de surface » (*NdT*).

– Comment va-t-il aujourd'hui, Danny? lui demandai-je.

– Comme d'habitude.

– Ah.

Je ne sus que dire d'autre. Je n'avais aucune idée de
la façon dont elle voyait les choses depuis qu'en un soir
tous ses espoirs et ses projets s'étaient trouvés boule-
versés. Je savais qu'elle ne pouvait pas être beaucoup
plus âgée que son mari. La petite quarantaine. Mais pas
moyen d'en être certain: son regard était vieux et ses
lèvres constamment serrées, les commissures tirées
vers le bas.

Je connaissais le chemin, elle me laissa y aller tout
seul. Je traversai la salle de séjour et pris le couloir jusqu'à la dernière pièce sur la gauche. J'entrai et vis
Lawton Cross dans son fauteuil roulant – celui qu'il
avait acheté, comme son van, grâce à l'argent collecté
par ses collègues du syndicat. Il regardait CNN à une
télé fixée au plafond par une cornière. Encore un repor-
tage sur la situation au Moyen-Orient.

Il tourna son regard vers moi sans que remue son
visage. Une lanière lui traversait le front au-dessus des
sourcils et lui plaquait la tête au coussin posé sous elle.
Tout un réseau de tuyaux reliait son bras droit à une
poche remplie d'un liquide clair accrochée à une
potence elle-même fixée à l'arrière de son fauteuil. Il
avait le teint cireux et ne pesait pas plus de soixante
kilos, ses clavicules faisant saillie sous la peau comme
des éclats de poterie brisée. Ses lèvres étaient sèches et
craquelées, ses cheveux complètement ébouriffés. Son
aspect m'ayant beaucoup choqué lorsque j'étais allé le
voir après son appel, j'essayai de n'en rien montrer
cette fois.

– Salut, Law. Comment va?

La question était horrible, mais j'avais l'impression
de la lui devoir.

– Comme on peut s'y attendre, Harry.

– Oui, bien sûr.

Sa voix n'était plus qu'une sorte de chuchotement rauque, celle d'un entraîneur de football américain qui aurait passé quarante ans de sa vie à gueuler sur la ligne de touche.

– Écoute, repris-je. Je m'excuse de revenir aussi vite, mais il y a quelques autres trucs.

– Es-tu allé voir le producteur ?

– Oui, hier. C'est par lui que j'ai commencé. Il m'a accordé vingt minutes.

Il y avait dans la pièce comme un sifflement sourd que j'avais déjà remarqué quand j'étais venu un peu plus tôt dans la semaine. Cela devait venir du respirateur poussant de l'air dans les tuyaux transparents qui couraient sous sa chemise et sortaient par le col de sa chemise pour remonter de part et d'autre de son visage et lui entrer dans les narines.

– Et… ?

– Il m'a donné des noms. Tous les gens d'Eidolon qui devaient être au courant de la livraison des billets. Je n'ai pas encore eu le temps de les interroger.

– Lui as-tu demandé ce que veut dire Eidolon ?

– Non, je n'y ai même pas songé. C'est quoi ? Un nom de famille ?

– Non. Eidolon veut dire fantôme. C'est une des choses qui me sont revenues. Je m'en suis souvenu brusquement en repensant à l'affaire. Je le lui avais demandé. D'après lui, ça sortait d'un poème. Un poème où on parle d'un fantôme assis sur un trône dans les ténèbres. Il doit croire que c'est lui.

– Bizarre.

– Ça ! Hé, Harry… tu peux éteindre le moniteur. Comme ça, on n'aura pas à embêter Danny.

Il m'avait demandé la même chose lors de ma première visite. Je fis le tour de son fauteuil pour gagner

55

une commode proche, sur laquelle était posé un petit engin en plastique équipé d'un voyant lumineux de couleur verte. Il s'agissait d'un moniteur audio dont se servent les parents pour écouter leur bébé quand il dort. Il permettait à Cross d'appeler sa femme lorsqu'il avait besoin de changer de chaîne ou désirait quelque chose. Je l'éteignis pour que nous puissions parler en toute tranquillité et revins m'installer en face de son fauteuil.

– Bon, dit Cross. Et si tu fermais la porte ?

Je fis ce qu'il me demandait. Je savais où ça nous conduisait.

– Alors, tu m'as apporté quelque chose ce coup-ci ? reprit-il. Comme je te l'avais demandé ?

– Euh, oui. Oui, je t'ai apporté quelque chose.

– Bien, commençons par là. Passe dans la salle de bains derrière toi et regarde un peu si elle m'a laissé ma bouteille.

J'entrai dans la salle de bains et vis que le comptoir autour du lavabo était couvert de toutes sortes de médicaments et de petit matériel médical. Dans un porte-savon se trouvait une bouteille en plastique ouverte. L'objet ressemblait à ce qu'on trouve ordinairement sur les vélos de tourisme, mais s'en différenciait un peu. Le goulot était plus large et légèrement incurvé. Sans doute pour boire plus commodément, me dis-je. Je sortis vite ma flasque de ma veste et versai quelques décilitres de Bushmills dans la bouteille. Les yeux de Cross s'agrandirent d'horreur lorsque je rapportai cette dernière dans la chambre.

– Mais non, pas ça ! s'écria-t-il. C'est ma bouteille pour pisser !

– Ah, merde ! Désolé !

Je fis demi-tour et retournai dans la salle de bains, où je vidai l'alcool dans le lavabo au moment même où Cross me hurlait :

– Non ! Non !

Je le regardai.

– Je l'aurais bu.

– Ne t'inquiète pas. J'en ai encore.

Je lui rinçai sa bouteille, la reposai sur le porte-savon et regagnai sa chambre.

– Law, lui dis-je, il n'y a pas de bouteille pour boire dans la salle de bains. Que veux-tu que je fasse ?

– Et merde, tiens ! Elle a dû me la piquer. Elle sait bien ce que je fabrique. Tu as ton flacon ?

– Oui, ici, lui répondis-je en le tapotant à travers ma veste de sport.

– Sors-le et fais-moi goûter.

Je sortis le flacon et l'ouvris. Puis j'en approchai le goulot de sa bouche et le laissai boire une gorgée. Il toussa fort, un peu de liquide lui dégoulinant sur la joue et dans le cou avant d'aller tacher le coussin de son fauteuil roulant.

– Ah, putain ! dit-il en s'étouffant.

– Quoi ?

– Putain !

– Quoi ? Hé, ça va ? Tu veux que j'appelle Danny ?

– Non, non, ça va. Ça va même très bien. C'est juste que ça faisait un sacré bout de temps. File-m'en une autre gorgée.

– Law, il faut qu'on cause.

– Je sais. Donne-m'en juste encore une goutte.

Je lui tins le flacon à la bouche et lui en fis boire une bonne lampée. Cette fois il avala sans problème, et en fermant les yeux.

– Un vrai con de nana… Putain ce que c'est bon !

Je souris et hochai la tête.

– Au cul les toubibs ! reprit-il. Je préfère cent fois l'alcool. Et tous les jours !

Il ne pouvait certes plus bouger, mais je vis le whisky monter dans ses yeux et adoucir son regard.

– Mais elle me refuse tout, enchaîna-t-il. Ordre du

médecin, qu'elle dit. La seule fois où il m'arrive d'en boire une goutte, c'est quand les collègues passent me voir. Et ça n'arrive pas souvent. Qui a envie de venir voir un vieux débris comme... Faut continuer à passer, Harry. Ton affaire, je m'en fous. Tu la résous ou tu ne la résous pas, mais tu viens me voir. (Ses yeux se posèrent sur mon flacon.) Et t'amènes ton copain avec toi. Faut toujours amener son copain, Harry, toujours.

Je commençais à comprendre. Il ne m'avait pas tout dit. J'étais venu le voir la veille du jour où j'étais allé rendre visite à Taylor parce que c'était par lui qu'il fallait commencer. Mais il m'avait caché des choses pour m'obliger à revenir avec mon copain. Et si son coup de téléphone pour me rappeler l'affaire n'avait eu pour seul objet que cet ami que j'avais dans ma poche ?

Je tins le flacon en l'air.

– Tu ne m'as pas tout dit pour m'obliger à t'apporter ça, lui dis-je.

– Non. J'allais demander à Danny de te téléphoner. Il y a un truc que j'avais oublié.

– Oui, bon, sauf que je sais déjà ce que c'est. J'ai parlé avec Taylor et je n'avais pas plus tôt fini de le faire que je recevais une visite des types du sixième étage. Ces messieurs me faisaient comprendre qu'il valait mieux laisser tomber, qu'on s'en occupait. «On» étant des gens qui ne plaisantent pas.

Ses yeux n'arrêtaient pas de bouger dans son visage figé.

– Non, c'est pas ça, dit-il.

– Qui est venu te voir avant moi, Law ?

– Personne. Personne n'est venu me voir pour cette histoire.

– Qui as-tu appelé avant de me téléphoner ?

– Personne, Harry, je te jure.

J'avais dû hausser le ton car la porte de la chambre s'ouvrit soudain, et l'épouse de Cross fut devant moi.

– Tout va bien ? me demanda-t-elle.

– Oui, Danny, tout va bien, répondit Law. Laisse-nous tranquilles.

Elle resta un instant sur le pas de la porte et je vis son regard se poser sur le flacon que je tenais toujours à la main. Je songeai à en boire une goulée moi-même, de façon à lui faire croire que c'était pour moi, mais je vis bien dans ses yeux qu'elle savait parfaitement ce qui était en train de se jouer. Elle ne bougea pas pendant un long moment, puis elle leva les yeux sur moi et soutint mon regard. Enfin elle fit marche arrière et referma la porte derrière elle. Je me retournai vers Cross.

– Si elle n'était pas au courant, maintenant c'est fait, lui dis-je.

– Je m'en fous. Quelle heure est-il, Harry ? Je ne vois pas bien l'écran.

Je regardai le coin de l'écran de télévision où la chaîne CNN donne l'heure en continu.

– Onze heures dix-huit. Qui est venu te voir, Law ? Je veux savoir qui bosse sur l'affaire.

– Je te l'ai dit, Harry, il n'est venu personne. Pour ce que j'en sais, ton affaire est aussi morte que mes salo-peries de guiboles.

– Bien, bien. Alors qu'est-ce que tu ne m'as pas dit l'autre jour ?

Son regard s'étant porté sur mon flacon, il n'eut même pas à demander. Je portai le whisky à ses lèvres gercées, il but goulûment en fermant les yeux.

– Ah, mon Dieu, dit-il. J'ai…

Il rouvrit les yeux et les braqua sur moi comme le loup sur le cerf qu'il va tuer.

– C'est elle qui me maintient en vie, murmura-t-il d'un ton désespéré. Tu crois que c'est ce que je veux ? Rester assis dans ma merde la moitié du temps ? Sauf qu'elle a droit à tout tant que je vivrai : remboursement à cent pour cent des frais médicaux et salaire complet.

Dès que je mourrai, elle n'aura plus que sa pension de veuve. Et je n'avais pas beaucoup d'années de service, Harry. A peine quatorze ans. Ça ferait à peine la moitié de ce qu'elle gagne en me gardant en vie.

Je le regardai longuement en me demandant si elle n'était pas en train de nous écouter de l'autre côté de la porte.

– Bon, dis-je, qu'est-ce que tu veux, Law? Que je te débranche? Je ne peux pas. Je peux te trouver un avocat si tu veux, mais je ne suis pas...

– Et elle ne me traite pas bien non plus.

Je marquai encore une pause. J'éprouvais comme un tiraillement à l'estomac. S'il disait vrai, sa vie était encore plus un cauchemar que tout ce que je pouvais imaginer. Je baissai la voix.

– Qu'est-ce qu'elle te fait, Law? lui demandai-je.

– Elle se fout en colère. Elle fait des trucs. Je veux pas en parler. C'est pas de sa faute.

– Écoute, tu veux qu'un avocat s'occupe de ça? Je pourrais aussi te trouver un enquêteur des services sociaux.

– Non, pas d'avocats. Ça prendra une éternité. Et pas d'enquêteurs non plus. J'ai pas envie de te foutre dans la merde, Harry, mais qu'est-ce que je vais devenir? Si je pouvais me débrancher tout seul...

Il souffla fort. C'était le seul geste que son corps lui permettait de faire. Je ne pus qu'imaginer l'horreur de sa frustration.

– C'est pas une façon de vivre, Harry, reprit-il. J'appelle pas ça vivre, moi.

J'acquiesçai d'un signe de tête. Rien de tout cela n'était sorti lors de ma première visite. Nous avions parlé de l'affaire et de ce qu'il en avait gardé en mémoire. Ses souvenirs lui revenaient par petits bouts. Notre entretien avait certes été difficile, mais sans désespoir ni dégoût de soi. Sa déprime n'avait pas été

60

pire que ce à quoi on pouvait s'attendre. Je me demandai si ce n'était pas l'alcool qui avait tout fait resurgir.

– Écoute, lui dis-je, je vais y réfléchir. Je peux pas te promettre plus.

Je hochai la tête, il se détourna de moi pour regarder l'écran de télé au-dessus de mon épaule gauche.

– Quelle heure est-il, Harry ?

Cette fois, je consultai ma montre.

– Il est onze heures vingt, Law. T'es pressé ? Tu attends quelqu'un ?

– Non, non, c'est pas ça. C'est juste une émission que j'aime bien regarder à Court TV. Ça passe à midi. Rikki Kleiman. Elle est bien.

– Tu as donc tout le temps de me parler. Pourquoi tu ne te fais pas installer une grosse pendule ?

– Danny n'en veut pas. Elle dit que, d'après le docteur, regarder une pendule me ferait du mal.

– Elle a probablement raison.

Ce n'était pas la chose à dire. Je vis la colère noyer son regard et regrettai aussitôt mes paroles.

– Je te demande pardon. Je ne…

– Tu sais ce que c'est de pas pouvoir soulever le poignet pour regarder l'heure à sa montre, dis ?

– Non, Law. Je n'en ai aucune idée.

– Tu sais ce que c'est de chier dans une poche et d'être obligé de demander à sa femme d'emporter ça aux toilettes ? Tu sais ce que c'est de devoir lui demander absolument tout jusqu'à la moindre goutte de whisky ?

– Je suis désolé, Law.

– Ben tiens ! Désolé, tout le monde l'est, mais personne…

Il n'acheva pas sa phrase. Il donna l'impression de la sectionner comme un chien qui plante ses dents dans un morceau de viande crue. Il se détourna et se tut. Je gardai longtemps le silence, jusqu'au moment où je jugeai que sa colère lui était rentrée dans la gorge et avait disparu dans le puits sans fond de sa frustration et de son apitoiement sur lui-même.

– Eh, Law, dis-je.

Ses yeux me regardèrent.

– Quoi, Harry ?

Il avait retrouvé son calme. C'était fini.

– Reprenons un peu en arrière. Tu m'as dit que tu allais m'appeler parce qu'il y avait quelque chose que tu avais oublié. La première fois qu'on a reparlé de l'affaire. Qu'est-ce que tu as oublié de me dire, Law ?

– Personne n'est venu ici pour me parler du dossier, Harry. Y a que toi. Je te le jure.

– Je te crois, Law. Je me suis trompé. Mais… qu'est-ce que tu as oublié, Law ? Pourquoi voulais-tu m'appeler ?

Il ferma les yeux un instant, puis les rouvrit. Ils étaient complètement clairs et secs.

– Je t'ai bien dit que Taylor avait assuré le fric, n'est-ce pas ?

– Oui, tu me l'as dit.

– Ce que j'avais oublié, c'est que la compagnie d'assurances… comme ça, je me rappelle pas son nom…

– La Global Underwriters. Tu t'en es souvenu, l'autre jour.

– Ah oui. La Global Underwriters… Une des conditions exigées par elle était que le prêteur… BankLA… répertorie tous les billets.

– Répertorie tous les billets ? Qu'est-ce que tu veux dire ?

– Qu'elle enregistre tous les numéros.

Je me rappelai le paragraphe de l'article que j'avais entouré d'un cercle. C'était donc vrai. Je commençai à faire les calculs dans ma tête. Deux millions divisés par cent. J'avais presque le résultat lorsque je l'oubliai.

– Ça fait un paquet de chiffres.

– Je sais. La banque a renâclé en disant qu'il faudrait

quatre employés pendant une semaine, enfin… quelque chose comme ça. Ce qui fait qu'ils ont fini par négocier et sont arrivés à un compromis. Ils ont échantillonné. Ils ont pris dix billets dans chaque liasse.

Je me rappelai que l'article du *Times* signalait que l'argent avait été livré en liasses de vingt-cinq mille dollars. Ce calcul-là, je pouvais le faire. Il fallait quatre-vingts liasses pour arriver à deux millions de dollars.

– Ils ont noté huit cents numéros ? Ça fait quand même encore beaucoup.

– Oui. Je me souviens que la sortie d'imprimante faisait six pages.

– Et vous en avez fait quoi ?

– Tu me redonnes un peu de ce nectar, tu veux ?

Je lui en redonnai un peu et sentis que le flacon était presque vide. Il fallait absolument qu'il me dise ce qu'il savait avant que je file. J'étais en train de me faire aspirer dans son univers pitoyable et ça ne me plaisait pas.

– Vous avez imprimé les numéros ?

– Oui, on a sorti la liste et on l'a donnée aux fédéraux. Et on a demandé aux types des Vols la liste de toutes les banques du pays. Je l'ai aussi expédiée au Las Vegas Metro pour que les casinos en aient connaissance.

Je hochai la tête dans l'attente d'autre chose.

– Mais tu sais comment ça marche, Harry. Les listes de ce genre ne servent à rien si on ne vérifie pas les billets. Et justement… les billets de cent il y en a un paquet, et si tu les écoules là où il faut t'auras personne pour s'en plaindre. Qui va prendre le temps d'aller voir dans une liste qui fait six pages de long ? On n'en a ni le temps ni le désir.

C'était vrai. Les billets répertoriés ne servaient le plus souvent de preuve à conviction que lorsqu'on les retrouvait dans les poches d'un type soupçonné d'un crime genre hold-up de banque. Je ne me rappelle pas avoir jamais travaillé sur une affaire où on aurait retrouvé un suspect grâce aux billets de banque qu'il aurait utilisés dans telle ou telle transaction.

– Et c'est parce que tu avais oublié ça que tu voulais m'appeler ?

– Non, pas seulement. Il y a plus. Dis, il te reste quelque chose dans ta petite bouteille ?

Je la secouai pour qu'il entende bien qu'elle était quasiment vide. Je lui donnai ce qui restait, la rebouchai et la remis dans ma poche.

– C'est tout, Law. Va falloir attendre le prochain coup. Alors, tu finis de me dire ?

Sa langue sortit de l'horrible trou qui lui servait de bouche et lécha une goutte de whisky restée au coin de ses lèvres. Le spectacle était lamentable et, pour qu'il ne sache pas que je l'avais vu, je me détournai comme si je voulais voir l'heure à la télé. Je tombai sur un rapport financier, une courbe rouge qui descendait le long du visage bouffi et inquiet du présentateur.

Je regardai Cross et attendis.

– Bon, reprit-il. Au bout de je ne sais pas, moi… disons dix mois qu'on travaillait sur l'affaire, on était peut-être même plus près d'un an… Jack et moi étions passés à d'autres dossiers… Jack a reçu un coup de fil de Westwood sur les numéros des billets. Tout m'est revenu l'autre jour après ton départ.

Il devait parler de l'appel d'un agent du FBI à son associé. Il n'était pas rare qu'au sein du LAPD les enquêteurs ne donnent pas leurs titres aux types du FBI, comme pour rabaisser les agents fédéraux d'un cran ou deux dans la hiérarchie. On ne s'était jamais beaucoup aimés entre ces deux organismes. Mais le grand bâtiment fédéral de Los Angeles se trouve à Westwood, dans Wilshire Boulevard, et il abrite tous les petits soldats chargés de faire respecter la loi fédérale. Tous préjugés juridictionnels mis à part, j'avais besoin d'être sûr.

– Un agent du FBI ? demandai-je.

– Non, une.

– Bon, d'accord. Et qu'est-ce qu'elle voulait vous dire ?

– Elle n'a parlé qu'à Jack, qui m'a raconté après. D'après elle, un des numéros ne collait pas. « Allons bon, et comment ça ? » lui a demandé Jack et elle lui a répondu que, la liste ayant fait le tour du bâtiment et fini par atterrir sur son bureau, elle s'était donné la peine d'entrer les numéros dans son ordinateur et s'était alors aperçue qu'il y avait un problème avec l'un d'entre eux.

Il s'arrêta comme pour reprendre son souffle. Il se lécha encore une fois les lèvres, ce qui me fit songer à une espèce de créature sous-marine sortant la tête d'une fente dans la roche.

– C'est dommage que t'aies plus rien dans ton flacon, Harry, dit-il.

– Désolé. La prochaine fois. C'était quoi, le problème ?

– Si je me rappelle bien, elle a dit à Jack qu'elle faisait collection de numéros. Tu vois ce que je veux dire ? Dès qu'une liste arrivait sur son bureau avec des numéros dessus, elle entrait tout dans son ordinateur pour grossir sa banque de données. Comme ça, elle pouvait faire des recoupements, enfin, tu vois… Elle bossait à un nouveau logiciel. Ça faisait plusieurs années qu'elle y travaillait et elle avait déjà des tas de numéros dans sa bécane. Attends un peu, Harry, j'ai besoin d'un peu d'eau. C'est ma gorge… je parle trop.

– Je vais te chercher Danny.

– Non, non, c'est pas… écoute… tu vas au lavabo et tu mets un peu d'eau dans ton truc. Je le boirai. Ça ira. C'est pas la peine d'embêter Danny. Je l'enquiquine déjà bien assez comme ça.

De retour dans la salle de bains je remplis mon flacon à moitié. Puis je le secouai et le lui apportai. Il but tout d'un coup. Au bout de quelques instants, il finit par reprendre son histoire :

– D'après elle, un des numéros de notre liste se trouvait sur une autre, et ça, c'était impossible.

– Pourquoi ? Je ne comprends pas.

– Attends un peu que je me rappelle. Pour elle, un des billets de cent de notre liste aurait fait partie d'un paquet de fric piqué dans un hold-up qui se serait déroulé environ six mois avant le vol sur le plateau de tournage.

– Où ça, ce hold-up ?

– A Marina del Rey, je crois. Mais je n'en suis pas tout à fait sûr.

– Bon, mais où est le problème ? Pourquoi le billet de cent du premier hold-up n'aurait pas pu être remis en circulation, réatterrir dans une banque et faire partie des deux millions refilés au studio ?

– C'est ce que j'ai fait remarquer, mais Jack m'a dit que c'était impossible. Le type qui avait piqué ce billet à Marina del Rey s'était fait prendre. Il avait le pognon sur lui et quand il a terminé au placard le billet a été utilisé comme pièce à conviction contre lui.

– Tu es en train de me dire que, pour cette nana, ce billet n'aurait pas pu faire partie d'une des liasses de cent livrées au plateau de tournage parce qu'à ce moment-là il se trouvait sous séquestre pour l'affaire de Marina del Rey ?

– Voilà. La nana serait même allée voir pour être sûre que le billet était toujours dans l'armoire à scellés. Et il y était.

J'essayai de comprendre ce que ça pouvait bien vouloir dire, si tant est que ç'ait eu un sens quelconque.

– Et qu'est-ce que vous avez fait, Jack et toi ?

– Ben, pas grand-chose. Il y avait des tas de numéros… six pages entières. On s'est dit que quelqu'un avait dû faire une erreur. Tu vois… peut-être que le gars qui avait recopié les numéros s'était planté, avait pris un chiffre pour un autre. A ce moment-là, on était déjà sur une autre affaire. Jack m'a dit qu'il passerait quelques coups de fil à la banque et à Global Underwriters, mais je ne sais pas s'il l'a jamais fait. Et tout de suite après, on est allés se fourrer dans la merde dans ce bar et tout a filé à vau-l'eau… jusqu'au moment où j'ai repensé à Angella Benton et t'ai appelé. C'est que la mémoire commence à me revenir, tu sais ?

– Oui, je comprends. Tu te rappelles le nom de cette nana du FBI ?

– Là, je suis désolé, mais non, je me rappelle pas. Il est possible que je ne l'aie jamais su. Je ne lui ai jamais parlé et je ne crois pas que Jack me l'ait dit.

Je gardai le silence en me demandant si cette piste valait la peine qu'on la suive. Je repensai à ce que Rider m'avait dit sur « les gens » qui travaillaient sur le dossier. C'était peut-être ça, le message. Peut-être s'agissait-il d'agents du FBI. Je réfléchissais encore à la question lorsque Cross se remit à parler :

– Pour ce que ça vaut, Harry… Jack m'a mis dans le crâne que cet agent je-ne-sais-qui lui avait communiqué ce renseignement de son propre chef. A cause du petit logiciel auquel elle bossait. Presque comme un hobby. Et pas sur l'ordinateur officiel.

– Bien. Te rappelles-tu avoir fait tilt sur d'autres numéros ? Avant celui-là, je veux dire ?

– Sur un, oui, mais ça ne nous a menés nulle part. Même que ça s'est produit très vite.

– Savoir ?

– C'était un billet qui avait atterri sur un compte de dépôt. A Phoenix, je crois. Ma mémoire est un vrai gruyère. Y a rien que des trous.

– Et pour ce billet-là, tu te souviens de rien ?

– Non. Juste qu'on l'avait trouvé dans un dépôt fait par une boîte qui brasse beaucoup de liquide. Genre restaurant. Bref, c'était une piste qu'on ne pouvait pas remonter bien loin.

– Mais c'était peu après le hold-up ?

– Oui, je me rappelle qu'on a tout de suite sauté dessus. Jack est passé à la banque. Mais on s'est retrouvés dans une impasse.

– Combien de temps après le hold-up ?

– Deux ou trois semaines. Je n'en suis pas sûr.

J'acquiesçai d'un hochement de tête. Sa mémoire lui revenait, mais n'était toujours pas assez fiable. Ça me rappela que, sans le dossier, j'allais avoir du mal.

– Bon, merci, Law, dis-je. Si tu te rappelles quelque chose ou si tu penses à un truc, demande à Danny de m'appeler. Et que ça arrive ou pas, de toute façon je reviendrai te voir.

– Et tu apporteras le…

Il n'acheva pas sa phrase. Ce n'était pas nécessaire.

– Oui, je l'apporterai. Tu ne veux pas que je t'amène quelqu'un ? Tu es sûr ? Un avocat qui pourrait…

– Non, Harry. Pas d'avocats. Pas tout de suite.

– Tu veux que je parle à Danny ?

– Non, Harry, ne lui parle pas.

– Vrai ?

– Vrai.

Je lui fis au revoir de la tête et quittai sa chambre. J'avais envie de retrouver ma voiture au plus vite afin de prendre quelques notes sur le coup de fil que Jack Dorsey avait reçu de l'agent du FBI. Mais, en quittant le couloir pour entrer dans la salle de séjour, je tombai sur Danny qui m'attendait. Elle s'était assise sur le canapé et me regarda tout de suite d'un air accusateur. Je lui renvoyai son regard.

– Je crois que c'est l'heure d'un truc qu'il a envie de voir à Court TV, lui dis-je.

– Je m'en occuperai.

– Bon, je vais y aller.

– J'aimerais bien ne pas vous revoir ici.

– Il n'est pas impossible que je doive revenir.

– Son équilibre est délicat… physiquement et mentalement. Et l'alcool lui fait du mal. Il lui faut plusieurs jours pour s'en remettre.

– J'ai plutôt l'impression que ça lui rend les choses plus agréables.

– Revenez donc le voir demain.

Je hochai la tête. Elle avait raison. Je n'avais passé qu'une demi-heure avec Law, pas ma vie entière. J'attendis. Je voyais bien qu'elle s'apprêtait à ajouter autre chose.

– Il a dû vous dire qu'il voulait mourir et que c'était moi qui l'obligeais à rester en vie. Pour le fric.

J'acquiesçai.

– Il vous a aussi dit que je le maltraitais.

J'acquiesçai de nouveau.

– Il dit ça à tous les gens qui viennent le voir. A tous ses copains flics.

– Et c'est vrai ?

– Quoi ? L'histoire qu'il voudrait mourir ? Certains jours, oui. Mais pas tous.

– Et les mauvais traitements ?

Elle se détourna.

– S'occuper de lui est pénible. Il n'est pas heureux. Il s'en prend à moi. Une fois, je lui ai rendu la monnaie de sa pièce. J'ai éteint la télé. Il s'est mis à pleurer comme un bébé.

Elle leva les yeux sur moi.

– Je n'ai jamais rien fait de plus, mais ça a suffi. J'ai horreur de ce que j'ai fait ce jour-là, de ce que je suis devenue à ce moment-là. J'ai cédé au pire.

J'essayai de lire dans ses yeux, de déchiffrer le bas de son visage, bouche et mâchoire. Elle avait posé les mains devant elle, les doigts de l'une tripotant les bagues de l'autre. Geste de nervosité. Je vis son menton commencer à trembler, puis les larmes se mettre à couler.

– Qu'est-ce que je dois faire, hein ? me demanda-t-elle.

Je hochai la tête. Je n'en savais rien. Tout ce que je savais, c'est qu'il fallait absolument que je sorte de là.

– Je ne sais pas, Danny, lui dis-je. Je ne sais pas ce qu'on est tous censés faire.

Je ne trouvai rien d'autre à lui dire. Je gagnai vite la porte et sortis. Je n'étais qu'un peureux qui fuyait et les laissait seuls dans cette maison.

7

C'est en ne tenant pas sa langue qu'on déclenche les pires catastrophes. La théorie élaborée par Cross et Dorsey quatre ans plus tôt était simple. Pour eux, grâce à son boulot, Angella Benton avait eu vent que deux millions de dollars seraient livrés sur le plateau de tournage et elle avait mis en route à la fois sa propre mort et l'attaque à main armée en en parlant – volontairement ou inconsidérément. C'étaient ses bavardages qui avaient donné des idées de hold-up à quelqu'un, et donc causé sa mort. Parce qu'elle était le lien avec eux, les voleurs n'avaient pu que l'abattre afin que personne ne puisse remonter jusqu'à eux. Et parce qu'elle avait été assassinée quatre jours avant l'attaque, les deux inspecteurs avaient cru qu'elle n'avait joué qu'un rôle involontaire dans l'affaire. Dieu sait comment, Angella Benton avait donné le renseignement qui avait conduit au hold-up et c'était à cause de ça qu'elle avait dû être éliminée avant même de comprendre ce qu'elle avait fait, son assassinat devant en outre être perpétré de façon à ne pas attirer l'attention sur la livraison de fric à venir. De fait, les aspects maniaque sexuel de la scène de crime (vêtements arrachés et traces de masturbation) n'étaient qu'une mise en scène destinée à tromper le monde.

Inversement, si c'était de son plein gré qu'elle avait pris part à l'élaboration du hold-up, il devenait vraisemblable aux yeux des enquêteurs que sa mort n'aurait pu avoir lieu qu'après la réussite de l'attaque.

Cette théorie m'avait paru solide lorsque Lawton Cross me l'avait exposée la première fois que j'étais allé le voir. C'était très vraisemblablement la direction que j'aurais moi-même prise si on ne m'avait pas retiré le dossier. Sauf que, pour finir, ces hypothèses n'avaient abouti à rien. Cross et Dorsey avaient mené une enquête complète sur Angella Benton sans jamais trouver l'indice qui leur aurait donné la solution. Ils avaient consacré cinq mois entiers à la jeune femme. Ils avaient reconstitué tous ses faits et gestes, étudié toutes ses habitudes et les routines de sa vie quotidienne. Ils avaient retrouvé tous ses historiques bancaires, examiné toutes ses dépenses par carte de crédit et épluché toutes ses notes de téléphone. Ils avaient interrogé et réinterrogé tous les membres de sa famille, tous ses amis et associés connus. Ils avaient ainsi passé huit jours entiers rien qu'à Indianapolis. Et Dorsey était descendu à Phoenix pour retrouver la trace d'un seul billet de cent dollars. Ils avaient l'un et l'autre passé tellement de temps à Eidolon Productions qu'un mois durant on leur avait donné un bureau aux studios Archway afin qu'ils puissent y mener leurs interrogatoires à leur guise.

Pour finir par ne rien trouver.

Comme c'est souvent le cas dans les affaires d'homicide, ils avaient amassé des trésors de renseignements sur la victime, mais n'avaient pas trouvé le bon, la clé du mystère qui leur aurait permis d'identifier le coupable. A la fin, ils savaient avec qui elle avait couché en fac, mais ignoraient tout de l'endroit où elle avait passé la dernière soirée de sa vie. Ils savaient certes qu'elle avait mangé mexicain – les tortillas de maïs et les haricots se trouvaient toujours dans son tube digestif – mais n'auraient pu dire dans quel restaurant de ce genre (et la ville en compte quelques milliers) on les lui avait servis.

Après six mois d'enquête, ils n'avaient toujours établi aucun lien entre Angella Benton et le vol à main armée, hormis celui, bien léger, qui faisait d'elle une assistante de production dans la boîte responsable du tournage d'un film où l'argent liquide devait tenir la vedette.

Six mois de travail et c'était l'impasse. Les indices en leur possession se réduisaient aux quarante-six douilles qu'ils avaient ramassées après la fusillade, en plus du sang retrouvé dans le van et du sperme recueilli sur la scène de crime. Tout cela constituait certes de bons indices, les analyses balistiques et ADN permettant d'accuser quelqu'un sans que le doute soit permis, à moins d'avoir un avocat du genre Johnny Cochran[1]. Mais ce genre de preuves n'étaient jamais que la cerise sur le gâteau : de celles qui permettent d'établir un lien entre un suspect et une arme déjà identifiée – et souvent déjà détenue. Mais de là à pouvoir retrouver ledit suspect avec... Au bout de six mois de boulot, ils avaient la cerise, mais pas le gâteau sur lequel la poser.

Et alors qu'ils étaient dans cette impasse, l'évaluation des six mois était arrivée. C'est à ce moment-là qu'on prend les décisions qui font mal. On évalue les chances de résoudre le mystère et on les oppose au besoin toujours impérieux de mettre les deux inspecteurs chargés de l'enquête sur d'autres dossiers et d'ainsi alléger la charge de travail de la division. Le responsable avait décidé de renoncer à l'enquête à plein temps et de faire repasser les deux inspecteurs en rotation normale. Ils auraient le droit de travailler sur l'affaire autant et aussi souvent que possible, mais devraient aussi essayer d'en résoudre de nouvelles. Comme c'était à prévoir, le dossier Benton en avait pâti. Et Cross me l'avait déjà avoué.

---

1. Allusion au procès O. J. Simpson *(NdT)*.

Pour lui, l'enquête n'avait plus été qu'un mi-temps dont Dorsey assurait le suivi pendant que lui-même se consacrait aux nouveaux dossiers qu'on leur assignait.

Tout cela était déjà officiel lorsqu'ils avaient été abattus à Hollywood, au bar de Chez Nat. L'affaire Benton avait alors été classée «Non élucidée et suivant son cours». Et aussitôt privée d'inspecteurs travaillant à la résoudre, personne n'appréciant de se faire refiler un dossier d'occase. Se pencher sur une vieille histoire et montrer que le collègue X ou Y s'est trompé, n'a rien vu ou, pire, a fait preuve d'incompétence ou de paresse n'est pas quelque chose qu'on aime particulièrement. Sans compter un facteur de dissuasion supplémentaire : l'affaire était hantée. Les flics sont du genre superstitieux. Le sort des deux premiers enquêteurs – le premier mort et le second cloué dans un fauteuil pour le restant de ses jours – était Dieu sait comment inextricablement lié aux affaires sur lesquelles ils avaient travaillé, qu'elles aient ou n'aient pas eu un lien avec l'assassinat de Benton. Plus personne, et je ne plaisante pas, n'allait reprendre ce dossier.

Sauf moi. Maintenant que je n'étais plus officiellement de la partie…

Et, quatre ans plus tard, il me fallait croire que Cross et Dorsey avaient fait du bon boulot en enquêtant sur la mort d'Angella Benton et ses liens possibles avec le hold-up à main armée. En fait, je n'avais pas le choix. Reprendre le chemin qu'ils avaient couvert ne me semblait pas être la meilleure façon de procéder. C'est pour ça que j'étais allé voir Taylor. J'avais dans l'idée de faire comme s'ils n'avaient rien laissé de côté, voire comme s'il n'y avait aucune faille dans leur boulot, et de reprendre tout sous un autre angle. Pour moi, si Cross et Dorsey n'avaient trouvé aucun lien entre Benton et le hold-up, c'était tout simplement parce qu'il n'y en avait pas. La mort de Benton faisait partie du plan, n'était qu'une fausse piste soigneusement étudiée à l'intérieur d'une autre fausse piste. Après mes cinq kilomètres de vélo d'appartement avec Taylor, je me retrouvais maintenant à la tête d'une liste de neuf noms. Soit tous ceux qui avaient préparé le tournage de la scène du fric. A l'entendre, tous savaient qu'il allait arriver – et quand et qui allait l'apporter. C'était de là que je devais partir.

Sauf que je me retrouvais aussi devant une espèce de coup tordu, à savoir ce que Cross venait de me révéler sur les numéros des billets et le fait qu'un d'entre eux au moins posait problème. Il avait laissé Dorsey s'en occuper, mais ignorait ce qu'il en était advenu. Peu après, Dorsey était mort, et l'affaire avec lui. Maintenant, c'était moi qu'elle intéressait. Il y avait une anomalie et il fallait la traiter. L'avertissement de Kiz Rider, ses allusions à «ces gens-là» venant s'y ajouter, il y avait longtemps que je n'avais pas ressenti une émotion pareille. Enfin quelque chose m'attirait à nouveau vers les ténèbres que j'avais si bien connues jadis.

8

Je rentrai à Hollywood et déjeunai tard chez Musso. Un martini-vodka pour commencer, suivi par une tourte au poulet avec des épinards à la crème. Bon repas, mais pas assez pour me faire oublier Lawton Cross et la situation dans laquelle il se trouvait. Je commandai un deuxième martini pour me sortir ça de la tête et tentai de me concentrer sur autre chose.

Je n'étais pas revenu chez Musso depuis qu'on y avait fêté ma retraite, et l'endroit me manquait. La tête baissée, j'étais en train de lire et prendre des notes lorsque j'entendis une voix familière. Je levai les yeux et vis un type que je ne connaissais pas accompagner le capitaine LeValley à une table. C'était elle qui commandait le commissariat de Hollywood, à quelques pâtés d'immeubles de là. Trois jours après que j'avais laissé mon badge dans un tiroir de bureau et filé à pied, elle m'avait téléphoné pour me demander de revenir sur ma décision. Elle avait été à deux doigts de me convaincre, mais j'avais fini par dire non. Je l'avais alors priée d'envoyer ma demande de mise à la retraite, ce qu'elle avait fait aussitôt. Mais elle n'était pas venue à la fête et nous ne nous étions plus parlé depuis.

Elle ne me vit pas et s'assit dans un box suffisamment éloigné pour que je ne puisse pas entendre ce qu'ils disaient. Je m'éclipsai par la sortie de derrière sans finir mon deuxième martini. Une fois dans le parking, je payai le gardien et montai dans ma voiture, une Mercedes Benz ML55 que j'avais achetée d'occasion à un type qui déménageait en Floride. Pour moi, le sigle ML55 avait pris le sens d'Argent Perdu[1] : c'était bel et bien cinquante-cinq mille dollars que j'avais payés pour l'avoir. Il n'y avait pas de 4×4 plus rapide sur la route. Cela dit, ce n'était pas vraiment pour ça que j'en avais fait l'acquisition. Ni non plus à cause du faible kilométrage au compteur. De fait, je l'avais achetée parce qu'elle était noire et se fondait parfaitement dans le paysage. Il semblait qu'à L. A. une voiture sur cinq soit une Mercedes. Et qu'une Mercedes sur cinq soit un 4×4 de la classe M. Il n'est pas impossible que j'aie su où j'allais bien avant d'entamer mon périple. Huit mois avant d'en avoir besoin, je m'étais payé une automobile qui servirait impeccablement le privé que j'allais devenir. Elle était rapide, confortable, possédait des vitres en verre fumé, et, toujours à L. A., en découvrir une dans son rétroviseur ne faisait pas réfléchir à deux fois.

Mais il fallait du temps pour s'y habituer. Aussi bien côté confort que pour l'entretien et la conduite quotidienne. De fait, je m'étais déjà retrouvé deux fois en panne d'essence sur la route. Cela faisait partie des petits désagréments auxquels on a droit en rendant son badge. Plusieurs années avant de prendre ma retraite, j'avais été inspecteur de classe trois, poste qui me donnait droit à une voiture de fonction – à savoir une Ford Crown Victoria, modèle Police Interceptor. Un vrai tank avec sièges en vinyle, suspension tout-terrain et réservoir grande capacité. En service, je n'étais jamais à court d'essence. Et les gars du parc automobile me refaisaient le plein dès qu'il fallait. Redevenu simple

---

1. *Money Lost* en anglais *(NdT)*.

citoyen, j'avais dû réapprendre à surveiller la jauge, si je ne voulais pas me retrouver assis au bord de la route.

Je sortis mon portable de la console centrale et l'allumai. Je n'avais jamais vraiment eu besoin d'un portable, et pourtant j'avais gardé celui que je portais au boulot. Pourquoi, je n'en sais rien. Peut-être m'imaginais-je que quelqu'un de la division allait m'appeler pour me demander conseil sur une affaire. Quatre mois durant, je l'avais rechargé et allumé jour après jour ! Mais personne ne m'avait appelé. Après ma deuxième panne d'essence, je l'avais branché au chargeur de la console centrale et l'y avais laissé au cas où j'aurais besoin d'aide sur la route.

De l'aide, j'en avais besoin, mais pas de ce genre. Je téléphonai aux Renseignements et obtins le numéro de l'antenne du FBI à Los Angeles. J'appelai et demandai qu'on me passe l'agent en chef chargé des banques. Je pensais que la fille qui avait contacté Dorsey travaillait peut-être dans l'unité spécialisée dans les hold-up. En général, c'était cette dernière qui s'occupait de relever les numéros des billets.

Mon appel ayant été transféré, je tombai sur quelqu'un qui me lâcha seulement :

– Nuñez.

– Agent Nuñez ?

– Oui, que voulez-vous ?

Traiter avec un agent en chef du FBI ne serait pas la même chose que parler à la secrétaire d'un magnat du cinéma, je le savais. J'allais devoir me montrer aussi franc que possible.

– Je m'appelle Harry Bosch et je viens de prendre ma retraite au bout de trente ans au LAPD. Je…

– Tant mieux, me lança-t-il sèchement. Que puis-je faire pour vous ?

– Eh bien mais… c'est ce que j'essaie de vous dire. Il y a environ quatre ans de ça, j'ai travaillé sur un homi-

78

cide lié à un gros hold-up où des billets de banque répertoriés ont disparu.

– C'était quelle affaire ?

– Le nom ne vous dira sans doute pas grand-chose, mais il s'agissait du meurtre d'Angella Benton. Son assassinat s'est produit avant le vol qui, lui, s'est déroulé sur un plateau de tournage de Hollywood. Ça a fait pas mal de vagues. Les voleurs se sont tirés avec deux millions de dollars. Mais huit cents billets de cent dollars avaient été répertoriés.

– Je m'en souviens, oui. Mais ce n'est pas nous qui nous en sommes occupés. Nous n'avions rien…

– Je sais. Comme je vous l'ai dit, c'est moi qui traitais l'affaire.

– Bon, continuez. Qu'est-ce que je peux faire pour vous ?

– Après plusieurs mois d'enquête, un de vos agents est entré en contact avec le LAPD pour lui signaler une anomalie dans les numéros répertoriés. Elle en avait reçu la liste parce que nous l'avions envoyée partout.

– Une anomalie ? C'est quoi ?

– Quelque chose qui dévie de la norme, quelque chose qui ne…

– Je sais ce que signifie ce mot. De quelle anomalie parlez-vous ?

– Oh, excusez-moi… D'après cet agent, un des numéros présentait une faute d'impression ou alors c'étaient deux numéros qu'on avait inversés, quelque chose de ce genre. Mais ce n'est pas pour ça que j'appelle. Elle nous a aussi dit avoir un logiciel capable de référencer et de reconnaître des numéros dans ce type de listes. Je crois que c'était elle qui l'avait inventé ou qu'elle y travaillait. Est-ce que ça vous dit quelque chose ? Pas l'histoire du logiciel, celle de l'agent… l'agent qui aurait eu ce logiciel ?

– Pourquoi me demandez-vous ça ?

– Parce que je ne retrouve plus son nom. De fait, je ne l'ai jamais su parce que c'est à un des autres enquêteurs qu'elle s'est adressée. Mais j'aimerais bien lui parler, si c'est possible.

– Lui parler de quoi ? Vous ne m'avez pas dit que vous étiez à la retraite ?

Je savais qu'on y viendrait et c'était mon point faible. Je n'avais aucun droit de me lancer dans cette enquête. On a l'insigne de flic ou on ne l'a pas. Je ne l'avais plus.

– Certaines affaires ont du mal à mourir, agent Nuñez. J'y travaille toujours. Plus personne ne s'en occupant, je me suis dit que ça valait le coup d'essayer. Vous savez ce que c'est.

– Non, je ne sais pas. Je ne suis pas à la retraite.

Une vraie tête de mule. Il se tut et je sentis monter ma colère contre cet homme sans visage qui devait probablement se débrouiller d'une montagne d'affaires avec trop peu d'hommes et de moyens financiers. Los Angeles était la capitale mondiale des braquages de banques. Il y en avait couramment trois par jour et c'était au FBI de s'en charger.

– Écoutez, lui dis-je, je n'ai pas envie de vous faire perdre votre temps. Vous pouvez m'aider ou vous ne pouvez pas. Ou bien vous savez de qui je parle, ou bien vous ne le savez pas.

– Je sais de qui vous parlez.

Mais il se tut à nouveau. J'essayai un dernier angle d'attaque. Je l'avais gardé pour la fin parce que je n'étais pas trop sûr de vouloir qu'on sache ce que je faisais dans certains milieux. Mais la visite de Kiz Rider avait déjà fusillé cet espoir, de toute façon.

– Bon… vous voulez un nom ? Quelqu'un auprès de qui vous pourrez vérifier ? Appelez le bureau des inspecteurs de Hollywood et demandez le lieutenant. Elle s'appelle Billets et pourra se porter garante pour moi.

Mais elle ne saura pas de quoi il retourne. Pour elle, je fais la sieste dans un hamac.

– Bon, d'accord, c'est ce que je vais faire. Vous me rappelez plus tard ? Donnez-moi dix minutes.

– Entendu. Je vous rappelle.

Je fermai mon portable et consultai ma montre. Presque trois heures. Je fis démarrer la Mercedes, descendis jusqu'à Sunset Boulevard et pris vers l'ouest. J'allumai la radio, mais ne trouvai pas à mon goût le morceau de jazz fusion qui passait. J'éteignis la radio. Les dix minutes écoulées, je me garai le long du trottoir, devant la maison de retraite «Le Splendide». Je prenais mon portable pour appeler Nuñez lorsque l'appareil sonna dans ma main. Je me demandai si Nuñez n'avait pas la présentation du numéro, mais me rappelai qu'on m'avait transféré sur sa ligne. Je ne pensais pas que la présentation du numéro puisse passer avec un transfert d'appel.

– Harry Bosch.

– Harry ! C'est moi, Jerry.

Jerry Edgar. Ça tournait aux retrouvailles générales. D'abord Kiz Rider et maintenant Jerry Edgar ?

– Jed ! Comment ça va ?

– Bien, bien, mec. C'est comment, la vie de retraité ?

– Repos repos.

– On dirait pas que t'es sur la plage, Harry.

Il avait raison. La maison de retraite «Le Splendide» se trouvait à quelques mètres du Hollywood Freeway et le vacarme des moteurs ne cessait jamais. Quentin McKinzie m'avait dit un jour qu'ils mettaient les durs d'oreille dans les chambres qui donnaient à l'ouest, c'est-à-dire plus près du boucan.

– Je ne suis pas très plage, lui renvoyai-je. Quoi de neuf ? Ne me dis pas que neuf mois après mon départ tu aimerais bien avoir mon avis sur quelque chose.

– Non, c'est pas ça. C'est juste que je viens de recevoir un appel d'un type qui voulait des renseignements sur toi.

Je me sentis aussitôt mal à l'aise. Mon orgueil m'avait amené à croire qu'Edgar avait besoin de moi sur une affaire.

– Ah. C'était pas un certain Nuñez, du FBI ?

– Si. Mais il ne m'a pas dit de quoi il s'agissait. T'entames une nouvelle carrière ou quoi ?

– J'y songe.

– Et ta licence de privé, tu l'as eue ?

– Oui, il y a environ six mois. Je l'ai mise dans un tiroir quelque part. Qu'est-ce que tu lui as dit, à ce Nuñez ? J'espère que tu n'as pas tari d'éloges sur mon courage et ma très haute moralité.

– Pas question de ça, Harry. Je lui ai déballé tout le truc. Je lui ai dit qu'on pouvait te faire à peu près autant confiance qu'à un chacal.

J'entendis son sourire dans sa voix.

– Merci, mec. T'es un vrai pote.

– Et je me suis dit que t'avais peut-être envie de le savoir. Bon, alors… tu me dis de quoi il est question ?

Je gardai le silence un instant afin de réfléchir. Je n'avais pas envie de lui dire ce que je fabriquais. Et ce n'était pas que je ne lui aurais pas fait confiance. C'était simplement qu'en règle générale je fonctionne en me disant que moins il y a de monde dans le coup mieux ça vaut.

– Pas tout de suite, Jed. Je suis en retard pour un rendez-vous et il faut que j'y aille. Mais bon… tu veux qu'on déjeune ensemble un de ces jours ? Je te dirai tout ce qu'il y a à savoir de ma vie fascinante de retraité.

Je ris à moitié en disant cette dernière phrase et je crois que ça marcha. Il fut d'accord pour déjeuner, mais ajouta qu'il devrait me rappeler pour fixer la date. Je savais d'expérience combien il est difficile de planifier un repas à l'avance quand on travaille aux Homicides. Ce qu'il ferait ? Il m'appellerait le matin du jour où il serait libre. C'était comme ça que ça marchait. Nous nous promîmes de rester en contact et raccrochâmes. J'eus plaisir à découvrir qu'il ne m'en voulait pas autant que Kiz Rider après ma rupture brutale avec la police et avec lui.

Je rappelai le Bureau, où on me passa Nuñez. Je m'abstins de mentionner que j'avais parlé avec Edgar.

– Vous avez pu donner votre coup de fil ?

– Oui, mais le lieutenant n'était pas là. J'ai parlé avec votre ancien associé.

– Ah oui, Jerry. Comment va-t-il ?

– Je ne sais pas. Je ne le lui ai pas demandé. Mais je suis sûr que vous l'avez fait quand il vous a appelé.

– Vous dites ?

Il m'avait percé à jour.

– Arrêtez de me raconter des conneries, Bosch. Edgar m'a averti qu'il se sentait obligé de vous téléphoner pour vous faire savoir que quelqu'un se renseignait sur vous. Je lui ai répondu que ça ne me gênait pas. Je lui ai demandé votre numéro de téléphone de façon à être sûr de parler avec le vrai Harry Bosch. Il me l'a donné et quand j'ai essayé, quelques instants plus tard, ça sonnait occupé. Vous deviez être en train de parler avec lui. Bref, j'aime pas trop votre petit numéro de crétin.

La gêne que j'éprouvais se mua en colère. C'était peut-être la vodka que j'avais dans le ventre ou le fait de m'entendre en permanence rappeler que je n'étais plus de la police, mais j'en avais marre de ce type.

– Vous êtes vraiment un grand enquêteur, vous savez ? lui lançai-je. Brillantissimes, les déductions ! Dites-moi… vous en servez-vous jamais pour résoudre des affaires ou bien est-ce que vous préférez les garder en réserve pour le seul plaisir de faire chier les gens qui essaient de faire quelque chose en ce bas monde ?

– Je ne peux pas donner de renseignements à n'importe qui. Vous comprenez ça ?

– Oui, je comprends. Mais je comprends aussi pourquoi on a moins de mal à faire avancer sa bagnole qu'à faire respecter la loi dans cette ville.

– Eh, Bosch, faut pas partir en colère ! Barrez-vous, c'est tout ce qu'on vous demande.

Je hochai la tête de frustration. Je ne savais pas si j'avais tout bousillé ou si j'aurais jamais obtenu quoi que ce soit de ce type de toute façon.

– Alors, c'est ça, votre petit numéro à vous ? Vous me reprochez de jouer la comédie, mais vous en faites autant. Parce que vous ne me l'auriez jamais donné, ce nom, pas vrai ?

Il garda le silence.

– C'est quand même qu'un nom, Nuñez. Je vois pas le mal qu'il y aurait à me le filer.

Toujours rien.

– Bon, alors je vais vous dire… Mon nom et mon numéro à moi, vous les avez. Et je suis à peu près sûr que vous savez de quel agent je parle. Bref, vous la mettez au courant de mon appel et vous la laissez décider. Donnez-lui mon nom et mon numéro. Je me fous pas mal de ce que vous pensez de moi, Nuñez, mais ça, vous le lui devez. Même chose que pour Edgar. Il s'est senti obligé. Et vous aussi, vous devriez.

Je n'allai pas plus loin. J'avais présenté mon affaire. J'attendis en silence, mais cette fois je décidai de ne pas reprendre la parole avant qu'il m'ait répondu.

– Écoutez, Bosch, j'aimerais bien lui dire que vous lui avez passé un coup de fil. Je l'aurais même fait avant de parler avec votre Edgar. Mais les obligations ne vont pas plus loin. Et l'agent que vous voudriez voir, elle n'est plus là.

– Comment ça, « elle n'est plus là » ? Elle est où ?

Il ne répondit pas. Je me redressai, mon coude allant cogner le volant et déclenchant un coup de Klaxon. La réponse de Nuñez m'évoquait quelque chose, une histoire que j'avais lue dans le journal. Mais pas moyen de me rappeler au juste.

– Nuñez, repris-je, elle est morte ?

– Bosch, tout ça ne me plaît pas beaucoup. Parler comme ça avec quelqu'un que je n'ai jamais vu… Si vous passiez… On pourrait peut-être en discuter de vive voix.

– Peut-être ?

– Ne vous inquiétez pas. On en parlera. Quand pouvez-vous venir ?

Il était trois heures cinq à la montre du tableau de bord. Je jetai un coup d'œil à la porte de la maison de retraite.

– On dit quatre heures ?

– On y sera.

Je refermai le portable et restai longtemps immobile à essayer de retrouver ce souvenir. Il était bien là, mais hors de portée.

Je rouvris le portable. Je n'avais pas mon carnet d'adresses sur moi et les numéros que je connaissais jadis par cœur avaient disparu de ma mémoire comme si je les avais écrits sur le sable de la plage. J'appelai les Renseignements, qui me donnèrent le numéro de la salle de rédaction du *Times*. On me passa Keisha Russell. Elle se souvenait de moi comme si je n'avais jamais quitté son appartement. Nous avions toujours eu de bonnes relations. Année après année je lui avais donné des nouvelles en exclusivité, moyennant quoi elle me renvoyait l'ascenseur en me retrouvant des coupures de journaux et en prolongeant la vie de certains articles lorsqu'elle pouvait. L'affaire Angella Benton était un des rares cas où ça ne lui avait pas été possible.

– Harry Bosch ! lança-t-elle. Comment vas-tu ?

Je remarquai que son accent jamaïcain avait presque entièrement disparu. Il me manqua. Je me demandai si elle le faisait exprès ou si c'était le résultat de dix années de melting-pot.

– Ça va. Toujours aux faits divers ?

– Bien sûr. Il y a des choses qui ne changent pas.

Elle m'avait dit un jour que les faits divers étaient le premier échelon à gravir dans l'échelle du journalisme, mais qu'elle n'avait jamais voulu passer à autre chose. A ses yeux, couvrir les ragots de la mairie, les élections et pratiquement tout le reste était mortel comparé au plaisir d'écrire des articles sur la vie, la mort, le crime et ses conséquences. Elle était bonne dans son boulot, exhaustive et précise, ce qui lui avait valu d'être invitée à la fête en l'honneur de ma retraite. Que quelqu'un qui n'était pas de la police, et surtout une journaliste, mérite et reçoive pareille invitation était rarissime.

– Pas comme toi, Harry, reprit-elle. Toi, je croyais vraiment que tu ne quitterais jamais la division de Hollywood. Ça fait maintenant presque un an et je n'arrive toujours pas à y croire. Tu sais qu'il y a quelques mois de ça, par habitude sans doute, j'ai appelé ton numéro au commissariat et suis tombée sur une voix que je ne reconnaissais pas. J'ai raccroché vite fait.

– C'était qui ?

– Perkins. Avant, il était aux Vols de voitures.

Je ne m'étais pas tenu au courant. Je ne savais pas qui avait pris mon bureau. Perkins était bon, mais pas assez. Je n'en dis rien à Russell.

– Alors, qu'est-ce qui t'arrive, *man* ?

De temps en temps elle reprenait l'accent et le débit jamaïcains. C'était sa façon à elle de dire qu'on passait à autre chose, d'en venir au point important.

– On dirait que t'es occupée, lui dis-je.

– Un peu, oui.

– Alors, je ne vais pas t'embêter.

– Non, non, pas de problème. Qu'est-ce que je peux faire pour toi ? Tu n'es quand même pas sur une affaire, si ? Tu es passé privé ?

– Non, rien de tel. Je me posais juste des questions sur un truc. Ça peut attendre. Je te rappellerai plus tard.

– Non, attends, Harry !

– Tu es sûre ?

– Je ne suis jamais trop pressée pour un vieil ami. C'est quoi l'objet de ces questions ?

– Eh bien… je me demandais… tu te rappelles, il y a quelque temps de ça, une agente du FBI, une femme, qui a disparu ? Dans la Valley, je crois. La dernière fois qu'on l'a vue, elle rentrait en voiture de…

– Martha Gessler.

Rien qu'à entendre ce nom, tout me revint.

– Oui, c'est ça. Qu'est-ce qui lui est arrivé ? Tu le sais ?

– Pour autant que je sache, elle a disparu en service commandé. Il y a toutes les chances pour qu'elle soit morte.

– A-t-on reparlé d'elle récemment ? Enfin, je veux dire… dans les journaux ?

– Non. Ces articles-là, c'est moi qui les écris et je n'ai rien écrit sur elle depuis… oh, disons… au moins deux ans.

– Deux ans. Ça remonte à deux ans ?

– Plutôt à trois. Je crois avoir écrit un article «un an après» sur son histoire. Une remise à jour. C'est la dernière fois que j'ai écrit sur elle. Mais merci de m'avoir rappelé l'affaire. Le moment est peut-être venu d'aller y remettre mon nez.

– Bon, mais ça t'embêterait d'attendre quelques jours si tu as envie de le faire ?

– C'est donc bien que tu bosses sur quelque chose.

– En quelque sorte. Je ne sais pas si ça a un lien avec Martha Gessler ou pas, mais… tu me donnes jusqu'à la semaine prochaine ? D'accord ?

– Pas de problème, à condition que tu ne me joues pas de tour de cochon et que tu me racontes tout à la fin.

– C'est entendu. Tu n'auras qu'à me passer un coup

de fil. Mais en attendant… tu pourrais me sortir les coupures de journal que tu as sur elle ? J'aimerais bien lire ce que tu as écrit à l'époque.

Je savais qu'on parlait toujours de « sortir les coupures de journal » alors que tout avait été informatisé et que les « coupures » étaient une chose du passé.

– Bien sûr que je peux. Tu as un fax ou un e-mail ?

Je n'avais ni l'un ni l'autre.

– Et si tu me les envoyais par courrier ordinaire ? Par la poste, quoi.

Je l'entendis rire.

– Harry, me lança-t-elle, ce n'est pas comme ça que tu vas devenir un privé moderne. Je parie que tu n'as qu'un imper.

– Non, j'ai aussi un portable.

– On dira que c'est un début.

Je souris, lui donnai mon adresse, elle me promit de mettre ses articles au courrier de l'après-midi. Puis elle me demanda mon numéro de portable afin de pouvoir m'appeler la semaine suivante. Je le lui donnai aussi.

Enfin je la remerciai et fermai mon téléphone. Et restai un instant à réfléchir. Je m'étais effectivement intéressé à l'affaire Martha Gessler à l'époque. Je ne la connaissais pas, au contraire de mon ex-femme. Elles avaient travaillé ensemble au service des hold-up de banques bien des années auparavant. Sa disparition avait fait la une pendant plusieurs jours, puis les comptes rendus s'étaient espacés jusqu'à ce qu'on n'en parle plus du tout. J'avais moi-même tout oublié de l'affaire jusqu'à maintenant.

J'éprouvai comme une brûlure à la poitrine et sus tout de suite que ce n'était pas mon martini de la mi-journée qui remontait. J'avais l'impression de toucher quelque chose. Comme l'enfant qui ne voit pas dans le noir mais qui sait que c'est là.

9

Je sortis la valise du coffre de la Mercedes et la trimballai jusqu'à la porte à deux battants de la maison de retraite. J'adressai un signe de tête à la fille assise à la réception et continuai mon chemin. Elle ne m'arrêta pas. Depuis le temps, elle me connaissait. Je descendis le couloir de droite et poussai la porte de la salle de musique. Piano et orgue sur le devant, plus quelques chaises qu'on avait alignées pour permettre aux pensionnaires d'assister aux concerts, rares, je le savais. Quentin McKinzie s'était installé au premier rang. Il s'était tassé sur lui-même et, la tête penchée en avant, avait fermé les yeux. Je lui secouai doucement l'épaule, dans l'instant son visage et son regard s'illuminèrent.

– Je m'excuse d'être en retard, Sugar Ray, lui dis-je.

Il aimait bien que je l'appelle par son nom de scène. Les gens du spectacle l'avaient surnommé Sugar Ray McK parce qu'il n'arrêtait pas de se tortiller en jouant, comme le boxeur Sugar Ray Robinson feintant sur le ring.

Je tirai une chaise du premier rang et la plaçai en face de lui. Puis je m'assis et posai la valise par terre. J'en déverrouillai les serrures et l'ouvris. Bien douillettement rangé dans son écrin de velours marron, l'instrument étincelant apparut.

– Va falloir faire court aujourd'hui, repris-je. J'ai rendez-vous à Westwood à quatre heures.

– Les retraités n'ont pas de rendez-vous, me répliqua-t-il, sa voix semblant sortir de la même rue que celle où avait grandi Louis Armstrong. Les retraités ont tout le temps qu'ils veulent.

– Oui, mais moi, j'ai un truc en route et il se pourrait que… bon, je vais essayer de respecter nos horaires, mais ça risque d'être compliqué dans les deux ou trois semaines à venir. Je te laisserai un message à la réception si je ne peux pas venir le prochain coup.

Cela faisait maintenant six mois que nous nous retrouvions deux après-midi par semaine. C'était en mer de Chine, à bord d'un navire-hôpital, que je l'avais vu jouer pour la première fois. Il faisait partie du groupe de Bob Hope venu distraire les blessés à la Noël 1969. Bien des années plus tard – de fait, ç'avait même été une de mes dernières affaires en tant que flic –, en travaillant sur un homicide, j'étais tombé sur un saxophone volé avec son nom gravé dans le pavillon de l'instrument. J'avais remonté la piste, retrouvé Sugar Ray dans cette maison de retraite, et le lui avais rendu. Mais il était trop vieux pour en jouer. Ses poumons n'avaient plus la force requise.

Il n'empêche : j'avais fait ce qu'il fallait. Ç'avait été comme de ramener un enfant perdu à ses parents. Il m'avait invité au réveillon de Noël. Nous étions restés en contact, puis, après avoir démissionné de la police, j'étais allé lui proposer quelque chose pour empêcher son instrument de se couvrir de poussière.

Sugar Ray était bon professeur parce qu'il ne savait pas enseigner. Il me racontait des histoires et me disait comment aimer le saxo, comment en tirer les sons mêmes de la vie. Il suffisait que j'en sorte une note pour que cela lui évoque un souvenir et lui rappelle une histoire. Je savais bien que je ne serais jamais bon, mais je venais quand même deux fois par semaine passer une heure avec lui à écouter ses histoires sur le jazz et sentir la passion qu'il éprouvait encore pour cet art immortel. Sans que je sache trop comment, elle m'envahissait et s'exprimait dans mon souffle chaque fois que je portais l'instrument à mes lèvres.

Je sortis le saxophone de son étui et le plaçai comme il fallait : j'étais prêt à jouer. Je commençais toujours la leçon en essayant de jouer *Lullaby*[1], chanson de George Cables que j'avais découverte sur un disque de Frank Morgan. Il s'agit d'une ballade lente, donc plus facile à jouer. C'est aussi un très beau morceau. Il ne dure même pas une minute et demie, mais il dit tout ce qu'il y a à savoir de la solitude en ce monde et il m'arrivait de penser que tout irait bien le jour où j'arriverais à le jouer. Parce que alors je n'aurais besoin de rien.

Mais là, j'eus l'impression de m'attaquer à un chant funèbre. Je ne cessai de penser à Martha Gessler en le jouant. Je me rappelai sa photo dans les journaux et aux actualités télévisées de la nuit. Je me rappelai aussi mon ex-épouse me disant qu'à un moment donné elles avaient été les seules femmes de l'unité chargée des hold-up de banques. Elles avaient été constamment en butte aux sarcasmes de leurs collègues hommes jusqu'au jour où, faisant équipe, elles avaient arrêté un braqueur surnommé le Bandit au Pas de Deux parce qu'il ne pouvait s'empêcher de faire quelques pas de danse avant de quitter avec son butin la banque qu'il venait de piller.

Sugar Ray regardait le travail de mes doigts d'un air approbateur. A mi-parcours, il ferma les yeux et se contenta d'écouter, en hochant la tête en cadence. Je n'aurais pu rêver plus beau compliment. Lorsque j'eus fini, il rouvrit les yeux et me sourit.

– Mais c'est qu'on y arrive ! me lança-t-il.

J'acquiesçai.

---

1. Ou « Berceuse » (*NdT*).

– Mais il va quand même falloir que tu te débarrasses de la fumée que t'as dans les poumons, ajouta-t-il. Pour augmenter ta puissance.

Encore une fois, j'acquiesçai. Ça faisait plus d'un an que je n'avais pas fumé, mais j'avais passé l'essentiel de mon existence à descendre deux paquets de cigarettes par jour et les dégâts étaient là. Parfois, faire passer de l'air dans l'instrument me donnait l'impression de remonter une pente en poussant un rocher.

Nous bavardâmes et je jouai encore un quart d'heure. Je tentai même de m'en prendre à *Straight Time*, le standard d'Art Pepper, et travaillai la reprise de *The Sweet Pot*, le grand classique de Sugar Ray. Le riff était complexe, mais je l'avais étudié chez moi parce que je voulais lui faire plaisir.

A la fin de cette mini-leçon, je remerciai Sugar Ray et lui demandai s'il avait besoin de quelque chose.

– De musique, rien d'autre.

Il ne me répondait jamais autrement. Je remis l'instrument dans sa valise – Sugar Ray tenait à ce que je le garde avec moi pour pouvoir m'entraîner – et laissai mon ami dans la salle de musique.

Je descendais le couloir vers la grande entrée lorsqu'une certaine Melissa Royal vint à ma rencontre. Je lui souris.

– Melissa, dis-je.

– Bonjour, Harry. Ça s'est bien passé, la leçon?

Elle venait voir sa mère. Atteinte de la maladie d'Alzheimer, celle-ci ne savait plus qui elle était. Nous avions fait connaissance au réveillon de Noël et nous étions croisés bien des fois au cours de nos visites respectives. A un moment donné, elle avait commencé à venir voir sa mère à l'heure de mes leçons. Elle ne m'en avait rien dit, mais je l'avais deviné. Nous avions pris plusieurs fois un café ensemble, puis je l'avais emmenée écouter du jazz au Catalina. Elle m'avait dit y avoir pris plaisir, mais je savais qu'elle ne connaissait pas grand-chose à la musique et que ça ne l'intéressait guère. Elle était seule et cherchait quelqu'un. Ça ne me gênait pas. On est tous comme ça.

Telle était la situation. Nous attendions tous les deux que ce soit l'autre qui fasse le premier pas, même si se pointer à l'heure où elle savait que je viendrais en était déjà un. Sauf que la voir maintenant me posait un problème. Il fallait que je me dépêche pour arriver à l'heure à mon rendez-vous à Westwood.

– Ça vient, lui répondis-je. Enfin… c'est ce que dit le prof.

Elle sourit.

– Génial. Un jour, il va falloir que vous nous jouiez quelque chose au salon de musique.

– Croyez-moi, on en est encore loin.

Elle hocha la tête avec bonne humeur et attendit. C'était à mon tour. Dans les quarante ans, divorcée comme moi, elle avait les cheveux bruns avec des mèches plus claires. Elle m'avait avoué s'être fait décolorer dans un salon de coiffure. Mais c'était surtout son sourire qui frappait. Il était communicatif et lui mangeait toute la figure. Je savais que vivre avec elle m'aurait obligé à tout faire nuit et jour pour ne pas le voir disparaître. Et je n'étais pas sûr de pouvoir.

– Comment va votre mère ? lui demandai-je.

– C'est ce que je vais savoir. Vous partez ? Je pensais aller la voir et boire un café avec vous au self.

Je pris un air peiné et consultai ma montre.

– Je ne peux pas. Je dois être à Westwood à quatre heures.

Elle hocha la tête comme si elle comprenait. Mais je vis bien dans ses yeux qu'elle prenait mon refus pour un rejet.

– Bon, eh bien, je ne vous retiens pas, dit-elle. Vu l'heure qu'il est, vous risquez d'être déjà en retard.

– Oui, vaudrait mieux que je file.

Mais je ne bougeai pas et continuai de la regarder.

– Quoi ? dit-elle enfin.

– Je ne sais pas. Pour l'instant je suis sur une affaire, mais je me demandais quand on pourrait sortir ensemble.

Des soupçons se faisant jour dans ses yeux, elle me montra l'étui du saxophone.

– Vous ne m'avez pas dit avoir pris votre retraite ?

– Si, si. Ce boulot est un à-côté. Du free lance, pourrait-on dire. Et c'est là que je dois aller… je dois parler à un enquêteur du FBI.

– Oh. Bon, allez-y, alors. Faites attention.

– C'est entendu. Et donc, on pourrait peut-être se retrouver un soir de la semaine prochaine, non ?

– Bien sûr, Harry. J'aimerais bien.

– Bon, parfait. J'en ai envie, Melissa.

Je hochai la tête, elle fit de même, puis elle vint vers moi, sur la pointe des pieds. Elle posa une main sur mon épaule et m'embrassa sur la joue. Et repartit dans le couloir. Je me retournai pour la regarder.

Puis je sortis de la maison de retraite en me demandant ce que je fabriquais. Je laissais cette femme espérer quelque chose que tout au fond de moi je savais bien ne pas pouvoir lui donner. Avec de bonnes intentions sans doute, mais c'était une bêtise et ça finirait par lui faire mal. Je remontai dans ma Mercedes en me disant qu'il valait mieux arrêter tout ça avant que ça commence. La prochaine fois que je la verrais, il faudrait absolument lui dire que je n'étais pas l'homme qu'elle cherchait. Que je ne pourrais jamais faire ce qu'il faut pour qu'elle ne perde pas ce sourire.

10

Il était quatre heures et quart lorsque j'arrivai enfin au bâtiment fédéral de Westwood. J'en traversais le parking pour rejoindre l'entrée de sécurité quand mon portable sonna. C'était Keisha Russell.

– Hé, Harry ! me lança-t-elle. Je voulais juste que tu saches que je t'ai tout tiré et mis au courrier. Je m'étais trompée sur un truc.

– Sur quoi ?

– Il y a eu une mise à jour. Parue il y a deux ou trois mois. J'étais en vacances. Quand on tient assez longtemps au journal, ils te filent quatre semaines de congés payés. J'ai tout pris d'un coup et suis allée à Londres. Et pendant que j'étais partie, on est arrivés au troisième anniversaire de la disparition de Gessler. Tout le monde veut me piquer ma rubrique, je te dis. C'est David Ferrell qui a fini par rédiger l'article. Mais il n'y a rien de neuf. Elle n'a toujours pas reparu.

– « Toujours pas reparu » ? Ça voudrait dire que tu penses, ou que le journal pense qu'elle est toujours en vie. Mais tu ne m'as pas dit qu'on la croyait morte ?

– Non, c'était juste une expression. Je ne pense pas qu'on retienne son souffle pour elle, si tu vois ce que je veux dire.

– Oui. As-tu inclus cet article dans ton envoi ?

– Tout y est. Surtout n'oublie pas que c'est moi qui te l'ai envoyé. Ferrell est un type sympa, mais j'aimerais pas trop que tu l'appelles si jamais ce que tu fais prenait de l'importance.

– Ça ne risque pas, Keisha.

– Je sais que t'es sur un coup, Harry. Je me suis renseignée.

J'avais déjà traversé la moitié de l'esplanade lorsque cette dernière remarque m'arrêta. Si elle avait appelé le Bureau et parlé avec Nuñez, celui-ci n'allait pas être très content : mettre une journaliste aussi fouineuse qu'elle dans le coup...

– Que veux-tu dire ? lui demandai-je calmement. Qu'est-ce que tu as fait ?

– Un peu plus que relire ces articles, Harry. J'ai appelé Sacramento. Le bureau des licences. Et j'ai appris que tu avais demandé et obtenu une licence de détective privé.

– Et alors ? C'est ce que font tous les flics à la retraite. Ça fait partie du processus de renoncement à l'insigne. On se dit : «Bah, je n'aurai qu'à me prendre une carte de détective privé pour continuer à serrer des crapules.» Ma carte est chez moi, dans un tiroir, Keisha. Je ne suis pas en service et je ne travaille pour personne.

– D'accord, Harry, d'accord.

– Bon, merci pour les articles. Faut que j'y aille.

– Bye, Harry.

Je refermai mon téléphone et souris. J'aimais bien me disputer avec elle. Après avoir passé dix ans à couvrir les affaires de la police, elle n'était pas plus cynique que le jour où j'avais fait sa connaissance. Remarquable pour une journaliste, surtout noire.

Je regardai le bâtiment. De l'endroit où je me trouvais, soit à une dizaine de mètres de l'entrée, il me faisait l'effet d'un monolithe en béton qui éclipsait le soleil. Je gagnai une rangée de bancs à droite, m'assis, consultai ma montre et m'aperçus que j'étais très en retard pour mon rendez-vous avec Nuñez. L'ennuyeux là-dedans était bien que, ne sachant pas trop dans quoi je mettais les pieds en allant le voir, je n'avais guère envie de franchir la porte de l'immeuble. Les fédéraux savaient s'y prendre pour déstabiliser les gens, en leur faisant bien sentir qu'ils entraient dans leur monde et n'y étaient que des invités. Je songeai que, sans insigne comme je l'étais maintenant, je ne serais même pas ça.

Je rouvris mon portable, appelai le standard de Parker Center, un des rares numéros que je n'avais pas oubliés, et demandai qu'on me passe Kiz Rider, au bureau du grand chef. Elle décrocha aussitôt.

– Kiz ? C'est moi, Harry.

– Bonjour, Harry.

J'essayai de déceler quelque chose dans le ton qu'elle avait pris, mais elle en avait aplati toutes les aspérités. Pas moyen de savoir ce qui restait de la colère et de l'animosité récentes.

– Comment vas-tu ? Tu te sens… euh… mieux ? lui demandai-je.

– As-tu reçu mon message, Harry ?

– Ton message ? Non. Tu y disais quoi ?

– J'ai appelé chez toi il y a un petit moment. Pour m'excuser. Je n'aurais pas dû laisser mes sentiments personnels prendre le pas sur la raison qui me faisait venir. Je te demande pardon.

– Là, pas de problème, Kiz. Moi aussi, je m'excuse.

– Vraiment ? Et de quoi ?

– Je ne sais pas. D'être parti de cette manière, disons. Ni Edgar ni toi ne méritiez ça. Surtout toi. J'aurais dû vous en parler à tous les deux. C'est ce qu'on fait entre coéquipiers. Il faut croire que je n'ai pas vraiment assuré à ce moment-là.

– Ne t'inquiète pas pour ça. C'est ce que je te dis dans mon message. Tout ça, c'est de l'eau sous les ponts. Redevenons amis.

– J'aimerais bien, mais…

J'attendis qu'elle embraie.

– Mais quoi, Harry ?

– Eh bien… je ne sais pas si tu voudras toujours être mon amie après ce que je vais te demander. Ça risque de ne pas trop te plaire.

Elle grogna si fort dans le téléphone que je dus écarter l'écouteur de mon oreille.

– Tu me tues, Harry. Qu'est-ce que tu veux encore ?

– Je suis assis devant le bâtiment fédéral de Westwood. Je suis censé y voir un certain Nuñez. C'est un type du Bureau et je le sens pas bien. Et donc je me demandais… ces gens contre lesquels tu m'as mis en garde… ce sont eux qui travaillaient sur l'affaire Angella Benton, non ? Ce Nuñez ? Ça aurait un lien avec Martha Gessler, l'agente qui a disparu il y a quelques années de ça ?

Son silence fut long. Trop long.

– Kiz ?

– Je suis là, Harry. Écoute… je te l'ai déjà dit quand je suis passée chez toi. Je ne peux rien te dire de cette affaire. Tout ce que je pouvais te dire, je te l'ai dit. L'affaire n'est pas close et tu ferais mieux de ne pas t'en mêler.

Ce fut à mon tour de ne pas répondre. J'avais l'impression d'avoir affaire à une parfaite inconnue. Moins d'un an plus tôt je me serais battu pour elle et aurais mis ma vie entre ses mains sans hésitation. Et voilà que je ne pouvais même plus lui faire assez confiance pour lui demander s'il faisait jour avant qu'elle ait l'aval du sixième étage ?

– Harry, hé !

– Oui, oui, je suis là. C'est juste que ça me laisse sans voix, Kiz. Je croyais que s'il y avait bien quelqu'un qui serait toujours réglo avec moi, ce serait toi et… Voilà, c'est tout.

– Écoute, Harry. As-tu fait quelque chose d'illégal en menant ta petite enquête en free lance ?

– Non, mais merci de me le demander.

– Alors, tu n'as à t'inquiéter de rien avec Nuñez. Va voir ce qu'ils veulent. J'ignore tout de Martha Gessler. Voilà, c'est tout ce que je peux te dire.

– Bon, merci, Kiz, dis-je d'un ton neutre. Occupe-toi bien de toi, là-haut, au sixième. Je te rappellerai plus tard.

Je refermai mon téléphone avant qu'elle ait pu me dire un dernier mot. Puis je me levai du banc et me dirigeai vers l'entrée du bâtiment. Une fois à l'intérieur, je dus passer sous un portique de détection des métaux, ôter mes chaussures et écarter grand les bras pour qu'on me passe à la baguette magique. C'est à peine si je compris le type qui me demandait de lever les bras. Il avait plus l'air d'un terroriste que moi, mais je ne protestai pas. Ses batailles, il faut savoir les choisir. Pour finir, je pris l'ascenseur et montai au douzième – le treizième en fait, l'ascenseur ne comptant pas le rez-de-chaussée. J'arrivai dans une aire d'attente où un grand panneau en verre, sans doute à l'épreuve des balles, séparait l'espace public du saint des saints. Dans un micro je dis mon nom et qui je voulais voir, et l'employée de l'autre côté de la vitre me demanda de m'asseoir en attendant.

Au lieu de lui obéir, je m'approchai de la fenêtre et regardai le cimetière des anciens combattants, de l'autre côté de Wilshire Boulevard. Je me rappelai que c'était très exactement au même endroit que, plus de douze ans auparavant, j'avais fait la connaissance de celle qui devait devenir ma femme, mon ex et mon amour éternel.

Je me détournai de la fenêtre et m'assis sur un canapé en plastique. Il y avait une revue avec la photo de Brenda Barstow en couverture posée sur une table basse. Sous la photo on pouvait lire : « Brenda, la petite chérie de toute l'Amérique ». J'allais m'emparer de la revue lorsque, la porte donnant sur les bureaux s'étant ouverte, un homme en cravate et chemise blanche fit son apparition.

– Monsieur Bosch ? lança-t-il.

Je me levai et acquiesçai d'un signe de tête. Il me tendit la main droite pendant que, de la gauche, il empêchait la porte de sécurité de se refermer.

– Ken Nuñez, reprit-il. Merci d'être venu jusqu'ici.

La poignée de main fut brève. Puis Nuñez se retourna et me guida à l'intérieur sans rien dire. Il ne ressemblait pas à ce à quoi je m'attendais. Au téléphone, il m'avait fait l'impression d'un vieux routard qui a tout vu mille et mille fois. En fait, il était jeune. Un an ou deux passé la trentaine, tout au plus. Et dans ce couloir, il ne marchait pas vraiment : il foulait le sol à grands pas. C'était un battant, quelqu'un qui voulait encore prouver des choses, à lui et aux autres. Vieux ou jeune agent, je ne savais pas trop ce que j'aurais préféré.

Il ouvrit une porte sur la gauche et recula pour me laisser passer. La porte était munie d'un judas et s'ouvrait vers l'extérieur, je compris qu'il me faisait entrer dans une salle d'interrogatoire. Je compris aussi qu'on n'allait pas en rester aux échanges d'amabilités. Il était plus vraisemblable que je me fasse botter les fesses – à la manière FBI.

11

En entrant dans la salle, je vis une table carrée posée au milieu et, assis devant et me tournant le dos, un type en chemise et jeans noirs. Cheveux blonds coupés court. Je regardai par-dessus ses épaules massives et vis qu'il lisait un dossier d'enquête. Il le referma et leva la tête tandis que je faisais le tour de la table pour aller m'asseoir sur la chaise en face de lui.

C'était Roy Lindell. Il sourit en voyant ma réaction.

– Harry Bosch, dit-il. Y a longtemps qu'on s'est pas vus, mon pote.

Je restai immobile un instant, puis je tirai la chaise et m'installai. Pendant ce temps-là, Nuñez avait refermé la porte, me laissant seul avec Lindell.

Celui-ci avait la quarantaine et n'avait rien perdu de sa musculature impressionnante. Elle faisait quasiment craquer le tissu de sa chemise. Il avait gardé son bronzage Las Vegas et les dents blanchies à l'eau oxygénée qui allaient avec. Je l'avais rencontré pour une affaire qui m'avait conduit dans la capitale du jeu et qui se déroulait au beau milieu d'une opération du FBI. Forcés de travailler ensemble, nous avions réussi, jusqu'à un certain point, à mettre de côté nos querelles d'appartenances et de juridictions et bouclé le dossier, le Bureau en tirant bien évidemment tout le bénéfice. Tout cela remontait à six ou sept ans et nous ne nous étions plus jamais reparlé depuis. Pas parce que le Bureau nous avait piqué ce qui nous revenait, non. Tout simplement parce que les flics et les agents du Bureau, ça ne se mélange pas.

– Sans la queue-de-cheval, j'ai bien failli ne pas te reconnaître, lui lançai-je.

Il me tendit sa grande main par-dessus la table, jc lui tendis lentement la mienne. Il affichait la confiance qu'ont souvent les costauds. Et le sourire de vaurien qui va souvent avec. Le coup de la queue-de-cheval était une blague. Peu de temps après l'avoir rencontré – je ne savais pas encore qu'il était un agent infiltré du FBI –, j'avais pris la liberté de la lui couper au ras du crâne d'un coup de canif.

– Comment ça va ? Tu as dit à Nuñez que tu avais pris ta retraite ? Je n'en avais pas entendu parler.

Je hochai la tête, mais me gardai de répondre. C'était lui qui menait le jeu. Je voulais qu'il soit le premier à faire les ouvertures.

– Alors, ça fait comment de ne plus être flic ?

– Je peux pas me plaindre.

– On a vérifié. Et donc, tu es détective privé maintenant ?

Grand jour à Sacramento.

– Oui, j'ai ma licence. Pour rigoler…

Je faillis lui servir la même histoire qu'à Keisha Russell, à savoir que ça faisait partie du processus de séparation de la police, mais décidai de ne pas me donner cette peine-là.

– Ça doit être sympa d'avoir sa petite affaire à soi, reprit-il. On a les horaires qu'on veut et on bosse pour qui on a envie…

Il en avait fait assez, côté préliminaires.

– Que je te dise, Roy : si on arrêtait de parler de moi, hein ? Si on en venait à ce qui nous occupe… Qu'est-ce que je fous ici ?

Il hocha la tête comme pour reconnaître que j'avais raison.

– Eh bien… ce qui s'est passé, c'est qu'un jour t'as appelé ici pour te rencarder sur un agent de chez nous et disons que ça nous a mis sacrément la puce à l'oreille.

– Martha Gessler.

– Voilà, c'est ça. Marty Gessler. Ce qui fait que tu savais très bien de quoi tu parlais quand tu as raconté à Nuñez que tu ne savais rien de la personne pour qui tu l'appelais.

– Pas du tout. C'est sa réaction qui m'a fait comprendre. Je me suis souvenu qu'une femme de chez vous avait disparu sans laisser de traces. Ça m'a pris un petit bout de temps, mais j'ai fini par me rappeler son nom. Ce qui nous donne quoi, aux dernières nouvelles ? Elle a disparu mais on ne l'a pas oubliée ? C'est ça ?

Il se pencha en avant et posa ses deux bras énormes sur le dossier fermé. Ses poignets étaient aussi épais que les pieds de la table. Je me rappelai le mal que j'avais eu à lui passer les menottes là-bas, à Las Vegas, quand il était agent infiltré et que je n'en savais rien.

– Harry, dit-il, pour moi, on est toujours amis. On ne s'est pas parlé depuis un moment, mais on s'est battus ensemble et donc j'ai pas très envie de te raconter des salades. Sauf que ce coup-ci, c'est moi qui vais poser les questions. Ça te va ?

– Jusqu'à un certain point.

– C'est d'un agent qui a disparu que nous parlons. Un agent femme.

– Et ces gens-là ne rigolent pas.

Cela pour reprendre les termes de Kiz Rider. Lindell n'eut pas l'air d'apprécier.

– Tu permets que je te demande un truc ? repris-je avant qu'il ait le temps de réagir. Comment saviez-vous que c'était de Gessler que je voulais parler quand je vous ai appelés ?

Il hocha la tête.

– C'est pas comme ça que ça marche, Harry. C'est toi qui réponds aux questions. Commençons donc par la raison pour laquelle tu nous as appelés. Qu'est-ce que tu veux ?

Je réfléchis un bon moment avant de savoir comment manœuvrer. De fait, je ne travaillais que pour moi. Pas de confidentialité privé-client là-dedans. Cela dit, j'avais toujours hésité à me plier en quatre pour les forces impérialistes du FBI. Ça me venait de ma culture LAPD et ne risquait guère de changer. Je respectais Lindell – je l'ai dit, nous étions allés au charbon ensemble et je savais qu'il finirait par me traiter comme il faut. Mais l'agence pour laquelle il travaillait aimait bien, elle, jouer avec des cartes biseautées. J'allais devoir faire attention. Et ne jamais l'oublier.

– J'ai tout de suite dit ce que je voulais. Je me renseignais sur une affaire à laquelle j'avais travaillé quelques années auparavant et qui me restait en travers. Ça pose problème ?

– Qui est ton client, Harry ?

– Je n'en ai pas. J'ai pris ma licence juste après avoir raccroché, histoire de tout me laisser ouvert. Mais ce truc-là, non, c'est pour moi que j'ai commencé à y remettre le nez.

Il ne me crut pas. Je le vis dans ses yeux.

– Sauf que cette histoire de film, ça n'était même pas une affaire à toi.

– Si. Ça l'a été pendant environ quatre jours. Après, on m'a éjecté. Mais je n'ai toujours pas oublié la fille. La victime. Je me suis dit que plus personne ne s'y intéressait et j'ai commencé à fouiner.

– Bon, mais qui t'a dit d'appeler le Bureau ?

– Personne.

– T'as trouvé ça tout seul ?

– Pas exactement, non. Mais ce que tu m'as demandé, c'est qui m'a dit de vous appeler. Eh bien, c'est personne. Ça, je l'ai fait de mon propre chef, Roy. J'ai appris que Gessler avait passé un coup de fil à un des inspecteurs qui était sur l'affaire. C'était nouveau et je ne savais pas trop si on avait suivi. C'était peut-être passé à l'as. J'ai donc téléphoné pour vérifier. Je n'avais pas de nom, à l'époque. J'ai appelé Nuñez, et maintenant je suis ici.

– Comment sais-tu que Gessler avait appelé un des inspecteurs ?

Il me semblait que la réponse allait de soi. Et que ça n'aurait aucune importance pour Lawton Cross si je rapportais à Lindell quelque chose qu'il m'avait dit librement et qui faisait sans doute partie du dossier officiel.

– C'est Lawton Cross qui m'a mis au courant. C'est un des types des Vols et Homicides qui ont repris l'affaire quand c'est devenu un truc de première importance. Il m'a dit que c'était son partenaire, Jack Dorsey, qui avait reçu l'appel.

Lindell écrivit ces noms sur une feuille de papier qu'il avait sortie de la chemise. Je poursuivis.

– Ça faisait déjà un bon moment que l'affaire avait éclaté quand Gessler l'a appelé. Des mois et des mois. De fait, Cross et Dorsey n'y travaillaient plus à plein temps. Et j'ai pas l'impression que ce que Gessler avait à leur dire les ait beaucoup marqués.

– Tu en as parlé à Dorsey ?

– Non, Roy. Dorsey est mort. Tué dans un braquage de bar à Hollywood. Et Cross a été blessé. Il est cloué dans un fauteuil roulant avec des tuyaux qui lui sortent de partout.

– C'était quand ?

– Il y a environ trois ans. Ça n'est pas passé inaperçu.

Ses yeux disaient tout le boulot qu'il faisait. Il calculait et vérifiait les dates. Ça me rappela que je ferais bien d'établir une chronologie. Tout ça commençait à partir dans tous les sens.

– C'est quoi, la théorie sur Gessler ? Elle est morte ou elle vit encore ?

Lindell baissa les yeux sur le dossier posé sur la table et hocha la tête.

– Là, je peux pas te répondre, Harry. Tu n'es pas flic et tu n'as aucun droit de mener cette enquête. Tu n'es plus qu'un mec qui ne digère pas d'avoir rendu son insigne et son flingue et qui cavale partout comme un dingue. Je peux pas te mettre au courant.

– D'accord. Mais réponds au moins à une question. Et ne t'inquiète pas : ça ne trahira aucun secret.

Il haussa les épaules : sa réponse dépendrait de ce que j'allais lui demander.

– L'appel que je t'ai passé aujourd'hui constitue-t-il le premier lien que vous ayez trouvé entre Gessler et l'histoire du fric piqué sur le plateau de tournage ?

Il haussa de nouveau les épaules comme si ma question le surprenait. A croire qu'il attendait quelque chose de plus difficile.

– Je ne suis même pas en train de te dire qu'il y aurait un lien, tu comprends ? me répondit-il. Mais oui, c'est la première fois qu'on a vent de ça. C'est même très exactement pour ça que j'exige que tu nous laisses vérifier nous-mêmes. Fais-nous confiance, Harry.

– Ouais, dis-je, j'ai déjà entendu ça quelque part. J'ai même l'impression que c'est le FBI qui me l'a dit.

Il acquiesça.

– Ne nous oblige pas à nous rentrer dans le lard. Tu pourrais le regretter.

Avant même que j'aie pu lui répondre, il se leva, mit la main dans sa poche et en sortit un paquet de cigarettes et un briquet en plastique jaune.

– Je vais descendre fumer un coup, me dit-il. Ça te donnera quelques minutes pour réfléchir et te rappeler des trucs que tu aurais pu oublier de me dire.

J'allais lui répliquer autre chose lorsque je remarquai

qu'il faisait demi-tour et s'en allait sans emporter le dossier. Il l'avait laissé sur la table, et d'instinct je sus qu'il l'avait fait exprès. Il voulait que j'y jette un coup d'œil.

C'est aussi à ce moment-là que je compris qu'on nous enregistrait au magnéto. Ce qu'il m'avait raconté serait versé au dossier, ou écouté par quelque supérieur. Mais ce qu'il m'avait permis de faire était tout à fait différent.

– Prends ton temps, lui dis-je. Il va falloir que je repense à des tas de choses.

– Putain de bâtiment fédéral ! dit-il. Quand je pense qu'il faut que j'aille jusqu'en bas pour fumer un clope !

Il ouvrit la porte en me regardant et me fit un clin d'œil. Dès qu'il eut refermé derrière lui, je fis glisser le dossier vers moi et l'ouvris.

12

Un onglet portant le nom de Martha Gessler dépassait du dossier. Je sortis mon carnet et le mentionnai en haut d'une page vierge avant d'ouvrir la chemise épaisse de deux bons centimètres et de voir ce que m'avait laissé Lindell. J'estimai avoir un petit quart d'heure pour en faire le tour, au grand maximum.

La première page ne contenait qu'un numéro de téléphone. Je me dis que Lindell l'y avait glissée exprès pour moi et l'empochai. Le reste du dossier était constitué de rapports d'enquête portant pour la plupart les nom et signature de Roy. On y indiquait qu'il travaillait pour le BRP. Je savais que c'étaient les initiales du Bureau des responsabilités personnelles, l'équivalent au FBI des Affaires internes [1].

Dans le dossier se trouvaient tous les rapports concernant la disparition de l'agent spécial Gessler, le 19 mars 2000. Cela attira tout de suite mon attention parce que Angella Benton avait, je le savais, été assassinée dans la nuit du 16 mai 1999. La disparition de Gessler s'était donc produite en gros dix mois plus tard, soit à l'époque où, selon Cross, elle avait appelé Dorsey pour lui signaler le problème des numéros de billets.

D'après le dossier d'enquête, Gessler était criminologue et pas du tout agent spécial au moment où elle

---

1. Équivalent américain de l'IGPN (*NdT*).

avait disparu. Elle était depuis longtemps passée du service des hold-up de banques, où elle avait connu ma femme, à celui des crimes et délits informatiques. Elle enquêtait sur des affaires liées à l'Internet et créait des logiciels de recherche de schémas récurrents. Je songeai que celui dont m'avait parlé Cross sortait directement d'une tâche qu'on lui avait assignée.

Le soir du 19 mars 2000, Martha Gessler avait quitté le bureau de Westwood après une longue journée de travail. Certains de ses collègues se rappelaient l'y avoir vue jusqu'à au moins vingt heures trente. Mais elle n'avait apparemment jamais réussi à atteindre son appartement de Sherman Oaks. Martha Gessler était célibataire. Sa disparition n'avait été découverte que le lendemain matin, lorsque, ne la voyant pas au bureau, on s'était aperçu qu'elle ne répondait pas chez elle. Un de ses collègues avait été envoyé à son domicile, où il avait constaté son absence. Il avait aussi constaté que les lieux avaient été partiellement mis à sac, l'enquête déterminant par la suite que c'étaient ses deux chiens qui, rendus fous par la faim et le manque d'attention, avaient passé la nuit à tout saccager. Je remarquai que ledit collègue n'était autre que Roy Lindell en personne. Ce que cela pouvait vouloir dire, je n'en savais trop rien. Était-ce parce qu'il faisait partie du BRP qu'on l'avait envoyé vérifier si tout allait bien chez sa collègue ? Possible. J'inscrivis quand même son nom sous celui de Gessler dans mon carnet.

La voiture de Gessler, une Ford Taunus modèle 1998, n'avait pas été retrouvée près de chez elle. Mais, huit jours plus tard, sa présence avait été signalée dans un parking longue durée de l'aéroport LAX de Los Angeles. La clé de contact se trouvait sur un des pneus arrière. Le pare-chocs arrière avait été rayé sur cinquante centimètres de long et un feu arrière cassé, tous ces dégâts étant nouveaux, selon certains amis et connaissances de Gessler, dont Lindell.

Le coffre était vide, l'intérieur n'offrant aucun indice permettant de savoir où se trouvait Gessler et ce qui lui était arrivé. La mallette dans laquelle elle avait rangé son ordinateur portable avant de quitter le bureau avait, elle aussi, disparu.

Toute la voiture avait été passée au peigne fin, mais rien dans les analyses de laboratoire n'avait permis de conclure à un acte criminel. Les registres de l'aéroport n'avaient pas davantage permis de dire qu'elle aurait quitté la ville et les agents dépêchés aux aéroports de Long Beach, Burbank, Ontario et Orange County n'avaient trouvé son nom répertorié sur aucune liste de passagers.

Gessler, on le savait, était titulaire d'une carte de retrait d'espèces, de deux autres pour l'essence, sans parler d'une Visa et d'une American Express. Le soir de sa disparition, elle s'était servie de sa carte Chevron pour acheter de l'essence et un Coca Light dans une station de Sepulveda Boulevard, près du musée Getty. La facturette indiquait qu'elle avait pris quarante-sept litres d'essence sans plomb 95 à vingt heures cinquante-trois. Le réservoir de sa voiture avait une capacité maximale de soixante litres.

Cet achat avait son importance dans la mesure où il indiquait la présence de Gessler dans Sepulveda Pass, soit sur le chemin qu'on emprunte normalement pour aller de Westwood à Sherman Oaks – et à une heure qui correspondait bien à celle où elle avait quitté son bureau. En plus, le caissier de nuit de la station-service avait reconnu Gessler lors d'un tapissage : c'était bien elle qui lui avait réglé de l'essence le soir du 16 mai. Gessler, c'est vrai, était une femme séduisante. Il la connaissait et s'en était souvenu. Il lui avait dit qu'elle n'avait pas besoin de boire du Coca Light pour ne pas grossir, compliment que la jeune femme avait paru apprécier.

Ce dernier renseignement était significatif à plus d'un

titre. Et d'un, si Gessler était effectivement partie de Westwood pour rallier l'aéroport de LAX où sa voiture devait être retrouvée plus tard, il était peu probable qu'elle ait pris par le nord et Sepulveda Pass pour aller chercher de l'essence. L'aéroport se trouvait au sud-ouest des bureaux du FBI alors que la station-service était droit au nord.

Le deuxième fait important était que la carte Chevron de Gessler avait été utilisée une deuxième fois cette nuit-là, dans une station-service en retrait de la 114, toujours vers le nord. Elle avait servi à régler l'achat de cent dix litres d'essence, soit beaucoup plus que n'en pouvait contenir le réservoir de la Ford Taunus. En outre, la 114 permet d'accéder au désert des comtés du nord-est de Los Angeles et cette route est très fréquentée par les camionneurs.

Last but not least, cet élément significatif : aucune de ses cartes de crédit n'avait été retrouvée ou utilisée depuis lors.

Aucun résumé des faits, aucune conclusion ne se trouvait dans les rapports que je consultai. C'était là un travail que l'enquêteur, Lindell en l'occurrence, ferait et garderait pour lui. Écrire un rapport dans lequel on conclut à la mort d'un collègue ne se fait pas. On ne dit jamais ce qui est évident et on continue de parler du disparu au présent.

Pour moi, néanmoins, la conclusion à tirer était claire. Après avoir fait le plein à la station-service de Sepulveda Pass, Gessler avait été arrêtée, puis kidnappée, et rien n'indiquait qu'elle reparaîtrait jamais. Il y avait toutes les chances pour qu'elle se soit fait rentrer dedans par l'arrière. Elle s'était alors arrêtée sur le bas-côté pour constater les dégâts, peut-être même faire un constat avec le chauffeur adverse.

On ne savait pas ce qui s'était passé ensuite, mais elle avait dû être enlevée de force, sa voiture étant ensuite abandonnée dans un parking de l'aéroport. Outre qu'elle garantissait à peu près sûrement qu'on ne la retrouverait pas avant plusieurs jours, cette dernière manœuvre permettait aussi aux pistes éventuelles de refroidir et aux souvenirs des témoins de perdre en netteté.

Mais c'était le deuxième achat d'essence qui posait question. S'agissait-il d'une erreur ou d'un indice montrant la direction à suivre pour retrouver les kidnappeurs ? Ou alors… d'une fausse piste laissée intentionnellement par les kidnappeurs afin de lancer les enquêteurs dans la mauvaise direction ? Et la quantité de carburant acheté, elle aussi, posait question. Quel genre de véhicule fallait-il rechercher ? une dépanneuse ? un pick-up ? un camion de déménagement ?

Dans tous les cas de figure, un agent du FBI était porté manquant. Il n'y avait pas d'autre solution. Le dossier comportait les procès-verbaux de trois jours de recherches aériennes au-dessus du désert au nord-ouest de Los Angeles. Autant dire qu'on avait cherché une aiguille dans un tas de foin, mais il fallait le faire. Même s'il n'en sortait rien.

D'autres agents avaient aussi passé plusieurs jours à suivre les itinéraires que Gessler aurait pu prendre pour rentrer chez elle par Sepulveda Pass, voie qui coupe à travers les montagnes de Santa Monica. Si la pente sud du col offre peu de choix en dehors de la 405 et de Sepulveda Boulevard, celle du nord est sillonnée par tout un réseau de raccourcis utilisés tous les jours depuis cinquante ans aux heures de pointe. Les agents les avaient tous parcourus en cherchant les témoins éventuels d'une collision avec une Ford Taunus bleue, accident apparemment banal mais qui en fait avait préludé à l'enlèvement d'un agent fédéral.

Ils n'étaient arrivés à rien.

Sepulveda Pass avait été le lieu de bien des crimes similaires par le passé. Un soir, à peine quelques années auparavant, le fils du très populaire Bill Cosby y avait été détroussé, puis assassiné sur le bas-côté de la route. Et la décennie écoulée avait vu plusieurs femmes s'y faire enlever puis violer – une avait même été poignardée – après qu'elles s'étaient rangées sur l'accotement suite à une panne ou un choc arrière. On n'en pensait pas pour autant que ces incidents aient été l'œuvre d'un seul criminel. On pensait plutôt qu'avec ses petites routes sombres à flanc de colline, Sepulveda Pass était un endroit rêvé pour les prédateurs en tous genres. Comme les lions qui surveillent le trou d'eau, ils n'avaient guère à attendre pour trouver une proie. Le col était un des lieux de passage les plus fréquentés de la planète.

Il était donc possible que Gessler ait été la victime d'un crime commis au hasard, comme ceux que, précisément, elle essayait de comprendre et de catégoriser dans son travail. Il se pouvait qu'elle ait attiré son prédateur en ouvrant trop grand son sac à main à la station-service lorsqu'elle avait voulu prendre sa carte de crédit. Mais ce n'était pas la seule possibilité. Martha Gessler était une femme séduisante. Si un employé de station-service l'avait remarquée, un prédateur pouvait très bien lui aussi avoir vu ce qu'il désirait en elle.

Il n'empêche : tous les agents mis aussitôt sur l'affaire doutaient fort qu'elle soit tombée dans la catégorie des victimes habituelles de l'endroit. Sa voiture n'annonçait pas quelqu'un de riche – et Martha Gessler aurait fait un adversaire des plus redoutables. Il ne fallait pas oublier qu'elle était super entraînée et qu'elle mesurait presque un mètre quatre-vingts pour soixante-dix kilos. De plus elle s'exerçait régulièrement au Fitness Club de Sepulveda et faisait du taï-bo depuis plusieurs années. D'après les archives de son club, elle n'avait pas un gramme de graisse sur le corps. Elle était tout en muscles et savait s'en servir.

Et on savait aussi qu'elle portait toujours son arme,

même lorsqu'elle n'était pas en service. Le soir de sa disparition, elle était vêtue d'un chemisier blanc et d'un pantalon et d'un blazer noirs. Son pistolet, un 9 mm Smith & Wesson, se trouvait dans son étui de hanche, à droite. L'employé de la station-service se rappelait l'avoir vu parce que Gessler avait enlevé son blazer pour mettre de l'essence dans son réservoir à la pompe en self. On avait retrouvé le blazer accroché à un cintre au-dessus de la fenêtre arrière de la Taurus, côté chauffeur.

Tout cela signifiait qu'après s'être fait rentrer dedans par l'arrière quelque part dans Sepulveda Pass, elle était descendue de sa voiture, une arme bien visible à la hanche. En d'autres termes, c'était à une femme plus que compétente et sûre de ses capacités physiques que le prédateur avait eu affaire. Ce genre de mélange est propre à dissuader et aurait eu toutes les chances d'inciter son assaillant à s'en aller chercher une autre victime ailleurs.

Cela expliquait aussi que, si le Bureau ne renonçait en aucun cas à l'hypothèse du meurtre gratuit, Lindell ait, lui, mené une enquête de son côté pour essayer de voir si Gessler n'aurait pas été ciblée à cause du travail qu'elle effectuait au FBI.

Les rapports concernant cet aspect-là de l'enquête constituaient plus de la moitié des documents que j'avais devant moi. Je voyais bien que je n'avais pas tout le dossier sous les yeux, mais il était clair que les agents mis sur l'affaire n'avaient rien laissé au hasard en essayant d'établir un tel lien dans la disparition de leur collègue. Des dossiers remontant aux toutes premières années que Gessler avait passées à l'antenne de Los Angeles avaient été rouverts afin de voir s'il n'y avait pas de liens avec l'enquête. Tous les associés et collègues qu'elle avait eus pendant sa carrière avaient été interrogés afin de déterminer si elle avait des ennemis et d'où auraient pu venir des menaces. Parmi ces procès-verbaux se trouvait celui de l'interrogatoire que l'ex-agente Eleanor Wish, mon ex-épouse, avait subi à Las Vegas. Cela faisait dix ans que les deux femmes ne s'étaient plus parlé lorsque Gessler avait disparu. Eleanor Wish n'avait pas souvenir d'une quelconque menace adressée à sa collègue ou de quoi que ce soit d'autre qui aurait pu aider l'enquête.

Tous les criminels que Gessler avait fait mettre en prison, ou contre lesquels elle avait témoigné, avaient été retrouvés et interrogés. Les alibis de la plupart d'entre eux les exonéraient et aucun n'avait eu l'air de faire un suspect de premier plan.

D'après les rapports, Gessler était devenue l'agent de Los Angeles auquel on s'adressait pour tout ce qui concernait les demandes de recherches par ordinateur. Il fallait s'y attendre de la part d'une bureaucratie aussi gigantesque que celle du FBI. Les trois quarts des demandes adressées par les agents de terrain de Los Angeles étaient transférées aux bureaux de Washington et Quantico, qui mettaient parfois des jours et des jours avant de les avaliser – et souvent des semaines avant d'y répondre. Gessler, elle, faisait partie d'un groupe d'agents appelé à grandir : tous y étaient hautement qualifiés et aimaient travailler seuls. L'agent spécial responsable de l'antenne de Los Angeles s'en était rendu compte et avait donc retiré Gessler du service des hold-up de banques dans lequel elle travaillait depuis plusieurs années. Elle avait alors été transférée dans une unité d'informatique nouvellement créée, où elle avait traité les demandes des agents de terrain tout en développant ses propres logiciels.

Le résultat était que Gessler avait le nez dans pas mal de dossiers au moment où elle avait disparu. Je consultai ma montre et feuilletai rapidement des dizaines de rapports sur le travail qu'elle avait effectué dans diverses affaires pendant le mois précédant sa disparition. Lindell et d'autres agents à son service avaient repris ses dossiers dans l'espoir d'y trouver quelque chose qui aurait pu expliquer celle-ci. C'était en reprenant une de ses enquêtes sur un service d'hôtesses faisant de la publicité sur le web qu'ils s'en étaient apparemment approchés le plus. Le travail de Gessler avait contribué à montrer les liens entre la prostitution à Los Angeles et le crime organisé de la côte Est.

D'après ce que je lus, Gessler avait trouvé des liens intéressants entre des sites web faisant de la retape dans plus d'une dizaine de villes. Les femmes étaient expédiées d'une ville à une autre au gré des clients. L'argent ainsi généré arrivait en Floride, d'où il repartait pour New York. Sept semaines avant la disparition de Gessler, un grand jury avait mis en accusation neuf individus au titre de la loi fédérale sur le racket et la corruption. Et, une semaine exactement avant sa disparition, Gessler avait expliqué, lors d'une audience avant le procès, le rôle qu'elle avait tenu dans l'enquête. Son témoignage avait été jugé efficace et l'on pensait qu'elle témoignerait à nouveau lors du procès proprement dit. Elle n'était toutefois pas un témoin capital, ce qu'elle avait à dire ne concernant que les liens entre les sites web et les accusés. Le témoin clé de l'affaire était un des membres du gang qui avait accepté de balancer ses copains afin d'échapper à une lourde condamnation.

Penser que Gessler ait pu être la cible d'un meurtre à cause de son témoignage était un peu tiré par les cheveux, mais on n'avait apparemment pas trouvé mieux. A en juger par la quantité de ses rapports et les détails qu'ils contenaient, Lindell avait travaillé à fond sur cette hypothèse. Néanmoins, il ne semblait être arrivé nulle part. A s'en tenir à son dernier rapport sur l'aspect RICO[1] de l'affaire, cette partie-là de l'enquête était

---

1. *Racketeer-Influenced and Corrupt Organizations (Act)*, loi de 1970 favorisant la poursuite des organisations tirant profit de la corruption et de l'extorsion de fonds *(NdT)*.

« toujours ouverte, mais n'offrait pas de pistes sérieuses pour l'instant ». Décodé, cela voulait tout simplement dire qu'il était arrivé dans une impasse.

Je refermai le dossier et consultai une nouvelle fois ma montre. Lindell était parti depuis dix-sept minutes. Rien dans cette chemise ne disait que Gessler aurait signalé oralement ou par écrit à un collègue ou supérieur quelconque qu'elle avait vérifié les numéros des billets de banque donnés dans la liste de Cross et Dorsey. Rien non plus ne disait qu'elle aurait trouvé quelque chose et appelé le LAPD pour l'informer qu'au moins un de ces numéros posait problème.

Je rangeai mon carnet de notes, me levai, m'étirai le dos et commençai à faire les cent pas dans la pièce. Puis j'essayai le bouton de la porte et m'aperçus que celle-ci n'était pas fermée à clé. C'était bon signe. On ne me traitait pas en suspect. Au moins pour le moment. Quelques minutes de plus s'étant écoulées, je me lassai d'attendre et passai dans le couloir. Je regardai à droite et à gauche et ne vis personne – même pas Nuñez. Je réintégrai la salle, m'emparai du dossier et repris le chemin par où j'étais venu. J'arrivai à l'aire d'attente sans que personne m'arrête ou me demande où j'allais. J'adressai un signe de tête à la réceptionniste de l'autre côté de sa paroi de verre et pris l'ascenseur pour descendre au rez-de-chaussée.

13

Roy Lindell était assis sur le banc que j'avais occupé avant d'entrer dans le bâtiment. Il y avait trois cigarettes écrasées par terre, entre ses pieds. Il en avait une quatrième entre les doigts.

– T'as pris ton temps, mon cochon ! me lança-t-il.

Je m'assis à côté de lui et posai le dossier entre nous.

– Te mettre au BRP ! Autant demander au renard de garder le poulailler !

Je pensais à l'affaire qui m'avait valu de faire sa connaissance six ans auparavant. A cette époque, je ne savais absolument pas qu'il travaillait pour la police. Cela s'expliquait surtout par le fait qu'il dirigeait un club de strip-tease de Las Vegas et couchait avec deux ou trois de ces demoiselles à la fois. Sa couverture était tellement convaincante que, même après avoir appris qu'il était en apnée dans le milieu, j'avais cru qu'il était passé de l'autre côté. J'avais néanmoins fini par être convaincu du contraire, et complètement.

– Petit futé un jour, petit futé toujours, c'est ça ? enchaîna-t-il.

– A peu près, oui. Bon alors… qui écoutait notre petite conversation là-haut ?

– On m'a dit d'enregistrer. Et qu'on ferait suivre la bande.

– A qui ?

Il garda le silence. Comme s'il en était encore à décider de quelque chose.

– Allons, Roy ! Tu veux me mettre sur la voie ou pas ? J'ai regardé le dossier et c'est plutôt maigre. Y a pas grand-chose pour m'aider, là-dedans.

– C'est juste les grandes lignes… Ce que j'ai pu rassembler en une heure. Le vrai dossier occupe tout un classeur.

Il regarda autour de lui comme s'il comprenait enfin qu'il était assis devant un bâtiment abritant plus d'espions et d'agents secrets que tout autre endroit situé à l'ouest de Chicago. Il jeta un bref coup d'œil à la chemise posée bien en évidence entre nous.

– J'aime pas trop être ici, dit-il. Où est ta voiture ? Allons faire un tour.

Nous rejoignîmes le parking sans rien dire. Voir Lindell se comporter ainsi me déroutait et me rappelait l'avertissement de Kiz Rider : quelqu'un de haut placé était mêlé à l'affaire. Une fois dans la voiture, je posai le dossier sur la banquette arrière, mis le moteur en route et demandai à Roy où il voulait aller.

– Je m'en fous. Roule.

Je pris à l'ouest dans Wilshire, en songeant à couper par San Vicente pour rejoindre Brentwood. Rouler dans une rue bordée d'arbres et pleine de joggeurs serait agréable, même si la conversation ne l'était pas.

– Tu n'as pas raconté de salades sur la bande, n'est-ce pas ? me demanda-t-il. C'est bien vrai que tu ne bosses pour personne ?

– Oui, c'est vrai.

– Bon. Eh bien, tu ferais mieux de surveiller tes arrières, mon pote. Il y a de très très gros bonnets dans cette histoire. Des gens qui ne…

– Qui ne rigolent pas, oui, je sais. On me l'a déjà dit, mais personne ne veut me dire qui sont ces gens, pourquoi cette histoire est liée à Gessler et le rapport qu'il y aurait avec le hold-up sur le plateau de tournage. Et tout ça après quatre ans !

– Ben, moi, je peux pas te le dire parce que je n'en sais rien. Tout ce que je sais, c'est qu'après ton coup de fil aujourd'hui j'en ai passé quelques-uns moi aussi et que, boum, tout le monde m'est tombé dessus d'un coup. Et fort, mec, très très fort.

– Tout le monde de Washington ?

– Non, d'ici.

– De qui parlons-nous, Roy ? Ça ne sert à rien qu'on tourne en rond en voiture pour parler si tu ne veux rien dire. A qui avons-nous affaire, Roy ? au crime organisé ? J'ai lu le rapport sur le travail de Gessler côté RICO et, pour moi, c'est la seule chose sérieuse que tu as.

Il éclata de rire comme si je lui avais lâché une absurdité.

– Le crime organisé ? répéta-t-il. Putain, qu'est-ce que j'aimerais que ce soit ça !

J'obliquai vers San Vicente. Nous étions à quelques rues de l'endroit où Marilyn Monroe était morte d'une overdose, un des scandales et des mystères les plus durables de la ville.

– Et donc… ? J'en ai marre de parler tout seul, Roy.

Il acquiesça d'un signe de tête et se tourna vers moi.

– Sûreté du territoire, mon chéri.

– Ce qui veut dire ? On pense qu'il y aurait un lien avec le terrorisme ?

– Je ne sais pas ce qu'on pense, Harry. On ne m'a pas mis dans le coup. Tout ce que je sais, c'est qu'on m'a dit de te faire causer, de t'enregistrer et d'expédier la bande au neuvième étage.

– Au neuvième étage…

J'avais dit ça pour dire quelque chose. J'essayais d'y voir clair. Je repris rapidement les images qui m'étaient restées de l'affaire – Angella étendue par terre, les quatre tueurs agitant des armes et faisant feu, une de mes balles qui atteint l'un d'entre eux et le fait basculer en arrière, « le », enfin… si c'était un homme, dans le van. Rien de tout cela ne semblait coller avec ce que Lindell était en train de me raconter.

– Le neuvième étage est celui qui abrite l'escadron de la REACT, me dit-il en me tirant de ma rêverie. Ils frappent fort, Bosch. T'es devant eux dans la rue, ils s'arrêtent pas. Ils donnent même pas un coup de frein.

– C'est quoi, cette REACT ?

Je savais que c'étaient les initiales d'un énième truc fédéral. Toutes les agences de maintien de l'ordre rivalisent d'ingéniosité pour trouver des acronymes. Mais il n'y a pas meilleur que les fédéraux.

– La Regional Response… La Rapid Enforcement Against quelque chose Terrorism. J'oublie le reste, euh… non, voilà : la Rapid Response Enforcement and Counter Terrorism. C'est ça.

– Ça sort sûrement du bureau du patron à Washington, ce truc-là. Ça lui a demandé beaucoup de réflexion ?

– Très drôle. En gros, il s'agit d'une force inter-agences. Y a nous, le Secret Service et la DEA[1], tout le monde, quoi.

Je me dis que ce dernier « tout le monde, quoi » désignait toutes les agences qui n'apprécient guère qu'on agite leurs initiales à tout bout de champ, soit la NSA, la CIA, la DIA[2] et tout le reste de l'alphabet fédéral.

Un type en moto dépassa la Mercedes en accrochant violemment mon rétroviseur, ce qui fit bondir Lindell. Le motard poursuivit sa route en tenant levée sa main gantée pour me gratifier d'un doigt d'honneur. Je

_____

1. Soit respectivement les services secrets chargés de la protection du président des États-Unis et la Drug Enforcement Administration, équivalent américain de l'Office central pour la répression du trafic illicite des stupéfiants, ou ORCTIS *(NdT)*.

2. Defence Intelligence Agency. Organisme semblable à la CIA, mais relié à la Défense *(NdT)*.

m'aperçus que j'avais mordu sur le couloir réservé aux motos et remis la voiture dans sa file.

– Putain de motards qui croient que la route est à eux ! s'écria Lindell. Tu le rattrapes et je lui colle un taquet.

J'ignorai sa demande et dépassai le motard en m'écartant à bonne distance.

– Je ne comprends pas, Roy. Que vient faire le neuvième étage dans mon affaire ?

– Et d'un, c'est plus ton affaire, Harry. Et de deux, je n'en sais rien. C'est eux qui me posent les questions. Pas le contraire.

– Quand ont-ils commencé à en poser ?

– Aujourd'hui. T'appelles, tu veux savoir des trucs sur Marty Gessler et tu dis à Nuñez que ç'a à voir avec le hold-up sur le plateau de tournage, il vient me voir. Je lui dis qu'il faut absolument que tu passes. Et je vérifie des trucs en attendant. Et il se trouve qu'on a ton histoire de fric volé sur le plateau de tournage dans notre ordinateur. Avec un petit drapeau REACT à côté. J'appelle donc le neuvième étage, je leur dis : « Qu'est-ce qu'il y a, les gars ? » et deux secondes plus tard je me fais chier dessus quelque chose de sérieux.

– On te demande de trouver ce que je sais, de me faire causer et de m'éjecter. Ah oui… et aussi de tout enregistrer sur bande pour écouter et s'assurer que tu es un bon petit agent et que tu as fait ce qu'on te demandait.

– En gros, c'est ça, oui.

– Alors, pourquoi m'as-tu laissé lire le dossier ? et l'emporter ? Pourquoi est-ce qu'on est là à rouler en jacassant ?

Lindell mit du temps avant de répondre. Nous avions pris le tournant d'Ocean Boulevard, à Santa Monica. Je me garai encore une fois près des falaises qui dominent la plage et le Pacifique. L'horizon était brouillé par des

122

nuages blancs montant de l'océan. La grande roue de la jetée de Pacific Park était immobile et aucun néon n'y brillait.

– Je l'ai fait parce que Martha Gessler était une de mes amies.

– C'est un peu ce que je me suis dit en lisant le dossier. Une amie proche ?

Il ne pouvait pas se tromper sur ce que je voulais dire.

– Proche, oui, répondit-il.

– Et ça ne posait pas de problème, enfin… que tu mènes l'enquête ?

– Disons que mes liens avec elle n'ont été connus qu'à un moment où j'avais déjà bien avancé dans mon travail. J'ai dû rendre tous les jetons que j'avais gagnés pour ne pas me faire virer. Pas que ça m'aurait fait des tonnes de bien, remarque. Il y a maintenant plus de trois ans que tout ça s'est passé et je ne sais toujours pas ce qui lui est arrivé. Et tout d'un coup, voilà que tu m'appelles pour me dire un truc totalement nouveau dans cette histoire !

– Bref, tu ne m'as pas raconté de salades. Personne n'a jamais su qu'elle avait parlé à Dorsey de ce numéro de billet qui ne collait pas ?

– On n'a rien trouvé là-dessus. Mais c'est vrai qu'elle avait des tas de trucs dans son ordinateur et que celui-ci n'a jamais été retrouvé. Elle a dû oublier de les copier sur celui du bureau. Tu sais bien qu'on doit faire des copies de tout avant de rentrer chez soi, mais que personne ne le fait. Comme si on avait le temps !

J'acquiesçai d'un hochement de tête et réfléchis. J'obtenais beaucoup de renseignements, mais j'avais peu de temps pour les traiter. J'essayai de penser à ce que j'avais encore besoin de lui demander tant qu'il était là.

– Y a quelque chose que je n'arrive toujours pas à piger, lui dis-je enfin. Pourquoi m'as-tu fait monter dans cette salle d'interrogatoire pour me faire venir ici après ? Pourquoi me parles-tu, Roy ? Pourquoi m'as-tu laissé voir le dossier ?

– La REACT est une force TMSB, Harry. « Tous les Moyens Sont Bons », tu comprends ? Ces gars-là font ce qu'ils veulent. Les règles de procédure sont passées par la fenêtre le 11 septembre 2001. Le monde a changé, et le Bureau avec. Le pays s'est rassis et a laissé faire. Tout le monde regardait la guerre en Afghanistan pendant qu'ici on changeait toutes les règles du jeu. La sûreté du territoire, il n'y a plus que ça qui compte aujourd'hui. Le reste peut aller se faire foutre. Y compris Marty Gessler. Tu crois que le neuvième étage a mis la main sur le dossier parce qu'il y avait un agent qui manquait à l'appel ? Ils s'en foutent complètement. Il y a quelque chose d'autre dans cette histoire et qu'ils trouvent ou ne trouvent pas ce qui est arrivé à Martha n'a aucune importance. Pour eux, s'entend. Pas pour moi.

Il regardait droit devant lui en parlant. Je commençais à comprendre un peu mieux. Le Bureau lui avait dit de dételer. Ça pouvait le retenir, mais moi, j'étais libre. Et Lindell était prêt à m'aider quand il pourrait.

– Ce qui fait que tu n'as aucune idée de ce qui les intéresse dans cette affaire.

– Aucune, non.

– Mais tu veux que je continue à chercher.

– Si tu l'ébruitais, je nierais. Mais la réponse est oui. Oui, je veux être ton premier client, mon pote.

Je mis la Mercedes en prise, repassai sur la chaussée et repris la direction de Westwood.

– Et, bien sûr, je n'ai pas les moyens de te payer, ajouta-t-il. Et je ne pourrai sans doute plus te contacter après aujourd'hui.

– Je vais te dire. Arrête de m'appeler mon pote et on dit que ça marche.

Il acquiesça d'un signe de tête comme si je ne rigolais pas et pour dire qu'il acceptait le marché. Nous descendîmes en silence vers la route de la côte et la suivîmes jusqu'au canyon de Santa Monica avant de remonter sur San Vicente.

– Bon alors… qu'est-ce que tu penses de ce que tu as lu là-haut ? me demanda-t-il enfin.

– Que tu as fait tout ce qu'il fallait. Mais… le type de la station-service qui l'a vue ce soir-là ? Il est OK ?

– Oui. On lui est tous tombés dessus à bras raccourcis. Rien à lui reprocher. Y avait du monde et il a bossé jusqu'à minuit. On l'a sur les vidéos de surveillance. Il n'a jamais quitté sa cahute pendant qu'elle allait et venait. Et son alibi après minuit colle aussi.

– Rien d'autre sur la vidéo ? Il n'y a rien de signalé dans le dossier.

– Non, la vidéo ne valait rien, en dehors du fait qu'on l'y voit pour la dernière fois.

Il regarda par la vitre. Trois ans s'étaient écoulés depuis et il était toujours sérieusement accroché. Il fallait que je m'en souvienne. Tout ce qu'il dirait ou ferait devrait être analysé à cette lumière.

– Quelles sont mes chances de jamais consulter l'ensemble du dossier ?

– Je dirais entre zéro et aucune.

– Le neuvième étage, c'est ça ?

Il acquiesça d'un hochement de tête.

– Ils sont montés dans mon bureau, ont ouvert mon tiroir et l'ont embarqué. Je ne reverrai plus ce dossier. Et peut-être qu'ils ne me rendront même jamais le tiroir.

– Pourquoi ne m'ont-ils pas bloqué, moi ? Pourquoi toi ?

– Parce que je te connaissais. Mais surtout parce que tu n'es même pas censé connaître leur existence.

J'acquiesçai et revins à Wilshire Boulevard. Le bâtiment fédéral était de nouveau devant nous.

– Écoute, Roy, repris-je, je ne sais pas si ces deux

affaires se tiennent, tu vois ce que je veux dire ? L'histoire de Martha Gessler et le truc de Hollywood. Angella Benton. Martha a bien signalé quelque chose, mais ça ne veut pas forcément dire que ce soit le cas. J'ai d'autres pistes à explorer. Ce lien n'est qu'un élément parmi d'autres. D'accord ?

Il regarda de nouveau par la fenêtre et marmonna quelque chose que je n'arrivai pas à entendre.

– Quoi ?

– On n'a commencé à l'appeler Martha qu'après sa disparition. Après, ça n'a été que ça partout à la télé et dans les journaux. Elle détestait ce prénom.

Je me contentai d'approuver d'un signe de tête parce qu'il n'y avait rien d'autre à faire. J'entrai dans le parking et le conduisis jusqu'à l'esplanade pour l'y déposer.

– Le numéro de téléphone que tu m'as laissé dans le dossier... c'est là que je peux te joindre ?

– Oui, à n'importe quelle heure. Mais vérifie que ta ligne n'est pas sur écoute avant d'appeler.

J'y réfléchis jusqu'au moment où j'arrêtai la Mercedes devant l'esplanade. Lindell jeta un coup d'œil alentour, comme s'il voulait être sûr de pouvoir descendre de la voiture en toute sécurité.

– Tu retournes à Las Vegas de temps en temps ? lui demandai-je.

Il me répondit sans se retourner vers moi. Il continuait à scruter l'esplanade et les fenêtres du bâtiment qui la dominait.

– Chaque fois que je peux. Mais je suis obligé d'y aller incognito. Il y a des tas de gens qui ne m'aiment pas des masses là-bas.

– Ça, j'imagine.

C'était grâce à son travail d'infiltration et à celui de mon équipe des Vols et Homicides qu'un des grands patrons de la pègre et pas mal de ses sbires étaient tombés.

– J'y ai vu ta femme il y a à peu près un mois de ça, reprit-il. Elle jouait. Aux cartes. Au Flamingo, si je me souviens bien. Elle avait un joli tas de jetons devant elle.

C'était à l'occasion de cette première affaire à Las Vegas qu'il avait fait la connaissance d'Eleanor Wish. C'était aussi à Las Vegas et à cette époque-là que j'avais épousé la dame.

– Mon ex, précisai-je. Mais ce n'est pas pour ça que je demandais.

– Non, je sais, dit-il.

Apparemment satisfait de ce qu'il voyait, il ouvrit la portière et descendit. Puis il se tourna vers moi et attendit que je dise quelque chose. Je hochai la tête.

– Je prends ton affaire, Roy.

Il me renvoya mon hochement de tête.

– Dans ce cas, tu peux m'appeler quand tu veux. Et fais gaffe à tes fesses, mon pote.

Sur quoi il me gratifia de son petit salut de voyou qui a eu le dernier mot et referma la portière avant que j'aie pu dire quoi que ce soit.

14

Dans les salles des inspecteurs de bon nombre de commissariats de Los Angeles, l'Idaho est souvent appelé «le Paradis des hommes en bleu». C'est la ligne d'arrivée, la destination finale pour pas mal d'inspecteurs qui sont allés jusqu'au bout et ont donné les vingt-cinq ans de service requis avant de se faire rembourser leurs jetons. J'ai entendu dire qu'il y a dans cet État des coins entiers remplis d'anciens flics de Los Angeles qui vivent les uns à côté des autres. Les agents immobiliers de Cœur d'Alene et de Sandpoint font passer leurs petites annonces dans la lettre du syndicat de la police. Dans chaque numéro.

Bien sûr, il y a aussi des flics qui rendent leur insigne et filent aussitôt vers le Nevada pour aller rôtir dans le désert et accepter des petits boulots à temps partiel dans les casinos. D'autres encore disparaissent dans le nord de la Californie – il y aurait plus de flics à la retraite dans les bois du comté de Humboldt que de types qui font pousser de la marijuana, sauf que… ces derniers ne le savent pas. D'autres enfin partent vers le Mexique, où il y a encore des endroits où on peut se payer un ranch avec climatisation et vue sur l'océan avec une pension du LAPD.

L'essentiel, là-dedans, c'est que bien peu de policiers restent à Los Angeles. Ils passent toute leur vie d'adulte à tenter de comprendre la ville et à essayer d'y mettre un peu d'ordre, mais ne supportent pas d'y rester une fois leur boulot terminé. Voilà ce que ça fait de travailler à Los Angeles. Ça vous vole jusqu'au plaisir d'avoir réussi quelque chose. Rien ne récompense celui qui en a réchappé.

Un des rares collègues à avoir rendu l'insigne sans vider les lieux dans l'instant était un certain Burnett Biggar. Il avait donné ses vingt-cinq ans à la ville – dont la seconde moitié aux Vols et Homicides du South Bureau –, et avait pris sa retraite pour ouvrir avec son fils un petit commerce près de l'aéroport. L'entreprise Biggar & Biggar Professional Security se trouvait sur Sepulveda Boulevard, près de La Tijera. Bâtiment quelconque, bureaux sans prétention. Biggar s'occupait surtout de fournir des systèmes de sécurité et des hommes de patrouille pour les hangars industriels situés autour de l'aéroport. La dernière fois que je lui avais parlé – cela devait remonter à deux ans –, il m'avait dit que les affaires étaient bonnes et qu'il avait déjà plus de cinquante employés.

Mais, en aparté, il m'avait aussi avoué regretter ce qu'il appelait «le vrai boulot». Le boulot vital, celui qui change les choses. Protéger un hangar plein de blue-jeans fabriqués à Taiwan peut s'avérer profitable, mais n'effleure même pas ce qu'on peut éprouver en jetant un tueur à terre pour lui passer les menottes. Et c'était ça qui lui manquait. C'est aussi ça qui me fit penser que je pourrais lui demander de m'aider à faire ce que je voulais pour Lawton Cross.

Il y avait une petite salle d'attente avec une machine à café, mais je n'y restai pas longtemps. Burnett Biggar descendit un couloir et m'invita à le suivre dans son bureau. Comme l'indiquait son nom, Biggar était un costaud. Je fus obligé de marcher derrière lui plutôt qu'à côté. Il s'était rasé le crâne, ce qui lui donnait un aspect tout différent, au moins pour moi.

– Alors, Big, je vois que tu as échangé le feutre contre la boule à zéro.

Il se passa une main sur le crâne.

– Fallait bien, Harry. C'est la mode. En plus que je commence à grisonner…

– Comme tout le monde, non ?

Il me fit entrer dans son antre. Ni grand ni petit, c'était un bureau banal, avec lambris de bois et recommandations encadrées, coupures de journaux et photos remontant à l'époque où il travaillait pour le LAPD. Ça devait beaucoup impressionner ses clients.

Il passa derrière un bureau couvert de papiers et me montra un fauteuil en face de lui. Je m'assis et remarquai un slogan, lui aussi encadré sur le mur : « *Biggar & Biggar is getting Better and Better*[1] ».

Biggar se pencha en avant et croisa les bras sur son bureau.

– Harry Bosch ! Si je m'attendais à te revoir jamais ! Ça fait tout drôle de t'avoir devant moi.

– A moi aussi. Je ne m'y attendais pas moi non plus.

– Tu viens chercher du boulot ? J'ai appris que tu avais rendu ton tablier l'année dernière ? T'es bien le dernier auquel j'aurais pensé pour ça.

– Personne ne tient la distance comme toi, Big. Et je te remercie pour ton offre, mais j'ai déjà un travail. Je cherche seulement un peu d'aide.

Il sourit, la peau se tendant autour de ses yeux. Ce que je venais de lui dire l'intriguait. Il savait bien que je ne serais jamais du genre à assurer la sécurité d'entreprises commerciales ou industrielles.

– Je ne t'ai jamais entendu demander de l'aide pour quoi que ce soit, dit-il. De quoi as-tu besoin ?

– D'une installation. Surveillance électronique. Une pièce, et personne ne doit savoir qu'il y a une caméra.

– Grande comment, cette pièce ?

---

1. Soit, approximativement, à cause du jeu de mots sur Bigger et Biggar, « De plus en plus fort et de mieux en mieux » *(NdT)*.

– Comme une chambre à coucher. Disons quatre mètres cinquante sur quatre mètres cinquante.

– Ah, Harry, tu devrais pas t'embarquer dans ces trucs-là. Tu commences à renifler ces machins et tu y perds ton âme. Viens donc travailler pour moi. Je peux te trouver…

– Ce n'est pas ce que tu penses. De fait, ça sort d'une enquête que j'ai menée sur un homicide. Le type est dans un fauteuil roulant. Il y passe toutes ses journées assis à regarder la télé. Je voudrais juste m'assurer qu'il va bien, tu comprends ? Y a un truc pas catholique avec sa femme, enfin… je crois.

– Tu veux dire… elle le bat ?

– Peut-être. Je ne sais pas. Mais il y a quelque chose.

– Et il sait ce que tu vas faire ?

– Non.

– Mais tu as accès à la pièce.

– En gros, oui. Tu penses pouvoir m'aider ?

– C'est-à-dire… des caméras, on en a. Mais tu dois comprendre que les trois quarts de notre boulot couvrent des besoins industriels. C'est donc du lourd. Pour moi, tu n'as guère besoin que d'une caméra miniature, un truc qu'on peut très bien acheter à Radio Shack [1].

Je hochai la tête.

– Je n'ai pas envie que ça soit trop évident. Ce type est un ancien flic.

Biggar hocha la tête à son tour, digéra vite la nouvelle et se leva.

– Bon, allez. Suis-moi à la réserve, que je te montre ce qu'on a. André y est et pourra te donner ce qu'il faut.

Il me fit repasser dans le couloir et repartir vers l'arrière du bâtiment. Nous entrâmes dans la réserve. De la taille

---

1. Nom d'une grande chaîne de magasins d'électronique bon marché *(NdT)*.

d'un garage à deux voitures, elle était remplie d'établis et d'étagères pleines de matériel électronique. Debout autour d'un des établis, trois hommes regardaient l'écran d'un petit poste de télévision, sur lequel passaient les images granuleuses d'une vidéo de surveillance. Je reconnus l'un des trois, le plus grand, comme étant André, le fils de Burnett. Je ne l'avais jamais vu, mais je sus que c'était lui rien qu'à sa masse et à sa ressemblance avec son père. Sans compter le crâne rasé…

Les présentations faites, André m'expliqua qu'ils venaient de recevoir une bande de vidéo-surveillance montrant comment le hangar d'un client avait été cambriolé. Son père l'ayant mis au courant de ce que je cherchais, il me conduisit à un établi où il pourrait déballer du matériel et me sortit des caméras cachées dans des vases, des lampes, des cadres à photos et des horloges. Je repensai à Lawton Cross se plaignant de ne jamais arriver à lire l'heure au bas de l'écran de sa télé et dis à André de ne pas aller plus loin.

– C'est ça qu'il me faut. Comment ça marche ?

L'horloge était ronde et faisait dans les vingt-cinq centimètres de diamètre.

– C'est une horloge d'école, dit-il. Vous voulez vraiment accrocher ça au mur d'une chambre ? Ça va se voir comme le nez au…

– André, dit seulement son père.

– Cette pièce n'est pas utilisée comme une chambre, lui précisai-je. C'est une espèce de salle pour la télé. Et le sujet m'a dit ne jamais arriver à lire l'heure sur l'écran de CNN. Je n'aurai pas l'air idiot en lui apportant ce truc.

André acquiesça d'un signe de tête.

– Bon, dit-il. Vous voulez le son avec ? la couleur ?

– Le son, oui. La couleur serait bien, mais pas nécessaire.

– Vous voulez que ça émette ou que rien ne dépasse ?

Je le regardai d'un œil vide, il comprit que je ne savais pas de quoi il parlait.

– J'ai deux modèles pour tous ces engins, dit-il. Dans le premier, la caméra se trouve dans l'horloge et transmet l'image et le son à un récepteur qui enregistre tout sur vidéo. Dans ce cas, il faut trouver un endroit sûr où placer l'enregistreur à disons… une trentaine de mètres maximum. Vous allez planquer à l'extérieur ? Dans une camionnette ou…

– Non, ce n'était pas dans mes plans.

– Bien. L'alternative est de bosser en numérique et de mettre tout dans la caméra qui enregistrera directement sur puce. Le seul défaut, c'est la capacité de stockage. Une puce donne environ deux heures d'enregistrement en temps réel, et après il faut la changer.

– Ça ne va pas marcher. J'avais idée de ne vérifier que tous les deux ou trois jours.

Je commençai à réfléchir à la meilleure manière de cacher le récepteur dans la maison. Au garage ? Je pouvais faire semblant d'aller y jeter quelque chose à la poubelle et en profiter pour planquer l'engin dans un endroit où Danny Cross n'aurait jamais idée d'aller chercher.

– On peut aussi ralentir la vitesse d'enregistrement si c'est nécessaire.

– Comment ?

– De plusieurs façons. On commence par installer la caméra dans l'horloge et on l'éteint disons… de minuit à huit heures. On peut aussi réduire le NIS et rallonger le…

– Le NIS ?

– Le nombre d'images/seconde. Mais ça les fait un peu sauter.

– Et côté son ? Ça aussi, ça saute ?

– Non, le son est à part. Ça n'en changerait pas la qualité.

J'acquiesçai d'un signe de tête, sans être pour autant sûr de vouloir perdre des images.

– On peut aussi coupler la caméra à un détecteur de mouvements. Vous dites que ce type est en fauteuil roulant ? Est-ce qu'il se déplace beaucoup ?

– Non, il ne peut pas. Il est paralysé. Il passe les trois quarts de son temps à regarder la télé.

– Ce qui fait qu'il n'y a vraiment de mouvement dans la pièce que lorsque son infirmière y vient. Et c'est bien elle que vous voulez surveiller, non ?

– Si.

– Alors, y a pas de problème. Ça marchera. On installe un détecteur de mouvements et ça devrait rallonger la durée d'enregistrement de plusieurs jours.

– Parfait.

J'acquiesçai et regardai Burnett : son fils m'avait impressionné. André était du genre à casser des quarts arrière au football américain, mais s'était spécialisé dans les puces et les circuits intégrés. Je vis la fierté s'afficher dans les regards du papa.

– Vous me donnez un quart d'heure pour assembler l'engin et je vous montre comment l'installer et faire fonctionner l'enregistreur à puce.

– Ça me va.

Je retournai avec Burnett dans son bureau, où nous parlâmes des anciens collègues et de deux ou trois affaires sur lesquelles nous avions travaillé ensemble. L'une d'elles concernait un tueur à gages qui avait bien abattu la victime qu'on lui avait désignée dans South L. A., mais aussi son donneur d'ordres à Hollywood, lorsque celui-ci avait refusé de lui régler le solde de son acompte. Mon équipe, Biggar et son associé, un certain Miles Manley, et moi y avions déjà donné un mois de notre temps lorsque « Big and Manley[1] », ainsi qu'on les appelait, avaient enfin retrouvé un témoin qui vivait

---

1. Soit le Grand et le Viril – jeu de mots sur *manly (NdT)*.

dans le quartier de la victime et se rappelait avoir vu passer un type – un Blanc – au volant d'une Corvette noire avec intérieur en cuir rouge. Le signalement de la voiture correspondait à celui du véhicule utilisé par le voisin de la deuxième victime. Le bonhomme avait fini par avouer après un interrogatoire interminable mené en alternance par Biggar et moi-même.

– C'est toujours grâce à des petits détails comme ça qu'on y arrive, dit Biggar en se renversant en arrière derrière son bureau. C'était ça que j'aimais le mieux dans le boulot… ne jamais savoir d'où va venir la surprise.

– Oui, je sais.

– Et ça te manque ?

– Oui. Mais ça me reviendra. Même que ça a commencé.

– Tu veux dire : l'impression, pas le boulot.

– Voilà. Et toi ? Toi aussi, ça te manque encore ?

– Je me fais plus de fric qu'il m'en faut, mais oui, ça me manque. L'adrénaline, voilà ce que me donnait le boulot, et dispatcher des flics à droite et à gauche et installer des caméras ne m'excite pas trop. Et donc, fais gaffe à ce que tu fabriques, Harry. Tu pourrais finir par connaître la réussite et passer ton temps assis sur ton cul à te rappeler des choses et croire que le passé était bien mieux que ce qu'il était vraiment.

– Je ferai gaffe, Big.

Il hocha la tête, content d'avoir pu dispenser sa dose de conseils quotidiens à quelqu'un.

– Bon, reprit-il, t'es pas obligé de me le dire si t'en as pas envie, mais ce mec en fauteuil roulant, ça serait pas Lawton Cross ?

J'hésitai, puis décidai que ça n'avait pas d'importance.

– Si, c'est lui, répondis-je. Je travaille sur une autre affaire et je suis retombé sur lui. Je suis allé le voir et il m'a dit des choses. Je veux juste m'assurer que… enfin, tu vois.

– Bonne chance, Harry. Je me rappelle sa femme. Je l'avais vue deux ou trois fois à des soirées. C'était une nana bien.

J'acquiesçai. Je savais ce qu'il était en train de me faire comprendre : lui aussi aurait bien aimé qu'elle ne le martyrise pas.

– Ah, dis-je, des fois, les gens changent. C'est ce que je vais voir.

André Biggar arriva quelques instants plus tard et me fit tout un cours sur la surveillance électronique. L'horloge était prête. Je n'avais plus qu'à l'accrocher et à la brancher. Dès que je la mettrais à l'heure, je pourrais activer le mécanisme en appuyant à fond sur le cadran. Pour retirer la puce, il me faudrait démonter l'arrière de l'horloge, mais ça ne m'inquiétait guère. Un seul round de surveillance devrait suffire à me dire ce que je voulais savoir.

André déposa l'horloge dans une boîte matelassée, me serra la main et quitta le bureau. Je regardai Burnett. L'heure était venue de filer.

– On dirait qu'il fait plus que t'aider, lui dis-je.

– André ? C'est lui, l'âme de la boîte.

Il me montra le mur couvert de souvenirs.

– Moi, je ramène les clients, je les impressionne et je les fais signer. Le boulot, c'est André qui le fait. Il détermine les besoins et s'occupe de tout.

J'acquiesçai et me levai.

– Tu veux que je te paie pour ça ? lui demandai-je en levant la boîte avec l'horloge à l'intérieur.

Il sourit.

– Pas si tu me le rapportes.

Puis il devint sérieux.

– C'est le moins que je puisse faire pour Lawton Cross.

– Oui, dis-je, comprenant ce qu'il ressentait.

Nous nous serrâmes la main et je partis, l'horloge sous le bras, en espérant que cet engin me prouverait que le monde n'était pas aussi mauvais que je le pensais.

15

De chez Biggar & Biggar je revins vers la Valley par Sepulveda Pass, où je me heurtai à la première vague d'embouteillages des heures de pointe. Il me fallut une demi-heure rien que pour arriver à Mulholland Drive. En ayant assez, je quittai le freeway et filai vers l'ouest, en longeant la crête des montagnes. Je regardai le soleil laisser le ciel en feu en disparaissant derrière Malibu. Lorsqu'il était bas sur l'horizon, il se reflétait souvent dans la brume emprisonnée dans la Valley et la transformait en véritables incendies de rouges, d'oranges et de roses. C'était comme une récompense pour tous ceux qui acceptaient de respirer jour après jour l'air empoisonné. Ce soir-là, il y avait prédominance d'oranges lisses avec volutes de blanc. C'était ce que mon ex-épouse appelait un ciel « à la crème glacée », du temps où elle regardait les couchers de soleil sur ma terrasse. Elle avait un qualificatif pour chacun d'eux et cela ne manquait jamais de me faire sourire.

Me souvenir d'elle me renvoya à des éternités en arrière et à une vie entièrement différente. Je repensai à Lindell qui m'avait dit l'avoir revue à Las Vegas. Il savait très bien que je lui demandais de ses nouvelles alors même que je prétendais le contraire. Il ne se passait pas de semaines, sinon de jours, que je ne songe à retourner là-bas pour la retrouver et lui demander de m'accorder une deuxième chance. Une deuxième chance de repartir selon ses termes à elle, s'entend. Je n'avais plus d'obligations me retenant à Los Angeles. Je pouvais aller où je voulais. Maintenant, oui, je pouvais très bien aller la retrouver et vivre avec elle dans la capitale du péché. Elle pourrait alors trouver tout ce dont elle avait besoin sur le feutre bleu des tables de poker de la ville et revenir à la maison et à moi tous les soirs. Et moi aussi, je pourrais faire ce que je voulais. A Las Vegas, il y aurait toujours de quoi faire pour un type avec mes compétences.

Une fois, j'avais même été jusqu'à préparer une caisse d'affaires, la mettre dans le coffre de la Mercedes et rouler jusqu'à Riverside avant que, mes craintes familières me reprenant, je décide de quitter le freeway. J'avais avalé un hamburger dans un In and Out et avais repris le chemin de la maison. Où je ne m'étais même pas donné la peine de vider ma caisse en arrivant. Je l'avais reposée par terre dans ma chambre et pendant les quinze jours suivants en avais ressorti mes vêtements au fur et à mesure que j'en avais besoin. La caisse vide était toujours là, à côté de mon lit, prête à être remplie dès que j'aurais envie de reprendre cette route.

La peur. Elle ne me lâchait jamais. Peur d'être rejeté, peur d'aimer sans retour, peur de tous les sentiments qui se cachaient encore en moi. Toutes ces peurs se mélangeaient en une espèce de milk-shake bien doux qui se répandait dans ma coupe jusqu'à ras bord. Au point de se renverser si jamais je faisais un geste un peu trop brusque. Et donc, je ne bougeais plus. Restais paralysé. Ne sortais pas le nez de chez moi et vivais dans mes valises.

J'ai toujours cru à la théorie de la balle unique. On peut certes tomber amoureux et faire l'amour bien des fois, mais la balle avec son nom gravé dessus, on n'en a qu'une. Et quand on a la chance de la recevoir, jamais la blessure ne se referme.

Il n'était pas impossible que Roy Lindell ait été

atteint par une balle au nom de Martha Gessler, mais je n'en sais rien. Ce que je sais, c'est qu'Eleanor Wish avait été ma balle à moi. Et qu'elle m'avait transpercé de part en part. Il y avait eu d'autres femmes avant elle et d'autres après, mais la blessure qu'elle m'avait laissée était toujours là. Et refusait de se refermer comme il faut. Elle saignait encore et je savais que c'était pour toujours. C'était ainsi que tout devait se jouer. Il n'est pas de fin aux choses du cœur.

16

En revenant vers Woodland Hills, je fis un crochet par chez moi pour ressortir ma boîte à outils de l'armoire du garage et m'arrêtai dans un magasin Vendome Liquors. Je ne téléphonai pas pour prévenir. Lawton Cross, je le savais, avait toutes les chances d'être là.

Danielle m'ouvrit au troisième coup que je frappai à la porte, son visage déjà sévère se faisant carrément hostile lorsqu'elle s'aperçut que c'était moi.

– Il dort, me dit-elle en prenant soin de bloquer la porte de tout son corps. Il récupère d'hier.

– Alors, va falloir le réveiller, Danny. J'ai besoin de lui parler.

– Écoutez, vous ne pouvez pas débarquer ici comme ça. Vous n'êtes plus dans la police. Vous n'avez pas le droit.

– Et vous ? Vous avez celui de choisir les gens qu'il peut voir et ceux qui lui sont interdits ?

Cela parut enrayer un rien sa colère. Elle baissa les yeux sur ma boîte à outils et le paquet que j'avais sous le bras.

– Qu'est-ce que c'est que tout ça ? demanda-t-elle.

– Je lui ai trouvé un cadeau. Écoutez, Danny, j'ai besoin de lui parler. Il y a des gens qui vont venir le voir. Il faut que je lui en parle pour qu'il soit prêt.

Elle céda. Sans rien ajouter, elle recula, m'ouvrit grand la porte et tendit le bras pour me faire signe d'entrer. Je franchis le seuil et trouvai le chemin de la chambre.

Lawton dormait dans son fauteuil, la bouche ouverte. De la bave mêlée à des produits pharmaceutiques lui dégoulinait sur la joue. Je n'avais pas envie de le regarder. Il me rappelait trop ce qui pouvait arriver. Je déposai ma boîte à outils et mon paquet sur le lit. Puis je regagnai la porte de la chambre et la claquai suffisamment fort pour être sûr qu'il se réveille, enfin… je l'espérai. L'idée de le secouer ne me séduisait guère.

En me retournant vers son fauteuil, je remarquai que ses paupières battaient, puis retombaient sans se fermer tout à fait.

– Hé ! Law ! C'est moi, Harry Bosch !

Je remarquai aussi le témoin vert sur le moniteur posé sur la commode et passai derrière son fauteuil pour l'éteindre.

– Harry ? dit-il. Où ça ?

Je repassai de l'autre côté du fauteuil et, un sourire gelé sur la figure, baissai les yeux sur lui.

– Ici, mec. T'es réveillé maintenant ?

– Ouais… suirévé… veillé.

– Bien. J'ai des trucs à te dire. Et je t'ai apporté quelque chose.

Je gagnai le lit et commençai à sortir l'horloge du paquet qu'André Biggar m'avait préparé.

– Du Black Bush ?

Sa voix avait retrouvé sa vivacité. Encore une fois, je regrettai les mots dont je m'étais servi. Je repassai dans son champ de vision en tenant bien haut mon horloge.

– Je t'ai trouvé une horloge pour ton mur. Comme ça tu pourras lire l'heure quand tu en auras besoin.

Il laissa échapper un jet d'air entre ses lèvres.

– Elle l'enlèvera.

– Je vais lui dire de ne pas le faire. Ne t'inquiète pas pour ça.

J'ouvris la boîte à outils et sortis un marteau et un clou à murs secs d'un sachet en plastique qui en contenait tout un assortiment. Je jetai un coup d'œil à gauche de la télévision et repérai le milieu du pan de mur. Il y avait une prise électrique juste en dessous. Je tins mon clou très haut sur le mur et l'enfonçai à moitié à coups de marteau. J'étais en train d'accrocher l'horloge lorsque Danny entra et regarda ce qui se passait.

– Qu'est-ce que vous fabriquez ? me lança-t-elle. Il n'a pas besoin d'une horloge à cet endroit.

Je finis de l'accrocher, baissai les mains et la regardai.

– Il m'a dit que si, justement.

Nous nous tournâmes tous les deux vers Lawton pour qu'il tranche. Son regard passa de sa femme à moi, puis retour.

– Essayons d'en avoir une un moment, dit-il. J'aimerais bien savoir l'heure pour être sûr de ne pas rater le début de mes émissions préférées.

– Bien, bien, dit-elle d'un ton sec. Comme tu voudras.

Elle quitta la pièce en refermant la porte derrière elle. Je me penchai en avant et branchai la prise de l'horloge. Puis je jetai un coup d'œil à ma montre et tendis la main pour mettre l'horloge à l'heure et enclencher la caméra. Une fois ma tâche terminée, je remis mon marteau dans la boîte à outils et en refermai la serrure.

– Harry ?

– Quoi ? dis-je en sachant très bien ce qu'il allait me demander.

– Tu m'en as apporté ?

– Un peu, oui.

Je rouvris ma boîte à outils et en sortis la flasque que j'avais remplie dans le parking du Vendome.

– Danny m'a dit que t'avais la gueule de bois. T'es sûr d'en vouloir ?

– Bien sûr que oui. Allez, fais-moi goûter, Harry. J'en ai besoin.

Je répétai le cérémonial de la veille et attendis de voir

s'il se rendait compte que j'avais allongé son whisky avec de l'eau.

– Ah, que c'est bon, Harry ! Tu m'en donnes encore, tu veux ?

Je m'exécutai, puis je refermai la flasque en me sentant vaguement coupable de donner à cet homme brisé la seule et unique joie qui semblait lui rester dans la vie.

– Écoute-moi, Law, faut que je t'avertisse d'un truc. J'ai l'impression d'avoir foutu un coup de pied dans une grosse fourmilière avec ton histoire.

– Qu'est-ce qui s'est passé ?

– J'ai essayé de retrouver l'agent qui avait appelé Jack Dorsey pour les numéros des billets. Tu sais bien… pour celui qui n'allait pas ?

– Oui, je sais. Et tu l'as retrouvée ?

– Non, Law, je ne l'ai pas retrouvée. Cet agent s'appelait Martha Gessler. Ça te dit quelque chose ?

Il regarda au plafond comme si c'était là qu'il planquait sa réserve de souvenirs.

– Non. Ça devrait ?

– Je ne sais pas. Elle a disparu. En fait, elle a disparu il y a trois ans, juste après avoir appelé Jack.

– Oh, putain !

– Ouais. Et donc, j'ai foutu les pieds dedans en passant un coup de fil pour essayer de retrouver la trace de cet appel.

– Ils vont venir me causer ?

– Je ne sais pas, mais maintenant, t'es au courant. Et je crois que oui, ils pourraient. Dieu sait comment, pour eux, tout ça est lié à une affaire de terrorisme. C'est une des équipes post 11 septembre qui s'est emparée du dossier. Et, d'après ce que je sais, ils sont du genre à botter des culs d'abord et lire le code après.

– Je ne veux pas les voir ici. Qu'est-ce que tu as déclenché, Harry ?

– Je suis désolé, Law. S'ils viennent, tu les laisses te poser leurs questions et tu y réponds du mieux possible. Tu prends leurs noms et tu demandes à Danny de m'appeler après leur départ.

– J'essaierai. Tout ce que je veux, c'est qu'on me laisse tranquille.

– Je sais, Law.

Je m'approchai de son fauteuil et remis la flasque dans son champ de vision.

– T'en veux encore ?

– Tu te fous de moi ?

Je lui en versai une bonne lampée dans la bouche, et rajoutai un petit bonus. J'attendis que ça descende et lui remonte lentement dans les yeux. Soudain, ceux-ci parurent se figer.

– Eh, Law ? Ça va ?

– Très bien.

– J'ai encore quelques questions à te poser. Elles me sont venues après mon départ du Bureau.

– Du genre ?

– D'abord le coup de fil que Jack a reçu. D'après le FBI, il n'y a aucune trace d'un quelconque appel de Gessler sur ces numéros de billets.

– Ça, c'est simple. Peut-être que c'était pas elle. Comme je te l'ai dit, c'est pas par Jack que j'ai eu son nom. Ou si c'est le cas, j'en ai plus souvenir.

– Je suis presque sûr que c'était elle. Tout le reste de ce que tu m'as dit colle parfaitement. Son ordinateur contenait bien le genre de logiciel que tu m'as décrit. Il a disparu avec elle.

– Eh ben, voilà. Il devait aussi y avoir une trace de son appel. Elle aussi aura disparu avec elle.

– Faut croire. Bon et maintenant, l'heure de cet appel… Te souviens-tu d'autres trucs ? Te rappelles-tu l'heure à laquelle il est arrivé ?

– Ah, putain, je sais pas, Harry. C'était juste un truc

parmi d'autres. Un appel téléphonique, quoi. Je suis sûr que Jack l'a versé à la chrono.

C'était du suivi chronologique qu'il parlait. Tout y était consigné. Enfin… devait l'être.

– Oui, je sais, dis-je. Mais moi, je n'y ai pas accès. N'oublie pas que je ne suis plus dans la police.

– Ouais.

– Tu m'as dit que ça s'était passé une dizaine de mois après l'ouverture de l'enquête, tu te rappelles ? Tu m'as dit que vous aviez déjà attaqué d'autres affaires et que c'était Jack qui avait repris le commandement des opérations sur le dossier Angella Benton. Or, elle a été assassinée le 16 mai 1999. Et Martha a disparu le 19 mars suivant, soit presque exactement dix mois plus tard.

– Ce qui fait que je ne me trompais pas dans mes souvenirs. Qu'est-ce que tu veux de plus ?

– C'est juste que…

Je laissai ma phrase en suspens. J'essayai de trouver ce que j'allais lui demander, et comment. Il y avait quelque chose qui clochait dans la chronologie.

– C'est juste que quoi ?

– Je ne sais pas. Il me semble que si Jack avait parlé récemment avec cet agent, il aurait dit quelque chose quand elle a disparu. Ça n'est pas passé inaperçu, tu sais ? C'était dans tous les journaux et à la télé tous les soirs. Tu es sûr que ce coup de fil ne vous est pas arrivé plus tôt ? Disons… plus près du début de l'enquête ? Ça expliquerait que Jack ne se soit plus souvenu d'elle et de son coup de fil quand sa disparition a été rendue publique.

Il garda le silence un instant en réfléchissant à la question. J'avais envisagé d'autres possibilités, mais chaque fois c'était la logique qui clochait.

– Tu me redonnes un petit coup de ce truc, Harry ?

Il voulut en avaler trop d'un coup et le liquide lui

remonta dans la gorge. Lorsqu'il reprit la parole, le feu de l'alcool l'avait pris et il avait la voix plus rauque.

– Je ne crois pas, non, enchaîna-t-il. Je pense toujours que c'était dix mois après l'ouverture du dossier.

– Ferme les yeux un instant, Law.

– Mais… c'est quoi, ça ?

– Ferme les yeux, rien de plus, et concentre-toi sur ce souvenir. Tout ce qui revient, tu te concentres dessus.

– Eh, Harry ? T'essaies de m'hypnotiser ?

– Non, j'essaie seulement de t'aider à recentrer tes pensées, à mieux te rappeler ce que t'a dit Jack.

– Ça ne marchera pas.

– Si tu ne veux pas, ça, c'est sûr. Détends-toi, Law. Détends-toi et essaie de tout oublier. Fais comme si ton esprit était un tableau noir et que tu l'effaçais. Et pense à ce que Jack t'a dit de ce coup de fil.

Ses yeux bougèrent sous ses paupières fines et pâles, mais au bout d'un instant leurs mouvements se firent plus lents, puis cessèrent. J'observai son visage et attendis. Cela faisait des années que je ne m'étais plus essayé à l'hypnose – et encore : je n'y avais eu recours que pour retrouver des événements ou des signalements de suspects. Là, c'était le souvenir de toute une époque, d'un lieu et de ce qui s'y était dit que j'attendais de Cross.

– Alors, tu le vois, ce tableau noir ?

– Oui, je le vois.

– Bien. Tu t'en approches et tu y écris « Jack ». Tu l'écris en haut pour avoir de la place en dessous.

– Harry, c'est con, ton truc. Je…

– Fais-moi plaisir, tu veux ? Écris « Jack » en haut du tableau.

– Bon, d'accord.

– Voilà, c'est bien, Law. Et maintenant, tu regardes le tableau et sous « Jack », tu écris « coup de téléphone ». D'accord ?

147

– OK, c'est fait.

– Bien. Regarde ces quatre mots et concentre-toi dessus. «Jack, coup de téléphone.» «Jack, coup de téléphone.»

Le silence qui suivit fut ponctué par les tic-tac à peine audibles de la nouvelle horloge.

– Bon et maintenant, je veux que tu te concentres sur tout ce qu'il y a de noir autour de ces mots. Autour de ces lettres. Tu les reprends toutes les unes après les autres et tu passes dans le noir. Allez, les lettres.

J'attendis et observai ses paupières. Les mouvements rétiniens avaient repris.

– C'est Jack qui te parle, Law. Il te parle de l'agent. Il te dit qu'elle a de nouveaux renseignements sur le braquage.

J'attendis longtemps en me demandant si j'aurais dû appeler Gessler par son nom. Puis je décidai que c'était mieux ainsi.

– Law? Qu'est-ce qu'il te dit?

– Qu'il y a quelque chose qui ne colle pas dans les numéros. Qu'ils ne correspondent pas.

– L'a-t-elle appelé?

– Oui, elle l'a appelé.

– Où êtes-vous quand il te dit tout ça?

– Dans la bagnole de service. On va au tribunal.

– Il y a une audience?

– Oui.

– Qui est jugé?

– Un petit Mexicain. Il appartient à un gang et a tué un bijoutier coréen dans Western Avenue. Alejandro Penjeda. On en est à l'énoncé du verdict.

– Penjeda est l'accusé?

– Oui.

– Et Jack a reçu le coup de fil avant que vous alliez au tribunal?

– Oui.

– C'est bien, Law.

J'avais ce que je voulais. J'essayai de trouver autre chose à lui demander.

– Law ? Jack t'a-t-il dit le nom de l'agent ?

– Non.

– T'a-t-il dit s'il vérifierait le renseignement qu'elle venait de lui donner ?

– Il m'a dit que c'était une connerie. Que ça n'avait aucun sens.

– Tu l'as cru ?

– Oui.

– Bien, et maintenant, je vais te dire de rouvrir les yeux dans quelques instants. Et quand tu les rouvriras, je veux que tu aies l'impression de te réveiller, mais que tu te rappelles ce dont nous venons de parler. D'accord ?

– D'accord.

– Autre chose… Je veux aussi que tu te sentes mieux. Je veux que tu te sentes… que la vie ne te semble pas horrible. Je veux que tu sois aussi heureux que possible, d'accord ?

– Oui.

– Bon, allez. Rouvre les yeux.

Ses paupières remuèrent une fois, puis s'ouvrirent. Il parcourut le plafond des yeux, puis les reposa sur moi. Ils me parurent plus brillants qu'avant.

– Harry…

– Comment te sens-tu ?

– Bien.

– Tu te souviens de ce que nous disions ?

– Oui, on parlait du petit Mexicain. Penjeda. On l'appelait Pin Heada [1]. Il avait refusé l'arrangement que lui proposait le procureur. Il voulait perpète avec possibilité de remise de peine. Il a parié sur le jury et s'est

---

1. Soit « Rien dans le crâne » *(NdT)*.

retrouvé avec une paire d'as. Résultat : perpète et rien d'autre.

– La prochaine fois, il saura.

Ce qu'on aurait pu prendre pour un rire s'étouffa au fond de sa gorge.

– Elle est bonne, celle-là, dit-il. Oui, je me rappelle bien qu'on allait au tribunal quand Jack m'a parlé du coup de fil de Westwood.

– Tu te rappelles le jour où Penjeda a été condamné ?

– A la fin février. C'était ma dernière séance de tribunal, Harry. Un mois plus tard, je prenais ma balle dans ce bar de merde et tout s'arrêtait. Je me rappelle bien la tête qu'il a faite en entendant le verdict et en comprenant qu'il allait écoper de la perpète sans possibilité de libération. Ce petit con n'a eu que ce qu'il méritait.

Il se remit à rire, puis la lumière s'éteignit dans ses yeux.

– Law ! Qu'est-ce qu'il y a ?

– Il est à la prison de Corcoran, probablement à jouer au hand dans la cour ou à louer son cul à l'heure. Et moi, je suis ici. Moi aussi, j'ai eu droit à perpète, et sans remise de peine possible.

Il me regarda droit dans les yeux. Je hochai la tête parce qu'il ne me venait rien d'autre à l'esprit.

– C'est pas juste, Harry. La vie n'est pas juste.

17

La bibliothèque se trouvait au croisement des rues Flower et Figueroa. Comptant parmi les plus vieux bâtiments du centre de Los Angeles, voire de la ville tout entière, elle était complètement écrasée par les immeubles modernes en verre et acier qui l'entouraient. Mais quelle beauté à l'intérieur ! Tout s'y organisait autour d'un dôme orné d'une mosaïque représentant la fondation de la cité par les *padres*. Réduite en cendres par un incendie volontaire, elle était restée fermée pendant des années avant d'être rendue à sa beauté originelle. J'y étais revenu après l'achèvement des travaux de restauration, pour la première fois depuis mon enfance. Et je n'avais pas cessé d'y retourner. Je n'avais jamais été un grand lecteur. J'étais incapable de tenir en place assez longtemps. C'était pour le lieu que je le faisais. Ça me rappelait le Los Angeles que j'avais gardé en mémoire. Celui où je me sentais à l'aise. J'emportais mon sandwich dans les salles de lecture ou les patios du dernier étage et y lisais mes dossiers d'enquête ou prenais des notes. Je connaissais tous les gardiens et tous les bibliothécaires. J'avais même une carte, bien que je ne sorte jamais rien.

J'y retournai après ma visite à Lawton Cross parce que je ne pouvais plus compter sur Keisha Russell pour m'aider à retrouver des articles de journaux. L'appel qu'elle avait passé à Sacramento pour savoir où j'en étais après que je lui avais demandé de me faire parvenir ceux qu'on avait écrits sur Martha Gessler avait suffi à m'avertir. Sa curiosité de journaliste risquait de la pousser à chercher plus loin que je ne voulais et à mettre son nez dans des endroits où je n'avais pas envie de le voir.

Le bureau des Usuels se trouvait au premier. Je reconnus l'employée assise derrière le comptoir, bien que je ne lui aie jamais parlé auparavant. Je sentis qu'elle me reconnaissait, elle aussi. A défaut d'insigne de la police, je me servis de ma carte. Elle la lut et reconnut mon nom.

– Savez-vous que vous avez le nom d'un peintre célèbre ? me demanda-t-elle.

– Oui, je sais.

Elle rougit. Elle était âgée d'une trentaine d'années et coiffée d'une manière abominable. Sur la plaque qu'elle portait on pouvait lire : « Mme Molloy ».

– Bien sûr que vous le savez, se corrigea-t-elle. Comment pourriez-vous ne pas le savoir ! Qu'est-ce que je peux faire pour vous ?

– J'ai besoin de retrouver des articles publiés dans le *Times* il y a environ trois ans.

– Vous voulez les chercher par clés ?

– Euh… oui. C'est quoi ?

Elle sourit.

– On a tous les numéros du *Los Angeles Times* sur ordinateur jusqu'en 1987. Si vous cherchez quelque chose qui a été publié après cette date, il vous suffit de vous mettre en ligne sur un de nos ordinateurs, de taper le mot ou l'expression-clé, disons un nom propre qui, à votre idée, doit se trouver dans l'article, et l'ordinateur vous le trouvera.

– Parfait, c'est ça que je veux.

Elle sourit et passa la main sous le comptoir. Puis elle me tendit un engin en plastique blanc d'une trentaine de centimètres de long. Ça ne ressemblait à aucun ordinateur de ma connaissance.

– Et… je fais quoi avec ce truc ?

Elle faillit éclater de rire.

– C'est un biper. Tous nos ordinateurs sont pris pour l'instant. Je vous appellerai dès qu'il y en aura un de libre.

– Oh.

– Ça ne fonctionne pas hors du bâtiment. Et ça ne fait pas de bruit non plus. Ça vibre. Gardez-le sur vous.

– Entendu. Une idée du temps que ça pourrait prendre ?

– Les lecteurs n'ont droit qu'à soixante minutes, ce qui signifie qu'actuellement rien ne devrait se libérer avant une demi-heure. Cela dit, tout le monde n'utilise pas son heure pleine.

– Bon, je vous remercie. Je reste dans le coin.

Je trouvai une table libre dans une des salles de lecture et décidai de travailler à la chronologie. Je sortis mon carnet de notes, l'ouvris à une page vierge et y inscrivis les trois événements clés que je connaissais – avec les dates.

Angella Benton – assassinée le 16 mai 1999
Hold-up plateau de tournage – le 19 mai 1999
Disparition de Martha Gessler – le 19 mars 2000

Puis j'écrivis ce qui me manquait :

Coup de fil Gessler/Dorsey – date ?????

Et au bout d'un instant, je pensai à quelque chose qui expliquait peut-être ce qui me gênait et ajoutai :

Dorsey/Cross – fusillade/assassinat ?????

Je jetai un coup d'œil autour de moi pour voir si quelqu'un se servait de son portable. Je voulais passer un coup de fil, mais je n'étais pas sûr que ce soit autorisé.

En me retournant et jetant un coup d'œil derrière moi, je remarquai un type debout près d'un râtelier à revues. Il se détourna vivement et prit un magazine sans se donner la peine de choisir. Il portait un blue-jean et une chemise en flanelle. Rien dans son allure ne disait l'agent du FBI, mais j'avais l'impression qu'il m'avait observé jusqu'au moment où j'avais surpris ses regards. Et sa réaction avait été trop rapide, presque furtive. Il n'y avait pas eu contact oculaire, rien qui suggérât la moindre ouverture. Il était clair que le bonhomme ne voulait pas que je me sache observé.

Je rangeai mon carnet de notes, me levai et me dirigeai vers le râtelier à revues. Je passai devant l'inconnu et notai qu'il s'était emparé d'un magazine intitulé *Élever ses enfants aujourd'hui*. Encore un mauvais point pour lui. Il ne me faisait pas l'effet de vouloir élever quiconque. On me surveillait, c'était à peu près sûr.

De retour au bureau des Usuels, je posai les mains sur le comptoir et me penchai en avant.

– Madame Molloy, murmurai-je, est-ce que je peux vous poser une question ? Est-ce qu'on a le droit de se servir de son portable pour téléphoner ?

– Non, c'est interdit. Il y a quelqu'un qui vous gêne en le faisant ?

– Non, non. Je voulais juste connaître le règlement. Merci.

Avant même que je puisse me retourner, elle ajouta qu'elle allait justement m'appeler parce qu'un ordinateur venait de se libérer. Je lui rendis son biper, elle me conduisit à une alcôve où un ordinateur m'attendait, écran allumé.

– Bonne chance, me dit-elle en reprenant le chemin de son bureau.

– Madame, madame ! Je vous demande pardon, lui lançai-je en lui faisant signe de revenir, mais euh… je ne sais pas comment me brancher sur le site du *Times*…

– Vous avez un raccourci sur le bureau.

Je me retournai pour regarder le bureau. Je n'y vis que l'ordinateur, le clavier et une souris. La bibliothécaire commença à rire dans mon dos, puis elle mit la main devant sa bouche.

– Je vous demande pardon, dit-elle. C'est juste que… vous n'avez aucune idée de la façon dont ça marche, c'est ça ?

– Même pas la queue d'une. Vous pourriez m'aider à démarrer ?

– Un instant. Laissez-moi retourner au bureau, m'assurer que personne ne m'attend.

– D'accord. Merci.

Elle revint au bout de vingt secondes et se pencha sur moi pour attraper la souris et cliquer sur divers écrans jusqu'au moment où, enfin dans les archives du *Times*, elle arriva sur la fenêtre « recherche ».

– Bon, maintenant vous tapez le mot-clé de l'article que vous voulez.

Je hochai la tête pour lui dire que ça, au moins, je l'avais compris, et tapai *Alejandro Penjeda* dans la fenêtre. Mme Molloy se pencha de nouveau en avant pour taper sur la touche « entrée » et la recherche commença. En à peu près cinq secondes les résultats s'affichèrent à l'écran. J'avais cinq réponses. Les deux premières dataient de 1991 et 1994. Je les écartai comme n'ayant rien à voir avec le Penjeda qui m'intéressait, passai aux trois autres, toutes de mars 2000, et cliquai sur la première, celle du 1er. L'article s'afficha dans la moitié supérieure de l'écran. Il s'agissait d'une brève sur le procès d'un « certain Alejandro Penjeda accusé du meurtre d'un bijoutier coréen, M. Kyungwon Park ».

Court lui aussi, le deuxième article était celui que je voulais : on y donnait le verdict. Daté du 14 mars, il rapportait les événements de la veille. Je sortis mon carnet de notes de ma poche et mis à jour mon suivi chronologique en y entrant ce renseignement à l'endroit qui convenait :

Angella Benton – assassinée le 16 mai 1999
Hold-up plateau de tournage – le 19 mai 1999
Coup de fil Gessler/Dorsey – le 13 mars 2000
Disparition de Martha Gessler – le 19 mars 2000

Et je regardai ce que j'avais. Martha Gessler avait disparu – et probablement été assassinée – six jours après avoir révélé à Dorsey l'anomalie dans le relevé des numéros.

– Si vous n'avez besoin de rien d'autre, je vais retourner à mon bureau.

J'avais oublié que Mme Molloy se tenait toujours derrière moi. Je me levai et lui fis signe de prendre ma place.

– En fait, lui dis-je, ça irait sans doute plus vite si vous pouviez continuer. J'aurais besoin de faire deux ou trois recherches de plus.

– Nous ne sommes pas censés le faire. Quand vous voulez faire une recherche par ordinateur, vous êtes censé savoir vous servir de l'appareil.

– Je comprends. Je vous promets d'apprendre, mais pour le moment je ne suis pas encore assez calé et ces recherches sont de la plus haute importance.

Elle parut hésiter. Je regrettai beaucoup de ne pas avoir emporté la photocopie format portefeuille de la licence de privé que m'avait accordée l'État de Californie. Ç'aurait pu l'impressionner. Elle se pencha en arrière pour voir si quelqu'un avait besoin d'elle au bureau. Le type à la revue sur l'éducation des enfants s'y agitait en faisant semblant d'attendre quelqu'un ou qu'on le serve.

– Je reviens dès que j'aurai demandé à ce monsieur ce qu'il désire, reprit Mme Molloy, qui fila sans attendre ma réponse.

Je la regardai demander à M. Élever-ses-enfants-aujourd'hui s'il avait besoin de quelque chose. Il fit non de la tête, elle se tourna vers moi et reprit l'allée dans laquelle je me trouvais. Enfin elle se rassit devant mon écran.

– C'est quoi, votre recherche ? demanda-t-elle en déplaçant vivement la souris pour revenir à la fenêtre des mots clés.

– Jack Dorsey, répondis-je. Et pour restreindre le champ, on pourrait ajouter « bar Chez Nat ».

Elle tapa l'entrée et lança la recherche. Treize réponses me revenant, je lui demandai de faire monter la première à l'écran. L'article était daté du 7 avril et rapportait les événements de la veille.

UN POLICIER MORT ET UN AUTRE BLESSÉ
AU COURS D'UNE FUSILLADE
DANS UN BAR DE HOLLYWOOD :
LES POLICIERS SERAIENT TOMBÉS
SUR UN HOLD-UP EN COURS

par Keisha Russell
correspondante du Los Angeles Times

Un barman et deux inspecteurs du LAPD en pause-déjeuner ont été mitraillés hier dans un bar de Hollywood lorsque, entré brusquement dans l'établissement, un inconnu a voulu prendre la caisse sous la menace de son arme.

La fusillade, qui s'est déroulée à treize heures au bar Chez Nat, dans Cherokee Avenue, a fait trois victimes : l'inspecteur John H. Dorsey, quarante-neuf ans, mort de multiples blessures par balles, son coéquipier Lawton Cross Junior, trente-huit ans, hospitalisé dans un état critique suite à de graves blessures à la tête et au cou, et Donald Rice, vingt-neuf ans, le barman de service dans la salle, qui, lui aussi blessé plusieurs fois par balles, est mort sur les lieux.

Selon le lieutenant James Macy, l'officier de police chargé des premières constatations, le suspect, qui portait une cagoule de ski noire, a réussi à s'enfuir avec une somme d'argent non spécifiée dérobée dans le tiroir-caisse.

« Il semblerait que cette somme se réduise à quelques centaines de dollars, a encore déclaré Macy lors d'une conférence de presse donnée devant le bar où s'est déroulée la fusillade. Nous ne savons pas ce qui a pu pousser ce type à ouvrir le feu. »

Macy nous a ensuite précisé qu'il n'était pas évident que les inspecteurs Cross et Dorsey aient tenté d'empêcher le braquage, ce qui aurait pu inciter l'homme à tirer. D'après lui, les deux officiers auraient été abattus alors qu'ils étaient assis dans un box dans une zone particulièrement mal éclairée du bar. Aucun d'eux n'avait sorti son arme.

Toujours selon Macy, les deux inspecteurs auraient décidé de faire une pause pour déjeuner dans le bar alors qu'ils interrogeaient quelqu'un du voisinage. Rien ne laisse supposer que l'un ou l'autre de ces inspecteurs aurait consommé de l'alcool sur place.

« Pour eux, aller là, c'était le plus commode, a repris Macy. Ils n'auraient pas pu faire un plus mauvais choix. »

Il n'y avait aucun autre client ou employé au bar lorsque la fusillade a éclaté. Quelqu'un qui ne se trouvait pas à l'intérieur a vu le suspect s'enfuir après les coups de feu et a pu en donner un signalement limité. Par mesure de précaution, la police ne nous a pas révélé le nom de ce témoin.

J'arrêtai de lire et demandai à la bibliothécaire si je ne pouvais pas imprimer tout simplement l'article.

– C'est cinquante cents la page, me dit-elle. En liquide seulement.

– Bon, allons-y.

Elle appuya sur la touche «impression» et se renversa de nouveau en arrière pour regarder dans l'allée, jusqu'à son bureau. Debout comme j'étais, je le voyais mieux qu'elle.

– Toujours personne, lui dis-je. Vous pourriez me faire encore une recherche ?

– En nous dépêchant. C'est quoi ?

Je passai vite en revue mes souvenirs en essayant d'y retrouver un nom qui marcherait pour ce que je voulais faire.

– Que diriez-vous de «terrorisme» ?

– Vous plaisantez ? Vous avez une idée du nombre d'articles contenant ce mot qui ont été publiés depuis deux ans ?

– C'est vrai, où ai-je la tête ? Essayons de restreindre. Est-ce que ces mots-clés doivent être reliés, disons… comme dans une phrase ?

– Non. Écoutez, il va falloir que je regagne mon…

– D'accord, d'accord. On essaie «FBI», «suspectés de terrorisme», «Al-Qaida» et «cellule» ?

– Ça aussi, ça risque de faire sauter la banque.

Elle tapa les mots que je voulais, nous attendîmes, l'ordinateur nous indiqua quatre cent soixante-sept réponses, toutes, sauf six, datant d'après le 11 septembre 2001. Sous ce chiffre, l'ordinateur donnait le titre de chaque article, l'écran ne pouvant afficher que les quarante-deux premiers de la liste.

– Maintenant, vous allez devoir vous débrouiller tout seul, reprit Mme Molloy. Il faut que je rejoigne ma place tout de suite.

J'avais lancé cette dernière recherche comme une boutade ou presque. Je pensais que M. Élever-ses-enfants-aujourd'hui interrogerait Mme Molloy après mon départ ou qu'il enverrait un autre agent le faire à sa place pour pouvoir continuer à me surveiller. Je n'avais voulu ajouter le terrorisme à ma recherche que pour leur fournir un autre sujet de réflexion. Je compris brusquement que par ce moyen j'avais une chance de découvrir ce que fabriquait le Bureau.

– Bien, lui dis-je. Pas de problème. Et merci encore pour votre aide.

– N'oubliez pas : ce soir, nous fermons à vingt et une heures. Ça vous laisse encore vingt-cinq minutes.

– D'accord, merci. A propos… où sont passées les sorties d'imprimante ?

– L'imprimante se trouve à mon bureau. Tout ce que vous imprimerez y arrivera. Passez me payer et je vous donnerai vos feuilles.

– Bien huilée, la machine.

Elle ne répondit pas, s'éloigna et me laissa seul avec l'ordinateur. Je regardai autour de moi, M. Élever-ses-enfants-aujourd'hui avait disparu. Je me rassis dans mon alcôve et commençai à faire défiler ma liste d'articles. J'en cochai quelques-uns et commençai à les lire en entier, mais m'arrêtai en m'apercevant qu'ils n'avaient aucun lien, même lointain, avec Los Angeles. C'était ça que j'aurais dû ajouter comme mot-clé. Je me relevai pour voir si Mme Molloy avait regagné son bureau, mais ne l'y vis pas. Il n'y avait plus personne.

Je revins à mon ordinateur et à la troisième page d'intitulés d'articles tombai sur quelque chose qui retint mon attention.

UN FINANCIER DU TERRORISME
ARRÊTÉ À LA FRONTIÈRE

J'appuyai sur la touche lecture et sortis tout l'article. L'encadré au-dessus indiquait que celui-ci avait été publié le 3 février 2003, à la page 13 du cahier A du *Los Angeles Times*. La photo d'identité d'un type à cheveux blonds et teint très bronzé l'accompagnait.

par Josh Meyer
correspondant du Los Angeles Times

D'après le ministère de la Justice, un individu suspecté de transporter des fonds pour les partisans du terrorisme international a été arrêté hier, alors qu'il tentait de franchir la frontière mexicaine au poste de Calexico avec une sacoche bourrée d'argent liquide.

Moussaoua Aziz, trente-neuf ans, depuis cinq ans sur la liste des terroristes recherchés par le FBI, a été appréhendé par les agents de la police des frontières alors qu'il tentait de passer des États-Unis au Mexique.

Aziz, qui selon le FBI aurait des liens avec une cellule d'Al-Qaida aux Philippines, transportait une grande quantité de dollars américains dans une sacoche retrouvée sous le siège de la voiture avec laquelle il tentait de franchir la frontière. Aziz, qui était seul dans le véhicule, n'a opposé aucune résistance aux policiers qui l'arrêtaient. Il est retenu par les autorités dans un lieu inconnu, au titre des lois réglementant le sort des combattants ennemis capturés.

D'après les policiers, il avait essayé de se déguiser en se teignant les cheveux en blond et en se rasant la barbe que tout le monde lui connaissait.

« Cette arrestation est importante, nous a déclaré Abraham Klein, assistant procureur fédéral de l'unité antiterroriste de Los Angeles. Nous déployons tous nos efforts dans le monde entier pour couper les fonds destinés au terrorisme. Nous pensons que le suspect est impliqué dans le financement du terrorisme sur notre territoire et à l'étranger. »

D'après Klein et d'autres sources, l'arrestation d'Aziz pourrait être de première importance dans les efforts que nous déployons pour enrayer les flux d'argent (soit ce qui finance le terrorisme à long terme) destinés à ceux qui ont pris pour cible les intérêts américains.

«Nous n'avons pas seulement saisi une belle somme d'argent en arrêtant ce suspect, nous avons aussi, et c'est peut-être plus important encore, arrêté quelqu'un qui était chargé de livrer des fonds à des terroristes en sommeil», nous a déclaré une source au ministère de la Justice à la condition expresse que nous ne mentionnions pas son nom.

Toujours selon cette source, Aziz est de nationalité jordanienne. Il a fait ses études secondaires à Cleveland, Ohio, et parle couramment l'anglais. Il était en possession d'un passeport et d'un permis de conduire de l'Alabama au nom de Frank Aiello.

Aziz a été mis sur la liste du FBI il y a quatre ans, lorsque nos agents de renseignements ont établi un lien entre lui et des versements d'argent effectués au profit de terroristes impliqués dans les attentats perpétrés contre certaines ambassades US en Afrique. Aziz a été surnommé «Mouse [1]» par les agents fédéraux à cause de sa petite taille, de sa capacité à échapper aux autorités ces derniers mois et de la difficulté que ces agents avaient à prononcer son prénom.

Après les attaques terroristes du 11 septembre 2001, une alerte de niveau supérieur a été décrétée à l'encontre d'Aziz, bien que, d'après certaines sources, aucune preuve ne relie formellement ce dernier aux dix-neuf terroristes responsables de ces attaques suicides.

«Ce type est un financier, nous a encore déclaré notre source au ministère de la Justice. Son travail consiste à faire passer des fonds du point A au point

---

1. Soit « la Souris ». Jeu de mots sur Moussaoua *(NdT)*.

B. Cet argent sert ensuite à acheter le matériel nécessaire à la fabrication des bombes et à entretenir les terroristes qui doivent planifier, puis exécuter leurs opérations. »

Les raisons pour lesquelles Aziz voulait faire sortir des dollars du territoire américain ne sont pas claires.

« Le dollar US est apprécié dans le monde entier, nous a déclaré Klein. De fait, il est plus fort que la monnaie nationale dans presque tous les pays où il existe des cellules terroristes. Le dollar US permettant de faire plus, il est possible que ce suspect ait décidé de faire passer de l'argent aux Philippines pour financer une nouvelle opération. »

Klein a refusé de nous divulguer le montant de la somme que transportait Aziz et sa provenance. Depuis quelques mois, les agents fédéraux pensent que certains trafics illégaux internes aux États-Unis pourraient être à l'origine de financements destinés au terrorisme. C'est ainsi que, l'année dernière, le FBI a repéré des liens entre un trafic de drogue en Arizona et un réseau de financement du terrorisme.

L'année dernière, des sources fédérales ont aussi confié au *Times* que certaines régions désertiques du Mexique pourraient abriter des camps d'entraînement terroristes liés à Al-Qaida. Hier, Klein a refusé de nous dire si Aziz aurait pu se diriger vers l'un de ces camps.

Je restai longtemps immobile à regarder mon écran en me demandant si je ne venais pas de tomber sur quelque chose de nettement plus important que le simple moyen de flanquer une baffe aux fédéraux. Ce que je venais de lire pouvait-il vraiment concerner mon enquête ? Les agents du neuvième étage de Westwood pouvaient-ils avoir établi un lien entre le fric du hold-up et ce terroriste ?

163

Mes pensées furent interrompues par une annonce au haut-parleur : la bibliothèque allait fermer dans un quart d'heure. Je cliquai sur le menu «impression» et revins à ma liste de titres dans l'espoir d'y trouver une suite à l'article sur Aziz. Je n'en trouvai qu'une, publiée deux jours plus tard. Je la fis monter à l'écran et découvris qu'il s'agissait d'une brève. Aziz étant toujours retenu en débriefing par les agents fédéraux, sa mise en accusation formelle avait été repoussée à une date indéfinie. Même si rien de précis n'était dit clairement à cet effet, le ton de l'article laissait entendre qu'Aziz coopérait avec les autorités. La brève rappelait aussi que les lois passées après le 11 septembre donnaient aux autorités fédérales une grande latitude pour interner des individus qui, suspectés de terrorisme, devaient être traités comme des combattants ennemis. Le reste de l'article ne faisait que reprendre des informations générales déjà données dans celui d'avant.

Je revins à ma liste et continuai de faire défiler les titres. Je mis pratiquement dix minutes pour arriver au bout, mais ne trouvai rien d'autre sur Moussaoua Aziz.

Dernier appel pour annoncer que la bibliothèque était en train de fermer. Je jetai un coup d'œil autour de moi et vis que Mme Molloy était revenue à son bureau. Elle rangeait des choses dans des tiroirs et s'apprêtait à rentrer chez elle. Je décidai que je n'avais maintenant plus aucune envie que M. Élever-ses-enfants-aujourd'hui apprenne l'objet de mes recherches. Pas immédiatement en tout cas. Je restai donc dans mon alcôve après la dernière annonce par haut-parleur, jusqu'à ce que Mme Molloy vienne me dire que je devais partir. Elle avait mes sorties d'imprimante. Je la payai, pliai mes pages et les glissai dans ma poche de veste avec mon carnet de notes. Puis je la remerciai et quittai la salle des Usuels.

En me dirigeant vers la sortie, je fis semblant de

m'intéresser aux mosaïques et à l'architecture du bâtiment et fis plusieurs fois le tour de la rotonde pour retrouver le type qui me filait. Je ne le revis pas et commençai à me demander si je n'étais pas un peu trop parano.

Tout semblait indiquer que je serais le dernier à quitter l'immeuble par la sortie réservée au public. Je songeai à chercher celle des employés afin d'y attendre Mme Molloy et de lui demander si quelqu'un s'était intéressé à mes recherches. Puis je pensai que ça risquait de lui faire peur et laissai tomber.

Seul à traverser le troisième niveau du garage afin de rejoindre ma voiture, je sentis la peur me descendre le long de l'échine. Qu'on me file ou pas, j'avais réussi à me flanquer la trouille. J'accélérai l'allure et je courais presque lorsque j'arrivai à la portière de la Mercedes.

18

La paranoïa n'est pas toujours une mauvaise chose. Ça peut aider à garder une longueur d'avance et il n'en faut parfois pas davantage pour faire la différence. De la bibliothèque je partis vers Broadway, puis je pris la direction du Civic Center. Un ancien flic qui se dirige vers les bâtiments du quartier général de la police ne devait pas paraître anormal. Rien d'inhabituel à ça. Mais, en arrivant au complexe du *Los Angeles Times*, je virai brutalement à gauche sans freiner ni mettre mon clignotant et me faufilai dans le flot des voitures jusqu'à la 3e Rue. Sur quoi j'écrasai l'accélérateur, la Mercedes réagissant aussitôt en se soulevant de l'avant comme un navire tandis qu'elle fonçait de plus en plus vite dans le tunnel long de trois blocs.

Le plus souvent possible aussi, je regardai dans mon rétroviseur pour voir si on me suivait. Les carreaux sur les parois incurvées du tunnel reflétaient les phares comme des halos. C'est pour cela que la ville le loue sans arrêt à des réalisateurs de cinéma. Toute voiture qui aurait tenté de rouler à la même allure que moi se serait immédiatement signalée à mon attention, à moins que le chauffeur n'ait éteint ses feux – ce qui, là encore, m'aurait mis la puce à l'oreille.

Je souriais. Je ne sais trop pourquoi. Avoir un agent du FBI à ses trousses n'est pas nécessairement quelque chose dont il faudrait se réjouir. Et le FBI est lui aussi assez généralement sans humour dans ce genre de situations. Pourtant, j'avais soudain l'impression d'avoir fait ce qu'il fallait. La voiture volait, littéralement. Et j'étais assez haut – plus haut que dans n'importe quel véhicule de police dans lequel je m'étais jamais trouvé –, et avais donc une bonne vue dans mon rétroviseur. A croire que j'avais préparé mon coup et que ça marchait. C'était ça qui me faisait sourire.

En sortant du tunnel, je donnai un grand coup de frein et virai à droite au croisement. Les pneus épais de la Mercedes collant fermement à la route, je m'arrêtai complètement une fois sorti du tunnel. Et j'attendis, les yeux rivés sur mon rétroviseur. Pas une des voitures qui arrivaient ne prit à droite comme moi, aucune ne donna même un coup de frein avant de franchir le carrefour. Ou bien j'avais semé le type qui me suivait, ou bien il était assez bon pour préférer perdre sa cible plutôt que de se faire repérer. Mais cette dernière possibilité ne cadrait pas avec la manière dont M. Élever-ses-enfants-aujourd'hui s'était donné en spectacle à la bibliothèque.

La troisième possibilité à envisager était celle d'une surveillance électronique. Le Bureau n'aurait eu aucun mal à trafiquer ma voiture à n'importe quel moment de la journée. Dans le garage sous la bibliothèque, un technicien aurait très bien pu se glisser sous le châssis et y coller un émetteur. Et ce même technicien aurait aussi très bien pu attendre que je me pointe au bâtiment fédéral. Cela, bien sûr, aurait signifié qu'on était déjà au courant de ma petite balade en ville avec Roy Lindell. Je fus de nouveau tenté de l'appeler pour le mettre en garde, mais décidai de ne pas me servir de mon portable pour le faire.

Je hochai la tête. Tout bien considéré, la paranoïa n'était peut-être pas si géniale que ça. Ça permet certes de garder une longueur d'avance, mais ça peut aussi paralyser complètement. Je réintégrai la circulation et gagnai le Hollywood Freeway. En évitant le plus possible de regarder dans mon rétro.

Le freeway est en voie aérienne dans la portion qui coupe Hollywood pour rejoindre Cahuenga Pass. Il offre ainsi une très bonne vue de l'endroit où je passai l'essentiel de ma vie de flic. Un seul petit coup d'œil me suffit à repérer certains des bâtiments où j'avais travaillé sur telle ou telle affaire. Celui de Capitol Records, censé ressembler à une pile de disques. L'hôtel Usher [1], maintenant transformé en appartements de luxe dans le plan de développement et de rénovation du cœur de Hollywood. Je vis les lumières des maisons perchées dans les collines sombres de Beechwood Canyon et de Whitley Heights. Et aussi la silhouette haute de dix étages d'un dieu du basket-ball local accrochée à la façade d'un immeuble de bureaux par ailleurs parfaitement quelconque. Plus petit mais couvrant tout de même le flanc d'un autre immeuble se dressait le cow-boy Marlboro avec sa cigarette toute ramollie au coin des lèvres et sa virilité d'acier muée en symbole d'impuissance.

C'est toujours le soir que Hollywood semble la plus belle. Sa mystique ne tient bon que dans les ténèbres. En plein jour, lorsque le rideau se lève, tout ce qui intriguait disparaît pour laisser place à un sentiment de danger partagé. Ville de drogués, ville de trottoirs cassés et de rêves brisés. Érigez une ville en plein désert, semez-y des idoles et arrosez-la de faux espoirs et c'est ce qui finit par arriver : le désert la reprend, la rend à son aridité première et la laisse sans rien. L'amarante humaine y dérive dans les rues, les prédateurs s'y cachent derrière les rochers.

Je pris la sortie de Mulholland, passai par-dessus le freeway et, à la fourche, m'engageai dans Woodrow Wilson Drive pour remonter à flanc de montagne. Ma

---

1. Cf. *Wonderland Avenue*, publié dans cette même collection *(NdT)*.

maison était plongée dans le noir. La seule lumière que j'y vis en entrant par la porte du garage fut celle du répondeur posé sur le comptoir de la cuisine. J'appuyai sur un interrupteur et sur la touche « play-back » du téléphone.

J'avais deux messages. Le premier était celui de Kiz Rider, mais elle m'en avait déjà parlé. Le second émanait de Lawton Cross. Il m'avait encore une fois caché des choses. Il avait un truc à me dire, me lança-t-il d'une voix aussi grinçante qu'un crachouillis d'électricité statique. J'imaginai sa femme en train de lui tenir l'appareil devant la bouche.

Il m'avait laissé son message deux heures auparavant. Il se faisait tard, mais je décidai de le rappeler. Il vivait dans un fauteuil, qu'est-ce qui pouvait être tard pour lui, je n'en avais aucune idée.

Ce fut Danny qui décrocha. Elle devait avoir l'affichage du numéro car son bonjour fut sec et un rien méchant. A moins que je n'y entende trop de choses ?

– Danny, lui dis-je, c'est moi, Harry. Votre mari m'a appelé.

– Il dort.

– Vous pouvez le réveiller, s'il vous plaît ? Ç'avait l'air important.

– Je peux vous dire ce qu'il voulait vous faire savoir.

– Bien.

– Il voulait vous dire que du temps où il travaillait encore dans la police, il faisait toujours des copies de ses dossiers. Il les gardait ici, dans son bureau.

Je ne me rappelais pas avoir vu de bureau chez lui.

– L'intégralité ?

– Je ne sais pas. Il en avait un plein classeur.

– « Avait » ?

– C'est dans son ancien bureau qu'il s'est installé. Il a fallu que je vire tout. J'ai mis ces trucs au garage.

Je me rendis compte que j'allais devoir endiguer le

flot de renseignements qu'elle me donnait. On en avait déjà dit dix fois trop au téléphone. La paranoïa relevait sa très vilaine tête.

– Je passe tout à l'heure, lui lançai-je.

– Non, il est trop tard. Je vais aller me coucher dans pas longtemps.

– J'arrive dans une demi-heure. Attendez-moi.

Et je raccrochai avant qu'elle ait pu s'y opposer. Sans être allé plus loin que ma cuisine, je fis demi-tour et repartis, en laissant la lumière allumée cette fois.

Une pluie légère avait commencé à tomber sur la Valley. Les taches d'huile de moteur dessinaient des perles sur l'asphalte et ralentissaient tout le monde. Je mis un peu plus d'une demi-heure pour arriver à la maison de Melba Avenue et à peine m'étais-je engagé dans l'allée que la porte du garage commença à se lever : Danny Cross m'avait attendu. Je descendis de la Mercedes et entrai.

Conçu pour deux voitures, le garage était encombré de meubles et de cartons empilés les uns sur les autres. Une vieille Chevy Malibu y était garée, capot déverrouillé, comme si, le temps d'une petite pause, on l'avait rabaissé mais pas refermé complètement après avoir travaillé sur le moteur. Je crois m'être alors rappelé qu'en dehors du service Lawton Cross conduisait une bagnole de truand des années 60. Sauf que maintenant celle-ci disparaissait sous une épaisse couche de poussière et des tas de cartons posés sur son toit. Une chose était sûre : il ne la piloterait ni ne la bricolerait jamais plus.

Une porte qui donnait dans la maison s'ouvrit et Danny apparut, vêtue d'un grand peignoir de bain noué serré autour de sa taille. Elle avait comme toujours son air désapprobateur, mais je m'y étais habitué. C'était dommage : Danny était une belle femme. Ou l'avait été en tout cas.

– Danny, dis-je en hochant la tête. Ça ne prendra pas longtemps. Si vous pouviez juste m'indiquer…

– Là-bas, à côté de la machine à laver. Les meubles-classeurs.

Elle me montra un coin buanderie, juste devant la Malibu. Je fis le tour de la voiture et tombai sur deux meubles-classeurs doubles à côté d'une machine à laver avec une sécheuse posée dessus. Les meubles étaient équipés de serrures, mais celles-ci avaient toutes été défoncées. Lawton avait dû acheter ses classeurs à un vide-greniers.

Ne voyant aucune étiquette qui aurait pu accélérer mes recherches, je me penchai et ouvris le premier tiroir sur la gauche. Je n'y vis aucun dossier, mais ce qui ressemblait plutôt aux objets qui traînent sur un bureau – un fichier d'adresses avec des cartes jaunies, un cadre contenant une photo où on voyait Law savourer un moment de bonheur avec Danny et deux corbeilles marquées « In » et « Out », la seule chose qui se trouvait dans la « In » étant une carte pliée du comté de Los Angeles Nord.

C'est le tiroir suivant qui contenait ses dossiers. J'en passai en revue les onglets en regardant bien les intitulés pour voir si l'une de ces chemises n'aurait pas un lien avec mon affaire. Rien. Je passai au tiroir du haut du deuxième classeur et y découvris d'autres chemises. Enfin je tombai sur un dossier *Eidolon Productions*. Je le sortis et le posai sur le haut du meuble. Puis je recommençai à chercher en sachant bien que certaines affaires de police ne peuvent tenir dans une seule chemise.

J'en trouvai une marquée *Antonio Markwell* et me rappelai cette histoire qui avait défrayé la chronique cinq ou six ans plus tôt. Markwell était un gamin de neuf ans qu'on avait kidnappé à Chatsworth, dans son jardin. La brigade des Vols et Homicides avait travaillé avec le FBI. Au bout d'une semaine, un suspect avait été découvert – un pédophile qui habitait dans un mobile home et avait conduit Lawton Cross et son coéquipier, Jack Dorsey, à l'endroit où le corps de l'enfant avait été enterré, près des grottes de Bronson Canyon. Jamais ils ne l'auraient trouvé s'ils n'avaient pas fait parler l'assassin : il y avait bien trop d'endroits où faire disparaître un cadavre dans ces collines.

C'était le genre d'énorme affaire qui vous fait un nom dans la police. Cross et Dorsey avaient dû se croire arrivés. Ils n'avaient aucune idée de ce que l'avenir leur réservait.

Je refermai le tiroir. Aucun autre dossier ne semblait concerner mon enquête. Le tiroir du bas, le dernier, était vide. Je m'emparai de la chemise que j'avais sortie, la portai jusqu'à la Malibu, la posai sur le capot et l'ouvris. J'aurais mieux fait de la mettre sous mon bras et de partir avec. Mais j'étais surexcité. Je pensais trouver des trucs. Une piste nouvelle, qui sait ? Quelque chose de capital.

Je n'eus qu'à l'ouvrir pour savoir qu'il y manquait des documents. Cross n'en avait photocopié que quelques-uns, pour pouvoir y travailler chez lui ou dans sa voiture. Les rapports de base manquaient. Et parmi ceux que j'avais sous les yeux aucun n'avait de lien avec l'assassinat d'Angella Benton. De fait, la chemise contenait surtout des procès-verbaux sur le braquage et la fusillade sur le plateau de tournage. Je trouvai des dépositions de témoins – dont la mienne – et des analyses de labo. On avait fait une comparaison ADN entre le sang retrouvé dans la camionnette volée et le sperme découvert sur le corps d'Angella Benton ; négatif. Il y avait aussi des résumés d'interrogatoires et un tableau de présences avec lieux et heures – indiquant où se trouvaient les principaux acteurs de l'affaire à telle ou telle heure. Ce tableau, aussi appelé « feuille des alibis », permet de trier pas mal de gens et parfois de trouver un suspect.

Je le parcourus rapidement et m'aperçus que Cross et Dorsey avaient répertorié onze personnes différentes. Je ne les connaissais pas toutes et cela me parut une bonne trouvaille. Je mis le document de côté de façon à pouvoir le poser au-dessus des autres quand j'aurais fini ma lecture.

Je repris mon travail et venais de sortir une photocopie du procès-verbal contenant les numéros des billets choisis au hasard lorsque j'entendis la voix de Danny dans mon dos. Elle était restée à me regarder du pas de sa porte sans que je m'en rende compte.

– Vous avez trouvé ce que vous cherchiez ?

Je me retournai et la regardai. La première chose que je remarquai fut que la ceinture de son peignoir de bain s'était défaite et qu'on voyait sa chemise de nuit bleu ciel en dessous.

– Euh, oui, dis-je, c'est là. J'y jetais juste un coup d'œil. Je peux m'en aller si vous voulez.

– Pourquoi ? Vous êtes pressé ? Lawton ne s'est pas réveillé. Il ne le fera pas avant demain matin.

Elle avait dit ça sans me lâcher des yeux. J'essayai de comprendre ce qui avait été dit et ce qui était sous-entendu. Avant que j'aie le temps de réagir, l'instant fut détruit par le bruit et les lumières d'un véhicule qui s'engageait à toute vitesse dans l'allée.

Je me retournai et vis une voiture standard de l'administration, une Crown Victoria, qui s'avançait dans la lumière du garage ouvert. Deux hommes dans le véhicule, dont un que je connaissais – celui assis à la place du mort. En y allant le plus doucement possible pour qu'on ne le remarque pas, je posai le rapport sur les numéros des billets sur la feuille des alibis, puis je pris les deux documents et les fis glisser dans la fente du capot entrouvert. Après quoi, je m'écartai de la voiture

173

en laissant le reste du dossier ouvert sur le capot et fis le tour du véhicule pour gagner la baie ouverte du garage.

Une deuxième Crown Victoria s'engagea dans l'allée. Les deux hommes de la première étaient déjà descendus et arrivaient dans le garage.

– FBI ! me lança celui en qui j'avais reconnu Éleverses-enfants-aujourd'hui.

Il me montra un porte-carte avec un badge attaché dessus. Et le referma vite avant de le ranger.

– Comment vont les enfants ? lui demandai-je.

Perplexe un instant, il hésita. Mais continua d'avancer et vint se poster devant moi tandis que son coéquipier, qui ne m'avait pas montré son badge, se plantait à une cinquantaine de centimètres sur ma droite.

– Monsieur Bosch, déclara-t-il, vous allez devoir nous suivre.

– C'est que je suis assez occupé en ce moment. J'essaie de remettre ce garage en état.

L'agent regarda Danny par-dessus mon épaule.

– Madame ? dit-il. Vous pourriez rentrer chez vous et refermer la porte ? Nous allons vous débarrasser le plancher dans quelques instants.

– Vous êtes dans mon garage, lui répliqua-t-elle. C'est chez moi ici.

Je savais que sa protestation ne servirait à rien, mais j'appréciai qu'elle l'ait formulée.

– Madame, reprit l'autre, cette affaire concerne le FBI, pas vous. S'il vous plaît, rentrez chez vous.

– Si cette affaire se passe dans mon garage, elle me concerne.

– Madame ? Je ne vous le redemanderai pas.

Il y eut une pause. Je gardai les yeux fixés sur l'agent du FBI. Puis j'entendis la porte se refermer derrière moi et sus que mon témoin était parti. Au même moment l'agent que j'avais à ma droite passa à l'action. Il leva les deux mains en l'air, chargea et me coinça sur le côté de la Malibu. Ma main glissa sur le toit et envoya valser un carton qui s'éventra de l'autre côté du véhicule et alla s'écraser par terre. J'eus l'impression qu'il y avait du verre à l'intérieur.

L'agent était bien entraîné et je n'offris aucune résistance, sachant que ce serait une erreur. C'était précisément ce qu'il attendait. Il me poussa brutalement contre la voiture et me tira les bras en arrière. Je sentis les menottes emprisonner étroitement mes poignets, puis il me palpa et fouilla dans mes poches à la recherche d'une arme.

– Qu'est-ce que vous fabriquez ? Mais qu'est-ce qui se passe ?

C'était de nouveau la voix de Danny.

– Madame ! lui lança sévèrement Élever-ses-enfants-aujourd'hui. Rentrez chez vous et fermez la porte.

L'autre agent me fit pivoter et me poussa hors du garage, vers la deuxième voiture. Je regardai Danny par-dessus mon épaule au moment même où elle refermait sa porte. L'air de désapprobation auquel j'étais habitué avait disparu de son visage et fait place à l'inquiétude. Je remarquai aussi qu'elle avait renoué son peignoir de bain.

L'agent qui ne disait rien ouvrit la portière arrière de la deuxième voiture et se mit en devoir de m'y faire entrer de force.

– Attention à la tête, me dit-il en me posant la main sur la nuque et en me poussant fermement dans l'embrasure de la portière.

J'allai m'étaler sur la banquette arrière. Il claqua la portière, manquant de peu ma cheville. Je l'entendis presque grogner de déception à travers la vitre.

Il donna un coup de poing sur le toit, le chauffeur passa aussitôt en marche arrière et démarra à fond. La voiture bondit, la secousse m'expédiant par terre. Incapable d'amortir ma chute, je sentis mon visage frapper durement le sol gluant. Les mains dans le dos, je luttai pour me rasseoir sur la banquette. J'y parvins rapidement tant ma colère et ma gêne me donnaient des forces. Je me redressai au moment où la voiture bondissait en avant. Je me retrouvai projeté contre le dossier. La Crown Victoria s'éloignant rapidement de la maison, je jetai un coup d'œil par la lunette arrière et vis Élever-ses-enfants-aujourd'hui qui, debout dans l'entrée du garage, me renvoyait mon regard. Il tenait le dossier de Lawton Cross à la main.

Je respirai fort et vis le bonhomme s'amenuiser dans le lointain. Je sentais les cochonneries du tapis de sol qui s'étaient collées sur ma figure, mais ne pouvais rien y faire. J'avais le visage en feu. Je ne souffrais plus et n'étais plus ni gêné ni en colère. Si je brûlais maintenant, c'était d'impuissance pure et simple.

19

A mi-chemin de Westwood je cessai de leur parler. C'était inutile et je le savais, mais cela ne m'avait pas empêché de les bombarder de questions pendant vingt minutes. De questions et de menaces voilées, mais rien n'y faisait : quoi que je dise, je n'obtenais pas de réaction. Lorsque enfin nous arrivâmes au bâtiment fédéral, la voiture descendit dans un garage souterrain, puis j'en fus sorti et poussé dans un ascenseur marqué « Transports sécurité uniquement ». Un des agents glissa une carte-clé dans une fente sur le panneau de contrôle et appuya sur le bouton du neuvième étage. Le cube en acier entamant sa montée, je songeai que j'étais tombé bien bas depuis que je n'avais plus mon insigne de flic. Je n'avais plus aucun pouvoir face à ces hommes. C'étaient des agents fédéraux et je n'étais rien. Ils pouvaient faire de moi ce qu'ils voulaient et nous le savions tous.

– Je ne sens plus mes doigts ! m'écriai-je. Les menottes sont trop serrées.

– Parfait, dit un des agents.

C'était la première fois de la soirée qu'il m'adressait la parole.

Les portières s'étant ouvertes, ils me prirent chacun par un bras et me poussèrent dans le couloir. Nous arrivâmes devant une porte que l'un d'eux ouvrit avec une carte-clé, puis nous longeâmes un couloir jusqu'à une autre porte, celle-là fermée par une serrure à combinaison.

– Tournez-vous, me lança un agent.

– Quoi ?

– Ne regardez pas la porte.

Je fis ce qu'on me demandait, un agent m'obligeant à me retourner pendant que l'autre entrait le code. Nous franchîmes la porte et entrâmes dans un autre couloir mal éclairé sur lequel donnaient des portes munies de petites fenêtres carrées disposées à hauteur de tête. Au début, je crus qu'il s'agissait de salles d'interrogatoire, mais compris qu'il y en avait trop. C'étaient des cellules. En me tournant pour regarder à l'intérieur en passant, dans deux d'entre elles je vis des hommes qui me renvoyaient mes regards.

Le teint basané, ils semblaient originaires du Moyen-Orient et portaient la barbe. Dans une troisième fenêtre, je vis un homme de petite taille qui regardait dehors. C'est à peine si ses yeux atteignaient le bas du fenestron. Il avait les cheveux décolorés en blond, mais les racines en étaient noires sur plus d'un centimètre. J'avais vu sa photo sur l'ordinateur de la bibliothèque et le reconnus tout de suite : c'était Moussaoua Aziz.

Nous nous arrêtâmes devant une porte barrée du numéro 29. Quelqu'un que je ne voyais pas l'ouvrit électroniquement pendant qu'un agent passait derrière moi. Je l'entendis insérer une clé dans mes menottes, mais fus incapable de sentir quoi que ce soit. Bientôt j'eus les poignets libres. Je ramenai mes mains devant moi pour les frotter et faire repartir le sang dans mes artères. Elles étaient blanches comme du savon et une marque rouge profonde courait autour de mes poignets. J'ai toujours pensé que menotter un suspect trop serré est lamentable. Et lui cogner la tête sur le pourtour de la portière aussi. Rien de plus facile à faire, et en toute impunité. Ça n'en reste pas moins un truc lamentable. Un geste de petite brute. Celui du costaud qui aime bien cogner les petits dans la cour de l'école.

178

Des picotements commençant à me parcourir les mains, une colère brûlante m'inonda au point de couvrir tout ce que je voyais d'un voile de ténèbres rouges. Et dans ces ténèbres une voix me soufflait de passer aux représailles. Je réussis à l'ignorer. La force, je ne suis pas contre, mais il faut savoir quand y recourir. Et ces types, eux, n'en avaient pas la moindre idée.

Une main me poussant vers la cellule, d'instinct je me raidis : je ne voulais pas y entrer. Je reçus un violent coup de pied derrière le genou gauche et, ma jambe me lâchant, fus projeté en avant par une charge dans le dos. J'allai valdinguer à l'autre bout de la cellule et mis les mains en avant pour freiner mon élan.

– Fais comme chez toi, connard ! me lança l'agent du FBI.

La porte avait déjà claqué lorsque je revins sur elle. Je restai debout devant mon carré de verre et compris que les prisonniers que j'avais vus en passant dans le couloir ne faisaient que se regarder. C'était un miroir sans tain.

D'instinct, je compris aussi que l'agent qui m'avait frappé et poussé dans la cellule se tenait de l'autre côté et m'observait. Je lui fis un signe pour lui laisser entendre que je ne l'oublierais pas. A quoi il répondit sans doute en se payant ma tête.

La lumière restait allumée. Je finis par m'éloigner de la porte et regardai autour de moi. Un matelas de deux ou trois centimètres d'épaisseur avait été jeté sur une sorte de grande étagère sortant du mur. Encastré dans celui d'en face, un combiné W.-C.-lavabo. Je ne vis rien d'autre dans la pièce hormis, dans un coin tout en haut, un boîtier en acier muni d'une plaque en verre de vingt-cinq centimètres carrés, derrière laquelle se trouvait la lentille d'une caméra. J'étais sous surveillance. Y compris lorsque j'irais aux toilettes.

Je jetai un coup d'œil à ma montre et m'aperçus

qu'elle avait disparu. On avait dû me la prendre, probablement lorsqu'on m'avait ôté les menottes; mes poignets étant trop engourdis pour ça, je n'avais pas senti qu'on me la volait.

Je passai ce que je pensais être la première heure de mon incarcération à faire les cent pas dans ma cellule en essayant de garder ma colère bien au chaud, mais sous contrôle. Aucun schéma récurrent dans ma façon de marcher, hormis ceci : dès que j'arrivais devant la caméra, je prenais soin d'occuper tout l'espace et de tendre mon index vers la lentille. Chaque fois.

Je passai la deuxième heure assis sur le matelas, bien décidé à ne plus m'épuiser à faire les mêmes cent pas; je devais aussi tenter de ne pas perdre toute notion de l'heure. Par moments, je faisais encore un doigt d'honneur à la caméra, en général sans me donner la peine d'en regarder l'œil. Puis je commençai à repenser à des histoires d'interrogatoires, pour tuer le temps. Je me rappelai ainsi un type qu'on avait enfermé suite à un double meurtre lié à une arnaque de drogue. Nous avions dans l'idée de le faire mijoter un peu avant de l'expédier dans une salle d'interrogatoire pour essayer de le casser. Mais nous ne l'eûmes pas plus tôt fait entrer dans la cellule que, ôtant son pantalon, il s'en passa les jambes autour du cou et tenta de se pendre au plafonnier. Nous étions arrivés juste à temps pour le sauver. Pour lui, mieux valait se suicider que passer une heure de plus dans ce lieu. De fait, il n'y était resté que vingt minutes.

Je commençai à rire tout seul, puis me souvins d'une autre histoire, nettement moins drôle celle-là. Un type qui avait assisté à un vol avec violences avait été amené dans une salle d'interrogatoire pour y être questionné sur ce qu'il savait. C'était un vendredi soir tard. L'homme était un immigré clandestin et avait une trouille bleue. On ne le soupçonnait de rien, mais le renvoyer au Mexique aurait obligé l'inspecteur à passer trop de coups de fil et à remplir trop de papiers. De fait, il ne cherchait qu'à savoir ce qui s'était passé. Mais, avant d'obtenir ce qu'il voulait, il avait été appelé à l'extérieur. Il avait dit au bonhomme de ne pas bouger : il allait revenir tout de suite. Sauf qu'il ne l'avait jamais fait. Des événements importants liés à l'affaire l'expédiant sur le terrain, il avait oublié son témoin. Le dimanche matin, un autre inspecteur venu essayer de combler son retard dans la paperasse avait entendu frapper à la cloison. Il avait ouvert la salle d'interrogatoire et y avait découvert le bonhomme. Celui-ci avait ressorti les gobelets vides de la poubelle et les avait remplis d'urine pendant le week-end. Mais, comme on le lui avait demandé, il n'avait jamais quitté la salle d'interrogatoire, dont la porte n'était même pas fermée à clé.

Le souvenir de cette anecdote me flanqua le cafard. Au bout d'un moment, j'ôtai ma veste et m'allongeai sur le matelas. Puis j'étendis ma veste sur ma figure pour masquer la lumière. J'essayai de faire croire que je dormais et me foutais pas mal de ce qu'ils pouvaient me faire. Sauf que je ne dormais pas et qu'ils devaient le savoir. J'avais jadis été de l'autre côté de la vitre et connaissais tout ça par cœur.

Pour finir, j'essayai de me concentrer sur l'affaire et me repassai le film des derniers événements en essayant de voir comment ils s'agençaient. Pourquoi le FBI avait-il décidé de s'en mêler ? Parce que j'allais avoir un double du dossier Lawton Cross ? Ça me paraissait peu vraisemblable. Je préférai croire que j'avais touché un point sensible en imprimant l'article sur Moussaoua Aziz à la bibliothèque. C'était ça qui les avait fait sortir du bois. C'était là-dessus qu'ils voulaient en savoir plus.

Environ quatre heures, d'après moi, s'étaient écoulées depuis qu'on m'avait enfermé dans mon cagibi lorsque la porte s'ouvrit avec un déclic électronique. J'ôtai ma veste de ma figure au moment même où un agent que je n'avais encore jamais vu entra dans la cellule. Il portait un dossier et une tasse de café. L'agent que je connaissais sous le nom d'Élever-ses-enfants-aujourd'hui se tenait derrière lui, une chaise en fer à la main.

– Ne vous levez pas ! me lança le premier.

Je me levai quand même.

– C'est quoi ce bord...

– Je vous ai dit de ne pas vous lever. Vous vous rasseyez tout de suite ou je sors et on réessaye plus tard.

J'hésitai un instant, gardai la pose de l'homme en colère, puis me rassis sur le matelas. Élever-ses-enfants-aujourd'hui posa sa chaise juste derrière la porte, ressortit de la cellule et en referma la porte. L'autre agent s'assit sur la chaise et posa son café fumant par terre. L'odeur du breuvage emplit la pièce.

– Je suis l'agent spécial John Peoples, du FBI, dit-il.

– Tant mieux pour vous. Qu'est-ce que je fous ici ?

– Vous êtes ici parce que vous n'écoutez pas.

Il posa les yeux sur moi pour s'assurer que je faisais bien ce que, d'après lui, je ne faisais pas. Il avait mon âge, quelques années de plus peut-être. Il lui restait encore tous ses cheveux, qui étaient un peu trop longs pour le Bureau. Ce n'était sans doute pas par choix – il était probablement trop occupé pour se les faire couper comme il fallait.

Ses yeux, voilà ce qui comptait. Tous les visages ont une caractéristique particulière, quelque chose qui, nez, cicatrice ou fossette au menton, attire le regard. Chez lui, tout convergeait vers ses yeux. Noirs et profondément enfoncés dans leurs orbites, ils disaient l'inquiétude et le fardeau secret.

– On vous a dit de renoncer, monsieur Bosch. On

vous a dit, et plus que clairement, de laisser tout ça tranquille et on en est quand même là.

– Vous pouvez répondre à une question ?

– Je peux essayer. Si ce n'est pas classé secret.

– Ma montre… elle est classée secret ? Où est passée ma montre, hein ? On me l'a donnée quand j'ai pris ma retraite et je veux qu'on me la rende.

– Monsieur Bosch, vous voulez bien oublier un peu votre montre ? J'essaie de vous faire entrer quelque chose dans le crâne mais vous ne voulez rien entendre, c'est bien ça ?

Il attrapa son café et en but une gorgée. Il fit la grimace en se brûlant, puis il reposa sa tasse par terre.

– Il y a certaines choses qui se jouent en ce moment et qui sont autrement plus importantes que votre petite enquête et votre montre à cent dollars.

Je pris l'air surpris.

– Parce que vous croyez vraiment que c'est tout ce que mes collègues ont voulu dépenser pour moi après toutes ces années ?

Il fronça les sourcils et hocha la tête.

– Vous ne vous rendez guère service, monsieur Bosch. Vous êtes en train de bousiller une enquête d'une importance capitale pour ce pays, et tout ce qui vous intéresse c'est de me montrer combien vous êtes malin ?

– C'est le coup de la sûreté du territoire que vous essayez de me faire ? Alors sachez que vous pouvez vous le garder pour une prochaine fois. Je ne pense pas qu'enquêter sur un meurtre n'ait aucune importance. Pour moi, il n'y a pas de place pour les compromis quand c'est d'assassinat qu'il s'agit.

Il se leva, marcha sur moi et me regarda de haut. Il s'était penché sur le lit et s'appuyait au mur d'une main.

– Hieronymus Bosch ! cria-t-il en prononçant mon nom correctement. Vous êtes entré dans une propriété privée ! Vous avez pris un sens interdit ! Est-ce que vous comprenez ?

Puis il se retourna et regagna sa chaise. Je faillis éclater de rire devant ses pitreries. Un instant, je crus même qu'il ne savait pas que j'avais passé vingt-cinq ans de ma vie à travailler dans des salles de ce genre.

– Alors, est-ce que ça commence à entrer ? reprit-il d'une voix de nouveau calme. Vous n'êtes plus flic, monsieur Bosch. Vous ne portez plus l'insigne. Vous n'avez ni affaire ni délégation. Vous n'avez aucune autorité à faire quoi que ce soit.

– Autrefois, l'Amérique était un pays libre, lui répliquai-je. Ça suffisait comme « autorité ».

– On n'est plus dans le même pays. La situation a changé.

Il me montra le dossier qu'il tenait dans sa main.

– Le meurtre de cette femme est important. Évidemment qu'il l'est. Mais il y a d'autres facteurs en jeu. Et bien plus importants. Il faut renoncer, monsieur Bosch. Ceci est votre dernier avertissement. Re-non-cez ! Ou c'est nous qui vous ferons renoncer. Et ça risque de ne pas vous plaire.

– Vous me ramènerez ici, c'est ça ? Avec Mouse et les autres ? Les autres « combattants ennemis » ? C'est pas comme ça que vous les appelez ? Quelqu'un connaît-il même seulement l'existence de ce lieu, agent Peoples ? Quelqu'un qui n'appartiendrait pas à votre petit gang de TMSB…

Il eut l'air surpris que je connaisse ce terme et ose m'en servir.

– J'ai reconnu Mouse quand vos copains m'ont amené ici, enchaînai-je. Je faisais du lèche-vitrines.

– Et c'est à cause de ça que vous croyez savoir ce qui se passe ici ?

– Vous êtes en train de le cuisiner. C'est évident et ça ne me gêne pas. Mais… et si c'était lui qui avait tué

Angella Benton ? Et si c'était aussi lui qui avait assassiné le responsable de la sécurité à la banque ? Et s'il avait aussi tué un agent du FBI, hein ? Savoir ce qui est arrivé à Martha Gessler ne vous intéresse donc pas ? Elle était de chez vous, non ? Le monde aurait changé à ce point ? Un agent spécial n'aurait plus rien de spécial selon ces nouveaux règlements ? Ou la ligne change-t-elle selon les nécessités du moment ? Est-ce que je suis un combattant ennemi, agent Peoples ?

Je voyais bien que ça faisait mal. Mes paroles rouvraient une vieille plaie, sinon un vieux débat. Jusqu'au moment où une résolution nouvelle se marqua sur son visage. Il ouvrit le dossier et y prit la sortie d'imprimante que j'avais fait faire à la bibliothèque. J'y vis sans mal la photo d'Aziz.

– Comment avez-vous eu vent de tout ça ? me demanda-t-il. Comment êtes-vous arrivé à faire le lien ?

– Mais par vous !

– Qu'est-ce que vous racontez ? Personne ici ne vous dirait la moindre…

– Ça n'était pas nécessaire. J'ai vu votre type qui me filait à la bibliothèque. Et d'ailleurs, vous pouvez le noter… ce mec-là est complètement nul. Dites-lui de choisir plutôt *Sports Illustrated* la prochaine fois. J'ai tout de suite senti qu'il y avait quelque chose de louche et j'ai lancé une recherche dans les journaux. Et c'est ça que j'ai trouvé. Et je l'ai imprimé parce que je savais que ça vous ferait peut-être sortir du bois. Et ça a marché. Vous êtes passablement prévisibles, vous savez ?

« Bon, bref, après j'ai vu Aziz quand vos bonshommes m'ont fait passer dans le couloir et j'ai commencé à comprendre. C'est lui qui a fini par avoir le fric du hold-up, mais ça, vous vous en foutez, comme vous vous foutez des deux ou trois meurtres compris dans l'affaire. Tout ce que vous voulez savoir, c'est où a filé l'argent. Et surtout qu'une chose aussi insignifiante que faire justice pour les morts ne vienne pas se mettre en travers !

Il remit lentement la sortie d'imprimante dans le dossier. Je vis son visage changer, s'assombrir autour des yeux. Mes paroles avaient touché juste.

– Vous n'avez aucune idée de ce qui se passe dans le monde et de ce que nous essayons de faire ici, me lança-t-il. Vous pouvez, vous, rester assis sur votre cul à prendre des airs supérieurs avec vos idées sur la justice. Mais pour ce qui est de savoir ce qui se trame dehors…

Je lui souris en retour.

– Gardez ce baratin pour les politiciens qui changent les règles du jeu jusqu'à ce qu'il n'y en ait plus. Jusqu'à ce que réclamer justice pour une femme violée et assassinée n'ait plus la moindre importance. Parce que ce qui se trame dehors, c'est ça.

Il se pencha en avant. Il allait se déboutonner et voulait être absolument sûr que je le comprenne.

– Savez-vous seulement où Aziz se rendait avec ce fric ? Nous l'ignorons, mais je peux vous dire où nous pensons qu'il allait. Il allait rejoindre un camp d'entraînement. Un camp d'entraînement terroriste. Et je ne vous parle pas d'Afghanistan. Je vous parle d'un camp à moins de cent cinquante kilomètres de notre frontière. D'un camp où on entraîne les gens à nous tuer, nous. Dans nos immeubles, dans nos avions. Où on les entraîne à franchir la frontière et à venir nous tuer sans aucun égard pour ce que nous sommes et croyons. Allez-vous me dire que j'ai tort ? Allez-vous me dire que nous ne devrions pas tout faire pour essayer de savoir si un tel camp existe ? Que nous ne devrions pas prendre toutes les mesures nécessaires pour que ce type nous donne les renseignements dont nous avons besoin ?

Je reculai sur le matelas jusqu'au moment où je pus

m'appuyer contre le mur. Si j'avais eu une tasse de café, je ne l'aurais pas ignorée comme lui la sienne.

– Je ne vous dis rien du tout. A chacun de faire ce qu'il doit faire.

– Merveilleux ! me renvoya-t-il, sarcastique. Et maintenant les paroles de sagesse ! Je vais me trouver une plaque pour mon bureau et y faire graver celle-là.

– Un jour, vous savez, j'étais au tribunal et l'avocate de la partie adverse a dit quelque chose que j'essaye toujours de me rappeler. Elle citait un philosophe dont j'ai oublié le nom… Je l'ai sur un bout de papier chez moi… Mais ce type disait que tous ceux qui veulent combattre les monstres de notre société feraient bien de s'assurer qu'ils ne deviennent pas eux-mêmes monstrueux. Parce que là, voyez-vous, tout est perdu et nous n'avons plus de société. Cette idée m'a toujours paru bonne.

– Nietzsche, dit-il. Et vous ne vous êtes pas trop trompé dans la citation.

– Citer comme il faut n'est pas ce qui compte, agent Peoples. Ce qui compte, c'est se rappeler ce que ça veut dire. Moi, je ne l'ai pas oublié. Et vous ?

Il ignora ma question et enfouit la main dans la poche de sa veste. Il en sortit ma montre. Et me la jeta. Je regardai le cadran en la remettant à mon poignet. Les aiguilles s'y détachaient sur fond d'insigne de policier avec la mairie en arrière-plan. Je vis l'heure et m'aperçus que j'avais passé bien plus de temps dans mon cagibi que je ne croyais. C'était presque l'aurore.

– Sortez d'ici, Bosch, reprit Peoples. Si jamais on vous retrouve dans notre champ de vision, vous reviendrez ici bien plus vite que vous ne le croyez possible. Et personne ne saura que vous êtes ici.

La menace était claire.

– Je ferai partie des « disparus », c'est ça ?

– Appelez ça comme vous voudrez.

Il leva la main au-dessus de sa tête pour que la caméra la voie. Puis il fit tourner un doigt en l'air et la serrure électronique claqua aussitôt. La porte s'étant entrouverte de quelques centimètres, je me levai.

– Partez, répéta-t-il. Quelqu'un va vous raccompagner jusqu'à la porte. Je vous fais une fleur, Bosch. Ne l'oubliez pas.

Je me dirigeai vers la porte, mais hésitai en passant devant lui. Je baissai la tête et posai les yeux sur le dossier qu'il tenait toujours dans sa main.

– Vous m'avez donc tout pris, dis-je, tous mes dossiers. Et celui de Cross avec.

– Celui-là, on ne vous le rendra pas.

– Je comprends. Sûreté du territoire. Je voulais seulement vous dire de regarder les photos. Cherchez-en une où Angella est étendue par terre sur les carreaux. Et regardez ses mains.

Je repris le chemin de la porte.

– Quoi, ses mains ? lança-t-il dans mon dos.

– Regardez-les, c'est tout. Regardez la position dans laquelle nous les avons trouvées. Alors, vous comprendrez peut-être de quoi je parle.

Élever-ses-enfants-aujourd'hui m'attendait dans le couloir.

– Par ici, me dit-il d'un ton sec, où je sentis toute la déception qu'il éprouvait de voir qu'on me libérait.

En longeant le couloir je cherchai à voir Moussaoua Aziz dans une des petites fenêtres carrées, mais ne le trouvai pas. Je me demandai si le hasard n'avait pas voulu que je voie le visage du tueur que je traquais et que ce soit la dernière fois, et me dis que jamais plus peut-être je n'en serais aussi près. Je savais qu'aussi longtemps qu'il serait retenu dans cet endroit je n'arriverais pas à l'atteindre, littéralement ou légalement. Il n'était plus dans mon univers. Il comptait au nombre des disparus. L'impasse totale.

Nous franchîmes encore deux portes électroniques, puis on me poussa dans un réduit à ascenseur. Aucun bouton sur lequel appuyer. Élever-ses-enfants-aujour-d'hui leva la tête, regarda une caméra dans un coin du plafond et déroula un doigt en l'air. J'entendis un ascenseur se mettre en route.

Les portes s'ouvrirent, il entra dans la cabine avec moi. Nous descendîmes au sous-sol, mais ne rejoignîmes pas une voiture. Élever-ses-enfants-aujourd'hui me fit remonter une rampe après avoir crié à un employé d'ouvrir la porte à rideau. Je fus inondé de lumière et ne pus m'empêcher de cligner des paupières.

– J'imagine que vous n'allez pas me raccompagner à ma voiture ! m'écriai-je.

– Vous imaginez ce que vous voulez. Au revoir.

Il me laissa en haut de la rampe et fit demi-tour pour repasser sous la porte avant qu'elle se referme sur lui. Je le regardai disparaître derrière le rideau. J'essayai de trouver un truc intelligent à lui décocher, mais j'étais dix fois trop fatigué et laissai tomber.

20

Les types du Bureau étaient passés chez moi. Il fallait s'y attendre. Mais ils avaient joué fin. Rien n'avait été foutu en l'air et laissé en plan pour que je le range. Ils avaient tout fouillé de façon méthodique et en remettant à peu près tout exactement à sa place. La table de la salle à manger, où j'avais étalé mes dossiers sur l'assassinat d'Angella Benton, avait été nettoyée. A croire qu'ils avaient passé du produit lustrant sur le plateau après avoir fini. Ils ne m'avaient rien laissé. Notes, dossiers et rapports, tout avait disparu – tout et mon affaire avec, semblait-il. Je ne m'y attardai pas. Je regardai mon reflet troublé dans la surface bien polie de la table et décidai que j'avais besoin de dormir avant d'envisager quoi que ce soit d'autre.

Je sortis une bouteille d'eau du frigo et poussai la porte coulissante menant à la terrasse pour regarder le soleil se lever au-dessus des collines. Le coussin posé sur la chaise longue était couvert de rosée, je le retournai et m'assis. Puis j'allongeai les jambes et me renversai en arrière. Le froid piquait encore un peu, mais j'avais toujours ma veste. Je posai ma bouteille d'eau sur l'accoudoir de la chaise longue et enfonçai mes mains dans les poches de ma veste. Je me sentais bien d'être de nouveau chez moi après cette nuit en cellule.

Le soleil passait juste au-dessus de la crête des collines, de l'autre côté de Cahuenga Pass. Le ciel se remplit d'une lumière diffuse tandis que ses rayons étaient réfractés par des milliards de particules microscopiques en suspension dans l'air. J'allais avoir besoin de lunettes de soleil dans pas longtemps, mais j'étais bien trop engoncé pour me lever. Je fermai les yeux et m'endormis dans l'instant. Je rêvai d'Angella Benton, de ses mains, de cette femme que je n'avais jamais connue mais qui revenait à la vie dans mes rêves et me suppliait.

Je me réveillai quelques heures plus tard avec le soleil qui me brûlait les paupières. Je compris vite que les battements sourds que j'avais cru entendre dans ma tête venaient de la porte de devant. Je me levai et renversai ma bouteille d'eau posée sur l'accoudoir de ma chaise longue. J'essayai de la rattraper, mais ratai mon coup. Elle roula sur la terrasse et dégringola dans les buissons du canyon en dessous. Je gagnai la rambarde, regardai en bas, mais ne la vis nulle part.

Celui ou celle qui se trouvait devant chez moi cogna encore une fois à la porte et j'entendis qu'on grognait mon nom. Je quittai la terrasse et traversai la salle de séjour. On avait recommencé à frapper à la porte lorsque j'ouvris la porte d'entrée. C'était Roy Lindell et il n'avait pas l'air souriant.

– Debout et haut les cœurs ! me lança-t-il.

Il essaya de m'écarter pour entrer, mais je posai ma main sur sa poitrine et le repoussai en arrière. Je hochai la tête, il comprit. Il me montra l'intérieur de la maison et me regarda d'un air interrogatif. J'acquiesçai, franchis le seuil et refermai la porte derrière moi.

– On prend ma voiture, me dit-il à voix basse.

– Bonne idée. La mienne est à Woodland Hills.

Il s'était garé le long du trottoir, en stationnement interdit. Nous montâmes dans sa voiture et prîmes par Woodrow Wilson Drive, vers le virage qui permet d'accéder à Mulholland en faisant le tour. Il ne me donnait pas le sentiment de vouloir m'emmener dans un endroit précis. Nous ne faisions que rouler.

– Qu'est-ce qui t'est arrivé ? me demanda-t-il. La rumeur court que tu te serais fait ramasser hier soir.

– C'est ça. Par ton équipe TMSB. Qui m'en a flanqué un bon coup derrière les oreilles, si tu vois ce que je veux dire.

Il me regarda, puis reporta les yeux sur la route.

– Tu n'as pas l'air d'avoir trop souffert. On dirait même que t'as des couleurs aux joues.

– Merci de l'avoir remarqué, lui renvoyai-je. Bon et maintenant, qu'est-ce que tu veux ?

– Tu crois qu'ils ont mis des micros chez toi ?

– C'est probable. Je n'ai pas eu le temps de vérifier. Qu'est-ce que tu veux ? Où m'emmènes-tu ?

Mais j'avais déjà deviné. Mulholland Drive fait le tour de la colline et permet d'accéder à un belvédère d'où l'on peut voir, quand le smog le veut bien, de la baie de Santa Monica jusqu'aux flèches des immeubles du centre-ville.

Comme prévu, Lindell se gara dans le petit parking, près d'un van Volkswagen démodé, vieux d'au moins trois décennies. Le smog était épais. Pour l'essentiel, la vue s'arrêtait juste après le bâtiment de Capitol Records.

– Tu veux aller droit au but ? me dit-il en se tournant vers moi sur son siège. Eh bien, allons-y. Où en es-tu de ton enquête ?

Je le regardai longuement en essayant de deviner s'il était venu me voir à cause de Marty Gessler ou pour terminer le boulot de l'agent Peoples et savoir si j'avais vraiment lâché le morceau. Bien sûr, Lindell et Peoples ne travaillaient pas aux mêmes étages du bâtiment fédéral. Mais ils portaient tous les deux le badge du FBI. Et il n'y avait pas moyen de savoir jusqu'où on avait pu faire pression sur lui.

– On en est qu'il n'y a plus d'enquête.

– Quoi ? ! Tu te fous de ma gueule ?

– Non, je ne me fous absolument pas de ta gueule. On pourrait même dire que j'ai enfin compris. Ou plutôt qu'on m'a fait comprendre.

– Et qu'est-ce que tu vas faire ? Laisser tomber comme ça ?

– Exactement. Je vais aller chercher ma voiture et partir en vacances. A Las Vegas, pourquoi pas ? J'ai déjà attaqué fort côté coups de soleil, pourquoi ne pas aller perdre mon fric aussi ?

Il sourit comme pour me montrer qu'il n'était pas si bête.

– Va te faire ! me lança-t-il. Je sais très bien à quoi tu joues. Tu crois qu'on m'a envoyé te sonder, c'est ça ? Eh ben, tu peux aller te faire mettre.

– C'est sympa, ça, Roy. Bon, tu peux me ramener maintenant ? Il faut que je fasse mon sac.

– Pas avant que tu m'aies dit ce qui se passe vraiment.

J'entrouvris la portière.

– Bon, d'accord, je peux très bien rentrer à pied. Un peu d'exercice ne me fera pas de mal.

Je descendis et me dirigeai vers la chaussée. Lindell ouvrit violemment sa portière, qui alla frapper le côté du van Volkswagen. Puis il me courut après.

– Écoute, Bosch, écoute-moi !

Il me rattrapa et s'arrêta devant moi, si près que je dus m'immobiliser à mon tour. Il serra les poings et les mit devant sa poitrine comme s'il voulait briser une chaîne qui l'emprisonnait.

– Harry ! s'écria-t-il. C'est pour moi que je suis ici. Personne ne m'envoie, d'accord ? Ne laisse pas tomber cette affaire. Ces mecs ont dû essayer de te foutre la frousse, c'est tout.

– Va donc le dire aux types qu'ils détiennent dans leurs cellules. Je n'ai aucune envie de disparaître, Roy. Tu vois ce que je veux dire ?

– Tu déconnes ! Tu n'as jamais été le…

– Hé, toi ! Oui… le trouduc !

Je me retournai et vis deux types qui déboulaient de la porte coulissante du van. Barbus à cheveux longs, ils étaient plus du genre à rouler en Harley qu'à traîner dans une camionnette de hippies.

– Tu m'as cabossé la portière comme un dingue ! hurla le deuxième.

– Qu'est-ce que tu en sais, empaffé ? lui répliqua Lindell.

Eh voilà, nous y sommes ! me dis-je. Je regardai derrière les deux monstres qui s'approchaient et aperçus une jolie pliure d'une quinzaine de centimètres dans la portière avant du Volkswagen. Celle de Lindell était encore ouverte et la touchait – culpabilité évidente.

– Tu crois que c'est une blague ? reprit le premier poids lourd. Et si je te pliais la gueule, hein ?

Lindell passa la main dans son dos et d'un geste coulé sortit son pistolet de dessous sa veste. Puis il se pencha en avant, agrippa le premier balèze par le devant de la chemise et le poussa – en lui arrachant quelques poils de barbe au passage. Sortant son arme, il en colla le canon sur la gorge du plus grand des deux.

– Et si toi et ton copain David Crosby vous réintégriez votre tas de boue pour flower people et dégagiez d'ici rapidos, hein ?

– Roy, lui lançai-je, doucement.

L'odeur de marijuana qui montait du van nous atteignit à ce moment-là. Il y eut un long silence pendant lequel Lindell ne lâcha pas des yeux son costaud. L'autre se tenait à côté et observait la scène, mais était incapable de faire le moindre geste à cause du pistolet.

– D'accord, man, dit enfin le premier. C'est cool. On va dégager.

Lindell le repoussa et laissa retomber sa main le long de son corps.

– Ben voilà, ma puce. Vous giclez ! Allez donc fumer le calumet de la paix ailleurs !

Nous les regardâmes sans rien dire tandis qu'ils retournaient à leur van, le deuxième type claquant violemment la portière de Lindell pour pouvoir s'asseoir sur le siège passager. Le moteur démarra et le van retrouva l'asphalte de Mulholland Drive. Les gestes requis ayant été effectués par le chauffeur et son passager, ceux-ci disparurent. Je repensai aux doigts d'honneur que j'avais moi-même adressés à la caméra de surveillance quelques heures plus tôt. Je compris à quel point nos deux types devaient se sentir impuissants dans leur van.

Lindell concentra de nouveau son attention sur moi.

– Super, Roy, lui lançai-je. Avec tous ces talents que t'as, je m'étonne qu'ils ne t'aient pas fait monter au neuvième.

– Qu'ils aillent se faire foutre !

– Oui, c'est exactement ce que je ressentais il y a un moment.

– Alors, Harry. C'est quoi, ta réponse ?

Il venait de braquer une arme sur deux inconnus dans un accrochage violent à haut indice de testostérone, mais c'était déjà le reflux. En surface, tout était calme. Il lui avait suffi de balayer une fois l'écran radar pour que l'incident en ait disparu. C'était là une caractéristique que j'avais souvent remarquée chez les psychopathes. Voulant lui laisser le bénéfice du doute, je mis l'affaire sur le compte de l'arrogance fédérale que j'avais aussi repérée chez les agents du Bureau.

– Alors, reprit-il, tu fonces ou tu te couches ?

Ça me mit en colère, mais j'essayai de n'en rien montrer. Je me fendis même d'un sourire.

– Ni l'un ni l'autre, lui répondis-je. Je marche.

Sur quoi je fis demi-tour, le laissai là et commençai à

remonter Mulholland vers Woodrow Wilson pour rentrer chez moi. Il me décocha un véritable tir de barrage d'insultes dans le dos, mais cela ne ralentit pas mon allure.

21

La porte du garage de Lawton Cross était ouverte et tout laissait penser qu'on ne l'avait pas refermée de toute la nuit. Je demandai au chauffeur du taxi de me déposer près de ma Mercedes. Je n'eus pas l'impression qu'on l'avait déplacée, même si je supposais qu'on l'avait fouillée. Je ne l'avais pas fermée à clé et elle ne l'était toujours pas. Je posai mon petit sac sur la banquette arrière. Puis je m'assis au volant, fis démarrer le moteur et entrai dans le garage.

Je descendis de voiture et gagnai la porte de la maison, où j'appuyai sur un bouton qui allait soit déclencher une sonnerie à l'intérieur soit refermer la porte du garage. Ce fut la porte du garage qui se referma. Je m'approchai de la Pontiac, glissai les mains sous le capot et cherchai le loquet. Les ressorts en acier grincèrent fort lorsque je soulevai le capot. Je trouvai un moteur couvert de poussière mais propre, avec capuchon de filtre à air en chrome et superbe ventilo devant un bloc-moteur peint en rouge. Manifestement, Lawton chouchoutait sa voiture et en appréciait la beauté intérieure aussi bien qu'extérieure.

Les documents que j'avais glissés sous le capot la veille au soir avaient échappé à la fouille du FBI. Ils avaient été retenus dans leur chute par le réseau de câbles électriques arrivant aux bougies sur la gauche du bloc-moteur. En les ramassant, je remarquai que la batterie avait été débranchée et me demandai depuis quand. C'était évidemment ce qu'il fallait faire pour une voiture qui risquait de ne pas être utilisée pendant un bon moment. Lawton y avait peut-être pensé, mais aurait été incapable de le faire. Il n'était pas impossible qu'il ait expliqué à Danny comment faire.

– Qu'est-ce qui se passe ? Qu'est-ce que vous faites, Harry ?

Je me retournai. Danny Cross se tenait dans l'encadrement de la porte.

– Bonjour, Danny. Je passais juste reprendre des trucs que j'ai oubliés. J'aurais aussi besoin d'outils. J'ai l'impression qu'il y a quelque chose qui ne marche pas dans ma voiture.

Je lui montrai l'établi et le panneau alvéolé cloué au mur près de la Malibu. On y voyait tout un assortiment d'outils et d'appareillage automobile. Elle hocha la tête comme si j'avais oublié de lui donner les explications de base.

– Et hier soir, hein ? me lança-t-elle. Ils vous ont embarqué. J'ai vu les menottes. Ils m'ont dit que vous ne reviendriez plus.

– Tactique d'intimidation, Danny. Rien de plus. Comme vous voyez, je suis revenu.

Je rabaissai le capot d'une main, mais le laissai entrouvert comme je l'avais trouvé. Puis j'allai à la Mercedes et passai les documents par la fenêtre passager. Me ravisant, j'ouvris la portière pour soulever le tapis de sol et les glisser dessous. La cachette n'était pas géniale, mais ferait l'affaire pour l'instant. Je refermai la portière et me retournai vers Danny.

– Comment va Law ?

– Il ne va pas bien.

– Qu'est-ce qu'il y a ?

– Ils sont restés avec lui hier soir. Ils ont refusé que j'entre et comme ils avaient éteint le moniteur je n'ai pas pu tout entendre. Mais ils lui ont foutu la trouille. Et à moi aussi. Je veux que vous partiez, Harry. Que vous partiez et que vous ne reveniez plus.

– Comment vous ont-ils fait peur ? Qu'est-ce qu'ils vous ont dit ?

Elle hésita, je compris que ça faisait partie du plan trouille.

– Ils vous ont dit de ne pas en parler, c'est ça ? De ne rien me dire ?

– C'est ça.

– D'accord, Danny. Je ne veux pas vous causer d'ennuis. Mais Law ? Je peux lui parler ?

– Il m'a dit qu'il ne voulait plus vous voir. Que ça créait trop de problèmes.

J'acquiesçai d'un signe de tête et jetai un coup d'œil à l'établi.

– Bon, alors vous me laissez aller à ma voiture et je m'en vais.

– Est-ce qu'ils vous ont fait mal, Harry ?

Je la regardai. Je pense qu'elle voulait vraiment le savoir.

– Non, ça va.

– Bon.

– Oh, euh… Danny ? Il faut que je récupère quelque chose dans la pièce de Lawton. J'y vais ou vous allez me le chercher ? Qu'est-ce qui serait mieux ?

– De quoi s'agit-il ?

– De l'horloge.

– De l'horloge ? Mais pourquoi ? Vous ne la lui avez pas donnée ?

– Si. Mais j'en ai besoin.

Un air d'agacement se marqua sur son visage. Je me demandai si l'horloge n'avait pas été le sujet d'une bagarre entre eux. Et maintenant je voulais la reprendre ?

– Je vais la récupérer, mais je lui dirai que c'est vous qui la voulez.

Je hochai la tête. Elle rentra dans la maison pendant

que je faisais le tour de la Malibu et trouvais un chariot à roulettes adossé à l'établi. Je décrochai une paire de pinces et un tournevis du panneau et retournai à la Mercedes.

Après avoir jeté ma veste dans la voiture, je me couchai sur le chariot et me glissai sous le châssis. Il me fallut moins d'une minute pour trouver la boîte noire. Un transpondeur par satellite de la taille d'un livre grand format avait été fixé au réservoir d'essence par deux bandes aimantées. Un fil courait de l'appareil au tuyau d'échappement, où il était relié à un détecteur de chaleur. Dès que le tuyau se mettait à chauffer, le détecteur enclenchait le transpondeur, ce qui permettait de ne pas tirer sur la batterie de l'engin quand la voiture ne roulait pas. Les grands garçons du neuvième étage avaient les bons produits.

Je décidai de laisser l'appareil en place et ressortis de dessous la voiture. Danny se tenait devant moi, l'horloge à la main. Elle en avait ôté l'arrière et mis à nu la caméra.

– Je me disais bien que c'était un peu lourd pour une simple horloge murale, me lança-t-elle.

Je commençai à me relever.

– Écoutez, Danny, je…

– Vous nous espionniez. Vous ne me croyiez pas, n'est-ce pas ?

– Danny, ce n'est pas pour ça que je la veux. Les types qui sont venus ici hier so…

– Peut-être, mais c'est bien pour nous espionner que vous l'aviez accrochée au mur. Où est la bande ?

– Quoi ?

– La bande. Où l'avez-vous visionnée ?

– Je ne l'ai pas visionnée. C'est digital. Tout est dans l'horloge.

C'était l'erreur. Dès que je tendis la main pour lui reprendre l'horloge, elle leva celle-ci au-dessus de sa tête et la jeta par terre. L'horloge se fracassa sur le béton, la caméra se détachant du boîtier pour filer sous la Mercedes.

– Mais putain, Danny ! C'est pas à moi, ce truc !

– Je me fous de savoir à qui c'est. Vous n'aviez pas le droit de faire ça !

– Écoutez. Law m'a dit que vous ne le traitiez pas bien. Qu'est-ce que j'étais censé faire, hein ? Vous croire sur parole ?

Je me mis à quatre pattes et regardai sous la voiture. La caméra était à portée de main, je la ressortis. Le boîtier était salement éraflé, mais je ne pus me prononcer sur l'état des mécanismes internes. J'éjectai la puce de données comme André Biggar me l'avait appris, elle ne me parut pas abîmée. Je relevai et la mis sous le nez de Danny pour qu'elle la voie bien.

– C'est peut-être la seule chose qui empêchera ces mecs de revenir, lui déclarai-je. Vaudrait mieux espérer qu'elle n'est pas endommagée.

– Je m'en fous. Et j'espère que vous vous amuserez bien en voyant ce qu'il y a dessus. J'espère que vous serez très fier de vous en la regardant.

Je ne sus que lui répondre.

– Ne remettez plus jamais les pieds ici.

Elle fit demi-tour et rentra dans la maison, sa main s'écrasant sur le bouton afin de faire remonter la porte du garage derrière moi. Elle referma la porte de chez elle sans me regarder. J'attendis un instant qu'elle reparaisse et m'assène d'autres vérités, mais rien ne vint. J'empochai la puce de données et me remis à quatre pattes pour récupérer les morceaux de l'horloge brisée.

22

A l'aéroport de Burbank, je me garai dans le parking longue durée, extirpai mon sac de la voiture et pris la navette jusqu'au terminal. Au comptoir de la Southwest, je sortis une carte de crédit pour me payer un aller simple pour Las Vegas sur un vol partant dans l'heure. Je franchis ensuite les contrôles de sécurité en faisant la queue comme tout le monde. Je mis mon sac sur le tapis roulant et déposai ma montre, mes clés de voiture et la puce dans une boîte en plastique de façon à ne pas déclencher l'alarme du portique. Je m'aperçus alors que j'avais laissé mon téléphone portable dans la voiture, mais songeai que c'était aussi bien : ils pourraient s'en servir pour savoir où j'étais par triangulation.

Près de la porte d'embarquement je m'achetai une carte de téléphone à dix dollars et m'approchai d'une rangée de cabines téléphoniques. Je relus deux fois les consignes portées au dos de la carte. Pas du tout parce qu'elles auraient été compliquées, mais parce que j'hésitais encore. Je finis par décrocher pour faire un appel longue distance. C'était un numéro que je connaissais par cœur mais n'avais pas appelé depuis presque un an.

Elle ne répondit qu'après deux sonneries, mais je compris tout de suite que je l'avais réveillée. Je faillis raccrocher en sachant que, même si elle avait l'affichage du numéro, elle ne pourrait pas deviner qui l'avait appelée. Mais, après son deuxième allô, je me décidai à parler.

– Eleanor, c'est moi, Harry. Je te réveille ?

– Pas de problème. Ça va ?

– Oui, ça va. Tu as joué tard ?

– Jusque vers cinq heures et après, nous sommes allés déjeuner. J'ai l'impression de m'être couchée il y a cinq minutes. Quelle heure est-il ?

Je l'informai qu'il était presque dix heures, elle grogna. Je sentis la confiance que j'avais en mon plan me lâcher. Et je coinçai sur ce « nous » qu'elle venait de mentionner, mais ne lui posai pas la question. J'étais censé avoir surmonté ça depuis longtemps.

– Harry, reprit-elle dans le silence qui s'était installé, qu'est-ce qu'il y a ? Tu es sûr que ça va ?

– Oui, oui, ça va. Moi non plus, je ne me suis pas couché avant cinq heures.

Le silence s'éternisa. Je remarquai que les passagers commençaient à embarquer.

– C'est pour ça que tu m'appelles ? Pour me parler de tes habitudes en matière de sommeil ?

– Non, je euh… en fait, j'ai besoin d'aide. Là bas, à Las Vegas.

– D'aide ? Qu'est-ce que tu veux dire ? D'aide… comme pour une affaire ? Tu ne m'as pas dit que tu avais pris ta retraite ?

– Si, si, et je suis effectivement à la retraite. Mais y a un truc sur lequel je bosse et… Bref, je me demandais si tu pourrais me retrouver à l'aéroport dans une heure environ. Je prends l'avion.

Ce fut de nouveau le silence tandis qu'elle digérait ma demande et tout ce que cela pouvait signifier. J'attendis, la poitrine lourde et serrée. Je songeais à la théorie de la balle unique lorsqu'elle parla enfin.

– Oui, dit-elle. J'y serai. Et je t'emmène où ?

Je m'aperçus que je retenais mon souffle. J'exhalai. Tout au fond des replis de mon cœur, j'avais toujours su qu'elle répondrait ainsi, mais l'entendre me dire oui à haute voix, en avoir confirmation, me fit mesurer la réalité de ce que j'éprouvais encore à son endroit. J'essayai de l'imaginer, là-bas, à l'autre bout du fil. Elle était au lit, le téléphone était posé sur sa table de nuit, elle avait les cheveux en bataille, et de la façon qui m'avait toujours excité et donné envie de rester au lit avec elle. Puis je me rappelai que je l'appelais sur son portable. Elle n'avait pas de ligne fixe, en tout cas aucune dont j'aurais eu le numéro. Et, cette histoire de « nous » me revenant à nouveau à l'esprit comme un intrus, je me demandai dans le lit de qui elle était.

– Hé, Harry, tu es toujours là ?

– Oui, oui. Euh… tu peux m'emmener à une société de location de voitures ? Disons… Avis. Ils « se donnent plus de mal ». Soi-disant.

– Harry, pour ça, il y a des navettes toutes les cinq minutes. Pour quoi as-tu besoin de moi ? Qu'est-ce qui se passe ?

– Écoute… je t'expliquerai en arrivant. L'embarquement a commencé. Tu pourras y être ?

– Je t'ai dit que j'y serais, me répondit-elle d'un ton que je ne connaissais que trop – celui où se mélangeaient consentement et répugnance.

Je ne m'y attardai pas. J'avais ce dont j'avais besoin. J'en restai là.

– Merci. On se retrouve dehors… devant la porte de la Southwest ? Tu as toujours ta Taurus ?

– Non, Harry. Maintenant, j'ai une Lexus argent. Quatre portes. Et j'aurai les phares allumés. Je te ferai des petits appels si c'est moi qui te vois d'abord.

– Bon, à tout à l'heure. Merci, Eleanor.

Je raccrochai et me dirigeai vers la porte d'embarquement. Une Lexus, me dis-je. J'avais regardé combien elles coûtaient avant d'acheter ma Mercedes d'occasion. Ce n'était pas extravagant, mais ce n'était pas donné non plus. Sa situation avait dû changer. Je fus à peu près sûr d'en être heureux.

Lorsque j'arrivai dans l'avion, il n'y avait plus de place dans les compartiments à bagages – et plus de sièges libres, sauf au milieu. Je me glissai entre un type à chemise hawaïenne et gros collier en or et une femme si pâle que je me demandai si elle n'allait pas exploser dès que le soleil du Nevada la toucherait. Je décrochai de la réalité, gardai les coudes serrés contre moi, au contraire du type en chemise hawaïenne, et réussis à fermer les yeux et presque dormir pendant l'essentiel de ce court trajet. Je savais qu'il me restait pas mal de choses à élucider et la puce de données me brûlait pratiquement la poche tant je me demandais ce qu'elle pouvait bien contenir. Cela étant, d'instinct je savais aussi qu'il valait mieux que je me repose pendant que je le pouvais encore. Je n'en aurais plus beaucoup le temps dès que je serais de retour à L. A.

Moins d'une heure après le décollage, je franchis les portes automatiques du terminal de l'aéroport McCarran et rentrai dans un mur de chaleur qui me rappela aussitôt que c'était à Las Vegas que je me trouvais. Cela ne me troubla pas. Des yeux je cherchai parmi les véhicules qui se serraient le long du trottoir réservé au chargement des passagers jusqu'au moment où je repérai une voiture argent avec ses phares allumés. Du toit ouvrant dépassait une main qui me faisait signe. On me faisait aussi des petits appels de phares. C'était elle. Je lui fis signe à mon tour et me hâtai vers la Lexus. J'ouvris la portière, jetai mon sac sur la banquette arrière et montai.

– Bonjour, dis-je, et merci.

Après un moment d'hésitation, nous nous penchâmes tous les deux et nous embrassâmes. Ce fut bref, mais bon. Je ne l'avais pas revue depuis longtemps et fus soudain très frappé de sentir combien le temps pouvait filer entre deux êtres. Bien que nous nous parlions encore à tous les Noëls et à chaque anniversaire, cela faisait pratiquement trois ans que je ne l'avais ni vue ni touchée. Instantanément, l'enchantement et la déprime me gagnèrent à la fois : j'allais devoir repartir. Cette visite serait encore plus brève que les petits coups de téléphone que nous nous passions à nos anniversaires.

– Tu as changé de coiffure, lui dis-je. Ça te va bien.

Je ne les lui avais jamais connus coupés aussi court et si nettement à mi-cou. Mais le compliment était sincère. Elle était belle, mais bon… elle m'aurait paru belle avec les cheveux jusqu'aux chevilles ou encore plus courts que les miens.

Elle se détourna de moi pour regarder par-dessus son épaule gauche et vérifier la circulation. Je découvris sa nuque. Elle passa dans la file sortie de l'aéroport et nous partîmes. Puis elle leva une main et appuya d'un doigt sur le bouton de fermeture du toit ouvrant.

– Merci, Harry, dit-elle. Tu n'as pas l'air d'avoir beaucoup changé. Mais tu es encore pas mal.

Je la remerciai et tentai de ne pas trop sourire en sortant mon portefeuille.

– Alors, enchaîna-t-elle, c'est quoi ce gros mystère dont tu ne pouvais pas me parler au téléphone ?

– Il n'y a pas de mystère, Eleanor. Je voudrais juste que certaines personnes soient bien convaincues que je suis à Las Vegas.

Elle hocha la tête comme si elle comprenait. Je sortis ma carte American Express et ma carte de retrait de mon portefeuille. Je gardai la Visa pour la location de voiture et toutes les autres dépenses qui pourraient survenir.

– J'aimerais que tu prennes ces cartes et que tu t'en serves pendant les quelques jours à venir. Je te donne mon code : zéro six treize. Tu ne devrais pas avoir trop de mal à t'en souvenir.

C'était ce jour-là que nous nous étions mariés.

– Amusant, dit-elle. Tu sais que cette année ça tombe

un vendredi ? J'ai vérifié. C'est pas signe de chance, Harry.

Dieu sait pourquoi ce vendredi treize me semblait convenir. L'espace d'un instant, je me demandai pourquoi diable elle vérifiait encore les jours anniversaires d'un mariage qui avait échoué. Puis je laissai tomber le sujet et revins à ce qui m'occupait.

– Bon, donc, tu t'en sers pendant quelques jours. Tu vois… tu vas dîner quelque part. Si je pouvais rester, je t'achèterais sans doute un petit cadeau pour te remercier de me permettre d'être avec toi. Alors, tu vas au distributeur, tu prends de l'argent et tu t'achètes un truc qui te plaît. La carte American Express est toujours à mes nom et prénom. Ça ne devrait poser aucun problème.

La plupart des gens ne savent pas trop si mon prénom, Hieronymus, est masculin ou féminin. Du temps où nous étions mariés, Eleanor se servait régulièrement de mes cartes de crédit sans que ça fasse de difficultés. Il n'y avait de problème que si, au moment de l'achat, une pièce d'identité était exigée. Cela se produit rarement au restaurant, surtout à Las Vegas où l'on commence toujours par prendre l'argent du client avant de lui poser des questions.

Je lui tendis mes cartes, mais elle ne les prit pas.

– Harry, dit-elle, qu'est-ce que ça signifie ? Qu'est-ce qui t'arrive ?

– Je te l'ai dit. J'aimerais que certaines personnes croient que je suis bien ici, à Las Vegas.

– Ces personnes sont donc capables de retrouver des achats faits par carte de crédit et des retraits d'argent à des distributeurs ?

– Si elles le veulent, oui. Je ne sais pas si ce sera le cas. C'est juste une mesure de précau…

– Bref, ces personnes dont tu me parles sont des flics ou des agents du Bureau. Alors, Harry, c'est quoi ?

Je ris doucement.

– De fait, ça pourrait être les deux. Mais, pour ce que j'en sais, c'est le Bureau qui s'intéresse le plus à moi.

– Oh, Harry...

Elle avait dit ça sur le ton du «Et-voilà-ça-recommence». Je songeai à lui lâcher que ça concernait Marty Gessler, mais décidai de ne pas l'impliquer plus que je ne l'avais déjà fait.

– Écoute, lui dis-je, ça n'a rien d'extraordinaire. Je travaille sur un de mes vieux dossiers et la moutarde est montée au nez d'un agent du Bureau. J'aimerais bien qu'il croie m'avoir foutu tellement la trouille que j'ai décidé d'arrêter. Pendant quelques jours, pas plus. Ça te va? Tu peux faire ça pour moi?

Je lui tendis à nouveau mes cartes. Au bout d'un long moment, elle avança la main et s'en empara sans rien dire. Nous nous trouvions sur une route où toutes les sociétés de location de voitures s'alignaient en rang d'oignons. J'avais envie de dire autre chose. Quelque chose sur nous et le désir que j'avais de revenir la voir une fois que toutes ces saloperies seraient terminées. A condition qu'elle le veuille... Mais elle entra dans le parking d'Avis et abaissa sa vitre pour informer le gardien qu'elle ne faisait que me déposer.

Cette interruption bousilla le flux de la conversation, si tant est qu'il y en ait eu un. Je perdis mon allant et renonçai à toute idée de lui parler de nous.

Elle s'arrêta devant la succursale, l'heure était venue de descendre. Mais je n'en fis rien. Je restai assis à la regarder jusqu'à ce qu'elle finisse par se tourner vers moi.

– Je te remercie de faire tout ça pour moi, lui dis-je.

– Pas de problème. C'est toi qui recevras la note.

Je souris.

– Est-ce que tu viens jamais à L. A.? Pour des parties de cartes et autres?

Elle hocha la tête.

– Non, et depuis longtemps.

Je hochai la tête à mon tour. Il n'y avait plus rien à dire. Je me penchai vers elle et l'embrassai, juste sur la joue cette fois.

– Je t'appelle demain ou dans quelques jours, d'accord ?

– D'accord, Harry. Fais attention. Au revoir.

– Je ferai attention. Au revoir, Eleanor.

Je descendis de la Lexus et la regardai s'éloigner. Je regrettai de n'avoir pu passer plus de temps avec elle et me demandai si elle m'aurait laissé faire si j'avais pu. Puis j'écartai toutes ces pensées et entrai chez Avis. Je montrai mon permis de conduire et une carte de crédit et pris la clé de mon véhicule. Une Ford Taurus – j'allais devoir réapprendre à raser le bitume. En sortant du parking je vis une flèche indiquant la direction de Paradise Road et songeai que tout le monde avait besoin de ce genre de panneaux. Si seulement c'était aussi facile !

23

Quatre heures de route plus tard – à travers le désert et sans le moindre arrêt –, je me retrouvai au labo de la société Biggar & Biggar. Je sortis ma puce de données de ma poche et la tendis à André. Il la regarda à la lumière, puis se tourna vers moi comme si je lui avais mis un bout de chewing-gum déjà mâché dans la main.

– Où est le boîtier ?

– Le boîtier ? Vous voulez dire l'horloge ? Toujours accrochée au mur.

Je n'avais toujours pas trouvé le moyen de lui dire qu'elle était cassée et qu'il y avait toutes les chances pour que la caméra le soit elle aussi.

– Non, le boîtier en plastique de la puce. Vous avez bien mis dans l'horloge la puce de rechange que je vous avais donnée, n'est-ce pas ?

J'acquiesçai d'un signe de tête.

– Bon. Mais vous auriez dû ranger cette puce-là dans le boîtier de rechange. C'est fragile, ces machins-là. Les transporter dans votre poche avec de la petite monnaie n'est pas la façon idéa…

– André, l'interrompit Burnett, contentons-nous de voir si ça a marché. C'est moi qui ai commis l'erreur de ne pas lui dire tout ce qu'il fallait savoir sur le maniement des composants électroniques. J'avais oublié à quel point il retardait sur son époque.

André hocha la tête et gagna un établi sur lequel était installé un ordinateur. Je regardai Burnett et le remerciai d'un signe de tête de m'avoir sauvé la mise. Il me renvoya un clin d'œil et nous rejoignîmes André.

Celui-ci s'empara d'un pistolet à air comprimé qui faisait songer à un outil de dentiste pour dépoussiérer la puce que j'avais maltraitée, puis il l'enficha dans un réceptacle attaché à l'ordinateur. Il entra quelques commandes, et le salon de Lawton Cross apparut sur l'écran au bout de quelques instants.

– N'oubliez pas, me dit André. On avait opté pour le détecteur de mouvements, donc l'image risque de sauter un peu. Regardez bien la bande-temps pour ne pas perdre le fil.

La première image qui apparut fut celle de mon visage. Je regardais droit dans l'objectif de la caméra en réglant son horloge interne. Puis je reculai et ce fut Lawton Cross dans son fauteuil roulant qui remplit l'écran.

– Oh, putain ! s'écria Burnett en découvrant dans quel état se trouvait son ancien collègue. Je sais pas trop si j'ai envie de voir ça.

– Et ça ne s'arrange pas, lui dis-je en étant à peu près sûr de ce qu'on allait découvrir plus tard.

La voix cassée de Cross dans les haut-parleurs de l'ordinateur :

« Harry ?

– Quoi ? m'entendis-je lui répondre.

– Tu m'en as apporté ?

– Un peu. »

Sur l'écran, j'ouvrais le couvercle de la boîte à outils pour en sortir la flasque.

Au labo, je lâchai :

– On ne pourrait pas passer ?

André acquiesça et appuya sur une touche à bascule pour faire avancer les images. L'écran fut noir un instant, indiquant que la caméra s'était éteinte par manque de mouvements décelables. Il s'éclaira de nouveau avec l'entrée de Danny Cross dans la pièce. Je vérifiai l'heure et m'aperçus que la scène se déroulait quelques minutes à peine après mon départ. Les bras croisés devant elle, Danny regardait son mari invalide comme un enfant qui se tient mal. Elle se mit à parler, ses paroles étant difficiles à saisir à cause du bruit de la télé.

– Du boulot d'amateur, ça, fit remarquer André. Pourquoi avez-vous installé l'horloge près du poste ?

Il avait raison, je n'y avais pas pensé. Le micro de la caméra attrapait bien mieux la télé que ce qui se passait dans la pièce.

– André, reprit Burnett pour arrêter les plaintes de son fils, contente-toi de voir si on ne pourrait pas filtrer un peu tout ça.

André tripota divers boutons audio sur la console posée devant l'écran de l'ordinateur et parvint à recentrer un peu le son. Puis il revint en arrière et repassa l'enregistrement. Le bruit de la télévision était encore gênant, mais la conversation était devenue audible.

Danny Cross d'un ton sec :

« Je ne veux pas qu'il revienne ici. Il te fait du mal.

– Non, non. Il est gentil. Il s'occupe de moi.

– Non, il t'utilise. Il te bourre d'alcool pour avoir les renseignements qu'il veut.

– Qu'est-ce qu'il y a de mal à ça ? Pour moi, c'est un bon échange.

– Jusqu'au lendemain matin, quand tu as mal.

– Danny, je veux que tu laisses entrer les amis qui viennent me voir.

– Qu'est-ce que tu lui as raconté ce coup-ci ? Que je t'affamais ? Que je t'abandonne la nuit ? C'est quoi, le mensonge du jour ?

– J'ai plus envie de parler.

– Parfait. Ne parle pas.

– J'ai envie de rêver.

– Libre à toi. Y en a au moins un de nous deux qui peut encore le faire. »

Puis elle fit demi-tour et quitta la pièce, l'image d'un Lawton Cross complètement immobile restant seule à l'écran. Bientôt nous le vîmes fermer les yeux.

– Encore une minute avant que ça coupe, dit André. La caméra ne s'éteint qu'au bout d'une minute d'inaction.

– Avançons un peu, dis-je.

Nous passâmes les dix minutes suivantes à passer en avance rapide puis à regarder des scènes ordinaires mais déchirantes où l'on voyait Danny nourrir et nettoyer Lawton. A la fin de la soirée, celui-ci avait ainsi été poussé hors de la pièce par sa femme, la caméra n'enregistrant plus rien jusqu'au moment où nous le vîmes revenir au salon, toujours poussé par Danny. Une nouvelle séance de toilette et de nourrissage commençait.

C'était horrible à voir, d'autant plus horrible même que la caméra était positionnée à gauche de la télévision. Lawton passait son temps à regarder l'écran, mais l'angle était tel qu'il donnait l'impression de fixer la caméra et de nous regarder droit dans les yeux.

– C'est lamentable, finit par dire André. Et il n'y a rien d'intéressant. Elle le traite bien. Bien mieux que je ne le ferais.

– Harry, me demanda Burnett, tu veux regarder jusqu'au bout ?

J'acquiesçai d'un signe de tête.

– Je crois que vous avez raison. Sa femme fait ce qu'il faut. Mais il va y avoir quelque chose après. Lawton a eu de la visite, hier soir. Et ça, je veux le voir. Vous pouvez avancer. Ça s'est passé aux environs de minuit.

André fit jouer la touche à bascule et, comme prévu, à minuit dix à l'horloge deux types entrèrent dans la pièce. La première chose que fit Élever-ses-enfants-aujourd'hui fut de passer derrière Lawton et d'éteindre le moniteur posé sur la commode. Puis il fit signe à son associé de fermer la porte. Lawton avait les yeux ouverts et le regard alerte. Il était encore réveillé lorsqu'ils étaient entrés. Il bougeait les yeux en essayant de suivre les mouvements qu'on faisait derrière lui.

«Monsieur Cross, commença Élever-ses-enfants-aujourd'hui, il faut qu'on parle un peu.»

Il passa devant le fauteuil roulant, tendit le bras et éteignit la télé.

– Dieu soit loué, dit André.

«Qui êtes-vous ?» grogna Cross.

Élever-ses-enfants-aujourd'hui se tourna vers lui et le regarda.

«Nous sommes du FBI, monsieur Cross. Et vous, hein, qui êtes-vous, bordel ?

– Comment ça ? Je ne…

– Qui croyez-vous être pour venir foutre la merde dans notre enquête ?

– Je ne… Qu'est-ce que c'est que ce truc ?

– Qu'est-ce que vous avez raconté à Bosch pour qu'il ait le feu au cul à ce point ?

– Je ne vois pas de quoi vous parlez. C'est pas moi qui suis allé le trouver, c'est le contraire.

– Il est vrai que vous auriez du mal à aller vous balader où que ce soit, hein ?»

Un court instant de silence s'ensuivit et je regardai les yeux de Lawton. Il ne pouvait certes pas remuer, mais ce qu'on lisait dans son regard était clair.

«Vous n'êtes pas du FBI, dit-il bravement. Montrez-moi un peu des insignes et des pièces d'identité.»

Élever-ses-enfants-aujourd'hui fit deux pas vers Cross, son dos nous empêchant de voir ce dernier dans son fauteuil.

«Des insignés ? répéta-t-il en prenant son plus bel accent mexicain. Mé, on n'a pas bésoin dé ça, poutain !

– Sortez d'ici ! leur lança Cross. (Je ne lui avais

jamais entendu un ton si clair et net.) Attendez que je dise ça à Harry ! Vous aurez intérêt à surveiller vos arrières ! »

Élever-ses-enfants-aujourd'hui se tourna de profil pour adresser un sourire à son collègue.

« Harry Bosch ? Vous inquiétez pas pour lui. On s'en occupe. Inquiétez-vous plutôt pour vous, monsieur Cross. »

Il se pencha en avant et lui colla son visage dans la figure. Nous vîmes Cross plonger les yeux dans ceux de l'agent.

« Vous êtes à portée de danger, monsieur Cross, reprit celui-ci. Vous interférez avec une affaire fédérale. Fédérale avec un F majuscule. Vous comprenez ?

– Allez vous faire Foutre ! Foutre avec un F majuscule ! Vous comprenez ? » lui renvoya Cross.

Je ne pus m'empêcher de sourire. Lawton faisait de son mieux pour lui résister. La balle avait certes réduit son corps à une loque, mais il avait toujours des couilles et savait se tenir droit.

Sur l'écran, Élever-ses-enfants-aujourd'hui s'écarta de son fauteuil roulant pour passer à gauche. La caméra attrapant son visage, je vis la colère dans ses yeux. Il s'adossa à la commode, hors de vue de Cross.

« Votre héros, Harry Bosch, est parti et pourrait bien ne jamais revenir, dit-il. Toute la question est de savoir si vous voulez suivre son chemin. Pour un type comme vous, et dans l'état où vous êtes, je ne sais pas, moi. Vous savez ce qu'on fait aux types comme vous en taule ? On les pousse dans un coin et on leur fait faire des pipes du matin au soir. Et les pauvres mecs comme vous peuvent rien faire d'autre que rester assis sur leur cul et tout supporter. Eh, Cross, ça te branche ? C'est ça que tu veux ? »

Cross ferma les yeux un instant, mais revint et très fort.

« Et tu crois pouvoir me sortir ça et tenter le coup après, hein, mon grand ?

– Quoi ? »

Élever-ses-enfants-aujourd'hui lâcha la commode et passa derrière Cross. Puis il se pencha sur son épaule droite comme s'il lui soufflait quelque chose à l'oreille. Sauf qu'il n'en fit rien.

« Et si je tentais le coup tout de suite, hein ? Ça te ferait quoi, dis-moi ? »

L'agent releva les mains de chaque côté du visage de Cross. Puis il s'empara des tuyaux en plastique qui lui sortaient des narines et les pinça pour couper l'arrivée d'air.

« Eh, Milton ! lui lança l'autre agent.

– Ta gueule, Carney. Ce mec se prend pour un petit malin. Il croit pouvoir refuser de coopérer avec les autorités fédérales. »

Les yeux exorbités, Lawton ouvrit la bouche pour inspirer de l'air. Il n'en recevait plus.

– Ah, le *motherfucker* ! s'écria Burnett Biggar. Qui c'est, ce type ?

Je ne répondis pas. Je gardai le silence tandis que la colère montait en moi. Mais Biggar avait raison. Dans le vocabulaire des flics, le terme de *motherfucker* [1] était l'insulte suprême, celle qu'on réservait aux pires criminels, au pire ennemi. J'avais envie de le dire moi aussi, mais ma voix refusait de suivre. J'étais bien trop dévoré par ce que je voyais sur l'écran. Ce qu'ils m'avaient fait n'était rien comparé à l'humiliation et aux horreurs indélébiles qu'ils infligeaient à Lawton Cross.

Sur l'écran ce dernier tentait désespérément de parler, mais ne pouvait sortir un seul mot sans air dans les

---

1. Littéralement « qui baise sa mère » *(NdT)*.

poumons. Un sourire condescendant s'était dessiné sur le visage de celui qui, maintenant je le savais, se prénommait Milton.

« Quoi ? demanda-t-il. Comment ? On voudrait me causer ? (Cross essaya encore, mais en vain.) Hoche la tête si tu veux me dire quelque chose. Ah oui, c'est vrai... ça non plus, tu peux pas, n'est-ce pas ? »

Enfin il lâcha les tuyaux et Cross se mit à inspirer de l'air comme un plongeur qui remonte de quinze mètres de profondeur. Sa poitrine se souleva et ses narines se pincèrent tandis qu'il essayait de retrouver son souffle.

Milton ressortit de derrière le fauteuil roulant. Puis il baissa les yeux sur sa victime et hocha la tête.

« Tu vois ? C'est pas plus difficile que ça. Alors, on veut coopérer maintenant ?

– Qu'est-ce que vous voulez ?

– Ce que tu as dit à Bosch. »

Cross cligna de l'œil en regardant la caméra, puis il revint sur Milton. Et là, je me dis que peut-être ce n'était pas l'heure qu'il vérifiait. Soudain je pensai que peut-être il avait deviné, pour la caméra. Lawton avait été un bon flic. Peut-être savait-il parfaitement ce que je faisais.

« Je lui ai parlé de l'affaire. C'est tout. Il est venu me voir et je lui ai dit ce que je savais. Je ne me souviens plus de tout. J'ai été blessé, vous savez ? J'ai été blessé et ma mémoire n'est pas fameuse. Certaines choses commencent à peine à me revenir. Je...

– Pourquoi est-il venu ici ce soir ?

– Parce que j'avais oublié de lui dire que j'avais encore des dossiers. Ma femme l'a appelé pour moi et je lui ai laissé un message. Il est venu chercher les dossiers.

– Quoi d'autre ?

– Rien. Qu'est-ce que vous voulez de plus ? »

Milton se pencha en avant et referma les doigts sur

les tubes d'oxygène entre ses doigts. Mais sans les serrer cette fois. La menace suffisait.

« Je vous dis la vérité ! s'exclama Cross.

– Vaudrait mieux. »

Milton lâcha les tubes.

« Bon, dit-il, on ne parle plus jamais à Bosch, c'est compris ?

– D'accord.

– D'accord quoi ?

– D'accord, je ne dirai plus rien à Bosch.

– Merci de votre coopération. »

Milton s'étant écarté du fauteuil, je vis que Lawton Cross avait baissé les yeux. En partant, un des agents – probablement Milton – appuya sur l'interrupteur de lumière et la pièce se retrouva dans la pénombre.

Nous restâmes comme figés à regarder l'écran et dans la minute qui précédait l'arrêt de l'image nous vîmes que Lawton Cross s'était mis à pleurer. Montant du plus profond de lui-même, ses sanglots étaient ceux d'un animal blessé et sans défense. Je ne regardai pas les deux hommes à côté de moi, et eux non plus ne le firent pas. Tous nous avions les yeux rivés sur l'écran – et entendions.

Enfin, Dieu merci, la caméra s'arrêta une fois la minute écoulée, mais se remit en marche lorsque les lumières se rallumèrent et que Danny entra dans la pièce. Je vérifiai l'heure et m'aperçus que trois minutes seulement s'étaient écoulées depuis le départ des agents. Lawton avait le visage baigné de larmes. Il ne pouvait rien faire pour les cacher.

Danny traversa la pièce pour le rejoindre. Puis, sans un mot, elle s'assit sur la chaise en face de lui et posa les genoux de part et d'autre des cuisses maigres de son mari. Et se pencha vers lui. Puis elle ouvrit sa sortie de bain et lui enfouit le visage entre ses seins. Et l'y maintint tandis qu'il pleurait de nouveau. Au début, aucun mot ne fut prononcé. Doucement, tendrement, elle le calma. Puis commença à chanter, pour lui.

Je connaissais la chanson, elle la chanta bien. Sa voix était douce comme la brise alors que celle qui avait chanté cet air pour la première fois était chargée de toute l'angoisse du monde. Je ne pensais pas qu'on pût jamais égaler Louis Armstrong, mais Danny Cross y parvint.

> *I see skies of blue*
> *And clouds of white*
> *The bright blessed day*
> *The dark sacred night*
> *And I think to myself*
> *What a wonderful world* [1].

Ce fut ce qu'il y avait de plus difficile à regarder dans cet enregistrement. Le moment où plus que tout je me vécus en intrus, comme si en moi j'avais franchi les limites mêmes de l'indécence.

– Éteignez ça, dis-je enfin. Tout de suite.

---

1. Un ciel de bleu je vois/Et des nuages de blanc/Le jour qui brille est béni/Et noire et sacrée la nuit/Et là, je pense à part moi/Que le monde est merveilleux *(NdT)*.

24

Le fait qui me marqua le plus fortement dans ma carrière d'officier de police ne se produisit pas alors que je patrouillais dans les rues ou travaillais sur une affaire. Il se déroula l'après-midi du 5 mars 1991. Je me trouvais alors dans la salle de garde du commissariat de la division de Hollywood, où je faisais très ostensiblement de la paperasse. Mais, comme tout le monde autour de moi, j'attendais. Et lorsque tout le monde commença à se lever pour se rassembler devant les télés, j'en fis autant. Il y en avait une dans le bureau du lieutenant et une autre vissée en hauteur au mur le plus proche du bureau des Vols et Homicides. Comme à l'époque je ne m'entendais pas bien avec le lieutenant, j'allai regarder celle-ci. Nous avions déjà entendu parler de l'affaire, mais étions encore peu nombreux à avoir vu la bande. Enfin les images étaient là. Granuleuses et en noir et blanc, mais assez claires pour qu'on voie et comprenne tout de suite que pas mal de choses allaient changer. Quatre flics en tenue se tenaient autour d'un type qui gigotait par terre : Rodney King, un ancien détenu qui défiait la loi. Deux des flics étaient en train de le matraquer. Un troisième lui flanquait des coups de pied tandis que le quatrième vérifiait la puissance de son *Taser gun*[1]. Formant cercle autour

---

1. Arme qui envoie des décharges électriques de très forte puissance *(NdT)*.

d'eux, d'autres flics en uniforme observaient la scène. Nombreux furent mes collègues qui n'en crurent pas leurs yeux en regardant l'écran. Bien des découragements se firent jour. Nous nous sentions trahis. Nous savions tous que la hiérarchie ne résisterait pas à cette vidéo. La police allait changer. Et le travail de policier effectué à Los Angeles aussi.

Bien sûr, nous ne savions pas comment et si ce changement serait pour le meilleur ou pour le pire. Nous ignorions alors que les motivations politiques et les émotions raciales allaient submerger la police tel un raz de marée, que plus tard il y aurait des émeutes meurtrières et que tout le tissu social de la ville en serait déchiré. Mais là, en regardant ces images granuleuses, nous comprîmes qu'il allait se passer des choses. Tout ça à cause d'un instant de colère et de frustration filmé sous un réverbère de la San Fernando Valley.

Assis dans la salle d'attente d'un cabinet d'avocats du centre-ville, je repensai à cet instant. Je me rappelai la colère que j'avais ressentie et compris que c'était elle qui me revenait de cette époque-là. L'enregistrement où l'on voyait Lawton Cross se faire martyriser n'avait certes pas la force de la vidéo de Rodney King. Il ne remettrait pas en cause le travail de la police et les relations intercommunautaires pendant des décennies entières. Il ne changerait pas non plus la façon dont on voyait les flics ni le fait qu'on voudrait ou ne voudrait pas les soutenir ou coopérer avec eux. Mais il existait des liens indiscutables avec l'affaire King dans son immonde démonstration de ce qu'est un abus de pouvoir. La ville ne changerait pas pour cela, mais la bureaucratie d'un organisme comme le FBI, si. A condition que je le veuille.

Mais je ne le voulais pas. Ce que je voulais, c'était autre chose et j'allais me servir de cet enregistrement pour l'avoir. Dans un premier temps, au moins. Je ne pensais pas encore à ce qui pourrait arriver tant à moi qu'à cet enregistrement à plus long terme.

La bibliothèque où je m'étais installé une heure après avoir quitté les locaux de la société Biggar & Biggar était lambrissée de boiseries en merisier et ses murs couverts de rayonnages croulant sous des ouvrages de droit reliés en cuir. De rares espaces entre les livres étaient occupés par des tableaux représentant les divers patrons du cabinet. Je me plantai devant l'un d'eux pour en étudier le joli travail au pinceau. On y découvrait un beau jeune homme aux cheveux bruns et aux yeux d'un vert rehaussé par le bronzage intense de sa figure. Le regard était perçant. A en croire la plaque en or placée en haut du cadre en acajou, il s'appelait James Foreman et son allure disait tout d'un homme qui a réussi.

– Monsieur Bosch ?

Je me retournai. Debout à la porte, la matrone qui m'avait accompagné jusqu'à cette bibliothèque me faisait signe d'avancer. Je la rejoignis, elle me précéda dans un couloir dont le tapis d'un vert léger murmurait « argent, argent » à chaque pas qu'on y faisait. Elle me fit entrer dans une pièce où une femme que je ne reconnus pas attendait derrière un bureau. Cette dernière se leva et me tendit la main.

– Bonjour, monsieur Bosch, me dit-elle. Je m'appelle Roxanne et suis l'assistante de Me Langwiser. Désirez-vous un café ? un verre d'eau ? autre chose ?

– Euh, non, ça ira, merci.

– Vous pouvez y aller. Elle vous attend.

Elle m'indiqua une porte close à côté de son bureau. Je la rejoignis, frappai un coup et entrai. Janis Langwiser était assise derrière un bureau qui me fit penser à un garage pour deux voitures. La pièce avait, elle aussi, un plafond à quatre mètres du sol, des rayonnages et des boiseries en merisier. Janis n'était pas une petite femme, elle était même plutôt grande et élancée, mais son bureau la rendait minuscule. Elle sourit en me voyant, je lui renvoyai son sourire.

– On ne me demandait jamais si je voulais du café ou de l'eau quand je venais te voir au cabinet du procureur, lui lançai-je.

– Je sais, Harry, dit-elle. Les temps ont changé, c'est sûr.

Elle se leva et me tendit la main par-dessus son bureau. Elle dut se pencher en avant pour y arriver. Nous nous saluâmes. J'avais fait sa connaissance lorsqu'elle n'était encore qu'une bleue au tribunal du centre-ville. Je l'avais vue prendre de l'importance et travailler sur certaines des plus grosses et des plus difficiles affaires de l'époque. Poursuivre au criminel, elle savait faire. Mais maintenant elle s'essayait à la défense. Rares étaient les procureurs qui ne changeaient pas d'orientation en cours de carrière. C'est vrai que l'argent à gagner de ce côté-là n'était pas négligeable non plus. Il n'y avait qu'à voir le bureau où je me trouvais pour comprendre qu'elle ne s'en sortait pas trop mal.

– Assieds-toi, reprit-elle. Tu sais que j'avais l'intention de retrouver ta trace et de t'appeler ? C'est génial que tu débarques comme ça.

Je fus perplexe.

– Retrouver ma trace dans quel but ? lui demandai-je. Tu ne représentes pas quelqu'un que j'aurais fait mettre au trou, des fois ?

– Non, non, rien de tel. Je voulais te parler d'un boulot.

Je haussai les sourcils. Elle me sourit comme si elle m'offrait les clés de la ville.

– J'ignore ce que tu sais de nous, mais…

– Je sais que ça n'a pas été facile de te trouver. Vous n'êtes pas dans l'annuaire. J'ai dû appeler un ami au bureau du procureur pour avoir ton numéro.

Elle hocha la tête.

– C'est exact, dit-elle. Nous ne sommes pas dans l'annuaire. Parce que ce n'est pas nécessaire. Nous n'avons que très peu de clients, mais nous gérons tout ce qui peut leur arriver dans l'existence, sous l'angle juridique, s'entend.

– Y compris les détails d'ordre criminel.

Elle hésita. Elle essayait de comprendre à quoi je jouais.

– Oui. Ici, je suis l'expert au criminel. Et c'est pour ça que je voulais t'appeler. Quand j'ai su que tu avais pris ta retraite, je me suis dit que ce serait parfait. Pas du plein temps, juste par moments… Selon les dossiers, des fois ça devient plutôt brûlant. Quelqu'un qui a tes talents pourrait vraiment nous être utile, Harry.

Je me donnai quelques instants pour formuler ma réponse. Je ne voulais pas la froisser. Je voulais qu'elle me représente. Je choisis donc de ne pas lui dire que ce qu'elle me suggérait était impossible. Que jamais je ne pourrais passer à la table de la défense et ce, quelle que soit la somme qu'on m'offrait. Ce n'était tout simplement pas pour moi. En retraite ou pas, j'avais toujours une mission dans la vie. Et travailler pour un avocat de la défense n'en faisait pas partie.

– Janis, lui répondis-je enfin, je ne cherche pas du travail. J'en ai déjà un, en quelque sorte. Et la raison pour laquelle je suis ici, c'est que… je voudrais t'engager à mon service.

Elle pouffa.

– Tu rigoles ! s'exclama-t-elle. Tu as des ennuis ?

– Probablement. Mais ce n'est pas pour ça que je veux t'embaucher. J'ai besoin d'un avocat en qui j'aie confiance, quelqu'un qui pourra me garder des trucs et prendre les mesures qu'il faut si nécessaire.

Elle se pencha en avant sur son bureau et n'en resta pas moins à un bon mètre cinquante de moi.

– Harry, dit-elle, tout ça est bien mystérieux. Qu'est-ce qui se passe ?

– D'abord, combien prends-tu d'avance ? Commençons par nous débarrasser de cette question.

– Harry, dit-elle, ici, le dépôt minimum est de vingt-cinq mille dollars. Alors laisse tomber, tu veux ? C'est moi qui te suis redevable pour tous les dossiers absolument impeccables que tu m'as apportés. Tu es mon client.

– Non !… Vingt-cinq mille dollars rien que pour ouvrir un dossier ? ! Vraiment ? !

– Oui, vraiment.

– C'est vrai que tes clients en ont pour leur argent.

– Merci, Harry. Bon et maintenant… qu'est-ce que tu attends de moi, au juste ?

J'ouvris la mallette que Burnett Biggar m'avait donnée pour transporter l'équipement que je lui avais emprunté en plus de la puce vidéo et des trois disques CD contenant les copies de l'enregistrement de surveillance. C'était André qui les avait faites. Je posai la puce et les CD sur le bureau.

– Résultat d'une surveillance que je viens d'effectuer. Je voudrais que tu gardes l'original – la puce –, en lieu sûr. Je voudrais aussi que tu conserves une enveloppe contenant un de ces CD et une lettre de moi. Et je veux ton numéro de ligne directe au bureau. Je l'appellerai tous les soirs à minuit pour te dire que ça va. Le matin, tu arrives et si tu trouves mon message, c'est que tout va bien. Mais si tu ne le trouves pas en arrivant, tu donnes l'enveloppe à un reporter du *Los Angeles Times* appelé Josh Meyer.

– Josh Meyer, répéta-t-elle. Ce nom me dit quelque chose. Il bosse à la rubrique judiciaire ?

– Il couvrait les faits divers locaux. Maintenant, il est passé au terrorisme. Je crois qu'il a un bureau à Washington DC.

– Tu as dit « terrorisme » ?

– C'est une longue histoire.

Elle consulta sa montre.

– J'ai le temps, Harry. Et j'ai aussi un ordinateur.

Je commençai par prendre dix minutes pour lui détailler mon enquête et lui dire tout ce qui s'était passé depuis que Lawton Cross m'avait appelé sans prévenir et que j'avais ressorti mon carton de vieux dossiers de mon armoire. Puis je la laissai insérer le CD dans son ordinateur et regarder la vidéo. Elle ne reconnut pas Lawton Cross jusqu'à ce que je lui dise qui c'était. Mais elle réagit avec toute l'indignation qui convenait en découvrant ce que fabriquaient les agents Milton et Carney. Je lui demandai d'arrêter la vidéo avant que Danny Cross vienne consoler son mari dans la pièce.

– Première question : est-ce à de vrais agents qu'on a affaire ? me demanda-t-elle après que l'ordinateur eut recraché le CD.

– Oui. Ils font partie de la brigade antiterroriste de Westwood.

Elle hocha la tête de dégoût.

– Si jamais ça arrive au *Times* et que ça passe à la télé…

– Je ne veux pas. Pas tout de suite. Seulement si ça tourne mal.

– Pourquoi, Harry ? Ces agents sont des voyous. Ce Milton, en tout cas. Et l'autre est tout aussi coupable parce qu'il est témoin de la scène et a laissé faire, dit-elle en m'indiquant vaguement son ordinateur, où la vidéo avait été remplacée par un économiseur d'écran présentant la vue idyllique d'une maison au bord d'une falaise dont les vagues battaient inlassablement le pied. Tu crois que c'est ce que voulaient l'attorney général des États-Unis et le Congrès lorsqu'ils ont fait passer de nouvelles lois pour affiner les procédures et les moyens d'enquête du FBI après l'attaque du 11 septembre ?

– Non, lui répondis-je. Mais ils auraient dû savoir ce qui risquait de se produire. C'est quoi, la formule ? « Le pouvoir absolu corrompt absolument » ? Quelque chose comme ça. Toujours est-il que c'était couru d'avance. Et qu'ils auraient dû y penser. La différence, c'est qu'ici on n'a pas affaire à un pouilleux du Moyen-Orient. C'est d'un Américain et d'un Américain blanc qu'il est question. D'un ancien flic aujourd'hui atteint de quadriplégie parce qu'il a reçu une balle en service commandé.

Elle hocha la tête d'un air sombre.

– C'est justement pour ça que tu devrais faire sortir ça au grand jour. Il faut qu'on voie ce qui…

– Janis… Tu travailles pour moi ou faut-il que je reprenne mes cliques et mes claques et que j'aille chercher ailleurs ?

Elle leva les mains en l'air en signe de reddition.

– Oui, Harry, c'est pour toi que je travaille. Je te dis seulement qu'il ne faut pas laisser passer ça.

– Je n'en ai pas l'intention. Mais je ne veux pas ébruiter l'affaire maintenant. Avant, je veux pouvoir m'en servir comme d'un levier. Pour obtenir ce que je veux.

– Et qui serait ?

– J'allais y venir quand t'as commencé à jacasser comme Ralph Nader.

– D'accord, je m'excuse. Ça y est, je suis calme. Dis-moi ton plan, Harry.

Je le lui dis.

25

Sis dans Wilshire Boulevard, le restaurant « Chez Kate Mantilini » était équipé d'une rangée de box à hauts dossiers offrant au client plus d'intimité que les cabines particulières de tous les clubs de strip-tease de la ville. C'était exactement pour ça que je l'avais choisi. L'endroit était tout à la fois très privé et complètement public. J'y arrivai un quart d'heure en avance, pris un box avec vue sur le boulevard et attendis. L'agent spécial Peoples arriva lui aussi en avance. Il dut jeter un coup d'œil dans tous les box pour me trouver, puis, morose, il se glissa sans rien dire dans l'espace en face de moi.

– Agent spécial Peoples, lui lançai-je, je suis heureux que vous ayez pu venir.

– J'avais pas beaucoup le choix, si ?

– Sans doute pas, non.

Il ouvrit un des menus posés sur la table.

– C'est la première fois que je viens ici, reprit-il. C'est bon ?

– Ce n'est pas mal. Ils ont de bonnes tourtes au poulet le jeudi.

– Sauf qu'on n'est pas jeudi.

– Et que vous n'êtes pas ici pour manger.

Il leva les yeux de son menu et m'asséna son regard le plus assassin, mais sans grande conviction cette fois. L'un comme l'autre, nous savions que l'atout, c'était moi qui l'avais dans mon jeu. Je me tournai vers la vitrine et jetai un coup d'œil dans Wilshire Avenue.

– Vous avez déployé vos sbires, agent Peoples ? Ils m'attendent ?

– Je suis venu seul, comme me l'a demandé votre avocate.

– Bien. C'était juste pour que vous sachiez. Si vos bonshommes me remettent la main dessus ou font quoi que ce soit à mon avocate, la vidéo de surveillance dont je vous ai fait parvenir une copie par e-mail ira aux médias et passera sur le web. Des gens qui sauront que j'ai disparu, il y en aura partout. Et ils le feront savoir autour d'eux sans la moindre hésitation.

Il hocha la tête.

– « Disparaître », dit-il, vous n'avez que ce mot à la bouche. On n'est pas en Amérique du Sud, Bosch. Et nous ne sommes pas des nazis non plus.

– Ici, dans ce bon restaurant, on ne le dirait évidemment pas. Mais quand j'étais au neuvième étage de chez vous et que personne ne le savait, ce n'était pas la même histoire. Mouse Aziz et les autres types que vous détenez là-haut ne doivent pas trop savoir s'ils sont en Californie ou au Pérou, non plus.

– Et maintenant, vous les défendez, c'est ça ? Les types qui aimeraient voir notre pays réduit en cendres…

– Je ne…

Je me tus en voyant arriver la serveuse. Elle nous dit s'appeler Kathy et nous demanda si nous étions prêts à passer commande. Peoples demanda un café, j'en pris un aussi, avec un ice-cream sundae sans crème fouettée. Kathy une fois repartie, Peoples me regarda d'un drôle d'œil.

– Je suis à la retraite, lui lançai-je. J'ai le droit de commander un sundae.

– Tu parles d'une retraite !

– Ici, les sundaes sont bons et ça reste ouvert tard. Au total, c'est parfait.

– Je m'en souviendrai.

– Avez-vous vu le film *Heat* ? C'est ici que le flic Pacino rencontre De Niro le cambrioleur. C'est ici même qu'ils se disent qu'ils n'hésiteront pas à se descendre s'il faut en arriver là.

Peoples acquiesça d'un signe de tête et nous nous regardâmes longuement dans les yeux. Message transmis, et reçu. Je décidai de passer à ce qui nous occupait.

– Alors, lui demandai-je, que pensez-vous de mon horloge-caméra ?

La façade s'effondra et Peoples eut soudain l'air blessé. A croire qu'on venait de le jeter aux lions. Il savait ce que l'avenir lui réservait si jamais l'enregistrement était rendu public. Milton travaillant pour lui, serait entraîné dans sa chute. La vidéo de Rodney King avait fauché beaucoup de monde, y compris au plus haut niveau de la hiérarchie policière. Peoples était assez intelligent pour savoir qu'il se ferait écraser s'il n'arrivait pas à circonscrire le problème.

– Ce que j'ai vu m'a dégoûté, dit-il. Je tiens à m'excuser auprès de vous et entends bien aller voir cet homme, M. Lawton Cross, pour m'excuser aussi auprès de lui.

– C'est gentil à vous.

– N'allez surtout pas croire que c'est comme ça que nous opérons. Que c'est la routine et que j'approuve ce genre d'agissements. L'agent Milton est fini. Viré. Je l'ai su dès que j'ai vu l'enregistrement. Je ne vous promets pas qu'il sera poursuivi en justice, mais le badge, il ne le portera plus très longtemps. Pas celui du FBI en tout cas. J'y veillerai.

J'acquiesçai de la tête.

– Vous y veillerez, c'est ça même, lui lançai-je avec

tant de sarcasme dans la voix que le feu lui monta aux joues.

Le feu de la colère.

– C'est vous qui m'avez demandé de passer, Bosch. Qu'est-ce que vous voulez ?

On y était. C'était la question que j'attendais.

– Vous le savez très bien. Je veux que vous me lâchiez les baskets. Et que vous me rendiez mon dossier et mes notes. Avec le dossier de Lawton Cross. Et une copie du dossier de la police – je sais que vous l'avez –, et accès à Aziz et à ce que vous savez sur lui.

– Ce que nous avons sur Aziz est top secret. Sûreté du territoire. Nous ne pouvons pas…

– Le rendre public. Je veux savoir ce qu'il a fait et où deux soirs particuliers. Tout ce travail du FBI doit quand même pouvoir servir à quelque chose, et ces renseignements, je les veux. Et après, je veux pouvoir lui parler.

– Vous voulez parler à Aziz ? Il n'en est pas question.

Je me penchai sur la table.

– Oh que si. Parce que l'autre solution, c'est que tous les gens qui ont une télé ou accès à America On Line découvrent ce que votre petit copain Milton a fait à un type sans défense cloué au fond de son fauteuil roulant. On précise que la victime est un flic hautement décoré et qu'on a dû mettre à la retraite parce qu'il a perdu l'usage de ses membres en service commandé et on voit. Vous trouvez que la vidéo de Rodney King a fait des dégâts dans la police de Los Angeles ? Attendez un peu de voir ce qui se passera suite à celle-là ! Je vous garantis que Milton, vous et tous vos petits camarades du neuvième étage, vous savez, les types du TMSB, serez lâchés par le Bureau, l'attorney général et tout le monde plus vite qu'on peut dire « mise en accusation au titre de la loi sur les droits du citoyen ». Me comprenez-vous bien, agent très spécial Peoples ?

Je lui donnai le temps de me répondre, mais il n'en fit rien. Il regardait droit devant lui, dans Wilshire Boulevard.

– Et si vous croyez une minute que j'hésiterai à dégoupiller la grenade sur ce coup-là, c'est que vous ne vous êtes pas bien renseigné sur mon compte.

Cette fois-ci, j'attendis le temps qu'il fallait et il finit par lâcher le spectacle de la rue pour se retourner vers moi. La serveuse nous apporta nos cafés et m'informa que mon sundae arrivait. Ni Peoples ni moi ne la remerciâmes.

– Croyez-moi, reprit enfin Peoples, dégoupiller la grenade, je sais que vous le feriez. C'est votre genre, Bosch. Et les gens de votre espèce, je les connais. Toujours prêts à faire passer leurs désirs avant l'intérêt général.

– Arrêtez avec ces conneries sur l'intérêt général, voulez-vous ? Ce n'est pas de ça qu'il s'agit. Vous me donnez ce que je veux et vous continuez à rouler comme si de rien n'était. L'enregistrement n'est jamais visionné. Ça vous va, comme « intérêt général » ?

Peoples se pencha en avant pour siroter son café. Comme il l'avait fait dans la petite salle du neuvième étage, il se brûla la bouche et fit la grimace. Il repoussa sa tasse et sa soucoupe sur la table et se glissa au bord de la banquette avant de se retourner vers moi.

– Je vous fais signe, dit-il.

– Je vous donne vingt-quatre heures. J'ai de vos nouvelles avant demain soir à la même heure ou j'arrête de jouer. Je rends tout public.

Il se leva et resta immobile près du box, à me regarder en tenant toujours sa serviette à la main. Enfin il acquiesça d'un signe de tête.

– Juste une question, dit-il. Vu que vous êtes ici, qui s'est servi de votre carte de crédit pour se payer à dîner au Commander's Palace de Las Vegas ?

Je souris. Ils m'avaient filé.

– Quelqu'un que j'aime bien. C'est comment, ce… Commander's Palace ?

Il hocha la tête.

– Y a pas beaucoup mieux. J'y suis allé. Le gumbo de crevettes est aussi fondant que du marshmallow.

– Alors ça doit être génial.

– Et cher. Ce quelqu'un que vous aimez bien vous en a collé pour plus de cent dollars sur votre Visa. Dîner pour deux, on dirait.

Il jeta sa serviette sur la table.

– A bientôt.

Peu après son départ, la serveuse m'apporta mon sundae. Je lui demandai la note, elle me répondit qu'elle arrivait tout de suite.

Je plantai ma cuillère dans la glace et le chocolat fondant, mais n'y goûtai pas. Je repensai à ce que Peoples venait de m'asséner. Je me demandai s'il me menaçait implicitement en me disant savoir que quelqu'un s'était servi de mes cartes de crédit. Il n'était même pas impossible qu'il sache qui était ce quelqu'un. Ce qui m'inquiétait le plus, c'était l'histoire de ce dîner pour deux au Commander's Palace. Encore ce « nous ». C'était comme pour Eleanor : je n'arrivais pas à oublier.

26

La ruse de Las Vegas ayant été éventée, je regagnai l'aéroport de Burbank, rendis mon véhicule de location et pris le bus jusqu'au parking longue durée où j'avais laissé ma voiture. J'avais emprunté le chariot à roulettes de Lawton Cross et l'avais rangé à l'arrière de la Mercedes. Avant de rentrer chez moi, je le ressortis et me glissai sous le châssis. J'en détachai le détecteur de chaleur et le micro-émetteur satellite, passai sous le pick-up garé à côté de moi et les collai sous le plancher avant de réintégrer ma voiture. En faisant marche arrière, je découvris que le pick-up était immatriculé en Arizona. Je me dis que si Peoples n'envoyait pas quelqu'un récupérer ces engins tout de suite, le Bureau devrait aller les rechercher dans l'État voisin. J'en souriais encore lorsque je m'arrêtai à la cahute du gardien pour régler ma note.

– Vous avez dû faire un bon voyage, me lança la femme qui m'avait pris mon ticket.

– Oui, on pourrait dire, lui répondis-je. J'en suis revenu vivant.

A peine rentré chez moi, j'appelai Janis Langwiser sur son portable. Elle avait légèrement modifié nos dispositions. Elle ne voulait plus que je lui laisse un message au bureau tous les soirs. Elle tenait absolument à ce que je l'appelle directement sur son portable.

– Comment ça s'est passé ? me demanda-t-elle.

– Eh bien... ça s'est passé. Et maintenant, il faut que

j'attende. Je lui ai donné jusqu'à demain soir. On devrait savoir à ce moment-là.

– Comment l'a-t-il pris ?

– Comme il fallait s'y attendre : pas bien. Mais je crois qu'il a fini par comprendre. Je pense qu'il appellera.

– Je l'espère. Tu joues un jeu dangereux.

– C'est possible. Et toi ? Tout est prêt de ton côté ?

– Je crois. La puce est au coffre et j'attends de tes nouvelles. Si tu ne m'en donnes pas, je sais ce qu'il me reste à faire.

– C'est parfait, Janis. Merci.

– Bonsoir, Harry.

Je raccrochai et réfléchis. Tout avait l'air bien en place. C'était Peoples qui allait devoir faire le premier pas. Je décrochai une nouvelle fois le téléphone et appelai Eleanor. Elle répondit aussitôt, sans trace de sommeil dans sa voix.

– Désolé, lui dis-je, c'est moi, Harry. Tu es en train de jouer ?

– Oui et non. Je joue, mais comme ça ne marchait pas trop bien, je fais une pause. Je suis devant le Bellagio. Je regarde les fontaines.

Je hochai la tête. Je me la représentai debout à la rambarde, avec les fontaines qui dansent allumées devant elle. J'entendais la musique et l'eau qui éclaboussait.

– Comment c'était, au Commander's Palace ?

– Comment le sais-tu ?

– J'ai reçu la visite d'un type du Bureau.

– Ils n'ont pas traîné.

– Non. J'ai entendu dire que c'était un bon restaurant. Que les crevettes y étaient aussi fondantes que du marshmallow. Ça t'a plu ?

– Oui, c'était bien. Mais je préfère le restaurant de La Nouvelle-Orléans. La bouffe est la même, mais il n'y a pas mieux que l'original, tu sais ?

– Oui. Sans compter que c'est pas si génial que ça de manger tout seul.

Je m'insultai presque en m'apercevant à quel point tout cela était nul et transparent.

– Je n'étais pas toute seule, Harry. J'avais emmené une copine avec qui je joue. Une des filles. Tu ne m'avais pas dit qu'il y avait un plafond à ne pas dépasser.

– Non, je sais. Il n'y en avait pas.

Je devais absolument me dégager de là. Nous savions très bien tous les deux sur quoi portaient mes questions et tout cela devenait très gênant.

– Tu n'as pas remarqué si quelqu'un te surveillait, par hasard ?

Il y eut un silence.

– Non. Et j'espère que tu ne m'as pas mise dans une sale histoire, Harry.

– Non, tout va bien. Je t'appelais juste pour te dire que l'arnaque est terminée. Ils savent que je suis ici.

– Ah zut. J'ai même pas eu le temps d'aller m'acheter le cadeau que tu m'avais promis.

Je souris. Elle plaisantait, je le savais.

– Pas de problème. Tu peux toujours y aller.

– Tout va comme tu veux, Harry ?

– Oui.

– Tu veux qu'on en parle ?

Je pensai « pas sur cette ligne », mais ne le lui dis pas.

– Disons la prochaine fois qu'on se verra. Là, je suis trop fatigué.

– Bon, alors je te laisse. Qu'est-ce que je fais de tes cartes de crédit ? Et tu sais que tu as laissé ton sac sur ma banquette arrière, n'est-ce pas ?

Elle avait lâché ça comme si elle avait compris que je l'avais fait exprès.

– Euh... tu peux le garder, pour l'instant ? Peut-être que j'irai te le reprendre quand j'aurai fini ce truc.

Elle mit longtemps à répondre.

– Préviens-moi seulement un peu plus à l'avance que cette fois, finit-elle par me dire. Que je sois prête.

– Bien sûr. Ce sera fait.

– Bien, Harry, je vais y aller. T'avoir parlé fera peut-être tourner la chance.

– J'espère. Merci d'avoir bien voulu faire ça pour moi.

– Pas de problème. Bonne nuit.

– Bonne nuit.

Elle raccrocha.

– Et bonne chance, lançai-je à la tonalité.

Je raccrochai à mon tour et tentai de penser à cette conversation et à ce qu'elle avait voulu dire. *Préviens-moi seulement un peu plus à l'avance que cette fois. Que je sois prête.* Voulait-elle être avertie avant que j'aille la voir ? Pour être prête à faire quoi ? A quoi fallait-il qu'elle soit prête ?

Je compris que je pouvais très bien me rendre fou à force de réfléchir et de m'inquiéter là-dessus. Je mis Eleanor et tout ça de côté, sortis une bière du frigo et l'emportai sur la terrasse de derrière. La nuit était fraîche et claire, les lumières de l'autoroute tout en bas semblaient briller comme un collier de diamants. J'entendis le rire d'une femme monter de quelque part. Je pensai à Danny Cross et à la chanson qu'elle avait chantée si doucement à son mari. Dans l'amour comme dans le deuil, la nuit est toujours sacrée. Le monde n'est merveilleux que lorsqu'on peut le rendre tel. Il n'y a pas de panneaux indicateurs pour aller à Paradise Road.

Dès que tout cela serait fini, j'irais à Las Vegas pour ne plus jamais revenir, décidai-je. Je jetterais les dés. J'irais voir Eleanor et tenterais ma chance.

27

Le lendemain matin, j'étalai en travers de la table les documents que j'avais récupérés dans le moteur de la voiture de gangster de Lawton Cross. J'allai dans la cuisine me préparer du café et m'aperçus que je n'en avais plus. J'aurais pu descendre au magasin en bas de la colline, mais je ne voulais pas m'éloigner du téléphone. Je m'attendais à ce que Janis Langwiser m'appelle de bonne heure. Je m'installai donc avec une bouteille d'eau et commençai à étudier les rapports que Cross avait copiés et emportés chez lui trois ans plus tôt.

J'avais devant moi une copie du rapport financier préparé par la banque qui avait prêté l'argent liquide à la boîte de production, ainsi que les feuilles d'alibis auxquelles Lawton Cross et Jack Dorsey avaient travaillé avant d'être submergés par d'autres affaires.

Le rapport financier contenait quatre pages de numéros de billets de cent dollars pris au hasard dans la livraison faite sur le plateau de tournage. Le document avait été préparé par deux personnes dont on donnait les noms, Linus Simonson et Jocelyn Jones, et contresigné par un vice-président de la banque, un certain Gordon Scaggs.

Ce Scaggs me disait quelque chose. C'était un des noms que m'avait donnés Alexander Taylor lorsque je lui avais demandé qui était au courant de la livraison. Je n'avais plus la liste des huit autres – le FBI me l'avait prise. Mais ce nom de Scaggs m'était resté.

Simonson et Jones. Je ne me rappelais pas avoir vu ces noms sur la liste, mais il n'était pas impossible que Taylor n'ait rien su du rôle qu'ils avaient joué dans la préparation de l'argent ou encore que ceux-ci n'aient pas été avisés de l'endroit où devaient aller les billets qu'ils enregistraient.

Bien décidé à analyser tout ce sur quoi je pourrais mettre la main, je parcourus la liste des numéros de billets en espérant que quelque chose me sauterait aux yeux. Rien ne me vint. Ces numéros étaient comme un code indéchiffrable derrière lequel se cache le secret d'une affaire. Aucune séquence particulière ne les reliait entre eux.

Pour finir, je mis le document de côté et m'emparai de la feuille des alibis. Je commençai par y chercher Scaggs, Simonson et Jones et m'aperçus que Cross et Dorsey avaient effectivement vérifié en temps et en lieu les allées et venues de ces trois employés de la banque. Cross s'était occupé de Scaggs et de Jones pendant que Dorsey enquêtait sur Simonson. Les lieux où ils se trouvaient avaient été rapprochés des moments clés du meurtre d'Angella Benton et du hold-up qui s'en était suivi sur le plateau de tournage.

Ils avaient tous les trois des alibis qui les libéraient de tout soupçon quant à une quelconque participation physique à ces crimes. Ce qui, bien sûr, ne signifiait pas qu'ils n'aient pas contribué à leur perpétration. Tous autant qu'ils étaient, ils pouvaient en effet avoir été le cerveau de l'opération, ceux qui restent dans l'ombre tandis que d'autres agissent. Tous autant qu'ils étaient, ils pouvaient au minimum avoir été la source d'information concernant cette livraison d'argent.

Même chose pour les huit autres répertoriés sur la feuille des alibis. Tous étaient à l'abri d'une accusation de participation active aux meurtres, mais je n'avais pas d'autres dossiers ou rapports m'indiquant ce qui avait été fait pour décider si oui ou non ils avaient des liens cachés avec ces crimes.

Je compris que je faisais du surplace. J'essayais de jouer une partie de solitaire sans disposer d'un jeu de cartes complet. Les as ayant disparu, je n'avais aucun moyen de gagner. J'avalai une gorgée d'eau et regrettai que ce ne soit pas du café. Je commençais à comprendre combien la partie avec Peoples avait de l'importance. Que ça foire et j'étais cuit. Les mains tendues d'Angella Benton pourraient me hanter jusqu'à la fin de mes jours sans que je puisse rien y faire.

Comme si c'était le signal convenu, le téléphone sonna. Je passai à la cuisine et décrochai. Janis Langwiser ne se donna même pas la peine de s'identifier.

– C'est moi, dit-elle seulement. Il faut qu'on parle.

– Bon. Je suis occupé pour l'instant, je te rappelle tout de suite.

– Parfait.

Elle raccrocha sans protester. J'y vis le signe qu'enfin elle croyait ce que je lui avais dit sur les écoutes dont j'étais victime. Et que Peoples agissait bien ainsi que je l'espérais. J'attrapai les clés sur le comptoir et sortis.

Je descendis la colline en voiture et, à l'endroit où Mulholland Drive passe de l'autre côté pour retrouver Woodrow Wilson Drive à la hauteur de Cahuenga, je vis une Corvette jaune de collection au feu en face de moi. J'en connaissais vaguement le chauffeur. De temps en temps, je le voyais passer devant chez moi en voiture ou faisant du jogging. Et je l'avais aussi vu quelquefois au commissariat, où je lui avais parlé. Détective privé de son état, il habitait sur l'autre versant de la colline. Je passai mon bras à la portière et le saluai d'un grand geste de la main. Il me renvoya mon salut. Bon vent, frangin. J'allais en avoir besoin. Le feu passant au vert, il prit vers le sud dans Cahuenga pendant que je continuais vers le nord.

Je me payai un café dans une petite épicerie et rappelai Langwiser sur son portable d'une cabine à côté d'un Poquito Mas. Elle décrocha tout de suite.

– Ils sont passés hier soir, dit-elle. Exactement comme tu l'avais prédit.

– Tu l'as sur bande ?

– Oui ! Et c'est parfait ! Net comme en plein jour. C'est le même type que dans la première filature. Milton.

Je m'adressai un petit hochement de tête. M'appeler la veille au soir pour me dire qu'elle avait mis la puce au coffre de son bureau avait été l'appât et Milton avait mordu à l'hameçon. Avant de quitter le cabinet de Janis, j'avais installé une des caméras camouflées en radio de Biggar & Biggar sur son bureau et l'avais braquée sur le rayonnage qui masquait le coffre-fort.

– Il a un peu tourné et viré pour trouver, mais il a fini par réussir. Il a sorti tout le coffre du mur ! Il n'y a plus rien.

Janis l'avait entièrement vidé la veille au soir. J'y avais glissé une feuille de papier pliée, sur laquelle j'avais écrit : « Va te faire Foutre, avec un F majuscule. » Je m'imaginai Milton en train de déplier la feuille et de la lire… s'il était arrivé à ouvrir le coffre.

– D'autres trucs touchés dans les bureaux ?

– Deux ou trois tiroirs ouverts ici et là. Le bocal à quarters à la cafète. Tout ça pour faire croire à un cambriolage ordinaire.

– La police a été prévenue ?

– Oui, mais personne ne s'est encore pointé. Classique.

– On ne parle pas de la filature. Pas pour l'instant.

– Je sais. On fait comme on a dit. Bon et maintenant ?

– Tu as toujours l'adresse e-mail de Peoples ?

– Et comment !

Elle l'avait obtenue la veille, sans grande difficulté, par l'intermédiaire d'un collègue qui travaillait au bureau du procureur.

241

– Bien. Envoie-lui un autre e-mail. Tu y joins le dernier enregistrement de surveillance et tu lui dis que j'ai avancé l'heure de l'ultimatum à midi. Ou bien il m'a fait signe à cette heure-là ou bien il regarde les résultats à CNN. Envoie-le-lui le plus vite possible.

– Je suis déjà en ligne.

– Impeccable.

Je sirotai du café en l'écoutant taper. Dans la mallette que je lui avais empruntée, André Burnett avait aussi mis le matériel dont elle aurait besoin pour visionner la puce sortie de la caméra radio. Elle était maintenant en mesure d'attacher à un e-mail un fichier contenant l'enregistrement de surveillance.

– Et c'est parti, dit-elle enfin. Bonne chance, Harry.

– J'en aurai sans doute besoin.

– N'oublie pas : tu m'appelles avant minuit ou je suis les instructions.

– C'est ça même.

Je raccrochai et regagnai l'épicerie pour m'y payer un deuxième café. J'étais déjà assez excité après ce que m'avait dit Langwiser, mais je songeai qu'un peu de caféine en plus ne me ferait pas de mal, vu la journée qui m'attendait.

Le téléphone sonnait lorsque j'arrivai chez moi. Je parvins à ouvrir la porte et à entrer juste à temps pour attraper le téléphone sur le comptoir de la cuisine.

– Oui ?

– Monsieur Bosch ? John Peoples à l'appareil.

– Bonjour.

– Non, pas vraiment. Quand pouvez-vous passer ?

– Tout de suite.

28

L'agent spécial Peoples m'attendait dans l'entrée du bâtiment fédéral de Westwood. Il faisait les cent pas lorsque j'y arrivai. Peut-être même faisait-il les cent pas depuis qu'il m'avait appelé.

– Suivez-moi, dit-il. Nous allons régler ça au plus vite.

– Du moment que ça marche…

Après avoir gratifié le garde en uniforme du hochement de tête adéquat, Peoples me fit franchir une porte de sécurité à l'aide d'une carte-clé, dont il se servit une deuxième fois pour me faire monter dans l'ascenseur que je connaissais déjà.

– Alors comme ça, vous avez votre ascenseur particulier ? C'est plutôt cool, ça, lui lançai-je.

Peoples n'avait pas l'air impressionné. Il se tourna juste assez pour pouvoir me regarder droit dans les yeux.

– Je fais ça uniquement parce que je n'ai pas le choix. J'ai décidé de marcher dans cette entreprise d'extorsion parce que je crois servir le bien en faisant ce que je fais.

– Et c'est pour ça que vous avez expédié Milton dans les bureaux de mon avocate la nuit dernière ? Ça fait partie de ce bien que vous dites vouloir servir ?

Il ne répondit pas.

– Écoutez, haïssez-moi si vous voulez, enchaînai-je, ça ne me gêne pas. C'est à vous de voir. Mais cessons de nous raconter des conneries. Ne vous cachez pas derrière ces bobards : nous savons parfaitement l'un comme l'autre ce qu'il y a derrière tout ça. Votre bonhomme a franchi la ligne jaune et s'est fait prendre. C'est l'heure de payer. Voilà de quoi il s'agit. C'est aussi simple que ça.

– Sauf qu'en attendant, une enquête est compromise et qu'il y a peut-être des vies à la clé.

– Ça, on le verra plus tard, pas vrai ?

La porte de l'ascenseur s'ouvrit au neuvième étage. Peoples me précéda sans rien dire. La très commode carte-clé nous permit de franchir une autre porte et d'arriver dans une salle de garde où plusieurs agents travaillaient à leurs bureaux. Tous s'interrompirent pour me regarder lorsque nous passâmes entre eux. Je songeai qu'on avait dû leur dire qui j'étais et ce que je faisais. C'était ça ou seulement que toute intrusion d'un élément étranger dans le saint des saints valait qu'on le remarque.

J'avais traversé la moitié de la salle lorsque je repérai Milton assis à un bureau près du fond. Il s'était renversé en arrière dans son fauteuil et faisait de son mieux pour donner l'impression d'être à l'aise. Mais je devinai la colère qui vibrait sous ses grands airs. Je lui fis un clin d'œil et centrai mon attention sur autre chose.

Peoples me fit entrer dans une petite salle équipée d'un bureau et de deux chaises. Sur le bureau se trouvait un carton. J'y jetai un coup d'œil et y reconnus mon carnet de notes et mon dossier sur l'affaire Angella Benton. J'y découvris aussi celui que Lawton avait rangé dans son garage et un classeur noir rempli de documents faisant bien cinq centimètres d'épaisseur. Il devait s'agir d'une photocopie du dossier de police du LAPD. Je me sentis tout excité rien qu'à le voir. Enfin, je tenais tout le jeu de cartes que je cherchais depuis si longtemps.

– Où est le reste ? demandai-je.

Peoples passa derrière le bureau et en ouvrit le tiroir du milieu. Il en sortit une chemise et la laissa tomber sur le bureau.

– Là-dedans vous trouverez les rapports concernant les lieux où se trouvait le sujet pour les deux dates que vous avez demandées. Je ne crois pas que ça vous aidera, mais c'est ça que vous vouliez. Vous pouvez les consulter ici, mais vous n'aurez pas le droit de les emporter. Ces rapports ne doivent pas quitter ce bureau. Est-ce que vous comprenez ?

Je décidai de ne pas pousser plus loin et acquiesçai d'un signe de tête.

– Et Aziz ?

– Quand vous serez prêt, je vous mettrai dans une salle avec lui. Mais il ne vous parlera pas. Vous perdrez votre temps.

– Bah, c'est le mien, j'ai le droit de le perdre comme je veux.

– Avant de partir, vous appellerez votre avocate et vous lui donnerez l'ordre de me faire parvenir l'original et toutes les copies des enregistrements de surveillance que vous avez réalisés la nuit dernière et celle d'avant.

Je hochai la tête.

– Désolé, lui répliquai-je, mais ça, ça ne fait pas partie du marché.

– Oh que si.

– Oh que non. Je ne vous ai jamais dit que je vous donnerais ces enregistrements. Ce que je vous ai dit, c'est que je ne les rendrais pas publics. Ce n'est pas pareil. Je ne vais pas vous donner le seul levier dont je dispose dans cette affaire. Je ne suis pas idiot, John.

– On avait conclu un marché ! s'écria-t-il, ses joues commençant à trembler de colère.

– Et ce marché, je le tiens. Exactement comme prévu.

Je mis la main dans ma poche, en sortis une cassette et la lui tendis.

– Si vous ne me croyez pas, vous pouvez l'écouter. J'avais un micro quand on s'est vus hier soir.

Il comprit que lui aussi je l'avais coincé, je le vis dans ses yeux.

– Prenez-la, John. Considérez ça comme un geste de bonne volonté de ma part. C'est la bande originale et il n'en a pas été fait de copies.

Il tendit lentement la main et prit la bande. Je passai derrière le bureau.

– Et si je jetais un coup d'œil à ce que vous avez au dossier pendant que vous faites le nécessaire pour me préparer Aziz, hein ?

Peoples empocha la bande et acquiesça.

– Je reviens dans dix minutes, dit-il. Si quelqu'un entre et vous demande ce que vous faites là, fermez le dossier et dites-lui de venir me voir.

– Un dernier point : et le fric ?

– Quoi, le fric ?

– Combien d'argent du hold-up Aziz avait-il planqué sous le siège de sa voiture ?

Je crus voir un sourire se dessiner sur les lèvres de Peoples, mais il eut tôt fait de disparaître.

– Il avait cent dollars. En un seul billet dont on a remonté la piste jusqu'au braquage sur le plateau de tournage.

Il attendit juste ce qu'il fallait pour voir la déception se marquer sur mon visage et prit la direction de la porte.

Dès qu'il fut parti, je m'assis au bureau et ouvris la chemise. Elle contenait deux feuilles tamponnées par la sécurité et où des mots et des paragraphes entiers avaient été passés à l'encre noire. Peoples, c'était clair, n'avait pas l'intention de me laisser découvrir des renseignements qui ne figuraient pas au contrat que nous avions passé – que je lui avais « extorqué », pour reprendre son expression.

Les feuilles que j'avais sous les yeux provenaient à l'évidence d'un dossier bien plus important. Un code en petits caractères d'imprimerie était porté dans le coin supérieur gauche de chacune d'elles. Je tendis la main dans le carton et ouvris mon dossier. J'en sortis une feuille au hasard et y portai le numéro de code de chacune des pages. Puis je lus ce que Peoples m'autorisait à lire.

La première page comprenait deux paragraphes datés.

11-05-99 – SUJET confirmé à Hambourg à XXXXX en compagnie de XXXX XXXX XXXXX et de XXXXX XXXXX. SUJET vu au restaurant par XXXXX d'environ 20 heures à 23 heures 30. Pas d'autres détails.

1-07-99 – Passeport du SUJET scanné à l'aéroport d'Heathrow à 14 heures 40. Arrivé sur vol Alemania Air 698 en provenance de Francfort. Pas d'autres détails.

Les paragraphes précédents et suivants avaient été complètement noircis. Ce que j'avais sous les yeux se réduisait à un historique des déplacements d'Aziz tels qu'ils avaient été suivis par les fédéraux une année après l'autre. Aziz se trouvait sur la liste des terroristes placés sous surveillance. Ça n'allait pas plus loin que ça. Je n'avais droit qu'à des notes d'indicateurs, d'agents du Bureau et de la police des frontières signalant le passage d'Aziz à tel ou tel endroit.

Le meurtre d'Angella Benton et le hold-up sur le plateau de tournage s'étaient déroulés entre les deux dates données. Celles-ci n'excluaient nullement qu'Aziz y ait pris part, activement ou par personne interposée. A en croire le document que j'avais sous les yeux, il s'était effectivement trouvé en Europe avant et après les crimes sur lesquels j'enquêtais. Cela n'en constituait pas pour autant un alibi. D'après l'article du *Times* que j'avais lu, Aziz était connu pour voyager sous de fausses identités. Il n'était pas impossible qu'il soit entré aux USA en douce afin d'y commettre ces forfaits et qu'il en soit reparti ensuite.

Je passai à la page suivante. On n'y trouvait qu'un paragraphe qui n'avait pas été passé à l'encre noire. Mais la date cadrait parfaitement.

19-03-2000 – Passeport du SUJET scanné à l'aéroport de LAX-CA. SUJET arrivé de Manille à 18 heures 11 sur vol Quantas 88. Vérification de sécurité plus fouille. Interrogé par XXXX XXXX, antenne de Los Angeles. Cf. transcription n° 01-44969. Relâché à 21 heures 15.

Aziz semblait avoir un alibi parfait pour le soir où l'agent Martha Gessler avait disparu. Il était alors interrogé par un agent du FBI à l'aéroport de Los Angeles, et cet interrogatoire avait duré jusqu'à vingt et une heures quinze. Il se trouvait donc entre les mains des agents fédéraux au moment où Gessler avait disparu sur le trajet entre son bureau et son domicile.

Je remis les deux feuilles dans le dossier et rangeai ce dernier dans le tiroir. Je ne pris pas d'autres notes – il n'y avait rien à ajouter – sur la page de mon dossier personnel. Je me contentai de la remettre dans la chemise et sortis le dossier de police. J'étais sur le point de me mettre au boulot lorsque, la porte s'étant ouverte, je me retrouvai nez à nez avec Milton. Je gardai le silence et attendis de voir ce qu'il allait faire. Il entra et regarda autour de lui comme si la salle avait la taille d'un hangar à marchandises. Il finit par parler, mais sans me regarder.

– Faut reconnaître que t'as des couilles, dit-il. Faire

ce que tu fais et t'imaginer que tu vas t'en tirer ! Que tu pourras m'échapper ! A moi !

– On peut te retourner le compliment, non ?

– Moi, j'aurais demandé à voir les cartes.

– Ça n'aurait pas été la bonne décision.

Il se pencha en avant, posa les deux mains sur le bureau et me regarda droit dans les yeux.

– T'es qu'un has been, Bosch. Le monde t'est passé à côté et tu te raccroches à des brins d'herbe ! Tu t'amuses à déconner avec des gens qui essaient de protéger l'avenir !

Il ne m'impressionnait pas et j'espérai qu'il le sentait bien. Je me renversai en arrière et le regardai à mon tour.

– Et si tu te détendais un peu, mec ? A ce que je vois, t'as guère à t'inquiéter. T'as un patron qui préfère te couvrir plutôt que de faire le ménage. Tu vas t'en sortir, Milton. Il est en colère, mais seulement parce que tu t'es fait prendre, pas du tout à cause de ce que tu as fait.

Il pointa son doigt sur moi.

– Ne t'aventure pas dans ces zones-là, bonhomme. Le jour où j'aurai besoin de tes conseils pour ma carrière, vaudra mieux que je rende mon insigne.

– Parfait. Et donc, qu'est-ce que tu veux ?

– T'avertir. Fais gaffe à moi, Bosch. J'ai pas dit mon dernier mot.

– Je t'attendrai.

Il fit demi-tour et sortit en laissant la porte ouverte derrière lui. Quelques secondes plus tard, Peoples était de retour.

– Prêt ?

– Prêt.

– Où est le dossier que je vous ai donné ?

– Dans le tiroir.

Il se pencha par-dessus le bureau et ouvrit le tiroir pour s'en assurer. Il alla même jusqu'à ouvrir la chemise pour être sûr que je ne lui avais pas joué un tour de con.

– Bon, on y va, dit-il. N'oubliez pas votre carton.

Je le suivis, nous franchîmes deux ou trois portes de sécurité et une fois de plus je me retrouvai dans le couloir des cellules. Mais avant que nous arrivions aux portes munies de vitres sans tain, il se servit de sa carte-clé pour en ouvrir une autre et me faire entrer dans une salle d'interrogatoire. Une table et deux chaises, Moussaoua Aziz déjà assis sur l'une d'elles. Un agent que je n'avais jamais vu se tenait dans un coin de la pièce, adossé au mur à gauche de la porte. Peoples alla se poster dans le coin opposé.

– Asseyez-vous, dit-il. Vous avez un quart d'heure.

Je posai mon carton par terre, tirai l'autre chaise et m'assis à la table, en face d'Aziz. Il avait l'air maigre et affaibli. Une mèche de cheveux bruns avait poussé au milieu de ceux qu'il s'était teints en blond. Sous ses paupières lourdes, ses yeux étaient tellement injectés de sang que je me demandai s'ils éteignaient jamais la lumière dans sa cellule. Son univers avait certainement beaucoup changé. Deux ans plus tôt, son arrivée et son identification à l'aéroport de LAX lui avaient valu une incarcération de quelques heures, le temps qu'un agent du FBI tente de l'interroger. Maintenant, le simple fait d'avoir été arrêté à la frontière lui valait d'être retenu jusqu'à une date indéterminée au saint des saints du FBI.

Je n'attendais pas grand-chose de cet interrogatoire, mais pensais avoir besoin de ce face-à-face pour faire de lui un suspect ou le laver à jamais de tout soupçon. Vu les rapports que j'avais lus quelques instants plus tôt, je penchais plutôt pour cette dernière hypothèse. Tout ce que j'avais pour relier ce petit bonhomme prétendument terroriste à Angella Benton était l'argent. Au moment où il s'était fait arrêter à la frontière, il était en possession d'un des billets de cent du hold-up. Les explications ne devaient pas manquer et je commençais à croire que sa participation au meurtre et au hold-up n'en faisait pas partie.

Je plongeai la main dans mon carton, en sortis mon dossier sur Angella Benton et l'ouvris sur mes genoux, de façon à ce qu'Aziz ne puisse pas le voir. Je pris la photo d'Angella fournie par sa famille. Il s'agissait d'un portrait fait en studio et remontant à la fin de ses études supérieures à l'université d'Ohio State, moins de deux ans avant sa mort. Je levai la tête et regardai Aziz.

– Je m'appelle Harry Bosch et j'enquête sur la mort d'Angella Benton, il y a quatre ans de cela, l'informai-je. Cette photo vous dit-elle quelque chose ?

Je lui glissai le cliché sur la table et observai son visage et ses yeux dans l'espoir d'y découvrir quelque chose qui le trahirait. Son regard se porta sur la photo, mais je n'y vis aucune réaction. Il ne souffla mot.

– La connaissiez-vous ?

Pas de réponse.

– Elle travaillait pour une boîte de production de cinéma qui s'est fait dévaliser. Et on a retrouvé de l'argent provenant de ce hold-up sur vous. Comment cela se fait-il ?

Rien.

– D'où venait cet argent ?

Il leva les yeux de la photo et me regarda. Mais ne dit rien.

– Ces agents vous ont-ils ordonné de ne rien me dire ?

Rien.

– Alors ? Écoutez… si vous ne la connaissiez pas, vous n'avez qu'à le dire.

Aziz baissa son regard triste sur la table. Il donnait l'impression de regarder à nouveau le cliché, mais je vis bien qu'il n'en faisait rien. Il regardait au loin, très loin. Je compris que tout cela ne servait à rien, comme je l'avais sans doute déjà deviné avant de m'asseoir.

Je me levai et me tournai vers Peoples.

– Vous pouvez vous garder le reste de mes quinze minutes.

Il se décolla du mur, leva les yeux vers une caméra en hauteur, fit le petit tortillon avec un doigt et la serrure électronique se libéra en claquant. Sans réfléchir je me dirigeai vers la porte et l'ouvris d'une poussée. Presque aussitôt j'entendis un hurlement derrière moi : Aziz venait de se lever et de sauter par-dessus la table. Il me frappa en haut du dos en y mettant tout son poids, soixante kilos au maximum, mais j'allai valdinguer dans le couloir.

Aziz ne me lâchant pas, je commençai à m'affaisser et sentis ses bras et ses jambes battre l'air pour trouver un point d'appui. Enfin il sauta de mon dos et se mit à courir dans le couloir. Peoples et l'autre agent se ruèrent à ses trousses. En me relevant je les vis le coincer dans un cul-de-sac. Peoples recula tandis que l'autre avançait sur Aziz et jetait à terre le petit homme.

Le prisonnier une fois maîtrisé, Peoples fit demi-tour et revint vers moi.

– Ça va, Bosch ? me demanda-t-il.

– Ça va, oui.

Je me relevai et fis semblant de remettre de l'ordre dans mes habits. J'avais honte. Je m'étais laissé surprendre par Aziz et savais qu'on allait en faire des gorges chaudes dans la salle de garde à l'autre bout du couloir.

– Je ne m'y attendais pas, dis-je. Après tout ce temps, je suis rouillé.

– Oui. Il ne faut jamais leur tourner le dos.

– Mon carton. Je l'ai oublié.

Je repassai dans la salle d'interrogatoire et pris la photo et le carton sur la table. Juste au moment où je ressortais de la pièce, Aziz passa devant moi. L'agent lui avait menotté les mains dans le dos.

Je le regardai s'éloigner et le suivis à bonne distance avec Peoples.

– Bon, dit celui-ci. Tout ça pour rien.

– Y a des chances.

– Et ç'aurait pu être évité si...

Il ne termina pas sa phrase, je le fis pour lui :

– Si votre agent n'avait pas commis ces délits devant une caméra, oui, je sais.

Il s'arrêta au milieu du couloir et je l'imitai. Il attendit que l'autre agent et Aziz aient franchi la porte.

– Cet arrangement ne me plaît pas, reprit-il. Je n'ai aucune garantie. Vous pourriez très bien vous faire renverser par un camion en sortant d'ici. Ces enregistrements passeraient-ils à la télé dans ce cas-là ?

Je réfléchis un instant et hochai la tête.

– Eh oui, dis-je. Vaudrait mieux espérer que ce camion ne me renverse pas.

– Je ne veux pas vivre et travailler sous une menace pareille.

– Vous avez drôlement raison. Qu'est-ce que vous allez faire pour Milton ?

– Je vous l'ai dit. Il est viré. C'est juste qu'il ne le sait pas encore.

– Vous me mettez au courant quand c'est fait ? On pourra peut-être reparler de la menace qui vous empêche de vivre et de travailler à ce moment-là.

Il me donna l'impression de vouloir ajouter quelque chose, mais se ravisa, se remit à marcher et me fit franchir les portes de sécurité pour retrouver l'ascenseur. Il se servit de sa carte-clé pour l'appeler et appuyer sur le bouton du rez-de-chaussée. Puis il posa la main sur le caoutchouc de la portière.

– Je ne descends pas avec vous, dit-il. Je crois que nous nous en sommes assez dit.

J'acquiesçai d'un signe de tête, il ressortit de la cabine. Puis il resta là, à me regarder, peut-être pour s'assurer que je ne filais pas hors de l'ascenseur pour libérer les terroristes incarcérés.

La portière commençait à se refermer lorsque j'en frappai le caoutchouc du tranchant de la main. Elle se rouvrit lentement.

– N'oubliez pas, agent Peoples. Mon avocate a pris toutes les mesures nécessaires pour être en sécurité et protéger les enregistrements. S'il lui arrive quelque chose, c'est comme s'il m'arrivait quelque chose à moi.

– Ne vous inquiétez pas, monsieur Bosch. Je ne tenterai rien contre elle ou contre vous.

– Ce n'est pas vous qui m'inquiétez.

Nous nous regardions fixement lorsque la porte se referma.

– Je comprends, l'entendis-je dire dans le couloir.

29

Mon petit tango avec les *federales* n'avait pas été aussi inutile que je l'avais laissé croire à Peoples. Traquer mon terroriste miniature ne m'avait peut-être conduit qu'à une impasse, mais, des fausses pistes, il y en a toujours. Ça fait partie de la mission à remplir. Pour finir, j'avais quand même tout le dossier de l'enquête et cela me suffisait. Enfin je jouais avec un jeu complet – le dossier du LAPD –, et cela me permit d'oublier tout ce qui s'était produit avant que je l'aie, mes heures de prison y compris. Je savais en effet que si je devais jamais trouver l'assassin d'Angella Benton, ou au moins ce qui permettrait de résoudre l'affaire, l'élément clé se trouvait quelque part dans les pages de ce classeur en plastique noir.

Je quittai le bâtiment fédéral et rentrai chez moi comme quelqu'un qui pense avoir gagné au loto mais doit encore vérifier les numéros du billet dans le journal pour en être absolument sûr. Je fonçai tout de suite dans la salle à manger avec mon carton et en étalai tout le contenu sur le plateau de la table. Devant et au milieu, le dossier du LAPD. Le Saint-Graal. Je m'assis et commençai à le lire depuis le début. Je ne me levai pas pour aller chercher du café, de l'eau ou de la bière. Je ne mis pas de musique. Je me concentrai entièrement sur les pages que je tournais. De temps en temps je notais des choses sur mon bloc. Mais, surtout, je lisais et digérais.

J'étais monté en voiture avec Lawton Cross et Jack Dorsey et les accompagnais dans leur enquête.

Quatre heures plus tard je tournai la dernière page du classeur. J'en avais lu et étudié attentivement tous les documents. Rien ne m'y avait paru être la clé de l'énigme, le fil de la pelote à tirer jusqu'au bout, mais cela ne me décourageait pas. Pour moi, c'était toujours dans le dossier de police que se trouvait la solution. Elle n'était jamais ailleurs. Il allait seulement falloir que je reprenne le problème sous un autre angle.

Une chose m'avait frappé tandis que je m'immergeais dans ce qu'on savait vraiment de l'histoire : Cross et Dorsey avaient des personnalités très différentes. Je savais que Dorsey avait une bonne dizaine d'années de plus que son collègue et que c'était lui qui jouait le rôle de mentor. Cela dit, c'était dans leurs façons de rédiger et d'envisager leurs comptes rendus que leurs caractères s'opposaient le plus nettement, Cross se montrant plus enclin à l'interprétation et à la description détaillée. Dorsey se situait à l'opposé. S'il suffisait de trois mots pour résumer un interrogatoire, il n'en écrivait pas quatre. Ces trois mots, Cross, bien sûr, les écrivait aussi, mais il avait tendance à leur ajouter dix phrases d'interprétation pour dire ce que signifiait telle analyse de laboratoire ou le sens qu'il convenait de donner à l'attitude d'un témoin particulier. Je préférais sa méthode. J'avais toujours eu pour principe de tout verser au dossier : il n'est pas rare que des affaires traînent des mois, voire des années entières, et, avec le temps, les nuances tendent à se perdre quand on ne les explicite pas tout de suite.

Cet examen m'amena aussi à conclure que Cross et Dorsey avaient été moins proches qu'on ne le disait. Ils l'étaient maintenant, la mythologie de la police locale faisant d'eux le symbole même de la malchance. Auraient-ils été proches à ce moment-là que beaucoup de choses auraient peut-être changé dans ce bar.

A force de songer à tout ce qui aurait pu être, je me rappelai Danny Cross en train de chanter sa chanson à son mari. Je finis par me lever et gagnai le lecteur de CD où je mis un disque de l'intégrale de Louis Armstrong. Elle était sortie en même temps que le documentaire de Ken Burns sur le jazz. Elle comportait beaucoup de morceaux très anciens, mais je savais que le dernier était *What a Wonderful World*, l'ultime grand succès du maître.

De retour à la table, je regardai mon carnet de notes. Je n'y avais porté que trois remarques suite à ma première lecture.

> *100 000 dollars*
> *Sandor Szatmari*
> *Le fric, andouille !*

La société qui avait assuré l'argent sur le plateau de tournage, la Global Underwriters, offrait cent mille dollars de récompense à toute personne pouvant aider à l'arrestation et à la condamnation du coupable. Je n'en avais jamais entendu parler et fus surpris que Lawton Cross ne m'en ait pas informé. Ce n'était sans doute qu'un détail parmi tous ceux qui, le temps et le traumatisme aidant, lui avaient échappé.

Qu'il y ait une récompense n'avait que peu d'importance pour moi. En ma qualité d'ancien flic ayant été impliqué dans l'enquête, même si je n'y avais pris part qu'avant le hold-up à l'origine de la récompense, je me doutais bien que mes efforts avaient peu de chances de m'y donner droit. Je savais aussi qu'une clause en toutes petites lettres spécifiait vraisemblablement que le versement des cent mille dollars supposait la récupération pleine et entière des deux millions de dollars, le montant final de la récompense étant proportionnel à la somme rendue au propriétaire. Et il était peu probable qu'il y ait encore beaucoup de dollars à retrouver quatre ans après les faits. Cependant, il n'était pas inintéressant de savoir qu'il y avait une récompense à la clé. Celle-ci pourrait servir de levier ou de moyen de coercition. Je n'y avais sans doute pas droit, mais tomberais peut-être sur quelqu'un qui, lui, y aurait droit et pourrait m'être utile. J'étais content de l'avoir appris.

Sur mon bloc-notes j'avais ensuite noté un nom : Sandor Szatmari. Il ou elle, ça je ne le savais pas, était la personne que la Global Underwriters avait désignée pour enquêter. Il ou elle était donc quelqu'un avec qui je devais absolument m'entretenir. J'ouvris le dossier de police à la première page, celle où les enquêteurs ont pour habitude de noter les numéros de téléphone les plus utilisés dans l'enquête. Il n'y avait pas de numéro pour Szatmari, mais il y en avait un pour la Global. J'allai chercher le téléphone dans la cuisine, baissai le volume du CD et passai mon coup de fil. Mon appel fut transféré deux fois avant que je puisse enfin parler à une femme qui me lança : « Service des enquêtes ! »

Comme j'avais du mal à prononcer le nom de Szatmari, elle me corrigea et me demanda de patienter. Moins d'une minute plus tard, Szatmari décrochait. C'était un homme. Je lui expliquai la situation et lui demandai si nous pourrions nous voir. Il semblait plutôt sceptique, mais peut-être était-ce son accent d'Europe orientale qui m'empêchait de sentir ce qu'il voulait. Il refusa de discuter de l'affaire par téléphone, mais finit par accepter de me rencontrer à dix heures le lendemain matin, à son bureau de Santa Monica. Je lui dis que j'y serais et raccrochai.

Puis je regardai la dernière ligne de ce que je venais de noter sur mon bloc. Ce n'était qu'un rappel du principe qui marche dans presque toutes les affaires : suis donc la trace du fric, andouille ! Elle conduit toujours à la vérité. Sauf que, dans le cas présent, l'argent avait disparu et qu'en dehors de petits échos sur le radar de Phoenix, ayant tous à voir avec Moussaoua Aziz et Martha Gessler, la piste avait complètement refroidi. Je savais que cela ne me laissait qu'une solution : repartir en arrière. Remonter la piste de l'argent et voir ce que ça donnerait.

Pour y arriver il allait falloir passer à la banque. Je cherchai encore une fois le numéro dans le dossier de police et appelai Gordon Scaggs, le vice-président de BankLA qui avait organisé le prêt de deux millions de dollars à la boîte de production d'Alexander Taylor.

Scaggs était un monsieur très occupé et me le fit savoir. Il voulait repousser notre rencontre à la semaine suivante, mais j'insistai tellement qu'il finit par me trouver un rendez-vous d'un quart d'heure le lendemain après-midi à trois heures. Il me demanda de lui communiquer un numéro où me joindre pour que sa secrétaire puisse confirmer le rendez-vous le lendemain matin. Je lui en inventai un. Je n'avais aucune envie de lui donner la possibilité de faire annuler notre rencontre par ladite secrétaire.

Je raccrochai et envisageai la suite des événements. L'après-midi était déjà bien avancé et je n'avais rien à faire jusqu'au lendemain matin dix heures. Je voulais reprendre le dossier, mais savais pouvoir le faire ailleurs que chez moi. Dans un avion, pourquoi pas ?

J'appelai la Southwest Airlines et me réservai une place sur un vol Burbank-Las Vegas avec arrivée à dix-neuf heures quinze et retour tôt le lendemain matin, qui me ramenait à Burbank à huit heures et demie. Je demandai à régler la note à l'aéroport et en liquide : c'était Eleanor qui avait mes cartes de crédit.

Celle-ci me répondit à la deuxième sonnerie sur son portable, et à voix basse.

– C'est moi, Harry, dis-je. Quelque chose qui ne va pas ?

– Non, non.

– Pourquoi parles-tu à voix basse ?

Elle haussa le ton.

– Désolée. Je ne m'en rendais pas compte. Qu'est-ce qu'il y a ?

– Je pensais venir te voir ce soir pour reprendre mon sac et mes cartes de crédit.

Ne l'entendant pas réagir tout de suite, j'ajoutai :

– Tu seras là ?

– C'est-à-dire que j'avais l'intention de jouer. Plus tard.

– Mon avion arrive à sept heures et quart. Je pourrais passer vers huit heures. Si on dînait ensemble avant que tu ailles jouer ?

J'attendis et encore une fois j'eus l'impression qu'elle mettait trop longtemps à répondre.

– Oui, ce serait bien. Tu passes la nuit ici ?

– Oui. J'ai un avion tôt demain matin. J'ai des trucs à faire ici dans la matinée.

– Tu vas dormir où ?

Le signal était clair.

– Je ne sais pas. Je n'ai rien réservé.

– Harry, dit-elle, je ne crois pas que tu devrais rester ici.

– Bon…

La ligne resta aussi muette que les cinq cents kilomètres de désert qui nous séparaient.

– Oh, je sais… Je pourrais te réserver une chambre gratis au Bellagio, avec les compliments de la direction. Ils le feront.

– T'es sûre ?

– Oui.

– Merci, Eleanor. Tu veux que je passe chez toi en arrivant ?

– Non. J'irai te prendre. Tu auras des bagages enregistrés ?

– Non. C'est toi qui as mon sac.

– Alors je serai garée devant le terminal à sept heures et quart. A tout à l'heure.

Je remarquai qu'elle s'était remise à chuchoter, mais n'en dis rien cette fois.

– Merci, Eleanor, répétai-je.

– Bon, Harry, j'ai des trucs à changer pour me libérer ce soir. J'y vais tout de suite. Je te retrouve à l'aéroport. Sept heures et quart. Bye.

Je lui dis au revoir, mais elle avait déjà raccroché. J'eus l'impression d'entendre une autre voix en arrière-plan juste avant qu'elle raccroche.

J'y pensais encore lorsque Louis Armstrong se mit à chanter *What a Wonderful World*. Je montai le son.

30

A sept heures quinze ce soir-là, Eleanor et moi répétâmes notre petite scène à l'aéroport. Jusqu'au baiser lorsque je montai dans sa voiture. Plus tard, je me tournai maladroitement et fis passer le gros dossier de police par-dessus le siège pour le poser sur la banquette arrière. Je l'y laissai tomber à côté de la valise que j'avais glissée derrière le siège d'Eleanor.

– On dirait un dossier de police, me dit-elle.

– C'en est un. Je croyais pouvoir en faire le tour dans l'avion.

– Et… ?

– J'avais un bébé qui hurlait juste derrière moi. Pas moyen de se concentrer. Quelle idée d'emmener un gamin à Las Vegas !

– De fait, ce n'est pas un mauvais endroit pour élever des gosses. A ce qu'on dit.

– Je ne te parle pas de ça. Je me demandais seulement quel intérêt il y a pour un gamin de venir en vacances à Sin City[1]. A Disneyland ou ailleurs serait quand même mieux.

– Toi, t'as besoin de boire un coup.

– Et de manger. Où as-tu envie d'aller ?

– Eh bien… tu te rappelles quand on était encore… à

_____

1. Soit « la Ville du péché » *(NdT)*.

L. A. et qu'on allait chez Valentino pour les grandes occasions ?

– Ne m'en parle pas.

Elle rit et pouvoir la regarder à nouveau me remplit de joie. J'aimais vraiment la façon dont sa coiffure mettait son cou en valeur.

– Oui, ben… y en a un ici. J'ai réservé.

– C'en est à croire qu'ils ont un exemplaire de tout dans cette ville !

– Sauf de toi. Faire un double d'Harry Bosch est absolument impossible.

Son sourire ne s'effaça pas de son visage et, ça aussi, j'aimai bien. Nous tombâmes bientôt dans un silence aussi confortable que possible pour deux êtres qui furent jadis époux. Eleanor se faufilait avec habileté dans une circulation qui semblait n'avoir rien à envier à celle des rues et des autoroutes encombrées de Los Angeles.

Cela faisait environ trois ans que je n'étais plus repassé dans le Strip, mais Las Vegas est un endroit où l'on apprend que le temps est relatif. En trois ans, tout donnait l'impression d'avoir encore changé. Je vis de nouveaux établissements avec de nouvelles attractions, des taxis avec des panneaux publicitaires électroniques sur le toit et des monorails pour relier les casinos entre eux.

La version Las Vegas du Valentino de Los Angeles se trouvait au Venetian, un des bijoux les plus récents de la couronne de supercasinos du Strip. L'immeuble n'existait même pas la dernière fois que j'étais venu. Eleanor s'étant arrêtée sur le terre-plein réservé aux voituriers, je lui demandai d'ouvrir le coffre afin que je puisse y ranger ma valise et mon dossier.

– C'est pas possible, me répondit-elle. Il est plein.

– Je n'ai pas envie de laisser ça en évidence, surtout le dossier de police.

– Ben… mets-le dans le sac par terre. Ça ira.

– Y a même pas assez de place pour le dossier ?

– Non, tout s'y entasse et si jamais j'ouvre le coffre, ça se répandra partout. Et j'ai pas envie de ça.

– C'est quoi ?

– Oh, juste des vêtements et des trucs. Des trucs que je voulais apporter à l'Armée du Salut, mais comme je n'ai jamais eu le temps de le faire…

Deux voituriers nous ouvrirent les portières en même temps et nous souhaitèrent la bienvenue dans l'établissement. Je descendis de la Lexus, ouvris la portière arrière et me penchai à l'intérieur pour ouvrir mon bagage et y mettre le dossier de police. Le sac refermé, je le glissai derrière le dossier d'Eleanor.

– Tu viens, Harry ? dit Eleanor dans mon dos.

– Oui, oui, j'arrive.

La Lexus s'éloignant avec le voiturier, je regardai le coffre et l'arrière du véhicule. Ils ne me parurent pas particulièrement bas. Je jetai un coup d'œil à la plaque d'immatriculation et me la répétai trois fois.

Le Valentino, c'est le Valentino. Celui de Las Vegas était égal à celui de L. A. Pour moi, on l'avait cloné à la perfection. Autant essayer de voir ce qui distingue un McDonald's d'un autre – à un niveau culinaire différent, s'entend.

Je ne poussai pas à la conversation en mangeant. Je me contentais d'être à mon aise et heureux avec Eleanor. Au début, nous parlâmes surtout de moi et de ma retraite – ou de ce qui en tenait lieu. Je lui exposai l'affaire sur laquelle je travaillais, en n'omettant pas les liens avec son ancienne amie et collègue Marty Gessler. C'était dans une autre vie qu'Eleanor avait été agent du FBI, mais elle en avait gardé l'esprit analytique de l'enquêteur. A l'époque où nous vivions ensemble à Los Angeles, je lui avais souvent fait part de mes idées sur tel ou tel dossier et elle m'avait plus d'une fois fait des suggestions utiles.

Ce soir-là, elle n'eut qu'un conseil à m'offrir : me tenir à l'écart de Peoples et de Milton – et même de Lindell. Ce n'était pas qu'elle les aurait connus personnellement. Mais elle n'ignorait rien de la culture FBI et ne connaissait que trop bien leur genre. Sauf que, bien sûr, son conseil arrivait trop tard.

– Je fais de mon mieux pour les éviter, lui dis-je. Ça ne me gênerait pas de ne plus jamais les revoir.

– Mais c'est peu vraisemblable.

Je pensai brusquement à quelque chose.

– Tu n'aurais pas ton portable sur toi, par hasard ?

– Si, mais ça ne doit pas trop leur plaire qu'on se serve de portables dans un endroit comme celui-ci.

– Je sais. Je vais aller dehors. Je viens de me rappeler que j'ai un coup de fil à passer, sinon c'est la merde.

Elle sortit son appareil de son sac et me le tendit. Je quittai le restaurant et passai dans l'allée marchande construite pour ressembler à un canal vénitien, gondoles comprises. Le ciel en béton était peint en bleu avec de petites touches de blanc en guise de nuages. C'était du toc, mais avait l'avantage d'être climatisé. J'appelai le portable de Janis Langwiser et l'informai que tout allait bien.

– Je commençais à m'inquiéter de ne pas avoir de tes nouvelles, me dit-elle. J'ai appelé deux fois chez toi.

– Tout va bien. Je suis à Las Vegas et rentrerai demain.

– Comment savoir si tu n'y es pas sous la contrainte ? Tu sais bien… quand on est prisonnier et qu'on te force à dire ce genre de trucs.

– Tu as la présentation des numéros ?

– Ah oui, c'est vrai. J'ai vu l'indicatif 702. Bon, d'accord, Harry. N'oublie pas de m'appeler demain. Et ne paume pas trop d'argent là-bas !

– Pas de problème.

Lorsque je regagnai la table, Eleanor avait disparu. Inquiet de ne pas la voir, je m'assis, mais elle revint des toilettes quelques instants plus tard. En la regardant approcher j'eus l'impression qu'elle avait changé, mais ne sus dire comment. Cela ne se résumait ni à sa coiffure ni à son bronzage. C'était comme si elle avait plus confiance en elle-même qu'autrefois. Peut-être avait-elle trouvé ce qu'il lui fallait sur le feutre bleu des tables de poker du Strip.

Je lui rendis son portable, elle le laissa tomber au fond de son sac.

– Alors, lui demandai-je, comment ça va ? On a beaucoup parlé de moi, si on passait à ton cas.

– Mon cas ? Quel cas ?

– Tu sais bien ce que je veux dire.

Elle haussa les épaules.

– Ça marche bien. J'ai remporté quelques tournois cette année. Je suis heureuse. Je vais pouvoir participer au championnat.

Je savais qu'il s'agissait des tournois de qualification pour le championnat du monde. La dernière fois que nous avions parlé de poker, elle m'avait dit que son but secret était d'être la première femme à devenir championne du monde.

– C'est la première fois que tu peux jouer à ce niveau, non ?

Elle acquiesça d'un signe de tête et sourit. Je vis bien qu'elle en était fière et que ça l'excitait beaucoup.

– Ça commence bientôt, reprit-elle.

– Bonne chance alors ! Peut-être que je viendrai te voir.

– Pour me porter chance.

– Tout de même, ça ne doit pas être facile de gagner sa vie en jouant aux cartes.

– Je sais y faire, Harry. En plus, j'ai des bailleurs de fonds, maintenant. Ça réduit les risques.

– Comment ça ?

– C'est comme ça que ça fonctionne maintenant : j'ai

des commanditaires. C'est leur fric que je joue. Ils récoltent soixante-quinze pour cent de mes gains. Si je perds, c'est eux qui épongent la note. Mais je ne perds pas très souvent, Harry.

Je hochai la tête.

– Qui c'est, ces gens ? Sont-ils…

– Ce ne sont pas des gangsters, Harry. Pas du tout du tout. Ce sont des hommes d'affaires. Des gens de chez Microsoft. A Seattle. J'ai fait leur connaissance un jour qu'ils jouaient ici. Pour l'instant, je leur ai bien rapporté. Vu l'état du marché, ils préfèrent placer leur argent sur moi. Ils sont heureux comme ça et moi aussi.

– Bon.

Je songeai à la récompense promise dans mon affaire. Que je trouve la solution, récupère une partie de l'argent et, Dieu sait comment, obtienne de toucher cette récompense, et je pourrais être son financier moi aussi. Châteaux en Espagne que tout ça. Je me demandai si elle accepterait mon argent.

– A quoi penses-tu ? me demanda-t-elle. Tu as l'air drôlement soucieux.

– Rien, non. Je pensais seulement à mon affaire. Un truc que je dois demander à l'enquêteur de l'assurance demain.

Le garçon apporta l'addition et je réglai la note après qu'Eleanor m'eut rendu mes cartes de crédit. Nous quittâmes le restaurant et récupérâmes la voiture. Je m'assurai que ma valise était toujours à l'arrière. Puis nous gagnâmes le Bellagio. Ce n'était pas loin, mais nous mîmes un temps fou à y arriver à cause de la circulation. Plus nous approchions et plus je me sentais nerveux : je n'avais aucune idée de ce qui se passerait une fois que nous y serions. Je jetai un coup d'œil à ma montre. Il était presque dix heures.

– A quelle heure joues-tu ?

– J'aime bien commencer vers minuit.

– Pourquoi aimes-tu jouer la nuit ? Le jour n'est pas bien ?

– Les vrais joueurs sortent la nuit, Harry. Les touristes, eux, vont se coucher. Il y a beaucoup plus d'argent sur la table.

Nous roulâmes en silence, puis Eleanor reprit la parole comme si la conversation ne s'était pas arrêtée :

– Sans compter que j'aime bien ressortir à la fin de la nuit et voir le soleil se lever. C'est un truc spécial… comme si on n'en pouvait plus de bonheur d'avoir survécu encore un jour.

Une fois au Bellagio, nous nous rendîmes au comptoir VIP et y prîmes une carte-clé laissée à son nom. C'était aussi simple que ça. Elle me conduisit à l'ascenseur comme si elle l'avait emprunté des centaines de fois, nous montâmes au douzième étage et nous dirigeâmes vers une suite. Living, chambre et vue sur les fontaines illuminées qui jaillissent de l'étang de devant, je n'avais jamais rien vu d'aussi beau.

– C'est magnifique, dis-je. Tu dois en connaître, du beau linge !

– Je commence à me faire une petite réputation, oui. Je joue ici quatre ou cinq nuits par semaine et ça commence à attirer des gens. Des gros joueurs qui ont envie de me défier. Et ça, ils le savent ici, et ils n'ont pas envie que j'aille jouer ailleurs.

Je hochai la tête et me tournai vers elle.

– Tout semble donc aller bien pour toi, lui dis-je.

– Je n'ai pas à me plaindre.

– Je…

Je n'achevai pas ma phrase. Elle avança et s'arrêta devant moi.

– Tu quoi ?

– Je… je ne sais pas ce que j'allais dire. Que… je voulais savoir ce qui pouvait te manquer. Tu es avec quelqu'un, Eleanor ?

Elle s'approcha encore. Je sentis son haleine.

– Tu veux dire… est-ce que je suis amoureuse de quelqu'un ? Non, Harry, non.

Je hochai de nouveau la tête, elle reprit la parole avant que j'aie pu dire quoi que ce soit :

– Tu crois toujours à ce que tu m'as dit un jour ? Tu sais… la théorie de la balle unique ?

J'acquiesçai sans la moindre hésitation et la regardai dans les yeux. Elle se pencha, sa tête fut contre mon menton.

– Et toi ? lui demandai-je. Tu crois toujours à ce que dit le poète… « il n'est pas de fin aux choses du cœur » ?

– Oui, j'y crois. Toujours.

Je lui soulevai le menton de la main et l'embrassai. Bientôt nous nous enlaçâmes, bientôt sa main fut sur ma nuque, bientôt elle m'attira vers elle. Je sus que nous allions faire l'amour. Et l'espace d'un instant je sus aussi ce que c'est que d'être l'homme le plus chanceux de Las Vegas. J'écartai mes lèvres des siennes et la serrai contre ma poitrine, juste comme ça.

– Il n'y a que toi que je veux en ce monde, lui soufflai-je.

– Je sais, murmura-t-elle.

31

Dans l'avion qui me ramenait à Los Angeles, je fis de mon mieux pour me concentrer sur mon affaire. J'avais passé une bonne partie de la nuit à regarder Eleanor soutirer plusieurs milliers de dollars à cinq messieurs assis à une table de poker du Bellagio. Je ne l'avais encore jamais regardée jouer aussi longtemps. Il est juste de dire qu'elle fit honte à ses adversaires, les plumant tous sauf un, et même celui-là ne réussit à garder qu'une pile de jetons pendant qu'elle en ratissait cinq à elle toute seule. Froide et dure, elle avait un jeu aussi impressionnant qu'elle était belle et mystérieuse. J'avais passé ma vie à deviner ce que pensent les gens, mais là, rien. Je ne perçai aucune de ses pensées en la voyant à l'œuvre. Son jeu ne dévoilait rien du tout, en tous les cas pour moi.

Et lorsqu'elle en eut fini avec ces hommes, elle en finit aussi avec moi. Dès que nous fûmes sortis de la salle de poker, elle m'annonça qu'elle était fatiguée et devait y aller. Seule – je ne pouvais pas l'accompagner. Elle ne me proposa même pas de me reconduire à l'aéroport. Nos adieux furent rapides. Nous nous séparâmes sur un baiser qui manquait autant de passion que les moments que nous avions passés dans la suite au-dessus semblaient en être pleins. Nous ne nous promîmes pas de nous revoir, ni même de nous téléphoner. Nous nous dîmes seulement au revoir et je la regardai s'enfoncer dans le casino.

Je rejoignis l'aéroport par mes propres moyens. Mais, une fois à bord, je fus incapable de passer à autre chose. J'ouvris bien mon dossier de police, mais cela ne servit à rien. Je ne pouvais m'empêcher de songer à tous ces mystères. Pas aux bons moments, pas aux sourires, pas aux souvenirs et pas à l'instant où nous avions fait l'amour. Non, je pensai à notre séparation brutale et à l'adresse avec laquelle elle avait éludé ma question lorsque je lui avais demandé si elle était avec quelqu'un. Elle m'avait bien dit ne pas être amoureuse, mais ne m'avait pas vraiment répondu. Pourquoi avait-elle voulu que je reste à l'hôtel et pourquoi avait-elle refusé d'ouvrir le coffre de sa voiture ? Sur la première page du dossier de police, je portai son numéro de plaque minéralogique. J'eus aussitôt l'impression de l'avoir trahie et le barrai. Mais même en le barrant, je sus que jamais je ne pourrais me le sortir de la mémoire.

32

Les bureaux d'enquête de la Global Underwriters se trouvaient dans une espèce de boîte noire haute de six étages se dressant dans Colorado Avenue, à quelque six rues de l'océan. Lorsque j'y arrivai, la secrétaire qui contrôlait l'entrée du bureau de Sandor Szatmari me regarda comme si j'étais descendu de la lune par l'ascenseur.

– Vous n'avez pas eu le message ? me demanda-t-elle.

– Quel message ?

– Je vous en ai laissé un. M. Szatmari a dû annuler le rendez-vous de ce matin.

– Qu'est-ce qui s'est passé ? Quelqu'un est mort ?

Elle eut l'air un rien insultée par mon effronterie. Elle prit un ton impatient.

– Non, c'est simplement qu'en revoyant son emploi du temps pour la journée, il a décidé qu'il n'avait pas de créneau où vous mettre.

– Et donc, il est là ?

– Il ne peut pas vous voir. Je suis désolée que vous n'ayez pas eu le message. J'ai bien eu l'impression qu'il y avait quelque chose de bizarre quand j'ai appelé votre numéro, mais je vous ai laissé un message.

– Dites-lui que je suis là, s'il vous plaît. Dites-lui que je n'ai pas eu son message parce que je n'étais pas à Los Angeles et que j'ai dû reprendre l'avion pour notre rendez-vous de ce matin. C'est important.

Cette fois, ce fut de l'agacement qui se marqua sur son visage. Elle décrocha son téléphone pour passer l'appel, mais se ravisa et raccrocha. Elle se leva pour transmettre le message elle-même et disparut dans un couloir qui partait en biais de la salle d'attente. Quelques minutes plus tard, elle revint et se rassit. Et prit tout son temps pour m'annoncer la nouvelle.

– J'ai pu parler avec M. Szatmari, me dit-elle. Il va vous voir dès que possible.

– Merci. C'est bien aimable à lui et à vous.

Il y avait un canapé et une table basse sur laquelle s'étalaient de vieilles revues. J'avais apporté le dossier de police avec moi, comme accessoire essentiellement, afin d'impressionner Szatmari en lui montrant que j'avais des relations. Je m'assis sur le canapé et passai le temps qu'on me fit attendre à feuilleter les pages du classeur et à relire certains rapports. Rien de nouveau ne me frappa, mais il est vrai que je commençais à connaître cette affaire dans ses moindres détails. Et cela avait son importance – je savais que ne pas être obligé d'aller vérifier dans le dossier m'aiderait beaucoup lorsqu'il me faudrait examiner de nouvelles informations.

Une demi-heure s'étant écoulée, le téléphone sonna enfin et la secrétaire reçut l'ordre de me faire entrer.

Solidement bâti, Szatmari avait aux environs de cinquante-cinq ans et ressemblait plus à un représentant de commerce qu'à un enquêteur, même si les murs de son bureau étaient couverts de lettres d'éloges et de photos où on le félicitait en lui serrant la main. Il m'indiqua un fauteuil en face de son bureau encombré de documents et se mit à parler en notant quelque chose sur un rapport.

– Je suis très occupé, monsieur Bosch, dit-il. Que puis-je faire pour vous ?

– Eh bien, comme je vous l'ai dit hier au téléphone, je travaille sur une de vos affaires et je me disais que nous pourrions peut-être partager certains renseignements. Histoire de voir si vous ou moi aurions suivi une piste que l'autre n'aurait pas explorée.

– Et pourquoi faudrait-il que je partage quoi que ce soit avec vous ?

Ce n'était pas normal. Il était prêt à me détester avant même que j'entre dans son bureau. Je me demandai si, Dieu sait comment, Peoples ne lui avait pas parlé de moi. Szatmari avait-il appelé le LAPD ou le FBI pour se renseigner sur mon compte et reçu l'ordre de refuser toute coopération avec moi ? Était-ce pour cette raison qu'il avait voulu annuler le rendez-vous ?

– Je ne comprends pas, lui dis-je. Quelque chose ne va pas ? Il s'agit bien de résoudre l'affaire, non ? Et partager ce que nous savons devrait…

– Et vous là-dedans ? Qu'est-ce que vous êtes prêt à partager avec moi ? Quel pourcentage de la récompense voulez-vous me donner ?

Je hochai la tête. C'était donc ça. La récompense.

– Monsieur Szatmari, lui dis-je, vous faites erreur…

– Ben voyons ! Filez-moi la récompense et je fais tout ce que vous voudrez ? Allons ! Des gens de votre espèce, j'en vois tous les jours. On entre ici, on demande des renseignements en se disant qu'on va se faire plein de fric.

Son accent se faisait de plus en plus prononcé au fur et à mesure qu'il s'énervait. J'ouvris le dossier de police et y trouvai les photos en noir et blanc de la scène de crime. J'arrachai la page où l'on voyait les mains d'Angella Benton et l'abattis bruyamment sur son bureau.

– Tenez, voilà pourquoi je fais ce que je fais ! Ce n'est pas pour le fric ! C'est pour elle ! J'y étais, moi, ce jour-là. J'étais flic. Maintenant je suis à la retraite, mais cette affaire, c'est moi qui m'en suis occupé jusqu'à ce qu'on me débarque. Ça devrait m'interdire toute possibilité de toucher la récompense, non ?

Il étudia la photocopie granuleuse. Puis il jeta un

coup d'œil au classeur que j'avais sur les genoux. Enfin il me regarda.

– Maintenant, oui, je me souviens de vous. Votre nom. C'est vous qui avez touché un des braqueurs.

J'acquiesçai d'un signe de tête.

– J'y étais bien ce jour-là, mais comme on n'a jamais retrouvé les braqueurs, personne ne sait trop qui a touché qui.

– Oh allons ! Huit flics de location et un vieux routard du LAPD ? C'était vous.

– Je crois, oui.

– Vous savez que je voulais vous poser des questions à cette époque ? Mais la hiérarchie policière a bétonné.

– Comment ça ?

– Ils feraient n'importe quoi pour empêcher qu'il y ait d'autres enquêtes et enquêteurs dans le tableau. C'est comme ça qu'ils sont !

– Je sais. Je n'ai pas oublié.

Il sourit et se renversa dans son fauteuil.

– Et maintenant vous aimeriez que je coopère avec vous. Ironique, non ?

– Très.

– C'est le dossier de police que vous avez là ? Vous voulez bien me le montrer ?

Je lui tendis le gros classeur en travers du bureau. Il l'y posa, revint à la première partie et feuilleta les comptes rendus jusqu'au premier rapport. Celui concernant l'homicide. Du doigt il parcourut les noms portés sur la feuille jusqu'à celui indiqué dans la case OCD (officier chargé du dossier) – le mien. Puis il referma le classeur, mais ne me le rendit pas.

– Pourquoi maintenant ? me demanda-t-il. Pourquoi rouvrez-vous cette enquête ?

– Parce que je viens de prendre ma retraite et que cette affaire compte au nombre de celles qui ne me lâchent pas.

Il hocha la tête pour me faire savoir qu'il comprenait.

– Notre enquête à nous, vous vous en doutez, portait sur l'argent, pas sur la femme, reprit-il.

– Pour moi, tout ça c'est pareil.

– Oui, mais pour nous l'affaire est classée. Le fric a disparu. Partagé, dépensé. Et quand il n'y a plus moyen de récupérer l'argent… et qu'il y a d'autres affaires qui attendent…

– L'argent est passé par profits et pertes, mais pas elle. Pas pour moi et pas pour ceux qui la connaissaient.

– Parce que… vous la connaissiez ?

– J'ai fait sa connaissance ce jour-là.

Il hocha de nouveau la tête en ayant l'air de comprendre ce que j'avais voulu dire. Il remit d'aplomb une pile de documents sur son bureau.

– L'enquête a-t-elle abouti à quoi que ce soit ? Avez-vous trouvé des choses ?

Il mit longtemps à répondre.

– Non, pas vraiment. Rien que des impasses.

– Quand avez-vous renoncé ?

– Je ne me rappelle pas. Ça remonte à longtemps.

– Où est votre dossier ?

– Je ne peux pas vous le donner. C'est contraire au règlement.

– A cause de la récompense, c'est ça ? La société ne vous autorise pas à coopérer avec un enquêteur qui n'est pas dûment mandaté quand il y a une récompense à la clé.

– Ça pourrait conduire à de la collusion, dit-il en acquiesçant de la tête. Sans parler des problèmes juridiques. Je n'ai pas les protections dont bénéficie la police. Si mes notes et mes conclusions étaient rendues publiques, je m'exposerais à des poursuites judiciaires.

Je réfléchis un instant à la manière de jouer le coup. J'avais l'impression qu'il me cachait quelque chose et que ce quelque chose se trouvait dans son dossier. J'étais à peu près certain qu'il voulait me donner ce renseignement, mais qu'il ne savait pas trop comment s'y prendre.

– Regardez encore cette photocopie, lui dis-je. Regardez ses mains. Êtes-vous croyant, monsieur Szatmari ?

Il regarda de nouveau les mains d'Angella Benton.

– Par moments, oui, dit-il. Et vous ?

– Pas vraiment. Parce que… qu'est-ce que c'est, la foi ? Je ne vais pas à l'église, si c'est ça que vous voulez dire. Mais la foi, j'y pense, et crois avoir en moi quelque chose qui y ressemble. C'est comme les codes. Il faut y croire. Et les pratiquer. Et là… regardez ses mains, monsieur Szatmari. Je me rappelle qu'en la voyant par terre et qu'en regardant la position de ses mains… j'y ai vu une espèce de signe.

– De quoi ?

– Je ne sais pas. De quelque chose. De quelque chose qui avait trait à la foi. C'est pour ça que cette affaire ne m'a jamais lâché.

– Je comprends.

– Alors sortez-moi votre dossier et posez-le sur votre bureau, lui lançai-je comme si je donnais des ordres à quelqu'un sous hypnose. Après, vous allez boire une tasse de café ou fumer une cigarette quelque part. Sans vous presser. Je ne bougerai pas d'ici.

Il me regarda longuement avant de tendre la main vers ce qui devait être un tiroir-classeur dans son bureau. Puis il baissa les yeux pour chercher le bon dossier. Il le sortit – c'était un dossier épais –, le posa devant lui, repoussa son fauteuil et se leva.

– Je vais aller me prendre un café, dit-il. Vous voulez quelque chose ?

– Non, ça ira. Mais merci.

Il acquiesça et sortit en refermant la porte derrière lui. Dès que la serrure eut claqué, je bondis de mon siège et passai derrière le bureau. Je m'assis et me plongeai dans le dossier.

Pour l'essentiel, il était constitué de pièces que j'avais déjà vues. Mais il y avait aussi des photocopies de contrats et de directives passées entre la Global et son client, BankLA, que je ne connaissais pas, ainsi que des comptes rendus d'interrogatoires d'employés de la banque et de la société de production. Szatmari avait interrogé toutes les personnes chargées de la sécurité du transport de fonds qui s'étaient trouvées sur le plateau le jour de la fusillade et du hold-up.

Mais il ne m'avait pas interrogé, moi. Comme à son habitude, la hiérarchie du LAPD y avait fait obstacle. La demande d'entrevue que Szatmari lui avait faite ne m'était même pas parvenue. Non que j'y aurais accédé si je l'avais reçue. J'étais alors d'une arrogance que j'espérai bien avoir perdue depuis.

Je passai en revue les notes et comptes rendus d'interrogatoires aussi vite que je pus, mais en prêtant une attention particulière à ceux qui concernaient les trois employés de banque avec lesquels je me proposais de parler plus tard ce jour-là – Gordon Scaggs, Linus Simonson et Jocelyn Jones. Ni les uns ni les autres n'avaient dit grand-chose à Szatmari. C'était Scaggs qui avait tout dirigé et il s'était montré très précis quant aux mesures qu'il avait prises et à l'organisation de ce prêt d'un jour de deux millions de dollars en liquide. Les interrogatoires de Simonson et de Jones les faisaient apparaître comme des employés exécutant les ordres donnés. Ils auraient tout aussi bien pu coller des étiquettes sur des boîtes de conserve que compter vingt mille billets de cent dollars, et noter huit cents numéros de billets pendant qu'ils y étaient.

L'aiguille de mon compteur de curiosité bondit brusquement lorsque je tombai sur un document dans lequel on analysait les situations financières de Jack Dorsey, Lawton Cross et moi-même. Szatmari nous avait tous passés au microscope. Il avait appelé nos banques et sociétés de cartes de crédit. Puis il avait rédigé un court rapport sur chacun d'entre nous – le mien était le meilleur, ceux sur Cross et Dorsey disant qu'ils s'en sortaient plutôt mal. D'après Szatmari, l'un comme l'autre avaient d'énormes crédits revolving, Dorsey se trouvant dans la situation la plus difficile dans la mesure où il avait divorcé mais subvenait encore aux besoins de quatre enfants, dont deux avaient entrepris des études supérieures.

La porte du bureau s'étant ouverte, la secrétaire jeta un coup d'œil dans la pièce et s'apprêtait à dire quelque chose à Szatmari lorsqu'elle me vit derrière le bureau.

– Qu'est-ce que vous faites là ? me demanda-t-elle.

– J'attends M. Szatmari. Il est allé chercher un café.

En une mimique universelle de l'indignation, elle posa les mains sur ses hanches impressionnantes.

– Et il vous a dit de vous installer derrière son bureau et de lire ce dossier ?

Il m'incombait de ne pas laisser Szatmari dans ce possible pétrin.

– Il m'a dit d'attendre, lui répliquai-je. Je l'attends.

– Bon, eh bien vous allez me faire le plaisir de repasser de l'autre côté de ce bureau. Je ferai part à M. Szatmari de ce que j'ai vu.

Je fermai le dossier, me levai et fis le tour du bureau comme on me le demandait.

– Vous savez quoi ? lui lançai-je. J'apprécierais assez que vous n'en fassiez rien.

– Ce que vous apprécieriez m'importe peu : je le lui dirai.

Sur quoi elle disparut en laissant la porte ouverte derrière elle. Quelques minutes s'étant écoulées, Szatmari entra en fulminant et claqua sèchement la porte. Et laissa retomber la pression en se tournant vers moi. Il tenait une tasse de café fumant à la main.

– Merci d'avoir joué le coup comme ça, dit-il. J'espère seulement que vous avez trouvé ce que vous vouliez, parce que maintenant il va falloir que je tienne compte du petit accès de colère que j'ai eu dans le couloir et que je vous flanque à la porte.

– Pas de problème, lui dis-je en me levant. Mais j'ai une question à vous poser.

– Allez-y.

– Examiner le passé financier des flics en charge de l'affaire, à savoir Jack Dorsey, Lawton Cross et moi-même, était-ce une mesure de routine ?

Il plissa le front en essayant de retrouver la raison qui l'avait poussé à faire ces vérifications financières. Puis il haussa les épaules.

– J'avais oublié. Je crois m'être dit que vu la somme en jeu, il fallait que je m'intéresse à tout le monde. Surtout à vous, Bosch. Coïncidence ou pas, vous étiez quand même sur le plateau de tournage pile au bon moment.

J'acquiesçai d'un signe de tête. Pour l'enquête, la mesure me semblait bonne.

– Vous m'en voulez ? me demanda-t-il.

– Moi ? Non, pas du tout. Je voulais juste savoir d'où ça sortait, c'est tout.

– Autre chose qui pourrait vous aider ?

– Peut-être. On ne sait jamais.

– Alors bonne chance. Si vous n'y voyez pas d'inconvénients, j'aimerais être informé des progrès que vous pourriez faire.

– Bien sûr. Je vous tiens au courant.

Nous nous serrâmes la main. En regagnant la sortie, je passai devant la secrétaire indignée et lui souhaitai une bonne journée. Elle ne réagit pas.

33

L'entretien que j'eus avec Gordon Scaggs fut rapide et sans accrocs. Il me retrouva à l'heure convenue à la tour BankLA du centre-ville. Sis au quarante-deuxième étage, son bureau était orienté à l'est et offrait une des meilleures vues que j'aie jamais eues sur le smog de Los Angeles. Ce qu'il me dit de son implication dans ce prêt malheureux à Eidolon Productions ne différa guère de sa déposition versée au dossier. Il avait négocié le paiement de cinquante mille dollars à la banque, coût de la sécurité inclus. Les deux millions de dollars devaient quitter les locaux le matin du tournage et y revenir avant la fermeture, à dix-huit heures.

– Je savais qu'il y avait un risque, me dit-il. Mais j'y voyais aussi un petit profit rapide pour la banque. Faut croire que ça m'avait légèrement aveuglé.

Il avait laissé à Ray Vaughn, le patron de la sécurité, le soin de régler les problèmes de transport pendant qu'il se chargeait de faire assurer les risques de cette opération d'un jour par la Global Underwriters et de rassembler ensuite les deux millions de dollars en liquide. Il aurait été très inhabituel qu'un seul établissement – y compris le siège de la banque – dispose d'autant de liquidités. C'est pour cette raison que, plusieurs jours avant le prêt, il avait dû organiser des transferts de liquide de plusieurs succursales sur le siège. Au jour J, l'argent avait été chargé dans un véhicule blindé et conduit du centre-ville au plateau de tournage à Hollywood. Ray Vaughn se trouvait dans la voiture de tête. Il était en contact radio permanent avec le camion blindé et lui avait fait faire tout un tas de détours à travers Hollywood afin d'être sûr qu'on ne les suivait pas. Arrivés sur le lieu de tournage, ils avaient été accueillis par d'autres gardes armés et Linus Simonson, un des assistants qui avaient aidé Scaggs à réunir l'argent et dressé la liste des numéros de billets exigée par la banque.

Et, bien sûr, tout ce petit monde de la banque avait été aussi accueilli par les braqueurs masqués et lourdement armés.

Un des renseignements que j'obtins dans la phase initiale de mon entretien avec Scaggs fut que les règlements de la banque avaient changé depuis le hold-up. BankLA refusait maintenant ce qu'elle appelait des « prêts de vitrine », surtout en liquide, à l'industrie du cinéma.

– Ce que ça veut dire ? me lança-t-il. Qu'à se faire échauder une fois, on apprend. Il faudrait être complètement idiot pour recommencer. Et idiots, nous ne le sommes pas, monsieur Bosch. Plus question de se faire avoir par ces gens-là.

J'avais acquiescé d'un signe de tête.

– Et donc, vous êtes sûr que c'est du côté de « ces gens-là » que vient le hold-up ? De ces gens-là et pas des employés de la banque ?

Qu'on puisse penser autrement avait paru l'indigner.

– Et comment ! s'écria-t-il. Pensez seulement à la pauvre femme qui s'est fait assassiner. C'était pour eux qu'elle travaillait, pas pour moi.

– C'est vrai. Mais son assassinat aurait pu faire partie du plan d'ensemble. Si on voulait orienter les soupçons sur la production plutôt que sur la banque…

– Impossible. La police a passé tout cet édifice au peigne fin. Même chose pour la compagnie d'assurances et nous avons reçu un satisfecit de tous les enquêteurs impliqués dans l'affaire. Nous sommes blancs comme neige dans cette histoire.

J'avais acquiescé à nouveau. Il venait de se jeter dans le piège que je lui avais tendu.

– Vous ne verrez donc aucun inconvénient à ce que je m'entretienne aussi avec vos employés, n'est-ce pas ? J'aimerais parler avec Linus Simonson et Jocelyn Jones.

Il avait brusquement compris que je l'avais coincé. Mais comment aurait-il pu m'interdire de parler avec ses subalternes après m'avoir vanté l'innocence et l'honnêteté de son personnel d'une manière aussi retentissante ?

– Ma réponse sera oui et non, m'avait-il renvoyé. Jocelyn fait encore partie de notre société. Elle est passée directrice adjointe de notre succursale de West Hollywood et je ne pense pas que lui parler pose problème.

– Et Linus Simonson ?

– Linus n'a jamais remis les pieds ici après cette horrible journée. Vous savez sans doute qu'il a été atteint par ces fumiers. Comme Ray. Mais, au contraire de Ray, il en a réchappé. Après sa sortie d'hôpital, il a pris un congé de maladie et n'a plus voulu revenir, ce que je ne saurais lui reprocher.

– Il a démissionné ?

– C'est exact.

Je n'en avais pas plus vu mention au dossier de police que dans les archives de Szatmari. Je savais que l'enquête avait été la plus intense dans les jours et les semaines qui avaient suivi le hold-up. A cette époque-là Simonson était très vraisemblablement en convalescence et, techniquement au moins, devait encore faire partie du personnel de la banque. Il n'y avait donc aucune raison pour que son départ ait été signalé dans les documents rédigés à ce moment-là.

– Vous savez où il est allé après ?

– Je l'ai su, oui. Mais plus maintenant. Pour tout vous dire, Linus a pris un avocat qui a parlé d'un procès en responsabilités civiles. Vous voyez… en prétendant que la banque avait mis sa vie en danger et autres âneries. Mais bien sûr ces réquisitions ne mentionnent jamais que, le jour du braquage, il s'était porté volontaire pour aller sur le plateau.

– Quoi ? !

– Ben tiens. Il était jeune. Il avait grandi ici et avait dû avoir des rêves hollywoodiens à un moment ou à un autre. Tout le monde en a. Il se disait que passer la journée sur le plateau et y être le grand responsable du fric était une bonne affaire. Toujours est-il qu'il s'était porté volontaire et que j'avais dit oui. Je voulais qu'il y ait quelqu'un de mon bureau sur les lieux. En plus de Ray Vaughn, s'entend.

– Bon mais… Simonson a-t-il vraiment attaqué la banque en justice ou seulement fait beaucoup de bruit avec son avocat ?

– Seulement du bruit. Mais assez pour que le conseil juridique de la banque préfère conclure un arrangement à l'amiable. La banque lui a donné du liquide et il a filé. Il s'en serait servi pour acheter un night-club.

– Combien a-t-il reçu ?

– Je l'ignore. Un jour, je l'ai demandé à notre conseiller juridique, Jim Foreman, mais il n'a pas voulu me le dire. D'après lui, les termes de l'accord devaient rester confidentiels. Mais d'après ce que j'ai compris, le club qu'il s'est payé n'est pas rien. C'est un truc genre Hollywood branché…

Je songeai au portrait que j'avais contemplé dans la bibliothèque de Janis Langwiser en attendant qu'elle me reçoive.

– Votre avocat est James Foreman ?

– Pas le mien, non. Celui de la banque. Il travaille en

intervenant extérieur. La banque a décidé de ne pas traiter le dossier en interne à cause des risques de conflit d'intérêts.

J'acquiesçai d'un signe de tête.

– Savez-vous le nom du club qu'a acheté Simonson ?

– Non.

Je restai immobile à regarder le smog de l'autre côté de la fenêtre dans son dos. Je voyais sans voir. J'avais plongé au plus profond de moi-même, là où les premiers signes d'excitation et de compréhension instinctive disent l'état de grâce auquel ma religion m'autorise.

– Monsieur Bosch ? me lança Scaggs. Ne vous évanouissez pas comme ça. J'ai un conseil d'administration dans cinq minutes.

Je sortis de ma rêverie et le regardai.

– Je vous prie de m'excuser. J'en ai fini. Pour l'instant. Mais est-ce que vous pourriez appeler Jocelyn Jones avant votre réunion et lui dire que je vais passer la voir ? Et j'aurais aussi besoin de savoir où se trouve sa succursale.

– Ça ne posera aucun problème.

34

J'avais du temps à perdre avant de me rendre à la succursale de West Hollywood pour y voir Jocelyn Jones, je pris donc par Hollywood Boulevard, direction ouest. Je n'y étais plus allé depuis que j'étais à la retraite et j'avais envie de revoir le coin où j'avais si longtemps patrouillé. D'après les journaux, tout était en train d'y changer et je voulais m'en rendre compte par moi-même.

L'asphalte brillait toujours au soleil, tandis que les vitrines des magasins et les immeubles de bureaux près de Vine Street semblaient sommeiller sous la patine d'un demi-siècle de smog. Rien de changé de ce côté-là. Mais, une fois passé Cahuenga et arrivé dans Highland, je vis bien l'endroit où le nouvel Hollywood prenait vie. Partout des hôtels neufs – et pas du genre à louer des chambres à l'heure –, des théâtres et des centres agrémentés de restaurants chics en franchise pour ancrer la population. Les rues étaient pleines de monde, et bien luisantes les étoiles en cuivre scellées dans les trottoirs. Le mot qui me vint à l'esprit ? Espoir. On sentait, et c'était nouveau, de l'espoir et de la vigueur dans l'air. Il y avait quelque chose qui vibrait dans ces rues et cela me plut. L'idée, je le savais, était que les vibrations s'étendraient à partir de ce centre et se répandraient dans le boulevard avec la force d'une onde de tremblement de terre, et que dans leur sillage on trouverait rénovation et réinvention. Il y a quelques années de ça j'aurais été le premier à dire que ces projets n'avaient aucune chance de réussir. Peut-être m'étais-je trompé. Je l'espérai.

Me sentant toujours favorisé par la chance après mon petit voyage à Las Vegas, je décidai de me laisser porter par ces vibrations et descendis Fairfax Avenue jusqu'à la 3e Rue. Là, je me garai au Farmer's Market pour me trouver quelque chose à manger.

Le marché comptait au nombre des projets de rénovation que j'avais longtemps évités. Il y avait un nouveau parking et un nouveau centre en plein air construit à côté de l'ancien, celui en bardeaux, où kitsch et nourriture aussi bonne que pas chère s'alliaient pour réconforter le chaland. Je préférais quand on pouvait se garer dans un parking à côté du marchand de journaux, mais dus reconnaître qu'on avait bien fait les choses. L'ancien et le moderne marchaient ensemble et s'entendaient bien. Je traversai le nouveau marché après avoir longé les grands magasins et la plus grosse librairie qu'il m'ait jamais été donné de voir et entrai dans l'ancien. La boutique de Bob's Donuts était toujours là, et tous les autres endroits dont je me souvenais aussi. Il y avait foule. Les gens avaient l'air heureux. Il était trop tard pour un donut, je me payai un sandwich bacon-laitue-tomate et fis la monnaie d'un dollar au Kokomo Café avant d'aller manger mon sandwich dans une des vieilles cabines téléphoniques laissées en place près de Chez Dupar. Je commençai par appeler Roy Lindell, qui était en train de déjeuner à son bureau.

– Tu bouffes quoi ? lui demandai-je.

– Sandwich au thon sur pain de seigle avec des cornichons.

– Dégueu.

– Ouais, et toi ?

– Sandwich bacon-laitue-tomate avec double ration de bacon de chez Kokomo.

– Bon, d'accord, je suis battu. Qu'est-ce que tu veux, Bosch ? La dernière fois que je t'ai vu, tu ne voulais plus jamais me parler. Je croyais même que t'étais parti à Las Vegas.

– J'y suis allé et je suis revenu. Et les choses commencent à prendre forme. On pourrait dire que je suis arrivé à une sorte d'accord avec tes potes du neuvième étage. On reprend ou tu préfères bouder ?

– Tu as du nouveau ?

– Ce n'est pas impossible. C'est juste une impression pour le moment, mais…

– Bref, qu'est-ce que tu attends de moi ?

J'éloignai mon sandwich du dossier de police et ouvris ce dernier pour y chercher le renseignement dont j'avais besoin.

– Tu pourrais pas voir ce qu'on peut trouver sur un certain Linus Simonson ? Blanc, vingt-neuf ans. Il est propriétaire d'un night-club en ville.

– Le nom du club ?

– Je ne sais pas.

– Génial. Et quoi encore ? Je passe reprendre tes habits chez le teinturier ?

– Entre le nom dans ton ordinateur. Tu verras bien si ça fait tilt.

Je lui donnai la date de naissance de Simonson et l'adresse consignée au dossier de police, même si elle me paraissait ancienne.

– Qui est-ce ?

Je lui parlai de ce que Simonson avait fait à BankLA et lui rappelai qu'il avait été blessé pendant le hold-up sur le plateau de tournage.

– Une victime, donc. Tu penses que c'était un coup monté et qu'il avait demandé à ses potes de lui tirer dans le cul ?

– Je ne sais pas.

– Un rapport quelconque avec Marty Gessler ?

– Je ne sais pas non plus. Peut-être pas. Probablement pas. Mais j'ai quand même envie que tu vérifies. Pour moi, il y a quelque chose qui ne cadre pas.

– Bon. C'est donc toi qui as des intuitions et moi qui me tape le boulot de base. Autre chose ?

– Écoute, si tu ne veux pas, tu dis non et c'est marre. Je trouverai quelqu'un d'autre…

– Je t'ai dit que je le ferais, je le ferai. Autre chose ?

J'hésitai, mais pas très longtemps.

– Oui, un truc. Tu peux vérifier une immatriculation ?

– Donne.

Je lui communiquai le numéro de la voiture d'Eleanor. Je l'avais toujours en mémoire et savais qu'il n'en bougerait pas tant que je n'aurais pas fait ce qu'il fallait.

– Dans le Nevada ? me demanda Lindell d'un ton manifestement soupçonneux. Ç'a à voir avec ton voyage à Las Vegas ou avec ce qui nous occupe ?

J'aurais dû m'en douter. Lindell était sans doute des tas de choses, mais idiot, pas vraiment. J'avais déjà ouvert la porte, je ne pouvais plus faire autrement que d'y aller.

– Je ne sais pas, lui répondis-je en mentant. Mais si tu pouvais juste me dire à qui appartient la bagnole…

Si, comme je le pensais, la Lexus n'était pas au nom d'Eleanor, je pourrais toujours prétendre avoir cru qu'on me suivait et Lindell n'y verrait que du feu.

– Bon, d'accord, dit enfin l'agent du FBI. Allez, faut que j'y aille. Rappelle-moi plus tard.

Je raccrochai et tout fut dit. La culpabilité me submergea comme les vagues qui frappaient les piliers sous la jetée. Tromper Lindell sur la nature de ma requête, je le pouvais, mais m'abuser sur ce que je faisais était impossible. Espionner une ex-épouse que je n'arrivais pas à lâcher ! Je me demandai s'il était possible de tomber encore plus bas.

Pour essayer de ne pas m'attarder là-dessus, je décrochai l'appareil et glissai de la monnaie dans la fente.

Puis je composai le numéro de Janis, et là, en attendant qu'elle décroche, l'idée me vint brusquement que je pouvais très bien répondre à la question que je venais de me poser.

La secrétaire m'informa que Janis était en ligne et qu'elle allait devoir me rappeler. Je lui dis que je n'étais pas joignable et que ce serait moi qui rappellerais dans un quart d'heure. Je raccrochai et fis le tour du marché à pied. J'y passai l'essentiel de mon temps, dans une petite boutique où l'on ne vendait que des sauces piquantes, mais par centaines de sortes différentes. Sans trop savoir quand je pourrais m'en servir parce que je ne faisais plus que rarement la cuisine chez moi, j'achetai une bouteille d'Étreinte de l'alligator parce que j'aimais bien le magasin et que j'avais encore besoin de pièces de monnaie pour rappeler Janis.

L'arrêt suivant fut pour la boulangerie-pâtisserie. Pas pour acheter, seulement pour regarder. Quand j'étais enfant et qu'elle s'occupait encore de moi, ma mère m'emmenait souvent au Farmer's Market le samedi matin. Je me rappelle surtout les moments où, le nez collé à la vitrine, je regardais le pâtissier mettre en devanture les gâteaux qu'on lui avait commandés pour des anniversaires, des mariages et des fêtes. Ses gros bras couverts de farine et de sucre, il dessinait de grands motifs sur chaque gâteau en pressant le glaçage dans un cornet.

Ma mère devait me soulever pour que je puisse voir les décorations sur le gâteau. Elle pensait souvent que j'observais le pâtissier, mais c'était son reflet à elle que je regardais dans la vitre, en me demandant ce qui n'allait pas.

Quand elle en avait assez de me porter, elle allait prendre une chaise à la terrasse du restaurant voisin et j'y montais. Puis je contemplais les gâteaux en imaginant dans quelles fêtes ils allaient atterrir et combien de personnes y assisteraient. Pour moi, ils ne pouvaient aller que dans des endroits de bonheur. Mais je voyais bien que, lorsque le pâtissier décorait un gâteau de mariage, ma mère en était toute triste.

La boulangerie et la vitrine du pâtissier étaient toujours là. Le sac où j'avais mis ma bouteille de sauce piquante à la main, je restai planté devant, mais le boulanger avait disparu. Il était déjà trop tard dans la journée. Tous les jours, on venait de bonne heure emporter ou livrer les gâteaux pour des noces, des anniversaires et autres fêtes de ce genre. Sur l'étagère, je regardai les embouts des cornets en acier dont le pâtissier se servait pour dessiner fleurs et motifs divers en glaçage.

– Inutile d'attendre. C'est fini pour aujourd'hui.

Je n'eus pas besoin de me retourner. Dans la vitrine je vis le reflet d'une vieille femme qui passait derrière moi. Encore une fois je pensai à ma mère.

– Oui, dis-je, je crois que vous avez raison.

Je regagnai la cabine téléphonique et rappelai Langwiser. Cette fois elle était disponible et prit la communication tout de suite.

– Tout va bien ? me demanda-t-elle.

– Oui.

– Bon. Tu m'as fait peur.

– Qu'est-ce que tu racontes ?

– Tu as dit à Roxanne que tu n'étais pas joignable. Je me suis demandé si tu n'étais pas en prison ou autre.

– Je te demande pardon. Je n'y ai pas pensé. C'est vrai que je ne me sers toujours pas de mon portable.

– Tu crois être encore sur écoute ?

– Je ne sais pas. Je ne suis même pas sûr de l'avoir été. Mais je prends mes précautions.

– Bref, ce n'était que la vérification habituelle ?

– En quelque sorte. Mais j'ai aussi une question.

– J'écoute.

Était-ce à cause du demi-mensonge que j'avais servi à

Lindell ou de la honte que j'éprouvais à espionner Eleanor ? Toujours est-il que je décidai de ne pas biaiser, mais de jouer avec les cartes que j'avais, tout simplement.

– Il y a quelques années de ça, lui dis-je, ton cabinet s'est occupé d'une affaire. L'avocat s'appelait James Foreman, le client étant BankLA.

– Cette banque fait effectivement partie de nos clients. Quelle était cette affaire ? Il y a quelques années de ça, je ne faisais pas encore partie du cabinet.

Je fermai la porte de la cabine. Je savais pourtant qu'il ne tarderait pas à faire très chaud dans cette boîte minuscule.

– Je n'en connais pas l'intitulé, mais la partie adverse était Linus Simonson. Il avait travaillé à BankLA en qualité d'adjoint au vice-président. Il avait pris une balle pendant le hold-up sur le plateau de tournage.

– D'accord. Oui, je me rappelle qu'un type a été blessé et qu'un autre est mort, mais les noms m'échappent.

– Lui, c'est celui qui a été blessé. Celui qui est mort, c'est Ray Vaughn, le chef de la sécurité de la banque. Simonson s'en est sorti. De fait, il n'a pris qu'une balle dans le cul. Probablement par ricochet, si je me rappelle bien les résultats d'enquête de l'équipe d'évaluation des tirs.

– Et il aurait poursuivi la banque après ?

– Je ne sais pas trop si c'est allé jusque-là. L'important là-dedans, c'est qu'il a été en congé de maladie pendant un certain temps et qu'après il n'a plus voulu reprendre son boulot. Il s'est trouvé un avocat et a commencé à laisser entendre que la banque était responsable de ce qui lui était arrivé parce qu'elle l'avait mis en danger.

– Ça me paraît raisonnable.

– Sauf qu'il s'était porté volontaire pour être sur le plateau de tournage. Il avait réuni les fonds et s'était proposé pour les garder pendant le tournage.

– Eh bien, mais… ça devait encore être jouable. Il aurait pu dire qu'il ne s'était porté volontaire que sous la contrainte et…

– Oui, tout ça, je le sais. Qu'il ait ou n'ait pas eu de quoi assigner la banque n'est pas ce qui m'inquiète. D'ailleurs il semblerait bien que c'était le cas, vu que la banque a négocié un arrangement à l'amiable et que c'est James Foreman qui s'en est occupé.

– Bien, mais où va-t-on avec tout ça ? Qu'est-ce que tu veux savoir ?

Je rouvris la porte de la cabine pour avoir un peu d'air frais.

– Je voudrais savoir à quelle hauteur il a traité. Combien a- t-il gagné ?

– J'appelle Jim Foreman tout de suite. Tu veux bien patienter ?

– Euh… c'est pas si simple que ça. Il y avait un accord de confidentialité.

Il y eut un grand silence de son côté de la ligne et je souris en attendant sa réponse. Ça m'avait fait du bien de lui dire ce que je voulais sans tricher.

– Je vois, dit-elle enfin. Et donc, tu veux que je viole cette clause en te disant ce qu'il a eu ?

– C'est que… dit comme ça…

– Comment veux-tu que je le dise autrement ?

– Je travaillais une piste et suis tombé sur ce type. Simonson. Ça m'aiderait beaucoup de savoir quel paquet de fric la banque lui a filé. Ça m'aiderait vraiment vraiment beaucoup, Janis.

Encore une fois mes paroles furent accueillies par un long silence.

– Il n'est pas question que j'aille fourrer mon nez dans des dossiers de la boîte, dit-elle enfin. Je n'ai aucune envie de faire quoi que ce soit qui puisse me foutre dans la merde. Le mieux que je puisse faire est d'aller voir Jim et de le lui demander. On verra ce qu'il dira.

– Très bien.

Je ne m'attendais même pas à ce résultat.

– Le seul atout que j'aie est que BankLA est toujours client chez nous. Si tu me dis que ce Simonson faisait peut-être partie du hold-up qui a fait perdre deux millions de dollars à la banque en plus de son chef de la sécurité, il n'est pas impossible qu'il marche.

– Ça serait bien.

Je n'avais pas pensé à cette façon de présenter les choses. Ça m'excita beaucoup. Peut-être parviendrait-elle à m'obtenir ce que je voulais de Foreman !

– Ne t'excite pas trop, Harry. Pas tout de suite.

– Entendu.

– Je vais voir ce que je peux faire et je te rappelle. Et ne t'inquiète pas : si je suis obligée de te laisser un message chez toi, il sera codé.

– D'accord, Janis, merci.

Je raccrochai et quittai la cabine. En retraversant le marché pour regagner le parking, je repassai devant la vitrine aux gâteaux et fus surpris d'y voir le pâtissier. Je m'arrêtai une minute pour regarder. Ça devait être une commande de dernière minute car on aurait dit que le gâteau avait été sorti d'un rayon à l'intérieur. Il était déjà glacé. Le pâtissier ne faisait qu'y ajouter des fleurs et des lettres en sucre.

J'attendis qu'il ait fini d'écrire. Il travaillait en rose sur fond de chocolat. Enfin je lus : *« Happy birthday, Callie ! »* J'espérai que ce gâteau irait lui aussi dans un endroit de bonheur.

35

Jocelyn Jones travaillait dans une succursale de Santa Monica Boulevard, à la hauteur de San Vicente. Dans un comté connu depuis des décennies comme la capitale des braquages de banques, l'emplacement était à peu près ce qu'il y avait de plus sûr : le bâtiment se trouvait en face des bureaux du shérif de West Hollywood.

L'établissement comportait deux niveaux de style Arts déco avec façade en courbe et grandes fenêtres rondes au premier étage. Au rez-de-chaussée les guichets et les bureaux réservés aux nouveaux comptes, au premier les bureaux de la direction. C'est là que je trouvai Jocelyn Jones. Son bureau était équipé d'un hublot qui donnait sur les bureaux du shérif et, plus loin, sur le Pacific Design Center, surnommé « la baleine bleue » par les gens du coin parce que sous un certain angle sa façade en revêtement bleu fait songer à la queue d'une baleine à bosse sortant de l'océan.

Jocelyn Jones sourit et me pria de m'asseoir.

– M. Scaggs m'a avertie que vous passeriez et m'a autorisée à vous parler librement. Il m'a dit que vous travailliez sur le hold-up.

– C'est exact.

– Je suis contente qu'on ne l'ait pas oublié.

– Et moi, je suis content de vous l'entendre dire.

– Que puis-je faire pour vous ?

– Je ne sais pas trop. De fait, je reprends un certain nombre de démarches déjà accomplies. Ça risque de vous paraître répétitif, mais j'aimerais que vous me disiez le rôle que vous avez joué dans tout ça. Je vous poserai des questions s'il m'en vient.

– C'est que je n'ai pas grand-chose à vous dire. Je n'étais pas sur les lieux comme Linus et ce pauvre M. Vaughn. Je me suis surtout occupée de l'argent avant le transport. A l'époque, j'étais une des assistantes de M. Scaggs. C'est lui qui m'a sponsorisée dans la société.

Je hochai la tête et souris comme si, pour moi, tout cela était merveilleux. J'y allais doucement, mon idée étant de l'amener peu à peu où je voulais.

– Et donc, vous vous êtes occupée de l'argent. Vous l'avez compté, empaqueté et préparé. Où ça ?

– A la banque centrale, en ville. Nous ne sommes pas sortis de la chambre forte de tout ce temps. L'argent nous arrivait des succursales et nous faisions tout sans quitter la salle des coffres. Sauf, bien sûr, à la fin de la journée. Ça nous a pris entre trois jours et trois jours et demi pour tout préparer. Nous les avons surtout passés à attendre que l'argent arrive des succursales.

– Quand vous dites «nous», vous voulez dire Linus…

J'ouvris le dossier de police sur mes genoux comme si je voulais vérifier un nom que j'avais oublié.

– Simonson, compléta-t-elle.

– Voilà, Linus Simonson. Vous travailliez ensemble, c'est bien ça ?

– Oui.

– M. Scaggs le sponsorisait-il lui aussi ?

Elle hocha la tête et rougit un peu, je crois, mais ne saurais l'affirmer dans la mesure où elle avait la peau très foncée.

– Non, dit-elle, le stage de sponsorisation est réservé aux minorités. «Était», devrais-je plutôt dire. Il n'existe plus depuis l'année dernière. Bref, Linus est blanc. Il a grandi à Beverly Hills. Son père était propriétaire d'un tas de restaurants et je ne crois pas qu'il avait besoin d'un sponsor.

J'acquiesçai d'un signe de tête.

– Bon, et donc Linus et vous avez passé trois jours dans la chambre forte à rassembler tout cet argent. Vous avez dû également relever les numéros des billets, n'est-ce pas ?

– Oui, ça aussi, nous l'avons fait.

– De quelle manière ?

Elle ne répondit pas tout de suite, essayant de se rappeler. Elle se balança lentement d'avant en arrière dans son fauteuil. Je regardai un hélicoptère des services du shérif atterrir sur le toit, de l'autre côté de Santa Monica Boulevard.

– Je me rappelle qu'on devait les relever au hasard, dit-elle enfin. Oui, c'est comme ça qu'on sortait les billets des liasses, au hasard. Je crois qu'on devait enregistrer mille numéros. Ça aussi, ça a pris un temps fou.

Je feuilletai les pages du dossier de police jusqu'à la photocopie de la pièce qu'elle avait rédigée avec Simonson. J'ouvris les anneaux du classeur et sortis le rapport.

– D'après ce document, vous avez enregistré huit cents numéros, lui dis-je.

– Ah, bon. Ça devait être huit cents.

– C'est bien votre rapport ?

Je le lui tendis. Elle l'examina en entier, en s'arrêtant à la signature apposée au bas de la dernière page.

– On dirait bien, mais ça remonte à quatre ans.

– Oui, je sais. C'est la dernière fois que vous l'avez vu ? Quand vous l'avez signé ?

– Non. Après le braquage. Quand les inspecteurs m'ont interrogée. Ils m'ont demandé si c'était bien la feuille.

– Et vous leur avez dit que oui ?

– Oui.

– Bon. Revenons au moment où Linus et vous établissiez cette pièce. Comment cela se passait-il ?

Elle haussa les épaules.

– Linus et moi nous relayions pour saisir les numéros sur son ordinateur portable.

– Il n'y a pas un genre de scanner ou autre qui aurait pu le faire plus facilement ?

– Si, mais ça n'aurait pas marché pour ce que nous devions faire. Il fallait choisir et noter des billets au hasard dans chaque liasse, mais garder chaque billet noté dans sa liasse d'origine. Comme ça, si l'argent était volé et partagé, on aurait la possibilité de remonter jusqu'aux liasses.

J'acquiesçai d'un signe de tête.

– Qui vous avait dit de procéder de cette manière ?

– Oh, sans doute M. Scaggs. Ou peut-être M. Vaughn. C'était M. Vaughn qui s'occupait des questions de sécurité et répercutait les instructions de la banque.

– Bon, donc, vous êtes dans la salle des coffres avec Linus. Comment faites-vous exactement pour noter les billets ?

– Oh, Linus pensait que les noter à la main et les entrer dans l'ordinateur après prendrait un temps fou. Il a donc descendu son ordinateur portable et nous les y avons entrés directement. L'un d'entre nous lisait le numéro et l'autre le tapait.

– Qui faisait quoi ?

– On en faisait un peu tous les deux. On se relayait. Rester assis devant deux millions de dollars posés sur une table peut paraître excitant, en réalité c'est d'un ennui mortel. C'est pour ça qu'on changeait. Il y avait des fois où c'était moi qui lisais les numéros pendant qu'il tapait et d'autres où c'était le contraire.

Je réfléchis à ce qu'elle disait et tentai de me représenter comment ça avait pu fonctionner. En apparence, charger deux employés de dresser cette liste permettait de vérifier deux fois les numéros… à ceci près que non. Qu'il les lise ou les entre dans son portable, c'était Simonson qui dirigeait l'opération. Inventer un faux numéro dans l'un ou l'autre cas, il le pouvait parfaitement, Jones, elle, étant dans l'incapacité de s'en rendre compte à moins de regarder le billet, puis ce qu'il portait à l'écran.

– Bon, dis-je. Et quand vous avez fini, vous avez imprimé le dossier et signé le rapport, c'est bien ça ?

– Oui. Enfin… je crois. Ça ne date pas d'hier.

– C'est votre signature, là ?

Elle passa à la dernière page du document et vérifia. Et acquiesça d'un signe de tête.

– Oui, dit-elle.

Je tendis la main, elle me rendit la pièce.

– Qui a apporté cette liste à M. Scaggs ?

– Linus, y a des chances. C'est lui qui l'avait imprimée. Mais… pourquoi ces détails vous paraissent-ils si importants ?

Enfin elle commençait à comprendre à quoi je voulais en venir. Je ne répondis pas. Je feuilletai le rapport qu'elle venait d'étudier et, arrivé à la dernière page, vérifiai moi aussi les signatures. La sienne se trouvait sous celle de Simonson et au-dessus du gribouillis de Scaggs. C'était effectivement dans cet ordre que le document avait été signé. D'abord par Simonson, puis par elle et enfin par Scaggs en personne.

Mais, en regardant le document à la lumière du hublot, je crus voir quelque chose que je n'avais pas remarqué avant. Ce n'était qu'une photocopie de l'original, peut-être même une copie de copie, mais il y avait quand même un dégradé dans la signature de Jocelyn Jones. Et c'était là quelque chose que j'avais déjà vu dans une autre affaire.

– Qu'est-ce qu'il y a ? me demanda-t-elle.

Je la regardai en remettant le document dans le dossier.

– Vous dites ?

– Vous avez l'air d'avoir découvert quelque chose d'important.

– Oh non, ce n'est rien. Je vérifie tout, rien de plus. Je n'ai presque plus de questions à vous poser.

– Bon. Il va falloir que je descende au rez-de-chaussée. Nous allons bientôt fermer.

– Je vais vous débarrasser le plancher. M. Vaughn a-t-il pris part à la préparation des liasses et à l'enregistrement des numéros de billets ?

Elle hocha une fois la tête.

– Pas vraiment, non. En fait, il nous supervisait, en quelque sorte. Il passait souvent nous voir, surtout quand l'argent arrivait des succursales ou de la Réserve fédérale. Ce devait être de cet aspect-là du problème qu'il s'occupait.

– Est-il jamais venu vous voir quand vous étiez en train de vous dicter les numéros des billets et de les entrer dans le portable ?

– Je ne m'en souviens pas. Je crois que oui. Comme je vous l'ai dit, il passait souvent. Je crois qu'il aimait bien Linus.

– Comment ça, « il aimait bien Linus » ?

– Ben… vous savez.

– Vous voulez dire que M. Vaughn était homo ?

Elle haussa les épaules.

– Je crois qu'il l'était, mais pas ouvertement. Ce devait être un secret. Ça n'avait guère d'importance.

– Et Linus ?

– Non, il n'est pas homo. C'est même pour ça qu'à mon avis il n'aimait pas trop que M. Vaughn n'arrête pas de passer.

– Vous l'a-t-il dit ou est-ce seulement vous qui le pensez ?

– Non. Il m'a dit quelque chose comme ça un jour. Comme en plaisantant… que Vaughn allait se taper un

300

procès en harcèlement sexuel si ça continuait. Enfin…
quelque chose de ce genre.

Je hochai la tête. Je ne savais pas trop si cela avait
une quelconque importance dans mon enquête.

– Vous n'avez toujours pas répondu à ma question,
reprit-elle.

– Laquelle ?

– Pourquoi vous vous focalisez tellement là-dessus.
Les numéros des billets, je veux dire. Et l'histoire de
Linus et de M. Vaughn.

– Ce n'est pas ça. Ça vous fait cet effet-là parce que
c'est cette partie-là de l'affaire que vous connaissez.
J'essaie seulement d'être aussi exhaustif que possible
dans tous les aspects du dossier. Avez-vous eu des nouvelles de Linus depuis ?

Elle parut surprise de ma question.

– Moi ? Non. Je suis allée lui rendre visite une fois à
l'hôpital, juste après la fusillade. Et comme il n'a
jamais repris à la banque, je ne l'ai jamais revu. On travaillait ensemble, mais on n'était pas vraiment amis.
On n'était pas sur le même versant de l'amour. J'ai toujours pensé que c'était pour cette raison que M. Scaggs
nous avait choisis.

– Que voulez-vous dire ?

– Eh bien… que nous n'étions pas vraiment amis et
que Linus enfin… que Linus, c'était Linus. Je crois que
M. Scaggs a choisi deux personnes qui étaient très différentes et pas amies pour que nous ne nous fassions
pas des idées… sur l'argent, je veux dire.

J'acquiesçai, mais gardai le silence. Elle me fit l'effet
de songer à quelque chose, puis elle hocha la tête
comme pour se moquer d'elle-même.

– Quoi ? lui demandai-je.

– Non, rien. C'est juste que je pensais aller le voir
dans un de ses clubs, mais je me suis dit qu'on ne me
laisserait probablement même pas entrer. Et que si je

301

disais le connaître, ça pourrait être gênant, vous voyez... s'ils l'appelaient et qu'il faisait semblant de ne pas se souvenir de moi...

– Un de ses clubs... Parce qu'il y en a plus d'un ?

Elle plissa les paupières d'un air soupçonneux.

– Vous dites que vous voulez être exhaustif, mais en fait, vous ne savez vraiment pas le genre de type qu'il est devenu, pas vrai ?

Je haussai les épaules.

– Et que serait-il devenu ?

– Linus. Quelqu'un qui ne se fait plus appeler que par son prénom. Une vedette. A l'heure qu'il est, lui et ses copains possèdent les plus grands clubs de Hollywood. C'est là que vont les gens les plus célèbres pour se voir et se faire voir. On fait la queue à la porte et on passe entre des cordons en velours.

– Combien en a-t-il, de ces clubs ?

– A mon avis, au moins quatre ou cinq à l'heure qu'il est. Je n'ai pas vraiment vérifié. Ils ont commencé avec un et n'ont pas arrêté d'en acheter d'autres.

– Combien d'associés sont-ils ?

– Je ne sais pas. Il y a eu un article sur eux dans une revue... attendez une minute, je crois que je l'ai encore.

Elle se pencha en avant et ouvrit un tiroir en bas de son bureau. Je l'entendis fouiller dedans, puis elle en sortit un numéro du mensuel de luxe *Los Angeles Magazine*. Elle commença à en tourner les pages. C'était une revue sur papier glacé où l'on trouvait une liste de restaurants à la dernière page et deux ou trois articles de fond sur l'art de vivre et de mourir à Los Angeles. Mais, derrière le clinquant, il y avait aussi du sérieux. Au fil des ans, j'avais ainsi eu droit à deux articles sur certaines de mes affaires. Pour moi, c'était cette revue qui, mieux que les autres médias, avait cerné ce que sont vraiment les effets d'un crime sur une famille ou un quartier. Ses répercussions.

– Je ne sais pas pourquoi j'ai gardé ça, reprit Jones. (Avoir déclaré un instant plus tôt qu'elle n'avait «pas vraiment vérifié» semblait la gêner.) Sans doute parce que je le connaissais. Oui, bon, voilà.

Elle tourna la revue vers moi. Je découvris une double page intitulée «Les rois de la nuit». On y voyait la photo de quatre jeunes hommes debout derrière un comptoir de bar en acajou. Dans leurs dos, plusieurs rangées de bouteilles multicolores éclairées par en dessous.

– Je peux regarder?

Elle ferma la revue et me la tendit par-dessus son bureau.

– Vous pouvez même la garder. Comme je vous l'ai dit, je ne verrai sans doute plus jamais Linus. Il n'a pas de temps à me consacrer. Il a fait ce qu'il a dit qu'il ferait, point final.

Je levai les yeux de dessus la revue et la regardai.

– Comment ça? Que vous a-t-il dit qu'il ferait?

– C'est quand je l'ai vu à l'hôpital… Il m'a dit que la banque lui devait beaucoup d'argent parce qu'il s'était fait tirer dans le euh… enfin, vous savez. Bref, il allait toucher cet argent, lâcher son boulot à la banque et ouvrir un bar. Et il ne commettrait pas les erreurs de son père.

– Son père?

– Moi non plus, je ne savais pas à quoi il faisait allusion, mais je n'ai pas insisté. Toujours est-il que, allez savoir pourquoi, il ne rêvait que d'ouvrir un bar. Pour être un «roi de la nuit», j'imagine. Eh bien, il y est arrivé.

Dans sa voix je décelai un mélange de jalousie et de regret. Ça ne lui allait pas bien et j'aurais aimé pouvoir lui dire ce que je pensais de son héros. Mais je n'en fis rien. Je n'avais pas encore tous les éléments dont j'avais besoin.

Je pensais avoir poussé mon interrogatoire aussi loin que je pouvais. Je me redressai et lui montrai la revue.

– Merci de m'avoir accordé tout ce temps, lui dis-je. Ça ne vous gêne pas que j'emporte ça, vous êtes sûre ?

Elle me fit signe que non.

– Non, allez-y. Je l'ai assez regardée comme ça. Il va juste falloir qu'un de ces soirs j'enfile un jean et un T-shirt noirs et que je descende voir si je ne pourrais pas le coincer une minute. Histoire de parler du bon vieux temps, sauf qu'il n'a probablement aucune envie qu'on le lui rappelle.

– Personne n'en a envie, Jocelyn. Le bon vieux temps n'a jamais été aussi bon que ça.

Je me levai. J'aurais aimé lui dire quelques mots d'encouragement. Lui dire de ne pas être jalouse, lui dire qu'elle pouvait être fière de ce qu'elle avait et avait fait. Mais juste à ce moment-là l'hélicoptère du shérif décolla et passa au-dessus de la rue et de la banque. Tout se mit à vibrer comme sous l'effet d'un tremblement de terre et mes paroles furent noyées dans le vacarme. Je la laissai assise à son bureau, à songer à l'autre versant de l'amour.

36

Le numéro de la revue était vieux de sept mois. Sans être en vedette, l'article consacré à Linus et ses associés était quand même signalé sur la couverture par une accroche – « Les entrepreneurs de la nuit » –, sa parution étant liée à l'ouverture imminente d'un sixième club par les quatre chevaliers des plaisirs nocturnes. Qualifié de « roi des couche-tard », Simonson y était présenté comme celui qui avait bâti tout son empire à partir d'un petit bar acheté grâce aux indemnités reçues suite à un règlement à l'amiable. C'était dans une ruelle proche du croisement de Cahuenga et Hollywood Boulevard qu'il l'avait trouvé. Il l'avait rénové, en avait diminué l'éclairage de moitié et y avait fait venir des serveuses nettement plus appréciées pour leur aspect physique et leurs tatouages que pour leur habileté à préparer des cocktails et des additions. Musique à fond, droit d'entrée de vingt dollars et pas question de porter une cravate ou une chemise blanche. Et le club n'avait ni nom en façade ni entrée dans l'annuaire téléphonique. Une flèche en néon bleu montrant la porte était la seule chose indiquant, les premiers temps, qu'il y avait là une entreprise commerciale. Sauf que cette flèche n'étant bientôt plus nécessaire, on l'avait enlevée : la queue s'étirait maintenant de la porte d'entrée jusqu'au bas de la ruelle.

Le journaliste précisait que Linus (qu'il n'appelait que par son prénom dans presque tout l'article) s'était associé avec trois de ses anciens copains de la Beverly High School, le quatuor se mettant alors à ouvrir de nouveaux clubs au rythme de un tous les six mois. Ils suivaient ensuite le schéma qui avait si bien marché pour le premier. On achète un établissement en pleine décrépitude, on le rénove, on le rouvre, on le fait savoir et on attend que la rumeur se répande chez les branchés de Hollywood. Après le premier bar sans nom, les autres qu'ils avaient ouverts avaient eu tendance à se donner des noms d'inspiration littéraire ou musicale.

C'est ainsi que le deuxième bar acheté, fermé et rouvert par le groupe avait été baptisé «Chez Nat, le Jour du fléau», petit salut à Nathanael West et à son très célèbre roman sur Hollywood. Avant, il s'appelait seulement «Chez Nat», et les trois quarts des clients croyaient que c'était en l'honneur de Nat King Cole. Quoi qu'il en soit, Chez Nat était cool et on avait gardé ce nom.

C'était aussi là que Cross et Dorsey avaient été mitraillés. De fait, l'article mentionnait que le meurtre de Dorsey avait beaucoup déprécié le prix de vente de l'établissement. Au point que l'acheter était devenu une affaire. Mais ce club une fois rouvert – sans changement de nom – et popularisé chez les couche-tard, son passé n'avait fait qu'ajouter à la légende et au côté branché de l'endroit. Succès aussi énorme qu'immédiat pour les copains de lycée, qui avaient aussitôt baptisé leur société «Four Kings Incorporated».

Pendant très longtemps je n'ai pas cru aux coïncidences. Aujourd'hui, je suis moins naïf. Mais il y a coïncidence et coïncidence. Kiz Rider qui passe chez moi et me fait le coup du *high jingo* alors qu'Art Pepper est en train de jouer ce titre, c'est une coïncidence. Mais, en lisant cet article dans ma Mercedes, je ne crus pas un instant que Linus Simonson aurait acheté par hasard le bar où s'étaient fait mitrailler les deux inspecteurs enquêtant sur le hold-up des deux millions de dollars qu'il avait lui-même comptés et préparés pour la livraison. Je n'y crus pas une seconde. Ce à quoi ça ressemblait, c'était à de l'arrogance pure et simple.

En plus du bar sans nom et de Chez Nat, le quatuor avait aussi ouvert deux établissements appelés « King's Crossing » et « Chez Chet, Au dernier baroud de Cozy », ce dernier nom étant celui d'un de leurs amis disparu. Le club qui était à l'origine de l'article et allait ouvrir bientôt ses portes devait s'appeler « Au chenil de Reilly », Reilly étant un nom d'emprunt utilisé par Philip Marlowe dans un roman de Chandler.

Le journaliste ne faisait qu'effleurer le financement de ces opérations. Il s'intéressait beaucoup plus aux paillettes qu'à ce qui sous-tendait cette prétendue réussite. Il déclarait sans ambages que c'était le succès de l'établissement précédent qui permettait de passer à l'étape suivante. Les profits tirés de l'exploitation du premier bar avaient financé le second, qui avait à son tour… etc., etc.

Cela dit, le tableau d'ensemble n'était pas entièrement positif. L'auteur terminait son article en laissant entendre que les quatre rois risquaient fort d'être victimes de leur réussite. Il se basait sur le fait que la clientèle des couche-tard de Hollywood n'était pas infinie et qu'ouvrir et exploiter six night-clubs ne la rendait pas plus nombreuse. Ça ne faisait que la disperser. Il écrivait aussi qu'il ne manquait pas de prétendants au trône, de nombreux bars moins prestigieux et fort peu branchés s'étant ouverts depuis quelques années.

Il terminait son article en signalant que peu de temps auparavant, un vendredi soir aux environs de minuit, personne ne faisait la queue devant la porte du club sans nom. Cynique, il suggérait aux rois de la nuit qu'il était peut-être temps de réinstaller la flèche de néon bleu.

Je mis la revue dans le classeur et réfléchis. J'avais

l'impression que certaines choses commençaient à s'organiser. Sentir instinctivement que j'étais près du but me rendit inquiet. Je n'avais pas toutes les réponses, mais l'expérience me disait qu'elles n'allaient pas tarder à venir. Ce que je tenais, c'était la direction qu'elles prenaient. Cela faisait maintenant plus de quatre ans que j'avais posé les yeux sur le cadavre d'Angella Benton, et enfin j'avais un suspect qui tenait la route.

J'ouvris la console centrale de la voiture et en sortis mon portable en me disant que je ne perdais rien à appeler chez moi, pour voir si j'avais des messages. On m'en avait laissé deux. Le premier émanait de Janis Langwiser. Il était bref mais délicieux : « C'est moi. Appelle-moi, mais en prenant toutes les précautions. »

Je savais que cela voulait dire de téléphoner d'une cabine. Le deuxième message m'avait été laissé par Roy Lindell. Lui aussi avait fait bref. « C'est bon, trouduc. J'ai quelque chose pour toi. Appelle-moi. »

Je jetai un coup d'œil autour de moi. J'étais garé devant une poste sur San Vicente Boulevard. Mon temps de stationnement était écoulé, et je manquais de pièces à la fois pour le parcmètre et pour les coups de fil que je devais passer. Je songeai qu'il devait y avoir une cabine à l'intérieur de la poste et un changeur de monnaie pour l'achat de timbres au distributeur. Je descendis de voiture et entrai dans le bâtiment.

Les bureaux principaux étaient fermés, mais dans une salle ouverte après la fermeture je trouvai la cabine et le changeur de monnaie que je cherchais. Je commençai par appeler Langwiser en me disant que j'avais déjà fait progresser l'enquête au-delà du renseignement que j'avais demandé à Lindell de me trouver.

J'obtins la communication avec Janis sur son portable, mais elle était toujours au bureau.

– Que t'a dit Foreman ? lui demandai-je, allant droit au but.

– Ça doit rester absolument confidentiel, Harry. Je me suis effectivement entretenue avec Jim, qui n'a pas du tout été gêné de me parler quand je lui ai expliqué la situation. Mais je t'avertis : ce renseignement n'apparaît dans aucun rapport et tu ne dois jamais révéler tes sources.

– Pas de problème. Des rapports, je n'en rédige plus de toute façon.

– Ne va pas si vite et ne sois pas si désinvolte. Tu n'es plus dans la police, Harry, et tu n'as rien d'un juriste. Légalement, tu ne bénéficies d'aucune protection.

– J'ai ma licence de privé.

– Je te l'ai dit, tu n'as plus ton insigne de flic. Si jamais un juge te demandait de révéler tes sources, tu serais obligé de lui obéir ou tu serais accusé d'outrage à magistrat. Ce qui pourrait t'expédier en prison. Et en prison, les anciens flics n'ont pas la vie belle.

– M'en parle pas.

– C'est déjà fait.

– Bon, d'accord, je comprends. Ça ne pose toujours pas de problème.

A vrai dire, je ne voyais pas très bien comment tout cela aurait pu atterrir devant un juge. Et la possibilité d'aller en taule ne m'inquiétait pas.

– Bien, du moment que c'est clair… Jim m'a dit que Simonson avait traité à cinquante mille dollars.

– C'est tout ?

– Oui, c'est tout et ce n'est vraiment pas grand-chose. Le type qui le représentait marchait à trente-cinq pour cent. Et il a dû régler les frais de procédure.

Simonson avait pris un avocat qui exigeait trente-cinq pour cent de tout arrangement pour ne pas se faire payer à l'heure. Cela voulait dire qu'il avait dû récupérer un peu plus de trente mille dollars. Ce qui ne faisait pas lourd pour un type qui se préparait à lâcher son boulot afin de mettre sur pied un véritable empire des établissements de plaisirs nocturnes.

L'inquiétude que je ressentais monta d'un cran. Je m'attendais à ce que la somme versée soit faible, mais pas à ce point.

– Foreman t'a-t-il dit autre chose sur cette affaire ?

– Juste une. Que c'était Simonson qui avait insisté sur la clause de confidentialité et que l'accord à l'amiable était passablement bizarre. Il n'était non seulement pas question d'en parler en public, mais il ne fallait pas non plus que ce soit archivé.

– Bah, de toute façon l'affaire n'est pas passée devant un juge.

– Je sais, mais BankLA est une corporation publique. Ce qui fait que, d'après l'accord de confidentialité, le nom de Simonson devait être remplacé par un pseudonyme dans toutes les pièces ayant trait à l'aspect financier du règlement. Son pseudo est M. King.

Je ne répondis pas, mais réfléchis encore.

– Alors, Harry, je m'en sors comment ?

– Très très bien, Janis. Ce qui me rappelle que tu as beaucoup travaillé sur cette affaire. Tu es bien sûre de ne pas vouloir m'envoyer la note ?

– Oui, j'en suis sûre. Et je te dois encore plein de choses.

– Bon, mais maintenant ça va être moi. J'aimerais que tu me rendes un dernier service. Je viens de décider que, dès demain, je vais donner tout ce que j'ai aux pouvoirs en place. Ça pourrait être bien que tu sois là. Tu vois… pour t'assurer que je ne franchis pas de lignes jaunes avec ces messieurs.

– C'est entendu. Ce sera où ?

– Si tu commençais par vérifier ton emploi du temps…

– Je sais déjà que j'ai ma matinée de libre. Tu veux qu'on fasse ça ici ou tu préfères aller au commissariat ?

– Non, il y a conflit de juridictions. J'aimerais que ça se passe à ton cabinet. Vous avez une pièce où on peut recevoir six ou sept personnes ?

– Je réserverai la salle de conférences. A quelle heure ?

– On dit neuf heures ?

– Parfait. J'arriverai en avance. Si tu veux qu'on en parle avant et qu'on revoie l'ensemble du dossier…

– Ça serait bien, oui. On se retrouve vers huit heures et demie ?

– Je t'attendrai. T'as ce qu'il faut ?

Je savais ce qu'elle entendait par là. Est-ce que j'avais la trame de l'histoire, à défaut de preuves assez indiscutables pour que le LAPD et le FBI ne me repiquent pas l'affaire ?

– Ça commence à prendre forme, oui. Il me reste un truc à régler, mais après je devrai absolument refiler le bébé à quelqu'un qui pourra obtenir les commissions rogatoires nécessaires et faire ouvrir les portes qu'il faut.

– Je vois. A demain. Et je suis heureuse que tu aies tenu bon sur ce dossier. Non, vraiment.

– Moi aussi. Merci, Janis.

Je raccrochai et me rendis compte que j'avais oublié le parcmètre. Je ressortis pour lui refiler sa ration de pièces, mais trop tard : les flics de la circulation de West Hollywood m'avaient coiffé au poteau. Je laissai la contravention sur le pare-brise et réintégrai la poste. Je joignis Lindell juste avant qu'il ne quitte son bureau.

– Alors, qu'est-ce que t'as ?

– *Herpes simplex* virus type 5, mec. Et toi ?

– Allez, quoi !

– T'es un con, Bosch. Me demander de laver ton linge sale…

Je compris ce qui le mettait en colère.

– Quoi ? L'immatriculation ?

– Ben tiens ! Comme si tu ne le savais pas. La bagnole appartient à ton ex et je n'apprécie vraiment pas que tu m'entraînes dans tes conneries. Ou bien tu la

311

tues ou bien tu passes à autre chose, si tu vois ce que je veux dire…

Je reconnus que oui, je voyais ce qu'il voulait dire, mais refusai de faire ce qu'il me suggérait. Je l'avais mis sérieusement hors de lui avec cette histoire, je le sentis.

– Roy, tout ce que je peux te dire, c'est que je ne le savais pas. Je suis désolé. Tu as raison. Je n'aurais jamais dû t'entraîner là-dedans et je te demande de m'excuser.

Le silence s'étant fait à l'autre bout du fil, je crus l'avoir apaisé.

– Roy ?

– Quoi ?

– As-tu noté l'adresse donnée sur la carte grise ?

– T'es vraiment un trouduc.

Il fulmina encore quelques instants, mais finit par me la donner. Pas de numéro d'appartement, tout laissait entendre qu'Eleanor n'avait pas seulement changé de catégorie côté voitures : c'était maintenant dans une maison qu'elle habitait.

– Merci, Roy. C'est la dernière fois que je te demande ce genre de services, promis. Du nouveau sur l'autre truc que je t'ai demandé ?

– Rien de bon, rien d'utile. Le mec est net. Il a un dossier chez le juge pour enfants, mais pas de casier. Je n'ai pas poussé plus loin.

– Bon.

Je me demandai si ce dossier ne concernait pas aussi les anciens copains de classe de Simonson à la Beverly Hills High School aujourd'hui devenus ses associés.

– Le seul autre truc intéressant est qu'il y a un autre Linus Simonson au Fichier central. Vu l'âge, ça doit être son papa.

– Et que dit le Fichier central ?

– Gros ennuis avec les impôts et banqueroute. Mais tout ça, c'est de l'histoire ancienne.

– Qui remonterait à… ?

– Ce sont les impôts qui ont attaqué les premiers. C'est souvent le cas. Ça remonte à 94. Papa a déclaré faillite deux ans plus tard. Qui c'est, ce Linus, et pourquoi voulais-tu que j'aille renifler dans ses affaires ?

Je ne lui répondis pas : devant moi sur le mur, j'avais la photo d'un des types les plus recherchés dans le pays. Un violeur en série. Mais ce n'était pas vraiment lui que je regardais. C'était Linus. Je travaillai les ramifications de l'affaire tandis qu'une nouvelle pièce du puzzle se mettait en place. Linus n'allait pas commettre les mêmes erreurs que son père qui s'était retrouvé en faillite, suite à une plainte du Trésor. La question qui se dessinait derrière tout cela ? Comment un type qui n'a ni travail ni le soutien actif de papa peut-il faire en sorte que les trente mille dollars qu'il a en poche lui permettent d'acheter et de rénover un bar, puis un autre, et encore un autre ?

Des emprunts… peut-être, à condition de pouvoir y prétendre. Ou alors… en faisant un petit retrait de deux millions de dollars à la banque ?

– Hé ! Bosch ! T'es là ?

Je sortis de ma rêverie.

– Oui, oui, je suis là.

– Je t'ai posé une question. Qui c'est, ce mec ? Il est dans le coup pour le hold-up ?

– On dirait bien, Roy. Qu'est-ce que tu fais demain matin ?

– Ce que je fais depuis toujours. Pourquoi ça ?

– Si tu veux un bout du gâteau, trouve-toi au cabinet de mon avocat à neuf heures. Ne sois pas en retard.

– Ce mec a un lien avec Marty ? Si c'est lui, je ne veux pas qu'un bout du gâteau. Je le veux en entier.

– Je n'en sais rien encore. Mais il nous en rapprochera, ça c'est certain.

Lindell avait envie de me poser d'autres questions,

mais je l'arrêtai. J'avais d'autres appels à passer. Je lui donnai le nom et l'adresse de Langwiser, il me promit d'être à son cabinet à neuf heures. Je raccrochai, puis je téléphonai à Sandor Szatmari pour lui faire la même invitation.

Pour finir, j'appelai Kiz Rider au département administratif de Parker Center et l'invitai elle aussi. En cinq secondes elle monta de zéro à cent au compteur de colère.

– Je t'ai averti, Harry ! me lança-t-elle. Tu vas avoir de sérieux ennuis. Tu ne peux pas travailler sur une affaire et convoquer tout le monde pour la bagarre quand tu estimes qu'on devrait connaître les résultats de ta petite enquête !

– Kiz, lui renvoyai-je, c'est déjà fait. Tu n'as plus qu'une décision à prendre : y être ou pas. Quelqu'un du LAPD devrait y trouver son compte. Et j'aimerais assez que ce soit toi. Mais si ça ne t'intéresse pas, j'appelle les Vols et Homicides.

– Et merde, Harry !

– Alors ? C'est oui ou c'est non ?

La pause fut longue.

– C'est oui. Mais il n'est pas question que je te protège.

– Je ne te le demanderai pas.

– Qui est ton avocat ?

Je lui donnai le renseignement et m'apprêtai à raccrocher. La détérioration de nos relations m'inquiétait. Le mal semblait fait à jamais.

– Bon, ben à demain, dis-je pour finir.

– C'est ça, à demain, me répliqua-t-elle sèchement.

Je me rappelai quelque chose dont j'avais besoin.

– Oh et… Kiz ? Essaie de voir si tu ne pourrais pas retrouver l'original du rapport sur les billets. Il devrait être au dossier de police.

– De quoi parles-tu ?

Je le lui expliquai, elle promit de chercher. Je savais que dans les clubs de Hollywood rien ne démarrait vraiment avant dix heures et plus. Mais j'avais de l'élan et n'avais aucune envie de le perdre en rentrant chez moi pour attendre. Je restai assis à réfléchir, ma main sur le volant, mes doigts pianotant sur le tableau de bord. Bientôt leur rythme fut celui que m'avait appris Quinton McKinzie. Dès que je le compris je sus comment j'allais passer les quelques heures à venir. Je rouvris mon téléphone portable.

37

Assis dans son fauteuil, Sugar Ray McK m'attendait dans sa chambre de la maison de retraite. La seule chose qui aurait pu indiquer qu'il allait sortir était le feutre rond qu'il avait coiffé. Il m'avait un jour dit qu'il ne le mettait que pour aller écouter de la musique – ce qui voulait dire qu'il ne le portait plus guère. Sous le bord de son chapeau ses yeux brillaient d'un éclat que je ne leur avais pas vu depuis longtemps.

– Ça va être méga, mec, me lança-t-il.

Je me demandai s'il ne regardait pas un peu trop MTV.

– J'espère qu'ils ont quelque chose de bien pour le premier set. Je n'ai même pas vérifié.

– Ne t'inquiète pas. Ça sera bien, dit-il en étirant ce dernier mot.

– Avant qu'on parte... je pourrais t'emprunter la loupe avec laquelle tu lis le guide télé ?

– Bien sûr. T'as besoin de quoi ?

Il prit sa loupe dans une poche accrochée à l'accoudoir de son fauteuil pendant que je sortais la dernière page du rapport sur les numéros de billets de la poche de ma chemise et la dépliais. Il me tendit l'instrument, je gagnai la table de nuit et allumai la lampe. Je posai la page sur le haut de l'abat-jour, puis j'examinai la signature de Jocelyn. Et eus la confirmation de ce que j'avais remarqué dans son bureau.

– Qu'est-ce qu'il y a, Harry ? me demanda Ray.

Je lui rendis la loupe et commençai à replier la feuille.

– Juste un truc à quoi je travaille. Quelque chose qu'on appelle «les tremblements du faussaire».

– Hum. Moi, des tremblements, j'en ai partout.

Je lui souris.

– D'une manière ou d'une autre, on tremble tous, lui répondis-je. Allez, on y va. Allons écouter de la musique.

– J'arrive. Éteins cette lampe. Ça coûte des sous.

Nous nous dirigeâmes vers la sortie. En longeant le couloir je songeai à Melissa Royal et me demandai si elle n'était pas en train de rendre visite à sa mère. Mais c'était peu probable. J'eus un moment d'inquiétude en sachant qu'un jour viendrait où je devrais lui dire que je n'étais pas celui qu'elle cherchait.

Un infirmier du centre m'aida à hisser Ray dans la voiture. Ma Mercedes était un 4×4 et probablement trop haute pour qu'il puisse y monter tout seul. Je compris qu'il faudrait y penser si j'avais envie d'emmener Sugar Ray faire d'autres virées.

Nous gagnâmes le Baked Potato [1] et y dînâmes en regardant le premier set – soit un quartet de tâcherons ayant pour nom «Quatre au Carré». Convenables, mais un rien fatigués. Comme ils aimaient bien la musique de Billy Strayhorn et que moi aussi, ça n'avait guère d'importance.

Pour Ray Sugar non plus. Son visage s'éclaira, ses épaules gardant le rythme tandis qu'il écoutait. Il ne souffla mot pendant qu'ils jouaient et applaudit à tout rompre à la fin de chaque morceau. De la vénération, voilà ce que je vis dans ses yeux. Pour le son et la forme.

Les musiciens ne le reconnurent pas. Peu de gens

---

1. Soit « la patate au four » *(NdT)*.

étaient susceptibles de le faire maintenant qu'il n'avait plus que la peau sur les os. Mais ça ne le gênait pas. Notre soirée n'en fut absolument pas gâchée.

Après le premier set, je m'aperçus qu'il commençait à baisser. Il était neuf heures passées, pour lui c'était l'heure de dormir et de rêver. Il m'avait dit un jour qu'il arrivait encore à jouer dans ses rêves. Je songeai qu'on devrait tous avoir cette chance.

Quant à moi, le moment était venu de voir le visage de celui qui avait arraché Angella Benton à ce monde. Je n'avais plus l'insigne de policier, ni autorité à faire quoi que ce soit. Mais je savais certaines choses et pensais pouvoir parler en son nom à elle. Le lendemain matin, ils pourraient très bien tout me reprendre et m'obliger à tout regarder de la ligne de touche. Mais j'avais encore jusqu'au lendemain. Et je savais que je n'allais pas lâcher. J'allais affronter Linus Simonson, prendre la mesure de sa force et, qui sait ? lui faire savoir qui le visait. Et lui donner la possibilité de répondre de ce qu'il avait fait à Angella Benton.

Arrivé à la maison de retraite, je laissai Sugar Ray somnoler sur le siège avant pendant que j'allais chercher l'infirmier à l'intérieur. Faire passer Sugar Ray du Baked Potato à la Mercedes avait été un sacré boulot.

Je le secouai doucement pour le réveiller et nous le fîmes descendre sur le trottoir. Puis nous l'aidâmes à regagner la maison de retraite et à suivre le couloir jusqu'à sa chambre. Assis sur son lit à essayer de chasser le sommeil, il me demanda où j'étais passé.

– Je ne t'ai pas lâché d'une semelle, Sugar Ray.

– Est-ce que tu fais tes gammes ?

– Chaque fois que je peux.

Je me rendis compte qu'il avait peut-être déjà oublié jusqu'à notre petite sortie. Peut-être même pensait-il que je venais prendre ma leçon. J'eus de la peine en voyant avec quelle rapidité ce souvenir lui était volé.

– Sugar Ray, lui dis-je, va falloir que j'y aille. J'ai du boulot.

– D'accord, Henry.

– Non, moi, je m'appelle Harry.

– C'est ce que j'ai dit.

– Oh. Tu veux que j'allume la télé ou tu vas dormir ?

– Non, mets-moi la télé, si ça ne t'embête pas. Ça serait bien.

J'allumai le poste fixé au mur. La station était CNN, Sugar Ray me demanda de ne pas la changer. Je m'approchai de lui, lui serrai l'épaule et repartis vers la porte.

– *Lush Life* [1], dit-il dans mon dos.

Je me retournai pour le regarder. Il souriait. *Lush Life* était le dernier morceau du set que nous avions écouté. Il n'avait pas oublié.

– J'adore cet air, dit-il.

– Oui, moi aussi.

Je le laissai à ses souvenirs d'une vie riche et filai dans la nuit retrouver un roi pour lui parler d'une vie volée. J'étais sans arme, mais je n'avais pas peur. J'étais en état de grâce. En moi je portais la dernière prière d'Angella Benton.

---

1. Soit « La Vie riche » *(NdT)*.

38

Peu après vingt-deux heures j'arrivai devant Chez Nat dans Cherokee Avenue, une rue au sud de Hollywood Boulevard. Il était encore tôt, mais personne ne faisait la queue. Et il n'y avait plus de cordon en velours. Ni de portier pour dire qui entrerait et qui n'entrerait pas. Et pas davantage d'employé pour exiger le paiement du billet. J'entrai – et m'aperçus qu'il n'y avait pratiquement pas de clients.

J'étais venu Chez Nat à maintes occasions lorsque ce n'était encore qu'une espèce de gargote fréquentée par une clientèle qui s'intéressait plus à l'alcool qu'à autre chose. On était alors loin d'un établissement de choix – sauf à parler des prostituées qui traînaient au bar. Ce n'était pas non plus un endroit où admirer les célébrités du moment. Ce n'était qu'un lieu où boire et qui, n'ayant aucune autre prétention, n'inspirait rien de frauduleux. En entrant et y découvrant le bois précieux et le cuivre poli, je compris que c'était maintenant le côté glamour qui comptait : question caractère, c'était tout différent, et sûrement moins solide. Peu importait le nombre de gens venus le soir de l'ouverture. Chez Nat ne tiendrait pas la distance. Il ne me fallut même pas quinze secondes pour le savoir. La boîte était condamnée avant même que le premier martini-citron ait été versé dans son verre givré et posé sur une serviette noire en papier.

J'allai droit au bar où se trouvaient trois autres types,

qui faisaient penser à des touristes venus de Floride chercher une dose du très recherché charme californien. Grande et maigre, la fille derrière le bar portait le jean noir de rigueur – et la chemise moulante qui permettait à ses seins de faire la conversation avec le client. Un serpent tatoué à l'encre noire s'enroulait autour de son biceps, la langue rouge et fourchue de l'animal venant lui lécher le creux d'un coude où l'on voyait bien les marques de piquouses. Elle avait les cheveux plus courts que les miens et un code-barres dessiné sur la nuque. Je me rappelai le plaisir que j'avais eu à redécouvrir le cou d'Eleanor la veille au soir.

– C'est dix dollars d'entrée, me lança-t-elle. Que désirez-vous ?

– Ça couvre quoi ? C'est mort, ici.

– Attendez un peu. Eh, c'est dix dollars.

Je ne fis rien pour la payer. Je m'appuyai au bar et parlai doucement :

– Où est Linus ?

– Il ne passera pas ce soir.

– Alors où est-il ? J'ai besoin de lui parler.

– Chez Chet, y a des chances. C'est là qu'il a son bureau. En général, il ne fait pas le tour de ses boîtes avant minuit. Vous allez me payer ou pas ?

– Je ne crois pas, non. Je m'en vais.

Elle fronça les sourcils.

– Vous êtes un flic, pas vrai ?

Je lui souris avec fierté.

– Depuis bientôt vingt-huit ans.

Je laissai de côté l'histoire de la retraite. Je me dis qu'elle allait décrocher son téléphone pour faire passer le message : un flic s'apprêtait à débarquer. Ça pouvait jouer en ma faveur. Je pris un billet de dix dans ma poche et le jetai sur le comptoir.

– C'est pas pour l'entrée. C'est pour vous. Allez donc vous faire couper les cheveux.

Elle afficha un sourire exagéré, essentiellement destiné à montrer qu'elle avait de jolies fossettes, et s'empara du billet.

– Merci, papa !

Je sortis en souriant.

Il me fallut un quart d'heure pour arriver Chez Chet, dans Santa Monica Boulevard, près de La Brea. J'avais trouvé l'adresse dans le *Los Angeles Magazine* qui avait eu la bonne idée de publier en dernière page un encadré avec la liste de tous les clubs des Four Kings.

Là non plus on ne faisait pas la queue et les clients étaient rares. Je commençai à me demander si être déclaré « cool » dans les revues de tourisme n'équivalait pas à un arrêt de mort. Chez Chet était la copie conforme de Chez Nat, jusqu'à la serveuse de bar aux seins et tatouages pas trop subtils. La seule chose que j'appréciai fut la musique. *Cool Burnin'* de Chet Baker sortant des haut-parleurs lorsque j'entrai, je me dis que tout compte fait les « rois » avaient peut-être bon goût.

La serveuse ? Du déjà vu, donc. Grande, maigre et en noir, sauf que le tatouage qu'elle avait sur le biceps représentait Marilyn Monroe à l'époque de *Happy Birthday, Mr President*.

– C'est vous le flic ? me lança-t-elle avant même que j'aie pu ouvrir la bouche.

– Vous, vous venez de causer avec votre petite sœur. Elle vous a sans doute dit que je ne paie pas l'entrée.

– Elle m'en a parlé, oui.

– Où est Linus ?

– Dans son bureau. Je lui ai dit que vous veniez.

– C'est gentil à vous.

Je m'écartai du comptoir, mais lui montrai son tatouage.

– C'est votre mère ?

– Venez plutôt voir.

Je me penchai au-dessus du comptoir. Elle plia le

coude et banda ses muscles plusieurs fois. Je vis alors les joues de Marilyn se gonfler et dégonfler selon que son biceps se tendait ou détendait.

– On dirait pas qu'elle taille une pipe ? me demanda-t-elle.

– C'est vraiment mignon, ça. Vous montrez ça à tous les grands garçons ?

– Ça vaut pas dix dollars ? A votre avis…

Je faillis lui dire que je connaissais des coins où on pouvait se faire tailler une pipe en vrai pour moins que ça, mais laissai tomber. Je la quittai et trouvai un couloir derrière le bar. Plusieurs portes pour les toilettes et une marquée « Direction ». Je ne me donnai pas la peine de frapper. Je la franchis et découvris seulement le même couloir qui se poursuivait, avec d'autres portes de chaque côté. La troisième portait l'inscription « Linus ». Celle-là aussi, je l'ouvris sans frapper.

Linus Simonson était assis derrière un bureau encombré. Je le reconnus grâce à la photo publiée par la revue. Une bouteille de whisky et un verre à alcool étaient posés devant lui. Il y avait aussi un canapé en cuir, sur lequel était assis un autre homme en qui, toujours grâce à la photo de la revue, je reconnus un associé du groupe – James Oliphant. Il avait posé les pieds sur une table basse et donnait l'impression de se foutre complètement de l'arrivée d'un type qu'on lui avait pourtant dit être un flic.

– Hé, mec, c'est toi le flic ! me lança Simonson en me faisant signe d'entrer. Ferme la porte derrière toi.

J'entrai et me présentai. Je ne dis pas que j'étais flic.

– Bien, bien. Ben moi, c'est Linus et lui là-bas, c'est Jim. Quoi de neuf ? Qu'est-ce qu'on peut faire pour toi ?

Je tendis les mains en avant comme si je n'avais rien à cacher.

– Je ne sais pas trop, répondis-je. Je voulais juste passer me présenter, disons. Je travaille sur l'affaire Angella Benton, et comme ça concerne l'affaire de BankLA… Bref, me voilà.

– Oh, putain ! BankLA ? C'est de l'histoire sacrément ancienne, ce truc ! (Il jeta un coup d'œil à son associé et se mit à rire.) Comme si tu me parlais d'une autre vie. Et j'ai pas envie d'y retourner voir, mec. C'est pas sympa, comme souvenir.

– Ouais, bon. C'est encore moins sympa pour Angella Benton.

Simonson devint brusquement très sérieux et se pencha en avant sur son bureau.

– Je comprends pas, mec. Qu'est-ce que tu fous ici ? T'es pas plus flic que moi. Les flics, ça marche par deux. Mais si t'es quand même un flic, t'es pas légal. Qu'est-ce que tu veux ? Montre-moi ton insigne.

– Je n'ai jamais dit à personne que j'en avais un. Flic, je l'ai été, mais c'est fini. En fait, je me disais que tu me reconnaîtrais peut-être de cette autre vie dont tu causais.

Il regarda Oliphant et eut un sourire de mépris.

– Et à quoi voudrais-tu que je te reconnaisse, hein ?

– J'étais là le jour où tu l'as eu dans le cul. Le projectile, je veux dire. C'est vrai aussi que tu gueulais et t'agitais tellement que t'as sans doute pas eu le temps de bien me regarder.

Alors ses yeux s'agrandirent – il me reconnaissait. Peut-être pas physiquement, mais pour ce que j'étais et lui avais fait.

– Merde ! C'était toi ! C'est toi qu'étais là-bas. C'est toi qui as tiré sur… (Il s'arrêta juste avant de prononcer un nom et regarda Oliphant.) C'est le type qu'a touché un des braqueurs.

Je regardai Oliphant et vis qu'il me reconnaissait lui aussi – et physiquement. Dans ses yeux je lus aussi quelque chose comme de la haine ou de la colère.

– On n'en est pas certains parce qu'on n'a jamais coincé le mec, mais oui : je crois l'avoir touché. C'est bien moi.

J'avais dit ça avec un sourire de fierté. Je gardai ce sourire en me retournant vers Simonson.

– Pour qui tu travailles ? me demanda celui-ci.

– Moi ? Je travaille pour quelqu'un qui ne va ni lâcher ni me dire d'arrêter. Pas même une seconde. Et ce quelqu'un va trouver le type qui a abattu Angella Benton. Il ne s'arrêtera que lorsqu'il aura réussi… ou sera mort.

Simonson y alla encore une fois de son petit sourire arrogant.

– Ben, bonne chance pour lui et pour toi, monsieur Bosch. Et maintenant, vaudrait mieux que tu y ailles. On est assez occupés, ici.

Je lui adressai un signe de tête, puis je me tournai vers Oliphant et lui décochai le plus beau coup d'œil assassin de mon répertoire.

– Bon eh bien, à bientôt, les enfants.

Je franchis la porte en sens inverse et repris le couloir jusqu'au bar. Chet Baker chantait *My Funny Valentine*. En me dirigeant vers la porte, je remarquai que la serveuse montrait son biceps à deux types assis à l'endroit où je me trouvais peu avant. Ils riaient. Je reconnus en eux les deux derniers rois de la revue.

Ils cessèrent de rire en me voyant et je sentis leurs regards dans mon dos jusqu'à ce que j'arrive à la porte.

39

En rentrant chez moi je m'arrêtai au Ralph de Sunset Boulevard ouvert vingt-quatre heures sur vingt-quatre et m'achetai du café. Je ne pensais pas beaucoup dormir avant la causette interagences du lendemain matin au cabinet de Janis Langwiser.

Jeter un coup d'œil dans le rétroviseur pour voir si on est suivi est impossible tant les virages sont nombreux pour monter jusque chez moi. Mais, à mi-chemin, il y a une grande courbe qui permet de regarder par la vitre de droite et de voir la route en dessous. J'ai depuis toujours l'habitude de ralentir à cet endroit et de vérifier qu'on ne me file pas le train.

Ce soir-là je ralentis plus que de coutume et regardai un peu plus longtemps. A mon avis, la visite que je venais de rendre au quatuor ne pouvait être prise que comme une menace, et je ne me trompais pas. En regardant en bas, je vis une voiture aborder le virage tous feux éteints. J'appuyai sur l'accélérateur et repris peu à peu de la vitesse. Au tournant suivant j'écrasai carrément le champignon et augmentai mon avance. Puis j'entrai sous l'auvent à voitures à côté de ma maison et descendis vite de la Mercedes avec le sac du magasin. Je me tassai dans le coin le plus sombre de l'abri et attendis. J'entendis le véhicule qui me suivait bien avant de le voir. Je le regardai passer lentement devant chez moi, c'était une Jaguar, interminable. Quelqu'un était en train d'allumer une cigarette assis sur la banquette arrière, à la lumière de la flamme je vis qu'il y avait foule. J'allais avoir droit aux quatre rois.

Quand la Jaguar eut disparu, je vis rougeoyer les buissons de l'autre côté de la route et compris qu'ils s'arrêtaient juste à côté de la maison. Je gagnai la porte de la cuisine, entrai et refermai au verrou derrière moi.

C'était le moment où tous ceux qui ne portent pas l'insigne de flic appellent la police. Celui où désespéré, on murmure : « Vite ! S'il vous plaît ! Vite, vite ! Ils arrivent ! » Mais, insigne ou pas, je savais que je n'avais pas cette possibilité. C'était à moi de jouer et, à ce moment, je me moquais de savoir si j'avais ou pas autorité pour faire ce que j'allais faire.

Je ne portais plus d'arme depuis le soir où j'avais rendu mon insigne et rangé mon pistolet de service dans un tiroir du commissariat de Hollywood avant de partir. Mais j'en avais une chez moi : je m'étais acheté un Glock P7 pour me protéger. Je l'avais emmailloté dans un chiffon huilé et rangé dans une boîte sur l'étagère de la penderie de ma chambre. Je posai le sac de Chez Ralph sur le comptoir, passai dans le couloir et gagnai ma chambre sans allumer.

J'ouvrais la porte de la penderie lorsque je fus violemment poussé en arrière par quelqu'un qui m'attendait à l'intérieur. J'allai m'écraser contre le mur d'en face et m'effondrai par terre. Mon agresseur fut aussitôt sur moi et me colla le canon d'un pistolet sous la mâchoire. Je réussis à relever la tête et, dans la faible lumière qui tombait de la porte-fenêtre donnant sur la terrasse, je vis qui c'était.

– Milton. Mais qu'est-ce que…

– Ta gueule, connard ! T'es surpris de me voir ? Tu ne pensais quand même pas que j'allais les laisser me foutre aux chiottes et tirer la chasse sans rien faire, si ?

– Je ne sais pas de quoi tu parles, mais écoute un peu : y a des types qui vont…

– Je t'ai dit de la fermer. Je veux les disques, t'as compris ? Je veux la puce d'origine, celle avec les données.

– Écoute-moi, bordel ! Y a des types qui vont venir me chercher des emmerdes ! Ils veulent…

Il me poussa le canon de son arme si fort dans la mâchoire que je fus obligé de me taire. La douleur me fit voir des éclats de lumière rouge. Milton continua d'appuyer, puis se pencha vers moi jusqu'à m'expédier son haleine dans la figure.

– C'est ton arme que je tiens, Bosch. Je vais te transformer en énième victime de suicide si tu ne…

Un grand vacarme se faisant soudain entendre dans le couloir, je sus que c'était la porte de devant qui se détachait de ses gonds. Puis il y eut des bruits de pas. Milton me lâcha d'un bond et traversa la chambre pour passer dans le couloir. Presque aussitôt il y eut le coup de tonnerre d'une détonation et Milton se retrouva collé au mur, le long duquel il s'affaissa.

Je compris qu'ils l'avaient pris pour moi. Cela me donnait quelques secondes de répit au grand maximum. Je me précipitai vers la porte-fenêtre, l'ouvris et entendis quelqu'un qui criait «C'est pas lui !» dans le couloir.

La porte-fenêtre grinça en s'ouvrant, ses gonds protestant qu'on ne les avait pas assez utilisés. Je traversai vite la terrasse et grimpai sur la rambarde comme le cow-boy enfourche le cheval qu'il a volé. Puis je glissai le long de la rambarde jusqu'au moment où je me retrouvai suspendu dans le vide, quelque six mètres au-dessus du terrain qui descendait en pente raide au-dessous de moi. Dans la faible lumière du clair de lune, je cherchai du regard une des poutrelles en fer qui rattachent la terrasse et la maison au flanc de la colline. Je connaissais parfaitement les plans du bâtiment pour en avoir moi-même supervisé la reconstruction après le tremblement de terre de 1994.

Je dus faire encore deux mètres tout au bord de la terrasse avant de pouvoir tendre la main et attraper une de ces poutrelles. J'enroulai mes bras et mes jambes autour et me laissai glisser jusqu'à terre. Au-dessus de moi j'entendis les bruits de leurs pas sur la terrasse.

– Il est descendu ! Là-bas en bas !

– Où ça ? Je ne vois…

– Là-bas ! Vous y allez, oui, vous deux. Nous, on s'occupe de la rue.

Je me trouvais par terre, sous l'abri de la terrasse. Je savais que, si j'en sortais pour tenter de descendre jusqu'à une des rues ou des maisons du canyon en dessous, je m'offrirais à la vue de mes assaillants armés. Je préférai faire demi-tour et remonter la colline de façon à m'enfoncer plus profondément sous la maison. Je savais qu'une tranchée avait été creusée à l'endroit où l'égout collecteur avait dû être remplacé après le tremblement de terre. Au-dessus de moi, une trappe s'ouvrait sous le tapis dans le couloir. Je l'avais fait installer pour pouvoir m'enfuir en vitesse et pas du tout pour entrer chez moi. Elle était fermée au verrou de l'intérieur et ne pouvait donc pas me servir pour l'instant.

Je continuai de remonter, repérai la tranchée et m'y glissai en roulant. Et tâtonnai au fond pour y chercher de quoi me défendre. Je n'y trouvai que des fragments de l'ancien égout collecteur. Et un bout de ferraille triangulaire qui pourrait me servir d'arme. Il faudrait que ça fasse l'affaire.

Telles des ombres, deux hommes se laissèrent glisser le long des poutrelles de soutènement jusque par terre. Le clair de lune fit briller l'acier de leurs pistolets. Ces reflets me permirent de découvrir que l'un d'eux portait des lunettes – je me rappelai qui c'était en repensant à l'article de la revue et à la photo. Il s'appelait Bernard Banks, soit encore « B. B. King » chez les couche-tard. Il était au bar de Chez Chet lorsque j'en étais parti.

Les deux ombres échangèrent quelques murmures, puis se séparèrent – la première pour descendre sur la gauche, la seconde, Banks, restant sur place. La stratégie devait être que le premier me pousse droit sur le pistolet du second.

De l'endroit où je me trouvais, Banks faisait une cible idéale dans les lumières qui montaient du canyon. Il n'était qu'à cinq mètres de moi, mais je n'avais pour arme qu'un morceau de ferraille. Pourtant je savais que ça irait. J'avais réchappé à bien plus de missions dans les tunnels du Vietnam que je ne pouvais me rappeler. Une fois, j'avais passé une nuit entière dans l'herbe haute alors que l'ennemi tournait partout autour de moi. Et j'avais vécu et travaillé plus de vingt-cinq ans comme flic dans les rues de Los Angeles. Ce gamin ne ferait pas le poids. Je savais qu'aucun d'entre eux ne le ferait.

Lorsqu'il se tourna pour regarder dans le canyon, je me levai dans la tranchée et jetai mon bout de ferraille loin dans les buissons sur ma droite. Le bruit ressembla à celui d'un animal se faufilant dans les herbes hautes. Banks ayant fait demi-tour et levé son arme, je repassai par-dessus le bord de la tranchée et commençai à descendre vers lui en faisant attention à toujours avoir une poutrelle entre nous en guise d'écran visuel et sonore.

Lorsque j'arrivai près de lui, il était toujours tourné vers le bruit qui montait des broussailles. Il commençait à peine à comprendre qu'on l'avait berné et à se retourner quand je fus sur lui. Mon poing gauche l'atteignit pile entre les deux yeux, tandis que, mon droit se refermant sur son arme, je glissais un doigt dans le pontet. De fait, c'était sa bouche que je visais ; mon coup de poing ne lui en avait pas moins cassé les lunettes en deux et l'avait sonné comme il fallait. Je pivotai et le fis tourner sur lui-même en y mettant un élan tel qu'il s'écrasa la tête la première contre une des poutrelles. Son crâne fit le bruit d'un ballon rempli d'eau, la poutrelle en fer résonnant comme un diapason. Banks s'affaissa par terre comme un sac de linge mouillé.

Je glissai son arme dans la ceinture de mon pantalon et retournai le bonhomme. Le sang qu'il avait sur la figure semblait noir à la lumière du clair de lune. J'adossai vite Banks à la poutrelle, lui ramenai les genoux contre la poitrine, lui croisai les bras par-dessus et lui posai le visage sur les bras.

Bientôt j'entendis l'autre l'appeler de plus bas dans la colline.

– Hé, BB ! Tu l'as eu ? Hé, Beeb !

Je m'écartai de Banks et m'accroupis dans les buissons à trois mètres de là. Puis je sortis son arme de ma ceinture. Pas moyen d'en voir la marque, mais c'était un pistolet en acier noir, sans sécurité. Un Glock, c'était probable. Ce devait être celui que Milton m'avait collé dans le cou et que Banks avait ramassé près de lui.

J'entendis son complice approcher dans les buissons. Il m'arrivait sur la gauche et allait passer à moins de deux mètres pour le rejoindre. J'attendis de mieux l'entendre et de savoir qu'il était tout près.

– Banks, mais qu'est-ce que tu fous ? s'écria-t-il. Espèce de lopette, lève-toi et…

Il la ferma en sentant le canon de mon arme dans son cou.

– Tu lâches ton arme ou tu meurs tout de suite.

J'entendis son flingue toucher terre. Je levai ma main libre, l'attrapai par le colback et le tirai sous la terrasse, où l'on ne pourrait pas nous voir d'en haut. Nous étions tous les deux tournés vers les lumières du canyon et du freeway en dessous. Je vis que c'était le quatrième roi, celui qui avait une serviette en travers de l'épaule sur la photo. L'excitation aidant, je n'arrivai pas à me rappeler son nom. Il était au bar avec Banks.

– Comment tu t'appelles, trouduc ? lui lançai-je.

– Jimmy Fazio. Écoutez, je…

– La ferme.

Il la ferma. Je me penchai en avant et lui soufflai ceci à l'oreille :

– Regarde un peu ces lumières, Jimmy Fazio. C'est ici que tu vas mourir. Ces lumières sont la dernière chose que tu verras jamais.

– S'il vous plaît…

– S'il vous plaît ? C'est ça que t'a dit Angella Benton ? Elle t'a dit s'il vous plaît ?

– Non, s'il vous plaît, non, j'y étais même pas.

– Convaincs-moi.

Il garda le silence.

– Ou meurs.

– OK, non, bon, c'était pas moi. Je vous en prie, croyez-moi. C'était Linus et Vaughn. C'était eux qui en avaient eu l'idée et c'est eux qui ont fait le coup sans nous le dire. On n'a pas pu l'empêcher parce qu'on le savait même pas.

– Tiens donc. Quoi d'autre encore ? T'arrêtes de causer, tu meurs.

– C'est pour ça qu'on a tué Vaughn. Linus nous a dit qu'il le fallait parce qu'il allait piquer tout le fric et l'accuser du meurtre de la fille.

– Sauf que Linus a été touché. Ça aussi, ça faisait partie du plan ?

Il hocha la tête.

– C'était pas censé arriver, mais on a trouvé un moyen pour que ça marche. Ça devait couvrir l'achat de nos clubs.

– Ça, pour marcher, ça a marché. Et Marty Gessler et Jack Dorsey, hein ?

– Qui ça ?

Je lui enfonçai le canon du pistolet encore plus fort dans le cou.

– Arrête tes conneries. Je veux toute l'histoire.

– Je ne…

– Faz ! Espèce de péteux !

La voix nous parvenait d'en haut. Je levai la tête et vis le torse d'un type penché par-dessus le bord de la terrasse. Bras tendus, les deux mains serrées sur une arme. Je lâchai mon prisonnier et plongeai sur ma gauche au moment même où il faisait feu. Oliphant. Il hurlait en tirant. Encore et encore, aveuglément. Tout l'abri sous la maison s'illumina sous les flammes de ses tirs. Des projectiles ricochèrent sur les poutrelles. Je passai sur le côté d'un poteau et lui expédiai trois balles en rafale. Ses hurlements s'arrêtant net, je compris que je l'avais touché. Je le regardai lâcher son arme, perdre l'équilibre et dégringoler sur six mètres pour aller s'écraser dans les buissons avec un bruit sourd.

Je cherchai Fazio des yeux et le trouvai étendu par terre, à côté de Banks. Il était touché en haut de la poitrine, mais vivait encore. Il faisait trop sombre pour que je puisse voir ses yeux, mais je savais qu'ils étaient ouverts et que, pris de panique, il me demandait de l'aide. Je lui attrapai la mâchoire et lui tournai la figure vers moi.

– Tu veux parler ?

– Ah… ça fait mal.

– Mais c'est vrai, ça. Parle-moi de l'agent du FBI. Où est-elle ? Qu'est-ce qui lui est arrivé ?

– Ah…

– Qui a tué le flic ? C'est aussi Linus ?

– Linus…

– C'est oui ? C'est Linus qui l'a tué ?

Il ne répondit pas. Je commençais à le perdre. Je lui

tapotai les joues, puis le secouai par le col de sa chemise.

– Allez, mec, reste avec moi. C'était oui ? Hé, Fazio !
Est-ce que Linus a tué le flic ?

Rien. Il avait cessé de vivre. Une voix s'éleva dans
mon dos.

– Pour moi, c'est un oui.

Je me retournai. Simonson. Il avait trouvé la trappe et
s'était glissé dans mon dos. Il tenait une carabine à
canon scié à la main. Je me levai lentement, laissai mon
pistolet par terre à côté de Fazio et mis les mains en
l'air. Puis je m'éloignai de Simonson à reculons.

– Les flics qu'il faut arroser, ça fait toujours chier,
reprit-il. J'ai dû mettre fin à ce truc-là vite fait.

Je reculai encore, mais chaque fois que je faisais un
pas en arrière Simonson en faisait un en avant. La carabine n'était qu'à un mètre de moi. Je savais que je ne
pourrais pas lui échapper si je tentais quoi que ce soit.
Je ne pouvais jouer que la pendule. Il devait quand
même bien y avoir un voisin qui avait entendu les
coups de feu et appelé la police.

Simonson me braqua son arme sur le cœur.

– Je sens que ça va me plaire, enchaîna-t-il. Tiens,
celle-là, ce sera pour Cozy.

– Cozy ? lui demandai-je alors que j'avais déjà
compris. Qui c'est, celui-là ?

– Le mec que t'as touché. Par balles. Il ne s'en est
pas sorti.

– Qu'est-ce qui lui est arrivé ?

– A ton avis ? Il est mort à l'arrière du van.

– Vous l'avez enterré ? Où ça ?

– Pas moi, non. J'étais assez occupé ce jour-là, tu te
rappelles ? C'est eux qui l'ont enterré. Cozy aimait bien
les bateaux. Disons qu'ils l'ont enterré en mer.

Je reculai encore d'un pas. Simonson s'avança. Je
commençais à sortir de sous la terrasse. Si jamais ils se
pointaient, les flics pourraient l'allumer.

– Et l'agent du FBI ? Qu'est-ce qui est arrivé à Marty Gessler ?

– Ben justement. Quand Dorsey m'a parlé d'elle et m'a dit le plan, j'ai compris qu'il devait y passer. Ce que je veux dire par là, c'est qu'il était…

Le pied sur lequel il faisait porter son poids ayant soudain glissé, sa carabine se retrouva pointée vers le ciel. Simonson se ramassa une pelle des plus classiques et atterrit sur le dos. Je fus sur lui comme un sauvage. Nous roulâmes et nous battîmes pour le contrôle de son arme. Plus jeune et plus fort, il eut vite fait de se retrouver sur moi. Mais il manquait d'expérience. Il cherchait à dominer plutôt qu'à maîtriser son adversaire.

J'avais refermé la main gauche sur le canon court de son arme tandis que de l'autre j'en tenais fermement le pontet. Je parvins à glisser mon pouce derrière son doigt. Je fermai les yeux, une image me vint : les mains d'Angella Benton. L'image de mes souvenirs et de mes rêves. Je fis passer toutes mes forces dans mon bras gauche et poussai. La carabine changea d'angle. Je fermai encore plus fort les yeux et appuyai sur la détente avec mon pouce. Le bruit le plus assourdissant que j'aie jamais entendu de ma vie me rugit dans la tête lorsque le coup partit. J'eus l'impression d'avoir la figure qui prenait feu. Je rouvris les yeux, regardai Simonson et m'aperçus qu'il n'avait plus de visage.

Il roula loin de moi tandis qu'un gargouillement inhumain montait de la bouillie qui lui tenait lieu de figure. Ses jambes remuaient comme s'il pédalait sur un vélo invisible. Il roula d'avant en arrière, ses mains furent deux poings durs comme pierre, puis il se figea.

Lentement je me relevai et enregistrai ce qui s'était passé. Je me frottai le visage – il était intact. Les gaz de décharge m'avaient brûlé, mais en dehors de ça tout allait bien. J'avais les oreilles qui sifflaient si fort que, pour une fois, je n'entendais même plus le bruit du freeway en bas du canyon.

Je vis quelque chose qui brillait dans les buissons et tendis la main en avant. C'était une bouteille d'eau. Pleine et pas ouverte. Je compris que Simonson avait roulé sur celle que j'avais laissée tomber de la terrasse quelques jours plus tôt. Elle m'avait sauvé la vie. J'en dévissai la capsule et m'aspergeai la figure, l'eau me lavant de mon sang et apaisant ma brûlure.

– Pas un geste !

Je levai la tête et vis un type qui, lui aussi, s'était penché par-dessus la rambarde et me mettait en joue. Un rayon de lune éclaira l'insigne sur sa tenue. Les flics étaient enfin arrivés. Je lâchai ma bouteille et écartai grand les bras.

– Vous inquiétez pas, lui dis-je. Je ne bouge pas.

Je me renversai en arrière, les bras toujours écartés. La tête posée par terre, j'inhalai de grandes bouffées d'air dans mes poumons. J'avais toujours un sifflement dans les oreilles, mais j'entendais aussi mon cœur reprendre peu à peu le rythme normal de la vie. Dans la nuit sombre et sacrée je regardai l'endroit où ceux qui n'ont pas été sauvés sur cette terre nous attendent tout là-haut. Pas encore, me dis-je. Pas tout de suite.

40

Pendant que le flic posté sur la terrasse continuait de me tenir en joue, son collègue passa par la trappe et descendit jusqu'à moi. Il tenait une lampe torche dans une main et une arme dans l'autre. Il avait le regard fou du type qui n'a aucune idée de ce dans quoi il vient de mettre les pieds.

– Sur le ventre et les mains dans le dos ! m'ordonnat-il d'une voix étranglée par l'adrénaline.

Je fis ce qu'il me disait, il posa sa lampe par terre pour me passer les menottes, Dieu merci pas à la manière FBI. J'essayai de lui parler calmement.

– Juste pour que vous sachiez… je…

– Je ne veux rien entendre.

– … suis un ancien du LAPD. Commissariat de Hollywood. J'ai rendu mon insigne après plus de vingt-cinq ans de service.

– Un bon point pour vous. Et maintenant, vous gardez ça pour les inspecteurs.

Ma maison se trouvant dans le secteur de la division North Hollywood, il n'y avait aucune raison pour qu'on me reconnaisse ou s'intéresse à moi.

– Hé ! lança le policier au-dessus de lui. Comment s'appelle-t-il ? Éclaire-le avec ta torche.

Son collègue me la braqua sur la figure, à moins de cinquante centimètres. Aveuglant.

– Comment vous appelez-vous ?

– Harry Bosch. J'étais aux Homicides.

– Har…

– Je sais qui c'est, Swanny. Pas de problème. Enlève-lui ta lumière de la gueule.

Swanny m'ôta la lumière de la gueule.

– Bon d'accord, dit-il. Mais les menottes restent. Ce sera aux inspecteurs de voir… Ah ! putain !

Il venait d'éclairer le corps sans visage étendu dans les buissons sur ma gauche. Linus Simonson – ou ce qu'il en restait.

– Va pas dégueuler, Swanny, reprit la voix d'en haut. On est sur une scène de crime.

– Va te faire foutre, Hurwitz ! Comme si j'allais dégueuler !

Je l'entendis se déplacer. Je tentai de lever la tête pour le voir, mais les buissons étaient trop hauts. Je ne pus que l'écouter. J'eus l'impression qu'il passait d'un cadavre à un autre. Je ne me trompais pas.

– Hé, Hurwitz ! On en a un qu'est encore vivant ! Signale-le !

Ce devait être Banks. Ça me plut. J'allais avoir besoin d'un survivant pour corroborer mes dires. Et puis, étant seul à devoir rendre des comptes, Banks serait sans doute plus qu'heureux de se mettre à table et de trouver un arrangement avec le juge pour sauver ses fesses.

Je roulai sur le dos et me rassis. Le flic s'était age-nouillé à côté de Banks, sous la terrasse. Il se tourna vers moi.

– Je ne vous ai pas dit de bouger.

– Je n'arrivais plus à respirer, avec le nez dans la terre.

– Vous bougez plus, sinon gare !

– Hé ! Swanny ? lui lança Hurwitz d'en haut. Le mac-chab dans la maison ? Il a un insigne. C'est un mec du FBI.

– Putain de Dieu !

338

– Ça, tu l'as dit.

Ils ne se trompaient pas : c'était bien une putain d'affaire. En moins d'une heure l'endroit fut littéralement envahi. Par le LAPD. Le LAFD [1]. Le FBI. Les médias. Je ne comptai pas moins de six hélicoptères en train de décrire des cercles dans le ciel nocturne, la cacophonie qui en résultait étant si forte que j'en vins à préférer le sifflement que j'avais encore dans les oreilles.

Les pompiers durent se servir d'un de ces hélicoptères pour sortir Banks du canyon sur une civière. Lorsqu'ils en eurent fini, j'appelai les ambulanciers qui étalèrent une pommade transparente à base d'aloès sur mes brûlures. Ils me donnèrent aussi de l'aspirine et me dirent que mes blessures n'étaient que mineures et ne laisseraient pas de cicatrices. J'avais pourtant l'impression de m'être fait arracher la figure par un chirurgien aveugle.

On m'ôta les menottes suffisamment longtemps pour que je puisse remonter la pente et repasser par la trappe. Une fois chez moi, je fus menotté de nouveau et contraint d'aller m'asseoir sur un canapé de la salle de séjour. Je voyais les jambes de Milton sortir du couloir. Toute l'équipe des premières constatations se penchait sur lui.

Dès que les inspecteurs se pointèrent, les choses prirent un tour nettement plus sérieux. Ils suivirent à peu près tous le même rituel : ils entraient, examinaient le cadavre de Milton d'un air grave, puis ils traversaient la salle de séjour sans me regarder et passaient sur la terrasse, d'où ils jetaient un coup d'œil aux trois autres cadavres. Enfin ils revenaient dans la maison, me regardaient sans rien dire et gagnaient la cuisine, où quelqu'un avait pris sur lui d'ouvrir mon paquet de café et de mettre le percolateur en rotation accélérée.

---

1. Soit le Los Angeles Fire Department – les pompiers *(NdT)*.

La situation ne s'écarta guère de ce schéma pendant deux bonnes heures. Au début, je ne reconnus personne dans la mesure où les inspecteurs venaient tous de North Hollywood. Mais cela changea lorsque la hiérarchie décida de confier l'enquête – au moins dans sa partie LAPD – aux enquêteurs de la division Vols et Homicides. Dès qu'ils arrivèrent, j'eus l'impression de retrouver le boulot d'autrefois. J'en connaissais beaucoup et avais même travaillé avec certains d'entre eux. Il fallut pourtant que Kiz Rider débarque du bureau du grand patron pour qu'on songe à m'ôter les menottes. Très en colère, elle exigea qu'on me libère et, personne ne se ruant, le fit elle-même.

– Ça va, Harry ? me demanda-t-elle.

– Maintenant oui, enfin… je crois.

– Tu es tout rouge et un peu gonflé. Tu veux que j'appelle les ambulanciers ?

– Non, ils ont déjà regardé. Brûlures mineures suite à un rapprochement trop étroit avec le mauvais côté d'une carabine à canon scié.

– Comment veux-tu procéder ? Tu connais la chanson. Tu veux un avocat ou on peut causer ?

– A toi, oui, je veux bien causer. Je suis prêt à te raconter toute l'histoire. Sinon, je prends un avocat.

– Je ne suis plus aux Vols et Homicides, Harry. Tu le sais bien.

– Tu devrais et là, c'est toi qui le sais.

– Peut-être, mais je n'y suis pas.

– C'est le seul marché que je puisse te proposer. C'est à prendre ou à laisser. J'ai un excellent avocat.

Elle réfléchit quelques instants.

– Bon, dit-elle enfin, attends une minute. Je reviens tout de suite.

Elle franchit la porte de devant pour consulter les autorités en place. En l'attendant, je vis l'agent spécial John Peoples s'agenouiller près du corps de Milton.

Puis il se tourna vers moi et soutint mon regard. Peut-être voulait-il me faire passer un message, mais si c'était le cas, je fus incapable de le déchiffrer. Cela dit, il savait très bien que je détenais quelque chose qui lui appartenait – son avenir.

Rider revint me voir et se pencha sur moi.

– Voilà où on en est, dit-elle. Tout ça tourne à l'énorme affaire. Le FBI est partout et le type étendu par terre serait membre d'une équipe antiterroriste – d'où priorité absolue. Ils ne sont pas près de nous relâcher dans la nature comme ça. Ni toi ni moi.

– Bien. Dans ce cas, voici ce que je vais faire. Je parle, mais seulement à toi et à un agent du FBI. Et je veux que cet agent soit Roy Lindell. Tu vas le réveiller, tu le ramènes et je vous raconte tout. Mais seulement dans ces conditions ; sinon, je prends un avocat et je laisse à tout le monde le soin de comprendre de quoi il retourne.

Elle acquiesça d'un signe de tête, fit demi-tour et repartit dehors. Je remarquai que Peoples ne se trouvait plus dans le couloir, mais je ne l'avais pas vu partir.

Cette fois, Rider mit une demi-heure avant de revenir. Mais quand elle le fit, ce fut avec la prestance de quelqu'un qui commande. Avant même qu'elle m'en informe, je compris que le marché avait été accepté. On lui confiait officiellement l'affaire – du moins pour la partie LAPD.

– Bien, dit-elle, on va descendre à la division de North Hollywood. On y prendra une salle et ils feront l'enregistrement. Lindell nous y rejoindra. Comme ça, chacun ayant son rôle à jouer, tout le monde est content.

C'était toujours comme ça. Il fallait marcher sur des œufs et ménager la police et diverses agences fédérales pour pouvoir faire le boulot. Je fus heureux de ne plus avoir à me taper ça.

– Tu peux te lever, reprit-elle. C'est moi qui conduirai.
Je me levai.

– J'aimerais passer sur la terrasse un instant. Je veux regarder en bas.

Elle me laissa y aller. Je traversai ma terrasse et regardai par-dessus la rambarde. On avait installé de grands projecteurs pour éclairer la scène de crime. La colline ressemblait à une fourmilière tant il y avait de techniciens partout. Des équipes des services du légiste se serraient autour des cadavres. Au-dessus de nos têtes, les hélicos se déplaçaient selon une chorégraphie des plus bruyantes. Je compris que tous les rapports que j'avais pu entretenir avec mes voisins étaient fichus.

– Tu sais quoi, Kiz ? lui dis-je.

– Non, quoi, Harry ?

– Je crois que l'heure est venue de vendre la maison.

– Oui, ben… bonne chance quand même, Harry !

Elle me prit par le bras et me fit lâcher la rambarde.

41

Le commissariat de North Hollywood était le plus récent de toute la ville. Il avait été construit après le tremblement de terre et les émeutes déclenchées par l'affaire Rodney King. De l'extérieur, on aurait dit une forteresse en brique censée résister aussi bien aux soulèvements sociaux qu'à ceux des plaques tectoniques. A l'intérieur tout y était confort et électronique dernier cri. On me fit entrer dans une grande salle d'interrogatoire et asseoir à la place d'honneur. Pas moyen de voir les micros et la caméra, mais je savais qu'ils étaient là. Je savais aussi que j'allais devoir me montrer très prudent. J'avais conclu un marché dangereux. S'il était une chose qu'un quart de siècle passé chez les flics m'avait appris, c'était bien de ne jamais parler à un de ces messieurs sans être conseillé par un avocat. Et c'était très exactement ce que j'avais décidé de faire. J'allais certes m'ouvrir à deux personnes qui étaient toutes disposées à me croire et à m'aider, mais ça n'aurait aucune importance. La seule chose qui en aurait serait la bande-vidéo. Il allait donc falloir y aller prudemment et veiller à ne rien dire qui puisse se retourner contre moi une fois que ceux qui ne m'aimaient pas se mettraient à la visionner.

Kiz Rider commença par dire à haute voix nos trois noms, la date, l'heure et le lieu de l'interrogatoire et m'informa que la Constitution me garantissait le droit d'avoir un avocat et celui de me taire si je le désirais.

Puis elle me demanda de lui confirmer verbalement et par écrit que je comprenais bien la nature de ces droits et que j'y renonçais de mon plein gré – ce que je fis. Je lui avais bien appris ce qu'il fallait faire.

Enfin elle entra dans le vif du sujet.

– Bon alors, dit-elle, vous avez quatre morts chez vous, dont un agent fédéral, sans compter un cinquième individu qui, lui, est dans le coma. Vous voulez bien nous dire de quoi il retourne ?

– J'en ai tué deux – en légitime défense. Et le type dans le coma, oui, là aussi, c'est moi le responsable.

– Bien, dites-nous ce qui s'est passé.

Je commençai mon récit en parlant de la soirée au Baked Potato. Je leur dis Sugar Ray, le quartet, l'infirmier, les serveuses de bar et leurs tatouages. J'allai jusqu'à décrire la caissière de Chez Ralph à laquelle j'avais payé mon paquet de café. Je donnai autant de détails que possible parce que je savais que ce serait ça qui convaincrait les enquêteurs lorsqu'ils iraient vérifier. L'expérience m'avait appris que pour la justice toutes les conversations se réduisent à des ouï-dire et qu'elles ne prouvent rien ni dans un sens ni dans l'autre. Ce qui fait que lorsqu'on veut rapporter ce que certains ont dit et comment ils l'ont dit – surtout si ces gens sont morts –, il vaut mieux saupoudrer ses propos de petits faits qu'on pourra vérifier. De détails. C'est dans ces détails que résident le salut et la sécurité.

Je rapportai donc tout ce dont je me souvenais, jusqu'à l'histoire des tatouages à l'effigie de Marilyn Monroe. Ça fit rire Roy Lindell, Rider, elle, ne voyant vraiment pas ce que ça pouvait avoir de drôle.

Je leur racontai toute l'histoire d'un bout à l'autre en leur disant les choses au fur et à mesure qu'elles s'étaient produites. Mais je ne leur expliquai rien du contexte, car je savais qu'on y viendrait pendant les interrogatoires qui ne manqueraient pas de suivre. Je tenais à ce qu'ils aient un récit détaillé et une vision minute par minute de tout ce qui s'était passé. Si je ne leur mentis pas, je ne leur dis pas non plus tout ce qui était arrivé. Je ne savais toujours pas très bien comment traiter le problème Milton. Mieux valait attendre que Lindell me donne un petit signal. J'étais sûr qu'il avait reçu ses ordres avant de venir.

Bref, je gardai les détails de l'affaire Milton pour Lindell. Ce que je gardai pour moi ? Ce que j'avais vu en fermant les yeux avant d'appuyer sur la détente de la carabine. L'image des mains d'Angella Benton.

– Et voilà, c'est tout, dis-je lorsque j'en eus fini. C'est à ce moment-là que les flics en tenue se sont pointés et… voilà où nous en sommes.

Rider, je l'avais vu, avait pris de temps en temps des notes sur un bloc grand format. Elle reposa ce dernier sur la table et me regarda. Elle semblait assommée par mon histoire. Elle devait se dire que j'avais eu une chance de tous les diables d'en sortir vivant.

– Merci, Harry, dit-elle. On peut dire que tu l'as échappé belle.

– Oui, et cinq fois.

– Hmm, je crois que nous allons faire une pause de quelques minutes. L'agent Lindell et moi allons parler de tout ça dehors et je suis bien sûre que nous reviendrons avec des tas de questions à te poser.

Je souris.

– J'en suis bien sûr moi aussi.

– On peut te rapporter quelque chose ?

– Du café serait bien. J'ai passé toute la nuit debout et, chez moi, ils n'ont même pas voulu me donner une tasse de mon propre café.

– Et un café, un !

Ils se levèrent et quittèrent la pièce. Quelques minutes plus tard, un inspecteur de North Hollywood que je ne connaissais pas entra dans la salle, une tasse de café noir à la main. Il me souffla de tenir bon et repartit aussitôt.

Lorsqu'elle revint avec Lindell, je remarquai que Rider avait ajouté des notes sur son bloc. Elle garda le commandement des opérations et reprit tout de suite la parole.

– Commençons par éclaircir quelques petits points, dit-elle.

– D'accord.

– Vous nous avez dit que l'agent Milton était déjà chez vous quand vous êtes entré.

– C'est exact.

Je regardai Lindell, puis Rider.

– Vous avez ensuite déclaré être en train de l'informer qu'à votre avis on vous avait suivi lorsque les intrus ont défoncé la porte de devant à coups de pied.

– C'est vrai.

– L'agent Milton se serait alors rendu dans le couloir pour voir ce qui se passait et aurait été aussitôt touché par un tir de carabine, dont l'auteur semblerait être Linus Simonson.

– Ça aussi, c'est exact.

– Que faisait l'agent Milton chez vous en votre absence ?

Avant même que j'aie pu répondre, Lindell me cracha une autre question :

– Il avait l'autorisation d'y être, n'est-ce pas ?

– Eh dites ! m'exclamai-je. Et si on prenait une question à la fois.

Je regardai à nouveau Lindell et vis qu'il avait baissé les yeux. Il ne se sentait pas de me regarder en face. Rien qu'à sa question, qui tenait plus de l'affirmation que de l'interrogation, je compris ce qu'il voulait me faire dire. Je sentis qu'il me proposait un marché. Il avait très vraisemblablement eu des ennuis avec le Bureau à cause de l'aide qu'il m'avait fournie pour mon

346

enquête et avait dû recevoir des ordres très précis : vous faites en sorte que le Bureau ait le nez propre dans cette histoire, sinon il y aura des conséquences. Pour lui, bien sûr, mais peut-être aussi pour moi. Bref, Lindell me laissait entendre que si je racontais l'histoire de telle sorte qu'il puisse atteindre cet objectif – sans se compromettre lui-même du point de vue juridique –, nous nous en trouverions beaucoup mieux tous les deux.

Je dois à la vérité de dire que ça ne me gênait pas d'épargner la honte et une controverse posthume à Milton. Pour moi, il avait déjà eu ce qu'il méritait, et même un peu de rab. Lui chercher des noises maintenant aurait été pure vindicte et je n'avais pas besoin d'en user à l'endroit d'un mort. J'avais d'autres choses à faire et tenais à ne pas perdre la possibilité d'arriver à mes fins.

J'avais certes affaire à l'agent spécial Peoples et au TMSB, mais il y avait trop d'ombre entre eux et ce qu'avait fait Milton. Au contraire de ce dernier, je n'avais pas confessé Peoples sur bande. Me servir de l'un pour essayer d'avoir l'autre n'était pas une voie facile. Je décidai de laisser les morts tranquilles et de m'accorder une journée de vie en plus.

– Que faisait l'agent Milton chez vous en votre absence ? répéta Rider.

Je me tournai vers elle.

– Il m'attendait.

– Pour faire quoi ?

– Je lui avais dit de me retrouver chez moi, mais je m'étais mis en retard en allant acheter du café.

– Pourquoi voulait-il vous voir à une heure aussi tardive ?

– Parce que j'avais un renseignement qui devait lui permettre d'éclaircir un problème.

– Quel était ce renseignement ?

– Il concernait un terroriste impliqué dans une affaire sur laquelle il travaillait. Cet homme s'était trouvé détenir un billet de cent dollars provenant du braquage d'un plateau de tournage, dossier sur lequel j'avais enquêté avant qu'on me l'interdise. Je voulais lui dire que j'avais enfin compris qu'en réalité ces deux histoires n'avaient aucun lien entre elles. Et l'inviter à passer au cabinet de mon avocat le lendemain matin, pour la réunion à laquelle je vous avais conviés tous les deux et où je devais tout expliquer à tout le monde. Mais comme il ne voulait pas attendre, je lui avais dit de me retrouver chez moi.

– Et… quoi ? Vous lui aviez laissé une clé ?

– Non. Mais j'avais dû laisser ouvert parce qu'il était déjà là quand je suis entré. On peut donc dire qu'il avait la permission dans la mesure où je l'avais invité chez moi, même si je ne l'avais pas vraiment autorisé à entrer. Il avait dû prendre ça sur lui en arrivant avant moi.

– L'agent Milton avait un certain nombre d'appareils d'enregistrement miniatures dans la poche de sa veste. Étiez-vous au courant et pouvez-vous nous dire pourquoi il les avait en sa possession ?

Je songeai qu'il devait être en train d'enlever les micros de chez moi, mais ne le dis pas.

– Aucune idée, répondis-je. Il aurait sans doute mieux valu le lui demander à lui.

– Et sa voiture ? On l'a retrouvée garée à une rue de chez vous, dans Woodrow Wilson Drive. Elle se trouvait même plus loin de votre maison que le véhicule de vos quatre assaillants. Une idée de la raison pour laquelle il s'était garé aussi loin de chez vous si vous l'aviez effectivement invité ?

– Non, pas vraiment. Comme je vous l'ai dit, il était le seul à le savoir.

– Justement.

Je voyais bien que je commençais à l'échauffer. Son regard s'était fait plus perçant et elle semblait vouloir déchiffrer ceux que je jetais à Lindell. Elle savait que nous tramions quelque chose, mais était assez futée pour ne rien en laisser voir à la caméra. Je lui avais appris tout ça.

– Bon, je vais vous dire, Harry, reprit-elle. Vous nous avez raconté en détail tout ce qui s'est passé hier soir, mais vous ne nous avez pas expliqué comment tout ça s'emboîte dans un ensemble. Avant que la merde n'éclabousse partout, vous aviez convoqué une réunion pour ce matin afin de nous mettre au courant. Alors, allez-y et dites-nous, maintenant. Où en sommes-nous ?

– Comment ça ? En reprenant du début ?

– C'est ça, du début.

J'acquiesçai d'un signe de tête.

– Bon eh bien… on peut dire que tout a commencé quand Ray Vaughn et Linus Simonson ont décidé de piquer le chargement de fric à destination du plateau de tournage. Il y avait quelque chose qui les liait. D'après une de leurs anciennes collègues de la banque, Vaughn aurait été homo et Simonson pensait qu'il lui faisait des avances. Que ce soit Vaughn qui ait attiré Simonson dans la combine ou l'inverse, le résultat est le même : à un moment donné, ils ont décidé de piquer le fric. Ils ont tout planifié, Simonson se chargeant ensuite de recruter ses quatre copains pour faire le gros boulot. Tout est parti de là.

– Et Angella Benton ? demanda Rider.

– J'y viens. Sans le dire aux autres, Vaughn et Linus ont aussi décidé qu'il leur fallait une diversion, quelque chose qui ferait croire aux flics que le braquage était parti de la boîte de production et pas de la banque. C'est pour ça qu'ils ont porté leur choix sur Angella Benton. Elle devait passer à la banque avec les documents sur le prêt. Ils savaient donc qu'on pourrait l'accuser d'être au courant du transfert. Ils l'ont suivie pendant deux ou trois jours de façon à savoir à quel moment elle était le plus vulnérable à une attaque. Puis ils l'ont tuée, un des assaillants répandant du sperme sur son corps pour qu'on pense à un meurtre à caractère sexuel et qu'on ne songe pas tout de suite à la boîte de production ou à la décision de tourner certaines scènes du film avec de l'argent véritable.

– Ce qui fait qu'elle n'a jamais été qu'une « diversion ». C'est ça que vous êtes en train de nous dire ? me demanda Rider d'un air abattu. On l'a tuée seulement pour que ça colle dans le plan d'ensemble ?

J'acquiesçai tristement.

– Merveilleux, ce monde, non ?

– Bien, continuez. Se sont-ils mis à deux pour la liquider ?

– Peut-être, je ne sais pas. Simonson avait un alibi pour la soirée, mais cet alibi a été confirmé par Jack Dorsey et ça, nous allons y venir dans une minute. Pour moi, ils se sont mis à deux pour faire le coup. Il fallait être deux pour la maîtriser complètement sans lutte.

– Le foutre, reprit Rider. On verra bien s'il correspond à l'un des deux. Étant donné que Vaughn s'est fait tuer pendant le braquage et que Simonson a été touché, on n'a jamais songé à comparer leurs spermes avec celui retrouvé sur la scène de crime.

Je hochai la tête.

– J'ai le sentiment qu'il n'y aura pas de correspondance.

– De qui proviendrait-il donc ?

– On ne le saura peut-être jamais. Il ne faut pas oublier les éclaboussures. Nous en avions conclu que le sperme avait été apporté sur les lieux et qu'on l'avait fait dégoutter sur le corps d'Angella Benton. Dieu sait où ils se l'étaient procuré. C'était peut-être celui d'un de leurs copains, mais, à moins qu'ils n'aient été complètement idiots, ce ne devait pas être le leur. Pourquoi auraient-ils laissé un indice aussi compromettant ?

– Ce qui fait que quoi ? Ils sont allés voir un parfait

inconnu et lui ont demandé de se branler dans un verre ? s'enquit Lindell d'un ton incrédule.

– Oh, ce n'est pas si difficile que ça d'en trouver, lui répliqua Rider. Il suffit de traîner dans n'importe quelle ruelle de Hollywood pour trouver des capotes qui en sont remplies. Et si Vaughn était effectivement homo, ce sperme aurait pu provenir d'un de ses partenaires, lequel partenaire pourrait très bien n'avoir jamais rien su de sa destination finale.

J'acquiesçai. Je pensais la même chose.

– Exactement, dis-je. C'est même sans doute pour ça que Vaughn a été tué. Simonson l'a trahi. Il a dit à ses types de ne pas le rater pendant le braquage. Ça leur ferait plus d'argent et ça aurait l'avantage d'éliminer un lien avec l'affaire Benson.

– Putain, les salauds ! s'exclama Lindell. Ils avaient calculé tout ça de sang-froid !

Je compris qu'il pensait à Marty Gessler et au destin qu'elle avait connu mais dont on ne savait rien.

– Simonson a encore plus verrouillé l'opération et l'utilisation de l'argent en échangeant le rapport sur les numéros des billets avec celui d'un autre employé de BankLA.

– Comment ça ? demanda Rider.

– Au début, j'ai cru qu'il s'était contenté de mettre de mauvais numéros dans la liste qu'il dressait avec une employée dans la salle des coffres. Mais ç'aurait été sans doute trop risqué, vu qu'elle n'était pas dans le coup et aurait pu décider de vérifier. Je crois qu'il a tout simplement fabriqué un faux sur son portable en y inscrivant des numéros de billets inventés au fur et à mesure. Après quoi il a signé, falsifié la signature de sa collègue et donné le tout au vice-président de la banque qui a tout contresigné. De là, le document est parti à la compagnie d'assurances, puis a atterri chez les flics après le hold-up et enfin au FBI.

– Vous m'aviez demandé d'apporter l'original à la réunion que nous étions censés avoir ce matin, dit Rider. Pourquoi ?

– Vous savez ce que sont « les tremblements du faussaire » ? C'est ce qu'on peut déceler dans une signature falsifiée par décalque. Simonson a décalqué la signature de sa collègue sur l'original. Sur la photocopie du document qu'il a donnée, j'ai remarqué des marques d'hésitation. La signature de sa collègue aurait dû être sans bavure et ininterrompue. Là, on dirait qu'il a certes signé la page sans décoller le stylo de la feuille, mais en s'arrêtant et reprenant à peu près à chaque lettre. C'est très révélateur et je suis sûr que la comparaison avec le document original le montrera sans qu'il puisse y avoir de doute.

– Comment a-t-on pu ne pas le voir ?

Je haussai les épaules.

– Qui dit que personne ne l'a remarqué ?

– Cross et Dorsey ?

– Je penche pour Dorsey. Cross, je ne sais pas. Cross m'a aidé dans cette enquête. De fait, c'est même lui qui m'a appelé pour me mettre sur la voie.

Lindell se pencha en avant. On arrivait à la question Marty Gessler et il voulait être sûr de bien comprendre.

– Donc, Simonson rend un rapport bourré de numéros inventés, après quoi ses copains s'en vont piquer le fric et tuer Vaughn par la même occasion. Intentionnellement.

– Voilà.

– Et Simonson ? Il s'est fait tirer dessus, non ? Ils essayaient de le tuer, lui aussi ?

– Non, ça, ça n'était pas prévu au programme. Selon Fazio en tout cas. C'est ce qu'il m'a dit avant de se faire descendre hier soir. Que Simonson se soit fait tirer dessus est pure malchance. Il a dû être touché par ricochet. S'il sort de son coma avec le cerveau intact,

352

Banks pourra peut-être nous éclairer sur ce point. Parce que j'ai l'impression qu'il voudra parler. Quand ça ne serait que pour accuser tout le monde.

– Ne vous inquiétez pas. S'il s'en sort, on y veillera. Mais, d'après les médecins, c'est à mettre au conditionnel.

– Sauf que ce ricochet les a bien aidés. C'est ce qui a donné à Simonson une raison valable de quitter la banque. Sans qu'on le soupçonne. C'est aussi ça qui lui a permis de masquer l'achat et la rénovation de ses bars sous une histoire d'indemnité versée par la banque suite à un règlement à l'amiable. Sauf que cette somme ne lui aurait même pas permis d'acquérir un frigo à bières.

– Bon, dit Lindell. Revenons un instant au braquage. En dehors du pruneau que Simonson prend dans le cul, le hold-up se déroule comme prévu, c'est bien ça ? Tous les flics…

– Pas exactement, le corrigea Rider. Harry était là et a tué un des braqueurs.

J'acquiesçai de la tête.

– Lequel braqueur serait mort dans le van pendant leur fuite. D'après Simonson, les autres l'auraient mis dans un bateau et enterré en mer. Il s'appelait Cozy. Plus tard, ils ont d'ailleurs donné son nom à un de leurs bars.

– OK, dit Lindell. Sauf qu'une fois la poussière retombée, les flics ne se retrouvent qu'avec le cadavre d'Angella Benton et une liste de numéros dont personne ne sait qu'ils sont faux. Et neuf mois plus tard, tiens donc, voilà qu'un de ces numéros déclenche une alarme lorsque Marty Gessler l'entre dans son ordinateur.

J'acquiesçai de la tête. Lindell savait parfaitement où on allait avec ça.

– Minute, minute, dit Rider. Je ne saisis pas très bien. En cinq minutes, Lindell et moi lui expliquâmes le logiciel que Marty Gessler avait inventé pour remonter la piste des numéros et ce que signifiait sa découverte.

– Pigé, dit-elle enfin. Elle est tombée sur le premier truc qui clochait dans cette histoire. Elle est tombée sur quelque chose qui ne marchait pas, parce qu'à ce moment-là le billet de cent dollars se trouvait dans l'armoire à scellés. Et qu'il ne pouvait donc pas avoir été volé pendant le braquage.

– Exactement, dis-je. Un des numéros inventés par Simonson était celui d'un billet déjà listé, la même chose se produisant plus tard lorsque Moussaoua Aziz s'est fait arrêter à la frontière. Un de ses billets de cent avait le numéro d'un des billets portés sur la liste bidon de Simonson. C'est ce qui nous a valu l'intervention de Milton et des gros bonnets du service de la Homeland Security[1], alors que c'était des conneries. Alors qu'en réalité il n'y avait aucun lien entre les deux affaires.

Ce qui voulait dire que j'avais passé une nuit en prison fédérale pour rien et que Milton s'était fait tuer en traquant du vent. J'essayai de ne pas y penser et repris mon histoire :

– Dès qu'elle a découvert cette anomalie, Marty Gessler a appelé Jack Dorsey : c'était en effet son nom qui se trouvait sur la liste envoyée aux autres agences fédérales chargées de faire respecter la loi. Tout est parti de là.

– Tu es donc en train de nous dire que Dorsey a commencé à relier les pointillés entre eux et a compris ce que fabriquait Simonson, dit Lindell. Qu'il ait été au courant de la contrefaçon ou d'autre chose, l'important était qu'il en savait assez pour deviner ce qui se passait. Et aller voir Simonson pour se mettre dans le coup.

Je remarquai qu'ils hochaient tous les deux la tête. Mon histoire marchait.

---

1. Ou ministère de la Sûreté du territoire, créé par l'administration Bush suite aux attentats du 11 septembre 2001 *(NdT)*.

– Dorsey avait des problèmes d'argent, enchaînai-je. L'enquêteur des assurances a procédé à des vérifications de routine sur tous les flics ayant eu à voir avec l'affaire. Dorsey avait des dettes jusqu'au cou – il avait deux enfants en fac et deux autres à finir d'élever.

– Des problèmes de fric, tout le monde en a ! s'écria Rider en se mettant en colère. Ce n'est pas une excuse.

Sa remarque nous plongea un bon moment dans le silence, puis je repris mon histoire :

– Sauf qu'à ce moment-là il y avait un hic.

– L'agent Gessler, dit Rider. Elle en savait trop. Il fallait la faire disparaître.

Rider ne savait rien des relations entre Lindell et Gessler et Lindell ne faisait pas grand-chose pour les lui révéler. Il restait assis sans rien dire et gardait les yeux baissés. Je poursuivis :

– Pour moi, Simonson et ses copains ont roulé Dorsey dans la farine en même temps qu'ils s'occupaient de régler le problème Gessler. Dorsey le savait, mais que pouvait-il faire ou dire ? Il s'était trop engagé. Et après, Simonson s'est occupé de lui Chez Nat. Cross et le barman n'ont été mitraillés que pour tromper le monde.

Rider plissa les paupières et secoua la tête.

– Quoi ? lui demanda Lindell.

– Là, y a quelque chose qui cloche, dit-elle. Il y a une rupture. Gessler, elle, disparaît sans laisser de trace. Tout en douceur. Ça s'est passé il y a trois ans et personne ne sait où est son corps.

Je souffrais pour Lindell, mais tentai de ne pas le montrer.

– Alors qu'avec Dorsey, Cross et le barman, continua Rider, c'est règlement de comptes à O. K. Corral. Les deux modes opératoires sont entièrement différents. Gessler disparaît comme de la fumée, pour les autres, c'est le bain de sang.

– C'est qu'avec Dorsey ils voulaient faire penser à un hold-up qui tourne mal, précisai-je. S'il n'avait fait que disparaître, il aurait été logique d'aller fourrer le nez dans ses vieux dossiers. Et ça, Simonson n'en voulait pas. D'où le gros coup bien orchestré pour faire croire à un braquage.

– Non, je ne marche toujours pas. Pour moi, ces trucs sont différents. Écoutez… je ne me rappelle plus les détails, mais Marty Gessler n'a-t-elle pas disparu alors qu'elle rentrait chez elle en voiture en passant par Sepulveda Pass ?

– Si. Quelqu'un lui est rentré dedans et elle s'est garée sur le bas-côté.

– Sauf que c'est d'un agent du FBI armé et entraîné qu'on parle. Vous n'allez pas me dire que Simonson et ces types l'ont amenée à se garer sur le bas-côté en lui rentrant dedans et qu'ils ont eu le dessus comme ça ! Allons, allons. Ce n'est pas sérieux. Sans qu'elle se défende ? Il aura fallu autre chose… Pour moi, elle s'est arrêtée parce qu'elle se sentait en sécurité. Elle s'est arrêtée parce qu'un flic lui a fait signe.

Elle pointait son doigt vers moi et hochait la tête en prononçant ces mots. Lindell abattit violemment son poing sur la table. Rider l'avait convaincu. J'avais défendu au mieux ma thèse, mais j'en voyais maintenant les fissures. Je commençais à me dire que Rider avait peut-être raison.

Je remarquai aussi qu'elle regardait beaucoup Lindell. Elle commençait à capter quelque chose.

– Vous la connaissiez, n'est-ce pas ? lui demanda-t-elle enfin.

Lindell se contenta de hocher la tête. Puis il se tourna vers moi et me fusilla du regard.

– Et vous, vous avez tout foutu en l'air ! me lança-t-il.

– J'ai tout foutu en l'air ? De quoi parlez-vous ?

– De votre petit numéro d'hier soir. Vous vous pre-
niez pour Steve McQueen ou quoi ? Qu'est-ce que vous
croyiez ? Qu'ils auraient tellement la trouille qu'ils
descendraient à Parker Center pour se constituer prisonniers ?

– Roy, dit Rider, je crois qu'on…

– Vous vouliez les provoquer. Vous vouliez qu'ils
vous attaquent.

– Vous êtes fou, dis-je calmement. A quatre contre
un ? Si je suis encore en vie et peux vous parler aujourd'-
hui, c'est parce que j'ai repéré qu'ils me suivaient et
parce que Milton les a occupés assez longtemps pour
que je puisse me sauver de chez moi.

– Eh ben voilà ! Vous aviez vu qu'ils vous suivaient !
Vous les avez repérés parce que vous les cherchiez
et vous les cherchiez parce que vous aviez envie de
ça. Vous avez tout foutu en l'air, Bosch. Si ce jeune qui
est à l'hôpital ne sort pas de son coma avec un cerveau
en état de fonctionner, nous ne saurons jamais ce qui
est arrivé à Marty et où…

Il s'arrêta avant que sa voix ne se brise. Il cessa de
parler, mais pas de me fusiller du regard.

– Messieurs, dit doucement Rider, je propose qu'on
marque une pause. Et qu'on cesse de s'accuser de ceci
et de cela. Nous avons tous le même but.

Lindell hocha lentement et solennellement la tête.

– Non, dit-il sans me lâcher des yeux, pas Harry
Bosch. Avec lui, c'est toujours et seulement ce qu'il
veut. Un privé, voilà ce qu'il est depuis toujours, même
quand il portait l'insigne de la police.

Je me tournai vers Rider. Elle ne répondit pas, mais
elle cessa de me regarder et tout fut dit : elle confirmait.

42

L'aube pointait lorsque enfin je retrouvai ma maison. Elle grouillait encore de journalistes et de policiers, ces derniers refusant de me laisser entrer. Le bâtiment et le canyon constituant une scène de crime de première importance, ils en avaient pris le contrôle. On m'ordonna de revenir le lendemain, voire deux jours plus tard. Je n'eus même pas le droit de prendre des vêtements propres et autres affaires. J'étais tout ce qu'il y a de plus *persona non grata*. On me demanda de me tenir à l'écart. La seule concession que je parvins à leur arracher fut de pouvoir monter dans ma voiture. Deux flics en tenue – Hurwitz et Swanny, qui avaient réussi à être de service en heures supplémentaires – m'ayant ouvert la voie entre les véhicules de la police et des médias, je pus sortir la Mercedes en marche arrière et m'en aller.

La montée d'adrénaline qui m'avait submergé lorsque j'avais été à deux doigts de mourir la veille au soir était retombée depuis longtemps. J'étais épuisé, mais n'avais aucun endroit où aller. Je roulai sans but dans Mulholland Drive, arrivai à Laurel Canyon Boulevard et pris à droite pour descendre dans la Valley.

Je commençais à comprendre vers où j'allais, mais savais qu'il était trop tôt. Au carrefour de Ventura, je pris encore une fois à droite et me garai dans le parking de Chez Dupar. Je décidai de faire le plein de super : pour ça, seuls un café et des crêpes feraient l'affaire. Avant de descendre de la Mercedes je pris mon portable et l'allumai. J'appelai Janis Langwiser et Sandor Szatmari, n'obtins pas de réponse et laissai un message pour dire que la réunion était annulée à cause de certaines circonstances dont le contrôle m'échappait entièrement.

L'écran de mon portable m'informa que j'avais des messages en attente. J'appelai la boîte vocale et en écoutai quatre, tous laissés durant la nuit par Keisha Russell, la journaliste du *Times*. Le premier était très calme : on s'inquiétait de ma santé et souhaitait me parler quand cela me conviendrait afin d'être sûr que j'allais bien. Au troisième, la voix avait déjà grimpé dans les suraigus de l'urgence, le quatrième tenant de l'ulti matum – on exigeait que je respecte mes engagements et que j'avertisse si jamais il m'arrivait quelque chose dans mon enquête.

« Harry, il est clair qu'il se passe des trucs. T'as quatre types par terre dans ta maison de Woodrow Wilson. Appelle-moi comme tu avais juré de le faire. »

– Oui, ma chérie, dis-je en effaçant la bande.

Le dernier message émanait d'Alexander Taylor, le champion du box-office. Il y avait du propriétaire dans sa voix. Il entendait, lui, me faire comprendre que toute cette histoire lui appartenait.

« Monsieur Bosch, je vous vois partout aux nouvelles. J'ai dans l'idée que toutes ces méchancetés qui se sont déroulées hier soir dans vos collines ont à voir avec notre hold-up. Il y avait quatre braqueurs ; d'après les infos il y aurait quatre morts dans votre propriété. Je tiens à vous faire savoir que mon offre tient toujours. Et que je la double. Cent mille dollars contre une option sur votre récit. Les droits subsidiaires sont ouverts à discussion et nous pourrons en parler dès que vous me ferez signe. Je vous donne la ligne directe de mon assistante. Rappelez-moi. J'attends votre coup de fil. »

Il m'avait laissé le numéro, mais je ne pris pas la peine de le noter. Je réfléchis à son offre cinq secondes grand maximum, puis j'effaçai son message et raccrochai.

En entrant dans le restaurant, je me demandai ce que pouvaient bien être ces circonstances qui échappaient à mon contrôle et m'interrogeai sur ce qu'avait lâché Lindell à la fin de mon interrogatoire au commissariat de North Hollywood. Je me dis que j'avais affaire à des monstres et songeai à ce qu'on m'avait raconté et avait raconté sur moi par le passé – et à ce que, moi, j'avais raconté à Peoples dans le box du restaurant quelques soirs plus tôt. Je me demandai enfin s'il y avait vraiment une grande différence entre glisser insensiblement à l'abîme et y atterrir en faisant le saut de l'ange comme Milton.

Je savais que j'allais devoir réfléchir à la question et aux motifs qui m'avaient poussé à agir comme je l'avais fait ces dix dernières heures. Mais j'en vins vite à la conclusion que ça devrait attendre. Il y avait encore un mystère à résoudre, et ce mystère, j'allais m'y attaquer dès que j'aurais fait le plein.

Je m'assis au comptoir et commandai le spécial numéro deux sans même jeter un œil au menu. La serveuse aux hanches généreuses me versa du café et s'apprêtait à passer ma commande au guichet de la cuisine lorsque quelqu'un s'assit sur le tabouret à côté de moi et me lança :

– Moi aussi, je prendrai du café.

Je reconnus la voix, me retournai et vis Keisha Russell me sourire en posant son sac par terre entre nous deux. Elle m'avait suivi.

– J'aurais dû m'en douter, lui dis-je.

– Harry, me répliqua-t-elle, si tu ne veux pas qu'on te suive, tu n'as qu'à rappeler les gens quand ils te laissent des messages.

– Je n'ai eu les tiens qu'il y a cinq minutes.

– Ben, c'est parfait. T'auras pas besoin de me rappeler.

– Keisha, lui dis-je, il est pas question que je te cause. Pas tout de suite.

– Harry, ta maison est un vrai champ de bataille. Y a des cadavres partout. Ça va ?

– Je suis devant toi, non ? Oui, ça va. Mais je ne peux pas encore te parler. Je ne sais pas comment tout ça va finir et je n'ai aucune envie de lâcher quelque chose qui pourrait passer dans tes colonnes et mettre certaines personnes en colère. Ce serait du suicide.

– Bref, tu ne veux pas me dire la vérité au cas où ce qu'ils racontent ne serait que mensonges ?

– Tu me connais, Keisha. Je te dirai tout dès que je pourrai. En attendant, ça serait bien que tu me laisses manger et boire mon café en paix.

– Réponds seulement à une question. En fait, ça n'en est même pas une. Confirme-moi seulement que ce qui s'est passé là-haut est lié à ce pour quoi tu m'as appelée. Dis-moi que ça concerne bien Marty Gessler.

Je hochai la tête d'agacement. Je savais bien que je n'allais pas pouvoir la faire déguerpir sans lui donner quelque chose.

– De fait, je ne peux pas te le confirmer et ça, c'est vrai. Mais écoute… tu me lâches les baskets jusqu'à ce que je puisse te parler si je te raconte quelque chose qui pourra t'aider ?

Avant qu'elle ait pu répondre, la serveuse me glissa une assiette sur le comptoir. Je baissai les yeux sur un petit tas de crêpes au beurre avec un œuf au plat et deux tranches de bacon en croix par-dessus. Elle posa aussi un petit pichet de sirop d'érable à côté. Je m'en emparai et commençai à en verser sur tout ce que j'avais dans mon assiette.

– Ah, mon Dieu ! s'écria Russell. Si tu bouffes ça, je suis pas trop sûre qu'on puisse jamais reparler de tout ça. Tu veux mourir, Harry ?

Je levai la tête et regardai la serveuse qui préparait ma note debout devant moi. Je lui adressai le sourire « qu'est-ce-qu'on-peut-faire ? » et haussai les épaules.

– Vous réglez le café de madame ? me demanda-t-elle.

– Bien sûr.

Elle posa la fiche sur le comptoir et s'éloigna. Je regardai Russell.

– Tu pourrais pas dire ça un peu plus fort la prochaine fois ?

– Je m'excuse, Harry. C'est juste que je ne veux pas te voir devenir gros, vieux et laid. T'es mon copain. Je ne veux pas que tu meures.

Je n'eus aucun mal à percer ses intentions. Elle cachait à peu près aussi bien son jeu que les serveuses de bar leurs nichons.

– Marché conclu ? insistai-je. Je te donne quelque chose et tu files ? Tu me fiches la paix ?

Elle avala une gorgée du café que j'allais lui payer et sourit.

– Marché conclu.

– Ressors tes articles sur l'affaire Angella Benton.

Elle plissa les paupières. Elle ne se rappelait plus.

– Tu as commencé par ne pas y attacher grande importance, mais c'est devenu énorme quand un lien a été établi avec le braquage du plateau de tournage dans Selma Avenue. Eidolon Productions ? Ça te dit quelque chose ?

Elle faillit tomber de son tabouret.

– Tu te fous de moi ?! s'écria-t-elle un peu trop fort. Les quatre mecs sur le carreau, c'est eux ?

– Pas tout à fait. Y en a que trois. Le quatrième est à l'hosto.

– Et ce serait qui ?

– Je t'ai donné ce que je t'avais promis, Keisha. Maintenant j'aimerais bien manger tranquille.

Je me tournai vers mon assiette et commençai à couper le bacon.

– Super cool ! Ça va être énorme !

Comme si quatre corps à Cahuenga Pass, ça n'était que de la petite bière. J'avalai ma première bouchée, le sirop d'érable me frappa comme une balle de sucre.

– Génial, dis-je.

Elle reprit son sac par terre et commença à se relever.

– Faut que j'y aille, Harry, dit-elle. Merci pour le café.

– Une dernière chose…

J'enfournai une autre bouchée, me tournai vers elle et parlai la bouche pleine :

– Reprends le *Los Angeles Magazine* d'il y a sept mois. Ils ont publié un article sur quatre types qui possèdent les bars les plus chauds de Hollywood, les « rois de la nuit ». Vérifie.

Ses yeux s'agrandirent.

– Tu rigoles ?

– Non, non, vas-y voir.

Elle se pencha vers moi et m'embrassa sur la joue. Elle ne l'avait jamais fait du temps où je portais l'insigne de policier.

– Merci, Harry, dit-elle. Je t'appellerai.

– Tu parles !

Je la regardai traverser en vitesse le restaurant, comme en glissant, puis sortir. Je me concentrai de nouveau sur mon assiette. On m'avait fait mon œuf au plat et j'avais tout bousillé en le coupant, mais il n'empêche : à ce moment-là j'eus l'impression de n'avoir jamais rien mangé d'aussi bon.

Enfin seul, je repensai à la question que Kiz Rider avait soulevée lors de mon interrogatoire, à savoir la différence de style fondamentale entre la disparition de Marty Gessler et le massacre perpétré Chez Nat contre Dorsey, Cross et le barman. J'étais maintenant sûr qu'elle ne se trompait pas. Ces crimes avaient été préparés, sinon commis, par des acteurs différents.

– Dorsey ! lançai-je tout haut.

Peut-être un peu trop fort. Un type assis trois tabourets plus loin se retourna et me regarda jusqu'à ce que je le fusille tellement des yeux qu'il baisse le nez sur sa tasse de café.

Les trois quarts de mes archives et de mes notes étaient chez moi et donc inaccessibles. J'avais bien le dossier de police dans la Mercedes, mais il ne contenait rien sur l'affaire Gessler. De mémoire, je repris les détails de sa disparition. Sa voiture laissée à l'aéroport. Sa carte de crédit dont on se sert près du désert afin d'acheter plus d'essence qu'on ne peut en mettre dans le réservoir. J'essayai de mettre tout cela dans la colonne Dorsey. Ça ne fonctionnait qu'imparfaitement. A l'époque, cela faisait presque trente ans qu'il luttait contre le crime et jamais il n'était passé de l'autre côté. Il était trop malin, et en avait trop vu, pour laisser une piste pareille derrière lui.

A moins que…

Je terminai mon assiette en me disant que je tenais quelque chose. Quelque chose qui marchait. Je regardai autour de moi pour m'assurer que ni le type assis trois tabourets plus loin ni personne d'autre ne m'observait et je versai encore un peu de sirop dans mon assiette. Après quoi j'en enrobai ma fourchette et avalai. J'allais recommencer lorsque les hanches généreuses de la serveuse reparurent devant moi.

– Fini ? me demanda-t-elle.

– Euh, oui, oui. Merci.

– Encore du café ?

– Je peux en prendre une tasse à emporter ?

– Vous pouvez.

Elle s'empara de l'assiette et du sirop d'érable. Je réfléchis à la suite des événements jusqu'à ce qu'elle

revienne avec mon café et modifie la note en consé-
quence. Je laissai deux dollars de pourboire sur le
comptoir et emportai la note jusqu'à la caisse, devant
laquelle je remarquai que des bouteilles de sirop
d'érable du restaurant étaient à vendre.

– Vous en voulez une ?

Je fus tenté, mais décidai de m'en tenir à ma tasse de
café.

– Non, répondis-je, je crois m'être assez gavé de
douceurs pour aujourd'hui. Merci.

– De la douceur, il en faut. Ce monde est bien méchant.

J'en tombai d'accord, réglai la note et sortis avec ma
tasse de café fort à la main. De retour à la voiture j'ouvris mon téléphone et appelai Roy Lindell.

– Roy à l'appareil.

– Bosch. On peut encore se causer ?

– Qu'est-ce que tu veux ? Des excuses ? Va te faire
foutre. Tu n'en auras pas.

– Non, vivre sans tes excuses ne me pose aucun problème. Et donc, va te faire foutre, toi aussi. Mais je
veux savoir si tu as toujours envie de la retrouver.

Préciser de qui je parlais était inutile.

– Qu'est-ce que tu crois ?

– Bon, d'accord.

Je réfléchis un instant à la façon de lui annoncer la
suite.

– Hé, Bosch ! T'es toujours là ?

– Oui, écoute… il faut que je voie quelqu'un tout de
suite. Est-ce que tu peux me retrouver dans deux
heures ?

– Dans deux heures, d'accord. Où ça ?

– Tu sais où se trouve Bronson Canyon ?

– Au-dessus de Hollywood, non ?

– Si, dans Griffith Park. Retrouve-moi au bout. Dans
deux heures. Si je ne te vois pas, je n'attendrai pas.

– Pourquoi là-haut ? T'as quelque chose ?

– Pour l'instant c'est juste une idée. Tu me retrouves ou tu me retrouves pas ?

Il marqua une pause.

– J'y serai. Qu'est-ce que j'apporte ?

Bonne question. J'essayai de penser à ce dont nous aurions besoin.

– Des lampes de poche et un coupe-boulons. Vaudrait peut-être mieux que tu apportes aussi une pelle.

Une deuxième pause s'ensuivit avant qu'il réponde :

– Et toi, qu'est-ce que tu apporteras ?

– Disons une intuition… pour l'instant.

– On va où ?

– Je te le dirai quand je te verrai. Je te montrerai.

Je refermai mon téléphone.

43

La porte du garage de Lawton Cross était close. Le van était garé dans l'allée, mais il n'y avait pas d'autres véhicules. Kiz Rider n'était pas encore arrivée. Ni elle ni personne d'autre. Je me rangeai derrière le van, descendis et frappai à la porte de devant. Danny Cross ne mit pas longtemps à répondre.

– Harry, dit-elle. On était en train de regarder tout ça à la télé. Ça va ?

– Je n'ai jamais été aussi bien.

– C'est eux ? C'est eux qui ont fait ça à Law ?

Elle me regardait d'un air suppliant. J'acquiesçai d'un signe de tête.

– Oui, c'est eux. Celui qui était au bar ce jour-là ? Celui qui a tiré sur Law ? Je lui ai arraché la gueule d'un coup de sa propre carabine. Ça te fait du bien de le savoir, Danny ?

Elle serra fort les lèvres en essayant de retenir ses larmes.

– La vengeance a bon goût. Comme le sirop d'érable, non ?

Je tendis la main en avant et la posai sur son épaule, mais pas pour la consoler. Je l'écartai doucement de la porte et entrai. Puis, au lieu de prendre à gauche vers la pièce où se trouvait Lawton, je virai à droite, entrai dans la cuisine et trouvai la porte du garage. J'allai droit aux meubles-classeurs posés devant la Malibu et sortis le dossier de l'affaire Antonio Markwell – le meurtre avec enlèvement qui avait fait la réputation de Cross et Dorsey dans la police.

Et je gagnai la salle de séjour. Je ne sais pas où était passée Danny, mais son mari, lui, m'attendait.

– Harry, me lança-t-il, y a plus que toi à la télé !

Je regardai l'écran. On y découvrait ma maison vue d'un hélicoptère. Je n'eus aucun mal à voir toutes les voitures officielles et les vans des médias garés dans la rue devant. Je vis aussi les bâches noires qui recouvraient les cadavres derrière. J'appuyai sur le bouton marche-arrêt avec le côté du poing, l'écran devint tout noir. Puis je me retournai vers Cross et laissai tomber le dossier Markwell sur ses genoux. Il lui était impossible de bouger, il ne put que baisser les yeux et tenter d'en lire l'onglet.

– Ça te fait quoi, Lawton ? Ça te fait bander de voir ce que tu as fait ? Bander, enfin… imaginer que tu bandes ?

– Harry, je…

– Où est-elle, Law ?

– Où est-elle qui ? Harry, je ne sais pas de quoi…

– Bien sûr que si. Tu sais parfaitement de quoi je parle. Tu ne bougeais pas de ton fauteuil, mais c'est quand même toi qui tirais les ficelles. Et moi, j'étais ton pantin.

– Harry, s'il te plaît.

– Pas de « Harry, s'il te plaît », je t'en prie. Tu voulais te venger et j'étais le type dont tu avais besoin. Eh bien, tu as gagné. Je leur ai réglé leur sort, exactement comme tu le pensais. Comme tu l'espérais. Tu m'as manipulé juste comme il fallait.

Il garda le silence. Il avait baissé les yeux et refusait de me regarder.

– Bien. Mais maintenant je veux une chose de toi. Je veux savoir où Jack et toi avez planqué Marty Gessler. Je veux la ramener chez elle.

Il garda encore le silence et les yeux baissés. Je tendis

la main et lui ôtai le dossier des genoux. Je l'ouvris sur la commode et commençai à le feuilleter.

– Tu sais… je n'ai rien vu jusqu'au moment où une nana à qui j'ai appris le boulot m'a mis sur la voie, dis-je en continuant de tourner les pages du dossier. C'est elle qui a compris que ça devait être un flic. Il n'y avait que comme ça qu'on pouvait maîtriser Gessler aussi facilement. Elle avait raison. Ces quatre petits cons n'auraient pas su y faire. (Je lui montrai l'écran de télévision vide.) Non, parce que… t'as vu ce qui leur est arrivé quand ils sont venus me chercher ?

Je trouvai ce que je cherchais dans le dossier : une carte de Griffith Park. Je commençai à l'ouvrir. Les plis craquèrent et se déchirèrent. Elle était restée dans le dossier pendant cinq ans. Une croix marquait l'endroit où le corps d'Antonio Markwell avait été retrouvé dans Bronson Canyon.

– Dès que j'ai commencé à chercher dans cette direction, j'ai compris. Le plein d'essence avait toujours posé problème. Quelqu'un s'était servi de sa carte de crédit pour acheter plus d'essence que son réservoir ne pouvait en contenir. C'était l'erreur, Law. Et grosse. Pas d'avoir acheté l'essence, non. Ça, ça faisait partie du plan pour égarer la police. Non, l'erreur, c'est d'en avoir acheté autant. Les types du Bureau ont pensé à un camion. Pour eux, c'était un camionneur qu'il fallait chercher. Moi, maintenant, je penche plutôt pour une Crown Vic. Le modèle Police Interceptor. Celui avec un réservoir grande capacité qui permet de ne pas se retrouver à sec quand on poursuit un type.

J'avais ouvert la carte délicatement. On y découvrait tous les sentiers et routes sinueuses de l'énorme parc – en particulier celle qui traversait Bronson Canyon et la voie incendie qui montait plus haut dans les terres rocailleuses. On y voyait aussi la zone de grottes et de tunnels restée après qu'on avait cessé d'exploiter les carrières et d'en écraser la roche pour fabriquer le ballast des chemins de fer de l'Ouest. Je posai la carte sur les genoux et les bras morts de Lawton Cross.

– Pour moi, vous avez commencé à la suivre à Westwood. Puis, une fois dans le col, vous l'avez obligée à s'arrêter sur le bas-côté dans un coin tranquille. En voyant le gyrophare bleu sur votre Crown Vic elle s'est dit : « Rien à craindre, c'est les flics. » Sauf que vous l'avez aussitôt enfermée dans le coffre de votre voiture. L'un de vous s'est alors chargé de conduire sa bagnole jusqu'à l'aéroport, un autre le suivant pour pouvoir le reprendre une fois l'affaire faite. Il n'est pas impossible que vous ayez fait reculer sa voiture dans une autre ou dans un pilier. Finaud, ça. Fallait bien égarer les flics. Après, on monte vers le désert et c'est là qu'on se sert de sa carte de crédit. Là encore, il s'agit de tromper la police. Vous faites ensuite demi-tour et vous la ramenez à l'endroit où vous aviez décidé de la cacher. Qui a fait le coup, Law ? Qui l'a arrachée à tout ce qu'elle avait et aurait jamais ?

Je n'espérais pas une réponse, et n'en eus pas. Je lui montrai la carte du doigt.

– Voici ce que je crois. Vous vous êtes rendus dans un endroit que vous connaissiez, un endroit où personne n'aurait jamais idée d'aller chercher Marty Gessler parce que tout le monde irait voir dans le désert. Vous vouliez la cacher, bien sûr, mais aussi avoir accès à elle. Vous vouliez savoir exactement où elle était. C'était votre atout maître, non ? Vous vouliez vous servir d'elle pour les avoir, eux. Marty et son ordinateur. C'était ça le lien. Qu'on tombe sur elle et sur son ordinateur et, le lien étant établi, quelqu'un ne manquerait pas d'aller frapper à la porte de Linus Simonson.

Je marquai une pause pour lui laisser la possibilité de protester, de me dire de dégager ou de me traiter de menteur. Il ne fit rien de tout cela. Il ne souffla mot.

– Tout semblait coller, repris-je. Jusqu'au jour où vous deviez conclure votre marché Chez Nat, c'est ça ? On se serre la main et on partage le butin. Sauf que Linus Simonson avait d'autres idées sur la question. De fait, il n'avait aucune intention de partager quoi que ce soit – Marty Gessler et son ordinateur ? Il courrait le risque. Ça a dû vous en flanquer un sacré coup. Vous étiez là, à attendre en comptant déjà le pognon dans votre tête et lui, il débarque et il ouvre le feu sur vous… Vous auriez quand même dû le voir venir, Law. (Je me penchai en avant et tapai sur la carte avec un doigt.) Bronson Canyon. Rien que des grottes et des tunnels. L'endroit où vous aviez découvert le gamin. (Je levai les yeux de dessus la carte.) C'est ce que je pense. Les routes qui conduisent là-haut sont fermées par des barrières cadenassées. Mais vous, vous aviez les clés, pas vrai ? Depuis l'histoire du gamin… Vous les aviez gardées et un jour, vous vous êtes aperçus que ça pouvait vous servir. Où est-elle, Lawton ?

Enfin il leva la tête, me regarda dans les yeux et parla :

– Regarde ce qu'ils m'ont fait, dit-il. Ils ont eu ce qu'ils méritaient.

J'acquiesçai d'un signe de tête.

– Et toi aussi. Où est-elle, Lawton ?

Il tourna les yeux vers l'écran vide de la télé. Et garda le silence. La colère monta en moi. Je revis Milton en train de pincer le tuyau de son d'arrivée d'oxygène. Un instant je songeai à devenir un monstre, la chose même que je traquais. J'avançai sur lui et le regardai d'un œil noir de rage. Lentement je levai la main.

– Dis-le-lui.

Je me retournai, Danny Cross se tenait dans l'embrasure de la porte. Je ne sais pas depuis combien de temps elle y était et ce qu'elle avait entendu. Je ne sais pas non plus si elle était au courant de tout ou pas. Tout ce que je sais, c'est qu'elle m'écarta de l'abîme où j'allais plonger. Je fis demi-tour et regardai de nouveau Lawton Cross. Il avait posé les yeux sur sa femme, son visage figé exprimant Dieu sait comment malheur et tristesse.

– Dis-le-lui, Lawton, répéta-t-elle. Sinon, tu ne me trouveras plus à tes côtés.

La terreur se marqua immédiatement sur sa figure. Ses regards se firent suppliants.

– Tu me promets de rester avec moi ?

– Je te le promets.

Il baissa les yeux sur la carte dépliée en travers de son fauteuil.

– T'as pas besoin de ça, me dit-il. T'auras juste qu'à monter là-haut. Tu entres dans la grande caverne et tu prends la galerie sur ta droite. Elle conduit à une espèce de clairière à ciel ouvert – il paraît qu'on appelle ça « la Coupe de punch du diable ». Toujours est-il que c'est là qu'on a trouvé le gamin. Et que… c'est là.

Il ne pouvait plus soutenir mon regard et le reporta sur la carte.

– Où est-ce qu'il faut chercher, Lawton ?

– Là où était le gamin. La famille a marqué l'endroit. Tu le verras tout de suite.

Je hochai la tête : je comprenais. Lentement je lui repris la carte et la repliai. En le regardant. Il semblait avoir retrouvé son calme et son visage était de nouveau sans expression. J'avais déjà vu ça des milliers de fois dans les yeux et sur les visages de ceux qui viennent d'avouer. Brusquement le fardeau a cessé de peser.

Il n'y avait plus rien à dire. Je remis la carte dans le dossier, que j'emportai en quittant la pièce. Danny resta dans le couloir, à regarder son mari. Je m'arrêtai en arrivant devant elle.

– C'est un trou noir, lui dis-je. Il va t'aspirer entièrement et tu disparaîtras. Sauve ta peau, Danny.

372

– Comment ?

– Tu le sais.

Je la laissai et sortis. Je montai dans ma voiture et commençai à rouler en direction du sud, vers Hollywood et le secret que les collines cachaient depuis si longtemps.

44

Il ne pleuvait pas encore, mais le ciel était plein des grondements sourds du tonnerre lorsque j'arrivai à Hollywood. Je quittai le freeway, pris Franklin jusqu'à Bronson et montai dans les collines. On découvre le canyon de Bronson dans probablement bien plus de films que je n'en ai vu de toute ma vie. Avec son terrain accidenté et ses amas de rochers, il a servi d'arrière-plan à d'innombrables westerns et à plus d'un film à petit budget ayant pour thème l'exploration spatiale. Je m'y étais rendu enfant et y étais retourné pour certaines affaires. Je savais que si on ne faisait pas attention, on risquait de se perdre sur les pistes et dans les grottes et les anciennes carrières. Les façades rocheuses donnant une forte impression d'enfermement, on en venait vite à les trouver toutes pareilles. Et à perdre le nord. C'était cette similitude qui constituait le véritable danger.

Je pris la route du parc jusqu'à l'entrée de la voie incendie. L'entrée de ce sentier en terre et gravier était bloquée par un portail en acier fermé au cadenas. La clé de ce dernier se trouvait chez les pompiers et au service municipal du cinéma, mais grâce à Lawton Cross je savais quoi faire.

J'étais arrivé avant Lindell et fus tenté de ne pas l'attendre. Rejoindre les grottes à pied prendrait du temps, mais ma colère me donnait de la détermination et de l'énergie. Rester assis devant un portail cadenassé n'était pas le meilleur moyen de pousser les feux et de ne pas relâcher la pression. J'avais envie de filer dans les collines et d'en finir au plus vite. Je sortis mon portable et appelai Lindell pour savoir où il était.

– Juste derrière toi.

Je jetai un coup d'œil dans mon rétroviseur. Il sortait du dernier virage au volant d'une Crown Vic du parc fédéral. Je songeai à la façon dont il risquait de réagir en apprenant que nous étions restés si longtemps à deux doigts de l'indice qui m'avait mis sur la voie.

– C'est pas trop tôt ! lui lançai-je.

Je refermai mon portable et descendis de la Mercedes. Il s'arrêta, je me penchai à la fenêtre de sa voiture.

– As-tu apporté le coupe-boulons ?

Il regarda le portail à travers son pare-brise.

– Quoi ? Pour ça ? Il n'est pas question que je sectionne ce cadenas. Si jamais je le fais, ils ne me lâcheront plus.

– Roy ! Et moi qui te prenais pour un grand du FBI ! Passe-moi ce truc. C'est moi qui le ferai.

– Et c'est sur toi que ça retombera. T'auras qu'à leur dire que t'avais une intuition.

Je le regardai d'un sale œil et tentai de lui faire comprendre que je n'opérais plus seulement sur une intuition. Il ouvrit le coffre, je passai derrière sa voiture et sortis le coupe-boulons qu'il avait dû emprunter au magasin du FBI. Il resta dans sa Crown Vic pendant que je m'approchais du portail, en sectionnais le cadenas et l'ouvrais.

Je repassai près de lui en regagnant sa malle arrière.

– Merci, merci, Roy, lui dis-je. Je commence à comprendre pourquoi ils ne t'ont pas fait monter dans la hiérarchie.

Je jetai l'outil dans le coffre, refermai celui-ci d'un coup sec et ordonnai à Roy de me suivre vers la colline.

Nous prîmes la petite route en lacets, le gravier crissant sous nos pneus avec un bruit de pluie. Après un dernier virage à cent quatre-vingts degrés nous arrivâmes devant l'entrée principale de la galerie. Haute de quatre mètres cinquante, elle s'ouvrait dans une muraille de granit de la taille d'un immeuble de bureaux. Je me garai à côté de la voiture de Lindell et le retrouvai devant son coffre. Il avait apporté deux pelles et deux lampes torches. Je me penchais en avant pour prendre la mienne lorsqu'il posa la main sur mon bras.

– Bon alors, dit-il, qu'est-ce qu'on fait au juste ?

– C'est ici qu'elle est, lui répondis-je. On entre et on la cherche.

– Tu confirmes ?

Je le regardai et acquiesçai d'un signe de tête. Dans ma vie, j'ai dû annoncer à beaucoup de gens – bien trop pour que je puisse les compter – qu'ils ne reverraient plus jamais tel ou tel être cher. Je savais que Lindell avait depuis longtemps renoncé à tout espoir de jamais retrouver Marty Gessler vivante, mais il n'empêche : la confirmation définitive n'est jamais facile à recevoir. Ou donner.

– Oui, je confirme. C'est Lawton Cross qui me l'a dit.

Il hocha la tête, détourna les yeux du coffre et regarda la crête du massif granitique. Je m'occupai à sortir les outils de la voiture et à vérifier si mon portable captait encore un signal.

– Il va pleuvoir, dit Lindell dans mon dos.

– Oui, lui répondis-je. Allons-y.

Je lui tendis une torche électrique et une pelle et nous gagnâmes l'entrée du tunnel.

– Il va me le payer, gronda-t-il.

J'acquiesçai d'un hochement de tête, mais ne me donnai pas la peine de lui dire que Lawton Cross le payait déjà jour après jour.

Le tunnel était imposant. Shaquille O'Neal aurait pu le traverser avec Wilt Chamberlain sur les épaules.

Cela n'avait rien à voir avec les galeries dans lesquelles j'avais rampé trente-cinq ans plus tôt au Vietnam, qui puaient l'air vicié et rendaient claustrophobe. Là, il y avait de l'air frais. Et qui sentait le propre. Au bout de trois mètres nous allumâmes nos lampes, et quinze mètres plus loin, la galerie s'incurvant, nous perdîmes l'entrée de vue. Je me rappelai les consignes de Cross et continuai d'avancer lentement sur la droite.

Arrivés dans la grotte centrale, nous nous arrêtâmes. Nous nous trouvions devant trois galeries tributaires. Je dirigeai ma torche sur l'entrée de la troisième et sus tout de suite que c'était la bonne. Puis j'éteignis ma lampe et dis à Lindell d'en faire autant.

– Pourquoi ? me demanda-t-il. Qu'est-ce qui se passe ?

– Rien. Je veux seulement que tu éteignes une seconde.

Il le fit, j'attendis un instant que mes yeux accommodent dans le noir. Ma vision me revenant peu à peu, je distinguai le contour des parois et des avancées rocheuses. Enfin, je vis la lumière qui nous avait suivis dans la galerie.

– Qu'est-ce qu'il y a ? répéta Lindell.

– La lumière morte. Je voulais la voir.

– Quoi ?

– On peut toujours la trouver [1]. Même dans le noir, même sous terre.

Je rallumai ma lampe torche en prenant soin de ne pas aveugler Lindell en la lui braquant dans la figure et partis vers la troisième galerie.

Cette fois, le tunnel se faisant de plus en plus petit et l'espace de plus en plus restreint, nous dûmes baisser la tête et avancer l'un derrière l'autre. Le boyau obliqua

---

1. Nom donné aux lueurs que disaient voir les soldats américains dans les tunnels du Vietnam lorsqu'un combattant venait à y mourir *(NdT)*.

vers la droite et nous vîmes bientôt de la lumière devant nous. Nous arrivions à une ouverture. Nous la franchîmes et nous retrouvâmes dans une cuvette à ciel ouvert, une sorte de stade en granit taillé à même la roche bien des décennies auparavant. La Coupe de punch du diable.

Le temps passant, le fond s'était couvert d'une couche de débris et de poussière de granit, couche juste assez épaisse pour que des buissons puissent y prendre racine et un corps y être enterré. C'était à cet endroit que Cross et Dorsey avaient découvert le cadavre d'Antonio Markwell, à cet endroit qu'ils étaient revenus avec Marty Gessler. Je me demandai combien de temps elle était restée en vie cette nuit-là. L'avaient-ils poussée dans la galerie avec un flingue dans le dos ou avaient-ils tiré son cadavre jusqu'à sa dernière demeure ?

Aucune réponse à cette question ne pouvait apporter de réconfort à quiconque. Je me retournai vers Lindell au moment où il retrouvait la lumière à la sortie du tunnel. Il était blême, je songeai qu'il devait être arrivé aux mêmes conclusions que moi.

– Où ? me demanda-t-il.

Je me détournai, examinai le fond de la cuvette et vis la tombe. Une minuscule croix blanche se dressait dans la ligne de broussailles jaunes et fauves qui avaient poussé au pied de la paroi de granit.

– Là.

Il passa devant moi et gagna vite la croix. Il la sortit de terre sans hésiter et la jeta de côté. Il avait déjà planté sa pelle en terre lorsque je le rejoignis. Je regardai la croix. Elle était faite avec deux piquets de clôture. A leur intersection se trouvait un cliché représentant un jeune enfant. C'était une photo d'école encadrée avec des bâtons de sucettes. Il y avait longtemps qu'Antonio Markwell n'était plus de ce monde, mais sa famille avait fait un lieu saint de cet endroit. Cross et Dorsey, eux, l'avaient utilisé parce qu'ils savaient que personne n'oserait jamais le violer.

Je me penchai en avant et ramassai la petite croix. Je l'appuyai contre la paroi de granit et me mis au travail avec ma pelle.

De fait nous ne creusâmes pas vraiment, nous contentant de gratter la surface. L'un comme l'autre, nous renâclions à enfoncer trop profondément nos pelles dans la terre.

Nous trouvâmes le corps en moins de cinq minutes. D'un dernier grattement de sa pelle, Lindell découvrit l'épaisse bâche en plastique. Nous posâmes nos pelles de côté et nous accroupîmes tous les deux. Le plastique était aussi opaque qu'un rideau de douche. Mais au travers nous vîmes parfaitement les contours d'une main. Petite et recroquevillée. Une main de femme.

– Bon, allez, Roy, on l'a trouvée. Vaudrait peut-être mieux qu'on dégage. Qu'on passe les coups de fil nécessaires.

– Non. Ça, je veux le faire. Je…

Il n'acheva pas sa phrase. Il posa sa main sur ma poitrine et m'écarta doucement. Puis il s'agenouilla et se mit à creuser avec les mains. Vite, comme s'il se voyait pris dans une course avec le temps, comme s'il essayait de sauver Marty avant qu'elle ne suffoque.

– Je suis désolé, Roy, dis-je dans son dos.

Je ne crois pas qu'il m'entendit.

Il ne lui fallut que quelques minutes pour déterrer les trois quarts de la bâche. Du visage de Marty Gessler jusqu'à ses hanches. Le plastique semblait avoir ralenti mais pas entièrement arrêté le pourrissement du cadavre. Dans la cuvette une odeur de moisi se répandit. En me rapprochant de Lindell et en regardant par-dessus son épaule, je vis que l'agent Marty Gessler avait été enterrée tout habillée et les bras croisés sur la

379

poitrine. Seule une moitié de son visage était visible à travers le plastique. Le reste disparaissait dans les ténèbres. Il y avait du sang dans les plis de la bâche. Ils avaient dû la tuer d'une balle en pleine tête.

– Son ordinateur ! dit soudain Lindell.

Je me penchai encore pour mieux voir et découvris les contours d'un ordinateur portable. Lui aussi emballé dans du plastique, il avait été posé sur sa poitrine.

– C'est là-dedans qu'est le lien avec Simonson, dis-je à Lindell bien que ce fût déjà parfaitement clair. C'était leur atout. Ils voulaient que le cadavre et l'ordinateur se trouvent dans un endroit auquel ils pouvaient accéder. Ils croyaient que ça suffirait à calmer Simonson et les autres. Ils se trompaient.

Je vis les épaules de Lindell commencer à trembler bien qu'il eût cessé de creuser.

– Harry, dit-il d'une voix tendue, donne-moi une minute.

– Bien sûr, Roy. Je vais retourner aux voitures et passer quelques coups de fil.

Qu'il ait su que je mentais ou pas, il ne s'y opposa pas. Je ramassai une des lampes torches et repartis. En repassant dans le tunnel j'entendis Lindell qui pleurait. Dieu sait comment, le bruit qu'il faisait arrivait dans la galerie et s'y trouvait amplifié. J'eus l'impression que Roy était à côté de moi. Qu'il était même dans ma tête. J'accélérai l'allure. Je parvins à la galerie principale et courais presque lorsque je retrouvai la sortie et la lumière. Il pleuvait.

45

Le lendemain après-midi, je pris un autre avion de la Southwest pour aller de Burbank à Las Vegas. Je n'avais toujours pas le droit de réintégrer ma maison et n'étais d'ailleurs pas très sûr de vouloir y revenir. Même si j'étais encore un élément clé de l'enquête, personne ne m'avait donné l'ordre de ne pas quitter la ville. D'ailleurs, c'est seulement dans les films qu'on vous sort des trucs pareils.

L'avion était plein, comme d'habitude. On rejoignait les cathédrales de la cupidité. En emportant tout son fric et tous ses espoirs. Cela me rappela Simonson, Dorsey, Cross et Angella Benton et la part qu'avaient jouée le hasard et la cupidité dans leurs vies. Plus que tout, je songeai à Marty Gessler et à la malchance qui s'était abattue sur elle. Laissée à moisir plus de trois ans dans cet endroit. Disparaître à jamais pour avoir passé un simple coup de fil à un flic. Bonnes intentions, confiance… L'horreur de mourir ainsi. Le monde était merveilleux !

Cette fois je louai une voiture à l'aéroport McCarran et me battis moi-même contre la circulation. L'adresse que Lindell m'avait trouvée en remontant la piste du numéro d'immatriculation se trouvait au nord-ouest de la ville. Aux confins de l'agglomération urbaine. Pour l'instant au moins.

La maison était grande et de construction récente. De style provincial français, enfin… je crois. Je ne suis pas très bon dans ce genre de trucs.

Le garage à deux voitures était fermé, mais sur le bord de l'allée circulaire se trouvait une voiture différente de celle dans laquelle Eleanor m'avait emmené. C'était une Toyota d'environ cinq ans d'âge et qui avait dû beaucoup rouler. Je sais ce que je dis pour ce genre de trucs.

Je garai mon véhicule de location en haut du cercle et en descendis lentement. Je ne sais pas pourquoi. Peut-être me disais-je que si je prenais mon temps quelqu'un finirait par m'ouvrir la porte et m'inviter à entrer, toutes mes angoisses étant alors apaisées.

Mais rien de tel ne se produisit. J'arrivai à la porte, dus appuyer sur la sonnette et compris alors qu'il y avait de grandes chances pour que je doive entrer en force. Au figuré, s'entend. J'entendis un carillon sonner à l'intérieur et attendis. Avant que je sois obligé d'appuyer à nouveau sur le bouton, la porte s'ouvrit sur une femme, une Latino qui me parut avoir la soixantaine. De petite taille, elle avait un visage aimable mais usé. J'eus l'impression que découvrir les brûlures de carabine sur ma figure excitait sa sympathie. Elle ne portait pas d'uniforme, mais je me dis que ce devait être la bonne. Eleanor avec une bonne ? J'eus du mal à l'imaginer.

– Eleanor Wish est-elle là ? demandai-je.

– Puis-je savoir qui vous êtes, s'il vous plaît ?

Son anglais était bon et elle ne le parlait qu'avec un léger accent.

– Dites-lui que c'est son mari.

Je vis l'inquiétude se marquer dans ses yeux et compris que j'avais été idiot.

– Son ex-mari, précisai-je rapidement. Dites-lui juste que c'est Harry.

– Attendez, je vous prie.

J'acquiesçai d'un signe de tête, elle referma la porte. Je l'entendis donner un tour de clé. J'attendis en sentant la chaleur pénétrer mes vêtements, me chauffer le crâne. Tout autour de moi le soleil se reflétait violemment. Près de cinq minutes s'écoulèrent avant que la porte ne se rouvre et qu'Eleanor ne soit devant moi.

– Harry, me dit-elle, ça va ?

– Oui, ça va.

– J'ai tout vu à la télé. Sur CNN.

Je me contentai de hocher la tête.

– C'est triste pour Marty Gessler, vraiment triste.

– Oui.

Et après, plus rien pendant un bon moment avant qu'elle ne reprenne enfin la parole :

– Qu'est-ce que tu fais ici, Harry ?

– Je ne sais pas. Je voulais juste te voir.

– Comment m'as-tu retrouvée ?

Je haussai les épaules.

– Je suis inspecteur de police, enfin… je l'ai été.

– Tu aurais dû me prévenir.

– Je sais. Il y a des tas de choses que j'aurais dû faire mais que je n'ai pas faites, Eleanor. Je suis désolé, d'accord ? Désolé pour tout. Tu vas me laisser entrer ou tu préfères que je continue à fondre au soleil ?

– J'ai quelque chose à te dire avant que tu entres : ce n'est pas comme ça que je voulais faire.

Je sentis un grand vide dans ma poitrine lorsqu'elle recula pour m'ouvrir. Elle leva la main pour m'accueillir, j'entrai dans un vestibule sur lequel donnaient trois portes voûtées.

– Ce n'est pas comme ça que tu voulais faire quoi ? lui demandai-je.

– Allons dans la salle de séjour.

Nous franchîmes la porte du milieu et entrâmes dans une grande et belle pièce joliment meublée. Dans un coin se trouvait un quart de queue qui attira mon attention. Eleanor ne jouait pas de piano. A moins qu'elle n'ait appris depuis qu'elle m'avait quitté ?

– Tu veux quelque chose à boire, Harry ?

– Euh… de l'eau serait bien. Il fait chaud dehors.

– Ça n'a rien d'inhabituel. Reste ici, je reviens tout de suite.

Je hochai la tête, elle me laissa. Je regardai autour de moi. Je ne reconnus aucun des meubles que j'avais vus dans l'appartement où j'étais allé lui rendre visite un jour. Tout était différent, et neuf. Le mur du fond était constitué par une porte coulissante en verre donnant sur une piscine masquée par un paravent. Je remarquai que tout autour du bassin courait une barrière de sécurité en plastique blanc, du genre protection pour enfant.

Brusquement quelque chose commença à faire tilt dans ma tête. Tous ces mystères, toutes ces réponses confuses… la malle arrière qu'elle ne pouvait pas ouvrir. C'est dans son coffre qu'on met les poussettes d'enfant. Quand on en a.

– Harry ?

Je me retournai. Eleanor était revenue. Et debout à côté d'elle se tenait une petite fille aux cheveux aussi noirs que ses yeux. Elle tenait la main de sa mère. Je regardai Eleanor puis la fillette, puis encore Eleanor, puis la fillette, puis… Elle avait les traits d'Eleanor. Les mêmes cheveux ondulés, les mêmes lèvres pleines, le même petit nez en trompette. Jusqu'à son maintien, la façon dont elle me regardait.

Mais ses yeux n'étaient pas ceux d'Eleanor. Ses yeux étaient ceux que je voyais en me regardant dans la glace. Ses yeux étaient à moi.

Je fus soudain submergé d'émotions. Pas toutes bonnes. Mais pas moyen de lâcher la fillette des yeux.

– Eleanor… ?

– Je te présente Maddy, dit-elle.

– Maddy ?

– C'est le diminutif de Madeline.

– Madeline. Quel âge a…

– Presque quatre ans.

384

Je plongeai en arrière et me rappelai la dernière fois où nous avions été ensemble avant qu'Eleanor ne me quitte pour de bon. La maison en haut de la colline. Ç'aurait pu être à ce moment-là. Eleanor paraissait lire dans mes pensées.

– Ç'a été comme si c'était censé arriver. Comme si quelque chose avait fait en sorte que jamais nous ne nous...

Elle n'acheva pas sa phrase.

– Pourquoi ne me l'as-tu pas dit ?

– Je voulais le faire au bon moment.

– Et ç'aurait dû être... ?

– Maintenant, il faut croire. C'est toi le détective. Je devais vouloir que tu le découvres.

– Ce n'est pas juste.

– Qu'est-ce qui aurait pu l'être ?

C'était comme si deux fusées partaient en moi. La première rouge, la deuxième verte. Et chacune filait dans sa direction. La première était de colère, la seconde de tendresse. La première fonçait vers les sombres abîmes du cœur, vers une coupe de punch remplie de récriminations et de désirs de vengeance. Mais l'autre m'en éloignait au plus vite. Me conduisait à Paradise Road. M'emmenait vers des jours bénis et des nuits sacrées. Vers l'endroit où naissent les lumières perdues. Celui où était née la mienne.

Je pouvais, je le savais, choisir un chemin, mais un seul. Je regardai la fillette, puis Eleanor. Elle avait le visage baigné de larmes, mais souriait. Alors je sus quel chemin choisir et qu'il n'est pas de fin aux choses du cœur. Je m'avançai et m'inclinai devant la petite fille. A force de travailler avec de jeunes témoins, je savais qu'il valait mieux se mettre à leur niveau.

– Bonjour, Maddy, dis-je à ma fille.

Elle détourna le visage et se pressa contre la jambe de sa mère.

– Je suis trop timide, dit-elle.

– Ce n'est pas grave, Maddy. Je le suis assez, moi aussi. Mais… je peux juste te tenir la main ?

Elle lâcha celle de sa mère et me tendit la sienne. Je la pris, elle enroula ses doigts autour de mon index. Je m'avançai encore. Bientôt je fus à genoux. Elle me regarda à la dérobée. Elle n'avait pas l'air d'avoir peur. Seulement prudente. Je levai l'autre main, elle me donna l'autre, ses doigts s'enroulant de la même manière autour de mon autre index.

Je me penchai en avant et posai ses petits poings sur mes yeux fermés. Et dans cet instant je sus que tous les mystères étaient résolus. Que j'étais chez moi. Sauvé.

Les Égouts de Los Angeles
prix Calibre 38
Seuil, 1993
et « Points Policier », n° P19

La Glace noire
Seuil, 1995
et « Points Policier », n° P269

La Blonde en béton
prix Calibre 38
Seuil, 1996
et « Points Policier », n° P390

Le Poète
prix Mystère
Seuil, 1997
et « Points Policier », n° P534

Le Cadavre dans la Rolls
Seuil, 1998
et « Points Policier », n° P646

Le Dernier Coyote
Seuil, 1999
et « Points Policier », n° P781

Créance de sang
Grand Prix de littérature policière
Seuil, 1999
et « Points Policier », n° P835

La Lune était noire
Seuil, 2000
et « Points Policier », n° P876

L'Envol des anges
Seuil, 2001
et « Points Policier », n° P989

L'Oiseau des ténèbres
Seuil, 2001
et « Points Policier », n° P1042

Wonderland Avenue
Seuil, 2002
et « Points Policier », n° P1088

Darling Lilly
Seuil, 2003
et « Points Policier », n° P1230

Los Angeles River
Seuil, 2004
et « Points Policier », n° P1359

Deuil interdit
Seuil, 2005
et « Points Policier », n° P1476

La Défense Lincoln
Seuil, 2006
et « Points Policier », n° P1690

Chroniques du crime
Articles de presse (1984-1992)
Seuil, 2006
et « Points Policier », n° P1761

Moisson noire
Les meilleures nouvelles policières américaines
(anthologie établie et préfacée par Michael Connelly)
Rivages, 2006

Echo Park
Seuil, 2007
et « Points Policier », n ° P1935

À genoux
Seuil, 2008
et « Points Policier », n° P2157

Le Verdict du plomb
Seuil, 2009
et « Points Policier », n° P2397

L'Épouvantail
Seuil, 2010

RÉALISATION : PAO ÉDITIONS DU SEUIL
IMPRESSION : CPI BRODARD ET TAUPIN À LA FLÈCHE
DÉPÔT LÉGAL : OCTOBRE 2004. N° 68540-9. (60936)
IMPRIMÉ EN FRANCE

Éditions Points

Le catalogue complet de nos collections est sur Le Cercle Points, ainsi que des interviews de vos auteurs préférés, des jeux-concours, des conseils de lecture, des extraits en avant-première…

www.lecerclepoints.com

Collection Points Policier

Collection Points